ALIENS™ 異形

誅魔方陣

PHALANX

SCOTT SIGLER
史考特・席格勒

盧靜 譯

來自作者的請求：切勿劇透

我們生活的世界聯繫緊密。你在網路上發的每篇訊息，無論是部落格、亞馬遜和好讀網上的書評、YouTube 回應，還是社群媒體上的發文，都會立刻被其他和你一樣有興趣翻開本書的讀者看見。寫出一個動人的故事需要很多心力，而我希望這個故事能帶來一些意想不到的驚喜。如果你想在網路上討論《異形：誅魔方陣》，請你保持對其他讀者的尊重，避免提到這些驚喜。

每個熱愛閱讀的人都知道，第一次翻開一本書的樂趣絕對無法重現。《異形》是個歷久彌新的宇宙，對我們這些熱愛本系列的人來說，每一次宇宙探索都無可取代。無論你對本書是否有愛，我都很高興你願意把閱讀的感受分享給其他人，但拜託也請照顧一下其他人的閱讀體驗，不要發劇透文，讓每個人都能自行體驗這個故事。

感謝

史考特

@scotsigler

獻給麥克·科爾（Myke Cole）。你的《軍團與方陣》（*LEGION vs. PHALANX*）在我寫本書時起了許多幫助。感謝你一直幫我解答有關軍銜、長矛和盾牌的各種疑問，感謝你的友誼，也感謝你為美國安全付出的種種。

埃忒癸娜島

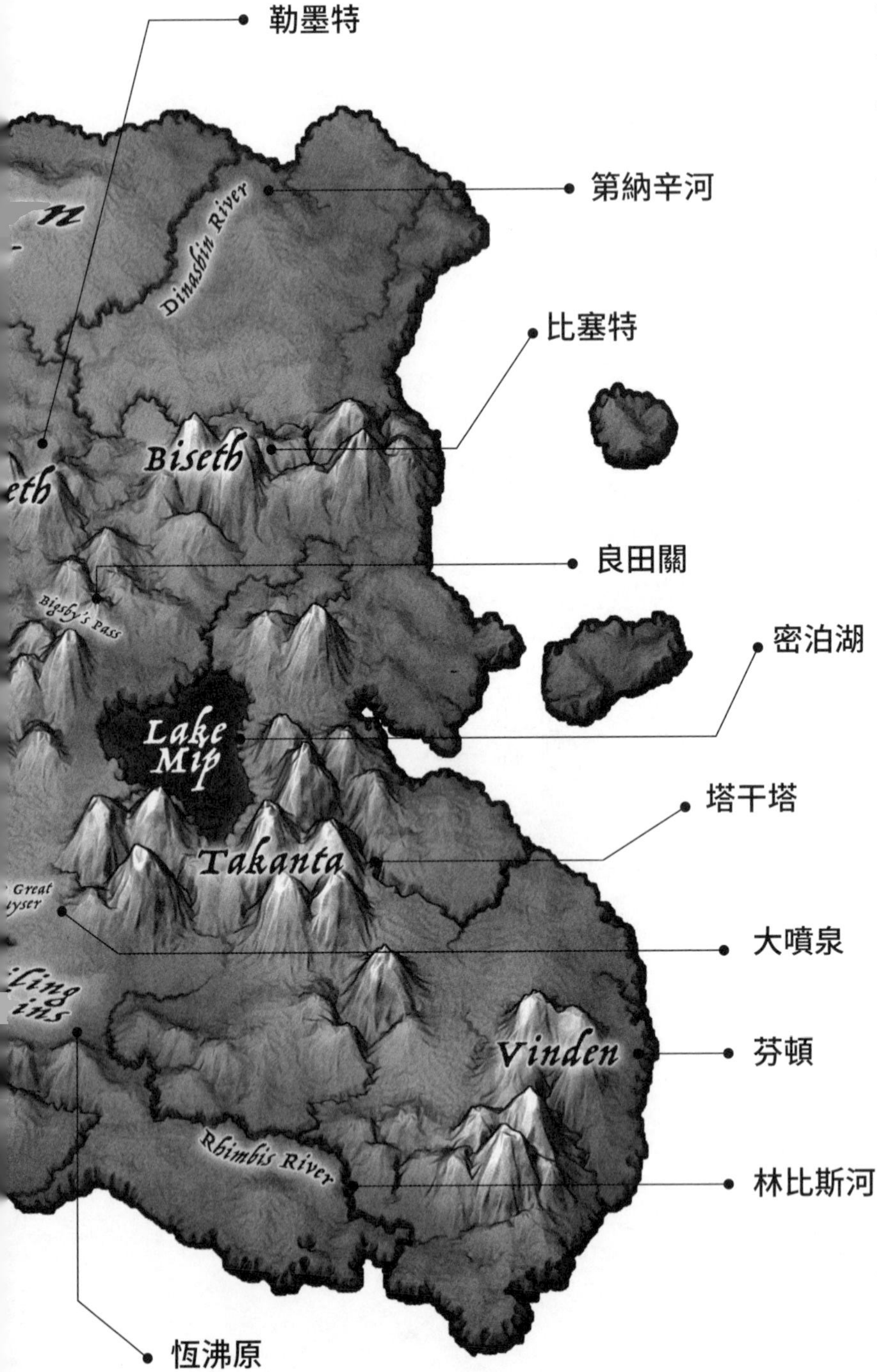
勒墨特
第納辛河
Dinashin River
比塞特
Biseth
良田關
Bigsby's Pass
密泊湖
Lake Mip
塔干塔
Takanta
大噴泉
芬頓
Vinden
Rhimbis River
林比斯河
恆沸原

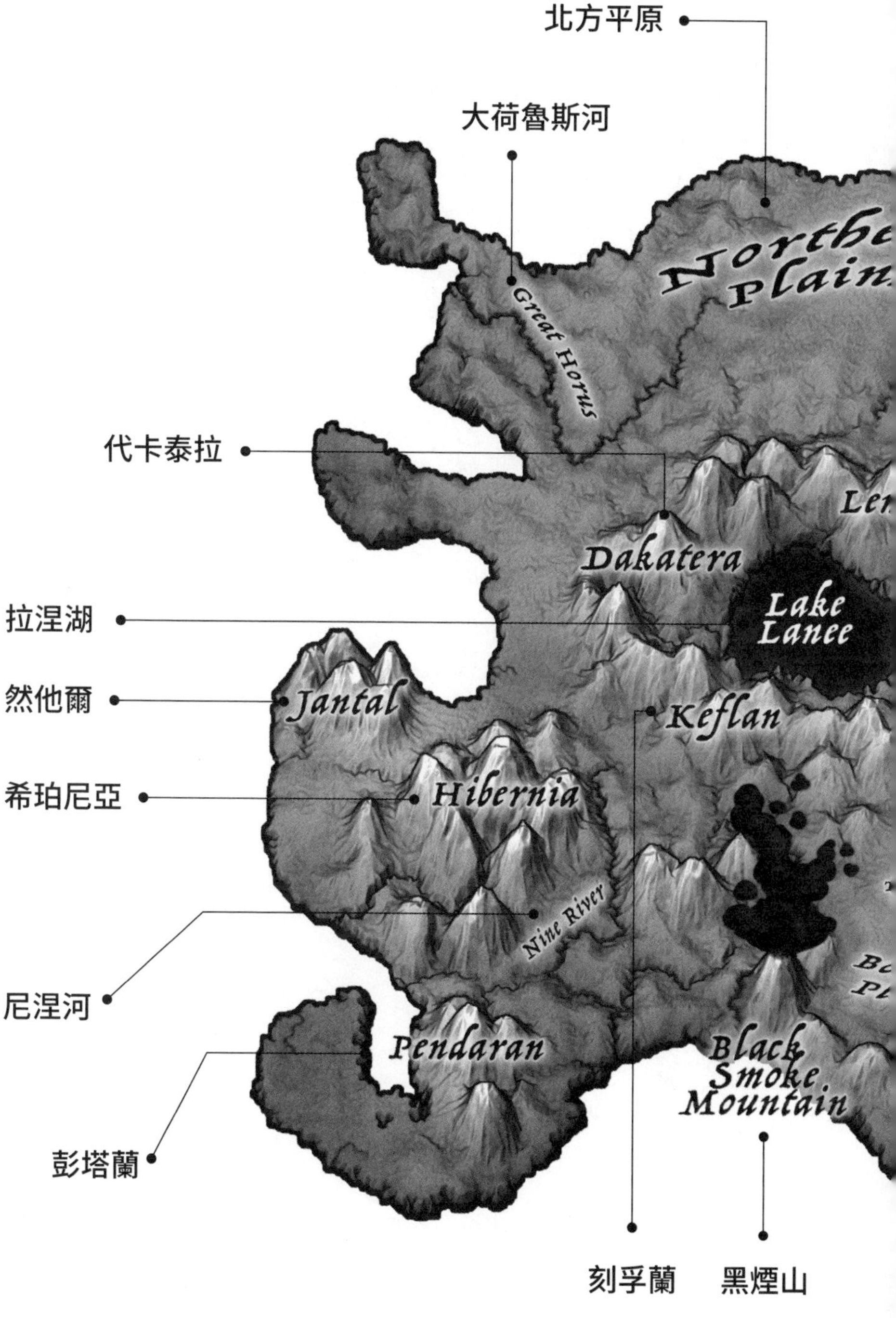
北方平原
大荷魯斯河
Great Horus
代卡泰拉
Dakatera
拉涅湖
Lake Lanee
然他爾
Jantal
Keflan
希珀尼亞
Hibernia
Nine River
尼涅河
Pendaran
彭塔蘭
Black Smoke Mountain
刻孚蘭
黑煙山

1

安靜是我們的力量。

黑色的惡魔在慢慢靠近。

但阿基里婭很熟悉力量。

她放慢呼吸，每一下都平穩、均勻、深沉。就像艾珂教她的一樣。

除了眼瞼，阿基里婭身上什麼都不會動；不，她連睫毛都動得很慢，因為任何動靜，都會吸引惡魔的注意。

她用戴著手套的手握著小刀，她的**小兄弟**。她握得不輕，否則刀可能會落地，發出噪音。但她握得也不重，不然手就會發痠、顫抖，讓她的呼吸變得急促。

惡魔趴在地上，堅硬的胸骨放得很低，背上的四根尖刺直直刺向正午的烈陽，蜿蜒的尾巴像條黑色的脊骨，在身後不斷顫動，猶如一排骨頭磨成的刀刃。它向前伸出槁瘦的手臂，細長的爪子安靜無聲地落在岩石上，像團沉默的影子，挪動著巨大的身軀。

然後惡魔停了下來，和山一樣動也不動。

它緩緩扯開黑色的雙唇，扯開黏膩的下顎，尖牙在陽光下閃耀著金屬的色澤，「牙舌」也咧著嘴，和惡魔低沉、細不可聞的嘶聲一同從咽頷之中探出頭來。它的頭歪向左側，然後又歪向右側。

它在狩獵。如果她被看到，死亡就會抓住她。

她被看到了嗎？布蘭頓和科林呢？阿基里婭不知道她的伙伴躲在哪裡。但她不敢轉頭，一寸也不敢，何況要是布蘭頓或小科林被惡魔盯上，她也做不了什麼。

要是他們被惡魔盯上，就只能指望自己的小兄弟了。

阿基里婭看過這些黑色的怪物不下數十次，但幾乎都是隔著很遠的距離。像現在這麼近，近得可以數出它每一根牙齒的，只有四次。

第一次，她很幸運，每個伙伴都活了下來。

第二次，赫蘭．布沙爾死了。

第三次，阿德瑪．波洛俄斯被抓走了。

惡魔再次移動，在亞根木倒塌發白的樹幹上頓了一會，又繼續穿過濃密、豔紅的爐火椿，踩上被雨打濕的灰色巨岩，爬下一片一片苔蘚，爪子在下方的碎石頭上發出嘎喳嘎喳的聲響。

她默默祈禱這頭惡魔可以爬快一點。她見過，在某些無雲的夜裡，它們會迎著三姊妹星的光芒用雙腿站立。但這一頭……不，惡魔根本很少在白天出沒。

這也是他們被逮到的原因。沒有人想到會在白天遇見惡魔，所以她也不想怪布蘭頓和科林不夠小心。但說真的，他們**可以**再小心一點。他們倆就這樣走個不停，要不是里婭提醒他們艾珂的教訓，他們根本就不記得要停下來。躲藏、聆聽、等待。結果就是布蘭頓踩斷了一根樹枝，聲音傳向整片山谷。

然後布蘭頓和科林都唉了一聲，科林開始抱怨，說他已經走了一整天，不想再等。現在是白天，每個人都知道惡魔很少在白天出沒。布蘭頓也跟著抱怨，只有在科林的身邊，他才會停不住嘴。

阿基里婭只好拿領隊的頭銜威脅他們，再不遵守命令就等著受罰。他們也乖乖閉嘴。幸好，這樣他們還有機會活下來。

三個人裡，總有一人必須逃回衛城。

惡魔繼續爬行、停下、爬行，動作安靜而冰冷，像死亡一樣。它並未朝她直接爬過來，但確實在往這裡靠近。白天的惡魔閃著某種光澤，看起來不太一樣。不是咬人蜣的油亮，而是從身體各處反射出尖銳的陽光。夜晚的惡魔就像是黑暗的一部分，完全和岩壁、樹林或是灌木叢融為一體，但是在白天就顯眼得多。

從十六歲開始，阿基里婭．古珀就不斷在衛城之間奔走傳信，到此刻已經三年。雖然每次離開衛城都讓她害怕，每個腦子正常的人都該害怕，但信使終究只會在白天奔走，而真正恐怖的，其實是日落以後，那等待日出的漫長黑夜。

因為惡魔會在黑夜現身。

那頭黑色凶獸又停了下來，扭曲的左臂半懸在空中，長長的腦袋慢慢往她這轉了過來。它平滑的甲殼上沒有眼珠，但……它看見她了嗎？

一陣微風吹來，夾雜著惡魔的味道，聞起來竟有點像是剛從雨後岩石剝下的苔蘚，沉甸甸的。她聞到它了——它也聞到她了嗎？兩天前她剛洗過一次澡，接著就在太陽底下跋涉了兩天，又在浸滿汗水的衣衫裡睡了兩夜，要命，**她好臭**。

要是風向轉變了。要是它聞到她了。她會死嗎？

阿基里婭發現自己緊緊握著小刀的刀柄。她強迫自己放鬆，找回**不鬆不緊**的完美平衡，這一刻，她真的把小刀當成了兄弟。

但如果惡魔撲過來，她真的有勇氣舉刀嗎？

她還記得赫蘭最後的抉擇。惡魔撲向他，他高舉自己的小兄弟，像艾珂訓練的一樣，刀尖刺進右頸，刺進顎骨的正下方。然後，他的刀，用力一扯，把脖子整個扯斷。

那時，阿基里婭就跟現在一樣，躲著、看著。她看見赫蘭的血噴向四處，她看見惡魔漆黑的頭顱變成鮮紅。他用自己的死幫助了同胞，沒有讓惡魔的族類中多出一個伏行的邪惡污物。

赫蘭．布沙爾死得像個英雄，不像阿德瑪。

阿德瑪沒有遵從訓練，沒有相信他的小兄弟，而是從背後拔出矛頭想要作戰。阿基里婭不記得他是否刺中惡魔，就算有，惡魔也不受半點影響。黑色的爪子撕碎他的偽裝服、他的皮膚、他的血肉。阿德瑪慘叫了一聲，只有一聲，惡魔就帶著他離開了，再也沒有人看到過他。

此刻也輪到她面對最後的抉擇了嗎？當惡魔撲向她，她會像赫蘭一樣堅強，還是像阿德瑪一樣懦弱？

再十步，她就會知道。

它走動，張望，正在狩獵。

八步。

她的呼吸變快、變淺，恐懼正在走向她。

安靜是我們的力量。

阿基里婭逼自己鎮定。她忍受了那麼多訓練，忍受了艾珂的怒罵，忍受了艾珂的毆打，忍受了艾珂那些口訣像鑽頭一樣鑽著她的腦袋。所有忍受都是為了這一刻。

她的呼吸愈來愈慢、愈來愈深，惡魔也愈來愈近。

六步。

惡魔又停頓下來，左手再次放回地面，頭部歪向左側，又歪向右側。

呼吸被它聽見了嗎？它是在尋找這個聲音嗎？

除了艾珂，阿基里婭還有一個老師。他叫西涅什．畢舍爾。

西涅什從不打人，但他的課絕不輕鬆。

死亡來臨時，要看著生命的美好。

這句話她到底聽西涅什說過了多少次？他到底說過了多少次，那些站在人牆之中，和只想殺死他的人面對面的故事？他總說他們近得可以互相碰觸、可以互相親吻。

看著生命的美好。阿基里婭遵照西涅什的教導，張大眼睛看著眼前的一切。她看見山中岩石上綿延著棕色與灰色，老樹幹白腐後殘留著黃褐色，她看見爐火椿樹叢是一片沉沉的艷紅色，苔蘚是黯淡的棕黃色。她看見蒺草在畸零的土壤上紮下蒼綠色，天空是蔚藍色，整片山都瀰漫著馥郁的氣味。

她覺得……平靜。死亡只離她幾步之外，就在她的一個噴嚏、一聲咳嗽、一下嗚咽之外，而她卻感到非常平靜。它又朝這跨了一步，她的時候到了。

她在心裡回想著那些訓練：舉起小兄弟，轉動刀刃，用力刺，不是刺進脖子，要刺穿脖子，要用力拉扯，往喉嚨的前方扯出刀刃。一定會非常痛，但不會痛太久。

又一步。那張嘴再次扯開。

沙沙、沙沙，聲音從遠方的樹木間傳來，風將偽裝服的網子吹在她的臉上。

惡魔緩緩扭過頭，動也不動地待了許久，比她的眨眼還要久，接著飛快地走了，走得比飛鳥的影子還快。

風刮得更大了。阿基里婭閉起眼睛，聆聽著這美妙的聲音。是風吹過樹林、灌木和草叢的聲音救了她嗎？

她開始數數，像艾珂教的一樣。穩住呼吸，專心在數字上。一直數到兩千，她才終於鬆開手腳，用戴著手套的手提著小兄弟，從灌木叢裡爬出來。

風吹上山坡，灌木叢被吹得窸窸窣窣，蒺草被吹得匍匐在地。一隻響翅雀從樹上跳出來，拍著響亮的啪沙聲飛向遠方。

響翅雀的飛翔有如喚醒世界的信令，整座山裡的動物都活了過來。咬人蜣發出高亢的鳴叫，蒺草叢裡也傳來云唧唧尖銳的「云唧—云唧」。低沉的「嘓、嘓、吭—」或許是正在捕食云唧唧的駝蜍。還有那嘶啞的「嗚嗚—呵」，想必附近有頭伏土獸又快樂地挖起了地道。

每當惡魔出現，動物永遠會最先知道——牠們的沉默是震耳欲聾的警告；而當牠們再度放聲歌唱，就差不多可以確定惡魔已經遠走。

但只是**差不多**而已。

也許還能見到明天的太陽——阿基里婭被一陣輕鬆淹沒，她抬起頭掃視天空，太陽已經走了好一段距離。她躲了多久？兩個小時？或許更久一點。阿基里婭慢慢轉頭，仔細盯著山坡、灌木叢、樹林……她沒看到布蘭頓或是科林。

於是她發出伏土獸的叫聲。「嗚嗚—呵」，回應從山坡上傳來，就在幾碼外的一叢灌木裡。

「出來吧。」

布蘭頓先站起身。他躲的地方比較高，身上的偽裝服沾滿新鮮的苔蘚和乾燥的枯枝，幾乎看不出人的輪廓。布蘭頓才剛滿十五歲，照理說還要在衛城裡待一年。但他長得很快，快得督政官們決定提早派他出來。他現在已經身高六呎。體重一百多塊磚，要是繼續長高長壯，很快就會成為傳信時的累贅。

身影愈是高大，惡魔就愈容易發覺。

「我以為妳死了，」他小聲說，「尿都差點噴出來。」

這是他第二次傳信，上次也是跟著她一起；那次他們也有看到惡魔，但距離很遠。

布蘭頓走向她，走得很近，連陽光都被他寬闊的肩膀給遮住。阿基里婭不知道他走這麼近是因為害怕，想從她這找到安全感，或者只是因為他弄不清楚人與人之間的距離。才十五歲就這麼高大，總有一天他會成為勒墨特衛城最高大的男子。

「剛才……全世界都安靜了。」他問，「惡魔來的時候都是這樣嗎？」

「對，但是不要依賴安靜，它們有時候也會躲起來。而且可以很久都不動，直到所有動物都忘記它，開始繼續活動。所以你要懂得利用一切，利用你的耳朵、眼睛，甚至鼻子。你有聞到嗎？那個像是從石頭上剝黃苔的味道？」

布蘭頓搖搖頭：「我沒聞到。」

「我倒是有聞到你，該死的大臭佬。」科林．第納辛從另一個灌木叢走出來。他比阿基里婭矮了一個頭，而阿基里婭又比布蘭頓矮了一個頭。科林的偽裝服上滿滿都是爐火椿的葉子，把他的兩條手臂都撐了起來，手套上的葉子也多到看不出手指在哪，活像隻紅彤彤的布偶。他拉起臉上的偽裝網，露出他銳利的澄黃雙眼和永遠掛在嘴角的冷笑。

接著他誇張地皺皺鼻子：「我聞到屎味了。布蘭頓，你是拉在褲子上了嗎？」

「才沒有，」布蘭頓回嘴，「但我真希望惡魔把你拖走，才不用聽你那張嘴繼續廢話。」

「去你的。」科林看向天空，「我們沒多少時間了，我現在只想早點回家倒一大杯熱茶，而不是又他媽在外面多睡一個晚上。你們聽，風愈來愈大了。里婭，我們要不要趕個路？火把還有剩，這樣入夜以前就可以回到衛城。」

這是科林第三次傳信，但他似乎什麼也沒學會。科林很聰明，比阿基里婭認識的所有人都要聰明；但聰明人總愛投機取巧，任何事都想找捷徑。

「風是雙面刃。」她冷靜地回答，「會讓它們聽不見我們，但也會讓我們聽不見它們。至於火把……你真的**很想**被惡魔找到是不是？」

科林拍拍他的偽裝服：「欸不是，**規定**說我們每次出來都要帶三根火把還有火柴。照妳這樣說，如果我們根本不能點火，那我們到底帶它幹嘛？」

「你很清楚是為了以防萬一。」阿基里婭開始下令，「我們今晚**不會回**衛城。現在風很大，所以給我盯緊四周，不要只會往前看，懂了嗎？」

兩個少年點點頭。

「很好，現在過來。」她走向惡魔剛才待的地方，在一個不完整的足印旁蹲下，「我一直在研究怎麼追蹤它們。」

科林眨眨眼，搖了搖頭：「妳說妳在研究**什麼？**」

「追蹤那些惡魔。」里婭重複了一次。

科林把手伸進偽裝服，拔出他的小兄弟，刀尖抵著自己的喉嚨。

「太好了，既然我們隊長他媽的瘋了，那我還是省省時間早點自盡算了。我們**追蹤**那些惡魔幹什麼？我們應該要離它們愈遠愈好！」

有時候她真的很想把科林・第納辛掐死。

「這樣，」阿基里婭解釋，「我們才能了解敵人。」

布蘭頓也蹲在地上，摸了摸足印：「因為總有一天，我們會獵殺它們，不再被它們獵殺。」

科林輕輕做出割喉嚨的動作：「大家都同意我比你們兩個聰明，但你們也不能笨得這麼明顯吧。里婭，快點帶我們離開這裡。」

阿基里婭走回她剛剛躲避惡魔的地方，拿回她塞滿貨物的沉重背包。這也是信使訓練的一部分：

一找到藏身處，立刻丟掉背包。萬一被惡魔拖走，她的伙伴才能取回信件、藥物和其他貴重的貨物送回衛城。

「背包上肩，」里婭點點頭，「趁著還沒天黑，我們能走多遠，就走多遠。」

2

不可踏過同一條行跡。

這條傳信口訣曾由俄莉埃娜·彌恩傳給科爾松·伊倪什，由科爾松·伊倪什傳給艾珂·拉斯忒，又由艾珂·拉斯忒傳給阿基里婭·古珀。而她也一直將此奉為真理。

惡魔習慣避開茂密的灌木叢、鬆散的石子地，以及任何可能發出聲音驚擾獵物的地貌。但沒有人知道它們是否認得出留在這些地方的腳印，沒有人知道它們是否會追蹤人類，沒有人知道它們是否會安靜地跟著信使，找到人類固守的衛城。所以每一次在衛城之間移動，信使都必須尋找新的道路，特別是回家的道路。

家。越過這片黃昏的山坡，就是勒墨特衛城。經過八天的腳程，阿基里婭和她的隊員都累得像是稀粥裡的蘑菇，如果能在天光消逝前回到衛城，他們就可以安全地喘口氣。可惜他們不能急，除了惡魔，還有其他危險必須注意。

通往衛城入口的路徑沿著山脊蜿蜒而上，兩旁布滿各種陷阱。這些陷阱可以殺死惡魔、強盜、軍隊，當然也可以殺死倒楣的信使。想要安全走過這段路，只能依靠隱藏在途中的標記，注意被人手往內折斷的枯樹枝椏、少了一邊艷紅枝葉的椿木叢，或是岩石剝落較少的側面。

安全的地帶約莫三十呎寬，足以讓信使每次都變更路徑。阿基里婭等人也盡可能選擇了堅硬、沒有其他足跡殘留的岩石地。

在很久很久以前，惡魔的洪流尚未淹沒地表，統一者帕烏勒在群山之中開鑿了許多衛城，組成他的戰爭王冠，而勒墨特也是其中一座。傳說帕烏勒王在衛城中駐紮大軍，隨時準備朝山下進軍，鎮服有意反叛的低地城市。但帕烏勒王一死，這些衛城便紛紛遭到棄置，整整一百年無人聞問。

年久失修下，勒墨特衛城的外牆成了一片廢墟。巨大的石頭鬆動，一塊一塊沿著山坡滾落，留下參差的縫隙，猶如衰萎病患朽敗的棕色殘牙。

有些地方的城牆仍勉強支撐著，不過那是因為有人在**不著痕跡地**維護這些遺跡，長牆上頭甚至還留著狹窄的垛孔，每隔五碼就有一道。在古代，弓箭手會藏在垛孔後方，朝進犯的敵軍放出致死的飛箭；但如今，這些狹縫已經毫無用處。惡魔的動作太快，難以瞄準，就算有支箭矢僥倖命中，也無法拖慢它們的腳步。

古時候的牆頭上還會壓著一排厚實、凸出的頂蓋，用以阻擋雨水或下方飛來的羽箭。如今，這些頂蓋幾乎都不見了，有些是因為日曬風吹而坍塌，有些則是被衛城的石匠挪作他用，整個地方因此更顯荒涼。

「啊，總有一天，」科林罵了一聲，「我會被這爛背包弄死。」

里婭懂他的感受，她的肩膀也磨破了。這是連續八天重裝行進必然的代價。

「馬上就要到家了，我倒是很高興，」布蘭頓的語氣很冷靜，「從來沒有這麼高興。」

他的背包比阿基里婭的還大，也比科林的還重，不過這小子從來沒抱過怨，也沒分過心。光從他的動作和他的聲音，阿基里婭就感覺得到冷靜和警覺。這很難得，在傳信的最後一段路，信使往往最容易鬆懈。如果布蘭頓繼續保持這種紀律，應該可以活著領取第一道斬痕。

拿到斬痕那天，他的信使生涯應該也會結束。在衛城裡，大部分的男孩有傳信五次的義務，布蘭頓也不例外；而且他這麼高大，戰士們一定迫不及待要網羅他了。里婭還聽說他已經被近衛隊相中，一退役就會成為奧洛斯·達耳比衛君的護衛與執法吏。

男孩的義務是傳信五次，而女孩則是十次。

所有十六到三十歲的女人，都有義務擔任衛城的信使。想擺脫這義務只有三個辦法：死亡、完成十次傳信，領取第二道斬痕，或是懷孕。

女人在懷胎期間，以及生產後的六個月內可以免除傳信的義務，因此大部分的女孩只要懷孕一次，就會盡量繼續懷孕，直到年滿三十歲為止。

「我可高興不起來。」科林繼續抱怨。

里婭搖搖頭：「天啊，你能不能別再抱怨了？」

「休想，我現在一屁股大便，」他發出難過的呻吟，「要我閉嘴，就給我一個真正的馬桶。呃——我真的受夠用葉子擼肛門了。」

埋怨和沮喪。里婭可以從科林的聲音裡聽得出來。傳信途中密布的恐懼常會讓信使說不出話，只能顫抖著擔憂每道影子。但在某些人身上，恐懼可能會演變成悶燒的憤怒。

當初阿德瑪就是這樣，才會死在第三次傳信的路上。

走著走著，三人已經可以看見山頂的信令崗。阿基里婭停下腳步，盯著陡峭的山坡。眼前這道荒蕪的牆垣上布滿搖搖欲墜的岩塊、巨礫和磧石坡，只要踢錯一根樹枝、踏錯一塊石頭、拉錯一條樹根，死亡就會飛奔而下，任何人都逃不了，就算惡魔也一樣。

哪天惡魔真的想進攻勒墨特衛城，這裡就會先讓它們粉身碎骨。

「科林，你來發信令。」

科林開始模仿云蝍蝍高亢的鳴叫。布蘭頓的聲音太低，發不出這種聲音；里婭雖然也會，但還是比不上科林，他的口技和真正的蟲鳴根本沒有半點區別。

過了一會，山上傳來衛哨的回應，先是尖銳的蟲鳴，接著是駝蜍的「嘓、嘓、吭——」。阿基里婭拉開偽裝服，伸手從大腿口袋摸出一副曬乾的駝蜍喉囊，朝著氣管吹氣。深色的囊袋大大鼓起，在里婭慢慢擠壓下，發出相同的低沉節奏。

一個穿著偽裝服的小腦袋從山脊上探出頭來：「阿基里婭？」

少女的聲音雖高，低喊的方式卻十分幹練，沒有在空中飄蕩，更不會在山間造成迴響。

聽到這熟悉的聲音只代表一件事——他們回到家了。

「沒錯，索珊娜，」阿基里婭用同樣的聲音低喊，「布蘭頓和科林也還在。」

「太好了，趕快上來！」

城牆衛哨的工作非常重要，但也非常無聊。他們必須在岩台上獨自等待信使歸來，而且一等往往都是好幾天。只有值勤中的哨兵才能下令打開衛城厚重的山門，這麼規定是為了防止強盜抓住信使，利用他們侵入衛城。

最後的三十呎路一步比一步陡峭，讓里婭等人不得不四肢並用。每攀上一個岩點，她就覺得背包似乎變輕了一點。當然，信使的背包比半個她還要重，怎麼也談不上輕。但誰管這個？她馬上就要擺脫這玩意了。至少在下次傳信以前，她的生活會無比輕盈。

馬上就要到家了——馬上就會**安全**了。

就在這時，阿基里婭聽見一個抽氣聲，還有砂土滾過岩石的聲音。她舉起一隻拳頭，少年們立刻停了下來。也許只是伏土獸，但都走到家門口了，她可不想前功盡棄。

又一個抽氣聲。阿基里婭轉過頭，想找出聲音的來源，結果在城牆底部發現了一隻白色的爪子正在刨著泥土。

「要命，我們得宰了牠。」

科林瞪了她一眼：「拜託喔，一頭伏土獸而已，又不會咬人。」

這傢伙真的什麼都要跟她吵嗎？

「看到一隻伏土獸，就代表有一整窩的伏土獸，」里婭說，「這是我們的工作。要是牠們動到陷阱，重新設置又得花上好幾個月。」

「什麼鳥**工作**，」科林繼續碎嘴，「又沒有人問過我想不想做這個。」

布蘭頓伸手摸了摸背後的矛鞘，沒有答話，過了一會他才說：「我來吧。」聲音聽起來很難過。

阿基里婭點點頭：「上吧，記得用長矛。被那些畜生踢到可不是鬧著玩的。」

她知道布蘭頓不想做，但重要的不是他想不想，而是他做不做。這麼做不僅是為了保護衛城，還可以弄到約莫二十塊磚重的肉，而肉是非常珍貴的東西。

布蘭頓脫下背包，悄聲放在一旁，解下矛鞘兩側的錐形木棍。和其他信使一樣，布蘭頓也把矛頭繫在背後。信使的工作常需要快速行動，有時必須卸下背包減輕重量，但武器絕對不會離身。他把兩根木棍放在地上，找出青銅打造的箍環，先取下沉重的矛尾釘，將尖端插入地面。接著他拿起一根木棍，將細的那頭塞進銅釘的套筒，用力扭轉，確定牢牢固定住以後，才用箍環將兩根木棍接成一支兩碼多長的梭形長桿。

最後，布蘭頓將手伸到背後，從青銅與皮革的廝磨聲中拔出兩呎來長的葉形矛頭，將矛竿插入套筒，用力扭緊，扭到他戴著手套的雙臂開始微微顫抖。

仔細組裝完成後，他又將長矛凌空旋轉一圈、橫在腰前用力一抖，確認穩固之後才大步走向伏土獸的洞穴。

「看看我們的小戰士，」科林咂了一聲，喃喃自語著，「那頭畜生死定了。」

布蘭頓的動作安靜、流暢，令阿基里婭想起了惡魔。她想像著布蘭頓就這麼潛行到**她**身後，將長矛刺進**她的**腰背，忍不住打了個寒顫。她已經非常熟悉地表的聲音，卻還是忍不住懷疑自己能不能聽見布蘭頓的腳步聲。

伏土獸仍在挖著洞，絲毫不知大難臨頭。

布蘭頓走到洞口，舉起長矛，蹲低身子。他在等待。

又過了幾分鐘，伏土獸終於停下刨土的後腳，轉過身來，探出牠又長又窄的腦袋，不知道是想確認安全，還是想尋找附近有沒有同類。

鋒銳快速的矛尖從布蘭頓手中刺出，一擊斃命，無聲無息扎穿伏土獸的脖子，連帶扎斷疼痛的啼聲。

「有時候啊，」科林搖搖頭，「我真的會被布蘭頓嚇到噴屎。」

嚇人的布蘭頓把斷氣的伏土獸拖出洞穴，放在自己的背包上。伏土獸的身軀幾乎跟科林一樣大，蓬亂的黃毛上滿是深色的泥土，吻部尖端的粉色鼻頭烹煮過後在餐桌上十分受歡迎。而前肢那四根尖銳的褐色鉤爪，併在一起就像是兩把鏟子，經過打磨可以製成刮刀或是首飾。

里婭從偽裝服裡掏出一捆繩子：「剩的我來處理。」

布蘭頓站到一旁，開始分解手裡的長矛，將零件一個個收回鞘中。

科林揮一揮手：「噁，這畜生**臭死了**。」

阿基里婭跟著吸了鼻子：「呃……這應該是我們身上的味道。」

他抬起手臂，嗅嗅腋下：「幹，我們真的離開河谷太多天了，對吧，布蘭頓？」

高大的少年沒有答話，科林聽聞他的沉默，立刻轉身湊了過去。里婭看見他臉上露出了討人厭的微笑，每當科林打算出言辱罵，或是發表惡毒的高見時，都會露出這種笑容。

「嘿，蠢布布，你在**哭**嗎？」

阿基里婭瞥了過去，看見兩道淚痕滑過布蘭頓的臉頰。

科林拍手大笑：「天啊，蠢布布，你也太**纖細**了吧！竟然為這頭發臭的畜生哭成這樣？太好了，我們的衛城就是需要你這種戰士。」

阿基里婭放下綁好的伏土獸，走到科林身後。

「你連靠近那頭畜生都不敢。」她用冷冰冰的聲音斥責，「再說一句，下次團練你來跟我打。」

科林的笑容立刻消失：「我閉嘴就是了。」

里婭重重拍了他的肩膀：「我就知道你很聰明。」

衛城的居民從年滿十歲開始，每個月都必須參加團練，直到五十歲才能退役。體格適合的人會被編入方陣，學習用圓盾和長矛緊密作戰；而不適合的人，也必須練習引弓張弩，或是用投石索拋擲飛石。阿基里婭已經是資深的信使，她有權命令後輩執行額外任務——所謂的額外任務，當然也包含肉搏戰訓練。

而她知道科林**非常**討厭肉搏戰。

多了一頭伏土獸讓布蘭頓的背包大得更誇張，但他只是聳聳肩，就把背包甩到肩上，讓巨獸粗短的尾巴隨著他的腳步晃來晃去。

「好了，我們回家吧。」里婭說道。

他們拿出繩索，一端綁著各自的背包，另一端綁在腰間，開始尋找穩固的石磚當作支撐點，小心翼翼攀牆而上。雖然論體格，科林是三人之中最瘦小的，但在攀登的時候，沒有人比他還要輕快靈巧。

阿基里婭和布蘭頓還爬不到一半，他就已經翻過了牆頂，彷彿一隻竄向受困獵物的鉤臂蟧。

阿基里婭比布蘭頓快了一點。她第二個爬過牆頂，鑽過懸崖下的縫隙，輕輕落在平坦的岩台上。旁邊的科林已經開始拉著自己的繩索，將沉重的背包拖上岩台。里婭雖然氣喘連連，卻也立刻轉身拉索——只要安全進城，就多著是休息的時間。

「我就知道妳會回來的！」索珊娜興高采烈地跑上來。

里婭回了清瘦的少女一個微笑。索珊娜才剛滿十五歲，身上還沒開始長肉，全身上下都洋溢著小孩子對英雄的崇拜。

她笑了，然後捏起鼻子：「嗚，你們真該去洗個澡。不過，大家知道你們回來一定很高興。你們不在的這幾天，熱病已經傳開了。」

傳開了？阿基里婭心裡一沉。他們這一趟確實從刻乎蘭帶了藥回來，但如果生病的人太多，這點藥可能也不夠用。

索珊娜抓住阿基里婭的繩子：「我來幫忙。」

此時，科林已經把背包拉過了牆頭，朝索珊娜投來凌厲的目光。

「喂，妳剛才怎麼不幫我？」

「誰想幫你啊？」

布蘭頓也翻過牆頭，落在岩台，一言不發地拉著自己的繩索。他的背包幾乎和阿基里婭的一同落地。

「我也開始受信使訓了，」索珊娜幫里婭抬起背包，「再過不久，我就可以跟妳一樣了。而且我跑得**很快**！連男生都沒人可以跑得過我。」

阿基里婭在跟她一樣的年紀，也對黛涅兒．薩尼安講過差不多的話。那時她才剛開始在城牆上站哨，而黛涅兒已經在執行拿到斬痕後的第二次傳信。那時的她就像索珊娜一樣，每天在牆上等著黛涅兒回來，幫她把行李拖上城牆。而黛涅兒的第八次傳信，也正好是輪到她站城牆的衛哨。

只是那次黛涅兒沒有回來。

阿基里婭把回憶趕出內心，從懷裡掏出一根包著蘆草葉的米菈糖遞給索珊娜。

少女的雙眼一亮：「謝謝！」

她剝開葉子，裡頭透明的棕色糖棒斷成兩截。

「欸，抱歉，本來應該是一整根的。」

「沒關係啦！」索珊娜往嘴裡塞了一塊糖，笑得瞇起眼睛，「好吃！」

科林再次失去耐性：「喂，小鬼，妳要是吃飽了，能不能快點叫他們打開這扇破門？還是妳打算要我站在這看妳**吃完**？」

索珊娜的笑容消失了。她低下頭，看著手上的米菈糖。

「我已經送信令給他們了。」

阿基里婭瞪著科林：「你一定要這麼討人厭嗎？」

科林瞪了回來：「我才不要在這裡浪費時間，玩些小鬼頭的遊戲。」

你也才十六歲，根本沒比索珊娜年長多少。

阿基里婭話還沒出口，就聽見左方傳來咯啷咯啷的聲響。她轉頭望去，一堵巨石砌成的高牆橫攔在岩台的盡頭，上頭的每一塊石磚都比人還要高大；不過此時，中間那塊石磚正緩慢地向後倒退。衛城山門的開關是靠人力操作，雖然很少出問題，但畢竟要用人力推拉好上千塊磚重的巨石，意外仍時有所聞。

有幾次是牽石頭的人受傷，有幾次則出了人命。但要擁有一道從外無法開啟的入口，這就是必須付出的代價。

衛城起初也有兩道山門，但如今已和岩台的右側一同荒廢。兩道古老的山門都是向內開啟，其中一道被崩塌的門檐埋住，只剩一小部分還看得見；另一道門不但是死路，也是陷阱，只要有人打開，就會被無數的落石砸碎。

巨大的石磚沒入城牆，停止後退，開始向一旁挪動，露出衛城裡漆黑的空間、明光壺粉紅的冷光，以及卡丹絲．巴羅的臉龐。儘管整片岩台都因為懸崖的遮蔽，終年處於陰影之中，這名婦人見到傍晚的陽光還是忍不住瞇起雙眼。她的肌膚從未碰觸陽光，宛如初生一樣蒼白，而她的頭髮同樣不見一絲色彩。

「布蘭頓，」她用微笑扯開眼角與頷骨之間一道道深刻的皺紋，「你回來了。」

「媽，我回來了。」布蘭頓走向卡丹絲，將她的身軀抱入懷中。少年比母親高了好幾個頭，也比她重了五、六塊磚。

「**幹你娘親，**」科林破口大罵，「我們快點**進去**這些鬼東西交出去行不行？」

布蘭頓轉過身，瞪著科林。那一瞬間，阿基里婭看到少年長成了一個男人、一個頂天立地的巨人，未經世事的恐慌與焦慮再也不能將他束縛。

「喂，不要因為你自己沒有爸媽，就來對我的家人撒野。」

科林的父母患上失神症死去時，他的年紀還小，每當有人提起這件事，他就覺得怒火在煎熬著他的喉嚨。

「算了吧，布蘭頓。」卡丹絲拉拉兒子，「他看起來很累了。」

但好言相勸反而讓科林的嘴吐出更多有毒的言語：「說得好，各位還記得什麼地方沒有惡魔嗎？要我閉嘴，就快點讓我下去。你沒看到阿基里婭還急著去軍械庫裡找托利奧撫摸交纏嗎？我們還在這嘮叨什麼？」

阿基里婭羞得耳朵發紅：「我不管你們了。索珊娜，要一起進來嗎？」

「不行，」少女搖搖頭，「艾珂明天要從芬頓回來，我得在這等她。」

艾珂是勒墨特最老練的信使，她的義務很久以前就完結了，但直到現在她仍繼續替衛城傳信。相比阿基里婭等人前往的代卡泰拉和刻孚蘭，去芬頓的路安全得多，但仍有危險。遲歸一天不算什麼，但既然是艾珂，或許她也不用太擔心。

「走吧，里婭，」布蘭頓看向她，「我們還得去覲見衛君。」

阿基里婭走進牆中，在入口處等了片刻，讓雙眼適應衛城裡的陰暗，免得一腳踩空，毀了這幾天在地上躲避危險的努力。隨著階梯在明光管的映照中浮現，阿基里婭聽見布蘭頓、卡丹絲和科林也走進牆內，門口的巨石咯啷咯啷滑回原處，於是她朝下跨出腳步。

3

她走進了一場歡迎英雄的凱旋式。

廊道的拱頂下擠滿了衛城的居民，每個人都想要靠近她、靠近布蘭頓、靠近科林，想要親眼見證信使們的歸來、見證他們還活著的消息並非謊言。人們高聲喝采、擁抱她、親吻她，朝她丟擲粉紅色的銀碧花。花瓣掛在她的偽裝服、她的頭髮，還有她汗水黏膩的臉龐上。凱旋式上絕不能缺少這些氣味香甜的花朵，因為在傳信的路途上，信使必須時刻保持偽裝，可是沒有人會想要聞到英雄連日穿著同一套衣服從不脫下、登山涉水數百里後全身散發的惡臭。

話說回來，銀碧花本來也**不是**粉紅色，只是因為散發淡紅冷光的河水，沿著廊頂的玻璃管流過整座衛城，才給人這種錯覺。在純淨的陽光下，這些花朵就像寒冬的積雪一樣潔白。

不過簇擁在她身邊的人身上倒是穿著各種色彩。衛城裡的空氣炎熱，讓女人不得不穿著樸素，改以首飾妝點自己。有人頭上插著伏土獸爪磨成的髮簪和梳子，有人脖子上戴著紅銅、青銅或黑鐵製作的項鍊，有人的耳鼻穿著紫色的銅環，還有人的手鐲或項鍊上閃爍著血玻璃的光芒。男人大多只穿一條長褲，光著雙腳，赤裸的上身閃著汗水的光澤，讓紋在手臂上的青線更顯濃重。

這些都是她從小就認識的人。他們伸手拍著她的肩膀、撥弄她的頭髮、將她拉進懷中，在微笑、歡呼和讚頌中高聲問起他們所愛的人，問起其他衛城的生活。而里婭也盡力回答每一個問題。

「小勇者啊，」尤諾絲太太吻阿基里婭滿是臭汗的額頭，布滿皺紋的臉上掛著笑容，「西列諾有要妳帶些什麼話嗎？」

「他要我發誓會轉告妳，他愛妳，」阿基里婭回答老婦，「還有妳縫的手套在採鐵砂時幫了他很多忙。」

聽了這些話，老婦人的雙眼流下淚水，她已經好幾個月沒聽過兒子的消息了。上一隊前去代卡泰拉的信使沒有回來，三個人全都失去了蹤跡，而衛城的處境依然危急，於是督政會決定派阿基里婭再次前往。不過比起食物、草藥或是麻藥，人們或許更期待里婭帶回的口信。

他們一個個親吻她、擁抱她，不斷拋來熱切的詢問，就像滿地的銀碧花一樣。

「妳有見到烏斯刻嗎？」

「法比寧有收到我的信嗎？」

「黛妮賽奶奶還活著嗎？」

在地面上經歷那麼長的寧靜後，這麼多喜悅的歡呼、笑聲、問題與尖叫，都讓人喘不過氣。阿基里婭知道她的同胞們沒有惡意，但她其實不喜歡人們這麼靠近，也不習慣這些**喧鬧**，這一切都讓她難以呼吸。

到處都是人。大人。和她同齡的少年。老人。小孩。嬰兒。**好多**小孩。有些小孩吸著鼻子，水汪汪的眼睛看向這裡。有些小孩在大人胯下鑽來鑽去，玩著**惡魔抓人**的遊戲。有些被媽媽抱在懷裡，有些牽著媽媽的手。那些母親年紀都跟里婭差不多，甚至比她小了三、五歲。

到處都是大人的高喊、孩子的尖叫，歡欣的氣氛在石牆間碰撞，濺得到處都是，尖銳得有如惡魔在黑夜中狩獵時的嘯聲。

阿基里婭用力推著夾道的人群，想要走快一點。她告訴自己人們是在為她平安歸來而開心，但他們的問題還是不斷拋來。尖銳的問題。

「**刻孚蘭的混蛋有沒有把藥給我們？**」

「**他們有多少存貨？我聽說他們在屯藥！**」

「**孩子啊，千萬別聽信代卡泰拉人那些有毒的宗教！**」

在她出去的這九個晝夜，人們對其他衛城的懷疑一點也沒有減少。不知道她帶回來的藥能不能改變他們的想法？阿基里婭說不上來。

廊道裡忽然變得一片寂靜。原本密不透風的人牆，因為三個高大的男人到來而分開。左邊的是個眼角下垂的大鼻子，名為瑞尼科．玻瑞諾斯；右邊金髮的叫做沙利姆．安尼刻托斯，是個在女人面前吹牛的好手；而走在前面的，則是他們之中最兇暴的卓斯科．拉墨克。三人身穿無袖的白色上衣，宣告著他們是衛君的個人護衛。他們的矛頭沒有背在身後，而是掛在腰間。

但卓斯科沒有帶著矛頭，因為他不需要——他只要讓平常使用的短棍露出腰帶就夠了。

「各位信使，歡迎回家。」卓斯科開口，聲音像是從山壁崩落的巨石。

「托你的福，」阿基里婭答道，「差點就回不來了。」

黑髮的卓斯科長得不高，兩眼恰好與阿基里婭平視。但是他非常壯，肩膀幾乎有女信使的兩倍寬，雙臂上布滿和南方人、島嶼人以及其他強盜作戰時留下的疤痕。

他朝年輕而高大的沙利姆伸手，接過一個布袋，雙目盯著阿基里婭動也不動，在身前將袋子抖開：

「你們有把毯麵粉帶回來嗎？有的話請交給我們。」

象。

阿基里婭對布蘭頓使了使眼色，卻看到少年已經卸下背包開始翻找，顯然很想給這些人一個好印象。

「我們平常都是直接把毯麵粉送去醫院。」阿基里婭只好瞪回去，「這次我們也願意多跑這一趟，不用麻煩各位。」

卓斯科咧嘴笑，露出在某次戰鬥中被打落牙齒留下的黑洞。

「抱歉，這是衛君的命令。現在時局艱困，可能會有人想拿東西賄賂妳，但我們都不希望剛完成一趟傳信的英雄被誘惑糾纏，妳說對嗎？」

索珊娜說生病的人變多了，但實情顯然更糟糕，糟糕到衛君需要派卓斯科出馬，以免有人為了提早拿到藥而動歪腦筋。

布蘭頓拿出幾個束口袋，丟進大袋子裡，換來了卓斯科滿意的笑容。里婭站在前面都可以**感覺**到少年身上散發著刺人的自豪。

「做得好，年輕人。小里婭剛剛說你們這趟差點回不來，但你應該有好好保護人家吧？」

「是我被她保護才對。」布蘭頓舉起雙手，掌心相對，比了一段和他肩膀差不多寬的距離，「她離惡魔就**這麼近**，卻一丁點也沒有動搖！」

一陣竊竊私語立刻傳遍擠滿人的廊道。

卓斯科沒有接話，只是搖搖布袋：「欸，你們兩個，快把東西交出來。我還有更重要的事得去辦。」

阿基里婭卸下背包，交出六個束口袋，和科林所交的數目一模一樣。

卓斯科看看袋子，又看看阿基里婭：「就這些？」

她點點頭。

「**妳確定？**」

卓斯科既不以肚量出名，也不以忍受頂嘴見長，就連科林也不會在他面前耍嘴皮子。但里婭只是再次點頭，擺出她最無禮的態度。

「哼。年輕的布蘭頓，你做得很好，明早第一聲鐘響，我人會在校場。你要來嗎？」

布蘭頓睜大雙眼：「當然，**長官**，我一定到！」

卓斯科將布袋甩過肩頭，帶著另外兩個打手退出廊道。人群紛紛讓開，又在他們身後聚攏，再次擋住阿基里婭的路。

科林看著布蘭頓，又露出不久前惡劣的笑容。

「**長官，**」他捏尖嗓子，模仿布蘭頓的語氣，「**我一定到，讓我舔乾您卵蛋上的汗水！長官**。」

布蘭頓笑容逐漸消失，一言不發走下廊道。他走得很快，沒有人敢擋在他的前面，就像他們不敢擋住卓斯科的路一樣。

科林舉起左手兜在嘴邊，繼續高喊：「**您的卵蛋好香，長官！**」

一個巴掌揮在他臉上。

矮小的少年慘叫一聲，摀著臉頰瞪向阿基里婭：「我在幫妳欸，里婭！」

「還是你想讓他來打？」阿基里婭答道，「我說真的，總有一天這張嘴會害你被人打死。」

他這才注意到身旁的每個人都一臉目瞪口呆。有些人注意他的目光還刻意別過臉，裝作沒看見他。

「謝了喔。」科林放低聲音，「至少妳打我還知道要講道理。」

科林這番話將阿基里婭的懲戒與其他人的欺凌相比；話才出口，他臉上就流露悔意。阿基里婭的態度確實霸道，那下耳光也實在疼痛，但阿基里婭終究只比科林高了一個頭；高大嚇人的布蘭頓，可能真的會掐斷科林的脖子。

科林擠出微笑，轉向眾人放聲說道：「親愛的勒墨特人們，請好心點讓我們過去，衛君還等著我們的報告！」

話一說完，尷尬的時刻隨即過去，群眾讓出了路給科林前進，里婭隨後跟上。在地面上，總是由她負責領路，但在安全的衛城裡，她不介意走在別人身後。

一朵花敲在阿基里婭的眼睛上，讓她忍不住怔了一下，但不疼。她笑出來，擦了擦眼睛，繼續跟在科林身後。看著同胞這樣用銀碧花大肆慶祝，里婭不禁覺得有點諷刺；就在九天前，她、布蘭頓和科林可是背著足足有自己一半重的花朵，前往代卡泰拉與刻孚蘭交易。

十幾年來，那兩座衛城一直想要自行種植銀碧花，但是都失敗了。就像製作毯麵粉的黴菌只出現在刻孚蘭，銀碧花也必須依靠勒墨特的菌茸才能生長。銀碧花煮成的湯藥可以治療體衰病，對其他衛城來說是無價之寶；但是在勒墨特，這些花朵卻隨處可見，足以供他們恣意揮霍，灑滿地任人踐踏，直到有人想起才會將其掃入河中。

阿基里婭聽見前方傳來布蘭頓的笑聲。他已經將科林的侮辱拋在腦後，享受起此刻得到的注目與歡呼。里婭意識到，勒墨特人朝他拋擲的崇拜與喝采，比剛才給她的還要更多。儘管她的傳信經驗豐富，但布蘭頓才是男人，高挑健美的男人，人們看向他的眼光，自然會跟看向她的不一樣。

事情就是這樣。

就連科林都難得笑了出來。

但他確實該好好笑一笑，布蘭頓和她都是。他們回來了，背包裡不只有刻孚蘭的毯麵粉跟糖果，還有代卡泰拉的斯然香料、紙張與鐵砂，以及眾人等了好幾個月的消息。那些地方住著他們的祖父、祖母、父親、母親、阿姨、叔伯、兄弟、姊妹和朋友。如今終於可以聽到他們的話語、看到他們的字跡，這場慶祝想必會持續到河面的明光黯去。

她和科林忍受著拍在背上的問候與祝福，在廣場廳的門口追上布蘭頓。圓形的大廳裡列著一排排的長木桌，周圍環繞著四道石階。其他沒有前往廊道攔截他們的人都聚在這裡，坐在桌邊或是階梯上，高歌慶祝這趟傳信的成功。

阿基里婭跟著布蘭頓和科林穿過廣場廳，轉進另外一條走道。此刻，校場兩旁的看台上空無一人，但下方鋪著細沙的橢圓形空地上依然熱鬧，戰士們在各自的崗位上鍛鍊著作戰技巧。

維勒・潘庫爾和格利安・伊倪什站在射箭場，手裡重弩所用的箭矢幾乎和阿基里婭的手臂一樣長。內門薩特家的卡德利和法里得兄弟兩人一組，卡德利握著圓盾，掩護著身後的法里得，因為他兄弟手裡的戰矛足足有三碼之長，比信使用的矛還多了半個人高。每當卡德利移動、轉身，法里得也立即跟上，對著想像中的惡魔揮出凶猛的刺擊。

在人類彼此征戰的過去，盾牌曾是戰場上重要的武器。但自從人類之間不再交戰，至少不怎麼交戰以後，盾牌就成了殘餘的贅物。這東西大又笨重，在惡魔面前毫無用處，徒增負擔。要活命的話，阿基里婭永遠會把希望放在偽裝服上。

但戰士有戰士的想法，老東西總是有它的道理——

布蘭頓整個人突然僵住，把科林撞得往後一彈，後腦杓直擊阿基里婭的下巴。

「幹，白痴，第一天學走路喔？」

布蘭頓沒有回話，只是側身微蹲，直盯著校場後面。阿基里婭順著他的目光看過去，立刻了解他是怎麼回事。

因為遠處有一頭惡魔正站在三名戰士的面前。

列奧尼托斯・拉墨克和馬索奇・達斐德兩人左手舉著大盾遮住身體，只露出兩隻眼睛，右手將名為**獵魔叉**的三頭矛高舉在盾牌上方，對準另一個身穿惡魔甲殼，頭戴閃亮長顱的傢伙。安達恩．吉索斐瑞德站在他們身後，在兩面盾牌中間托著重弩伺機瞄準。

科林無奈地罵道：「不可能是**真的**啦，呆子。」

當然不可能。他們幾人都在信使訓時看過那件衣服幾千幾百次。但是在這次出去以前，布蘭頓都不曾在那麼近的距離看到真正的惡魔。看來這次遭遇真的衝擊了他，就連打扮成惡魔的人都能將他嚇成這樣。阿基里婭不怪他，因為任何人碰到那種事都會徹底改變。

「啊……我猜那惡魔裝裡大概是班吉．若恩松吧。」布蘭頓眨眨眼，「衛城裡只有他長得那麼高。我不在外面時，他們偶爾也會叫我穿。」

阿基里婭吞下一口妒意。布蘭頓才十五歲，比她還小四歲，卻已經開始接受戰士訓，而她卻沒有，只因為女人不能當戰士。

科林朝他打量了一下：「你穿惡魔裝一定很好看。」

突然的恭維令布蘭頓笑開了嘴：「謝啦！」

科林白眼一翻，有點惱怒地嘆息：「我是說，只要有東西能把你那張醜臉遮起來，都會滿好看的。」

布蘭頓紅著臉低下頭。看到他這樣子，阿基里婭的妒意又消失了。他還是個小孩子，那些事情又不是他能決定的。

「別聽科林講那些垃圾話，」她說，「你比那矮子帥多了。」

科林哼了一聲：「嗯，是喔。」

三人看著校場上的「惡魔」衝向列奧尼托斯，狠狠撞在他往前推出的戰盾上，被震得踉蹌倒退。列奧尼托斯刺出分為三尖的獵魔叉，深深搗入惡魔的胸口。惡魔被刺得向後倒下，寬大的手腳在身前胡亂揮舞。

「那些矛尖沒有開鋒，」布蘭頓向兩人解釋，「但還是痛得要死。」

安達恩立刻扣下弩機，弩箭重重射入「惡魔」的雙腿之間——就算隔這麼遠，阿基里婭也看得到箭鏃上的軟墊，但惡魔還是厲聲慘叫，滾到一旁像胎兒一樣蜷縮，用巨大的指爪捂住下襠。狹長的漆黑頭顱向後扭曲，讓里婭可以從這裡看見班吉鬈曲的紅髮和細細的雙眼。

科林笑到整個人掛在護欄上。

「**噢**，」布蘭頓也皺著眉，「真倒楣。」

戰士們哈哈大笑，放下手中的圓盾，走向倒地的班吉。

安達恩將十字弓拄在地上：「要是惡魔也有卵蛋我們就輕鬆了。」

列奧尼托斯笑道：「安達恩，你根本神射手，那麼小的靶你也射得到！」

又是一陣大笑，班吉舉起一隻手，比出惡魔修長尖銳的中指。

科林笑得都說不出話了。他趴在走道的木圍欄上，使勁鼓著掌，吸引了戰士們的注意。他們看向信使，高聲喝采，朝空中擲出槍矛，用盾牌敲擊出響亮的聲音。一股驕傲襲向阿基里婭胸口。除了衛君，勒墨特人最尊敬的就是戰士。

「嘿，布蘭頓，」法里得朝這點點頭，「這趟宰了幾頭惡魔啊？」

妒火又回到阿基里婭的腹中。

「抱歉了，戰士們。」布蘭頓搖搖頭，「一頭也沒有。」

「哎喲，看來是**兩頭**喔。」格利安接著說，「我猜對了嗎，布蘭頓？」

布蘭頓的臉又紅了，他笑了笑，不太習慣這些恭維，卻還是很享受。當然啦，誰不愛呢？

而且什麼都不用做，不用負責領導伙伴，只要別尿褲子就好。阿基里婭舉起手將這些想法拍出腦袋。布蘭頓一點錯也沒有。他沒有拿傳信的事吹牛，也沒有亂編什麼英雄事蹟。他不該承受這些忌妒。

「我們一頭也沒殺死。」科林告訴他們，「但我們冷靜面對了一頭獵食的惡魔。」

戰士們禮貌地點點頭，但沒把心思放在這柔弱矮小的傢伙身上。科林永遠也成不了戰士，但阿基里婭知道他比這些人加起來都還要聰明；可是她也知道，這些人只尊敬勇武，不懂得欣賞智慧。

「走吧，」阿基里婭拍拍兩個少年，「還得去見衛君呢。」

這句話將布蘭頓臉上的笑容一掃而空。

阿基里婭帶他們穿過校場，走下通往衛城行政區的走道。她好想洗澡，好想趕快脫下發臭的偽裝服；但在那之前，她得先向那些統治勒墨特的男人報告一切。

4

阿基里婭、布蘭頓和科林終於脫下偽裝服，緊緊捲起綁在背包上。三人坐在衛君閣外的長椅上，慶幸著自己終於能擺脫那堆網子和上面的草木。不過他們身上仍穿著同一套衣衫，八天來的汗垢、泥土和體味不停熏著高掛在石牆上的埃忒癸娜島地圖。

坐在安靜無風的空氣裡等候傳喚，阿基里婭徹底意識到她和伙伴身上的臭味。

「他們為什麼不先叫你們兩個去洗澡啊？」

科林白了她一眼：「妳聞起來是香香甜甜的喔？」

衛君閣的大門呀地一聲打開，侍從官忒西爾．阿卡那端著三大杯冒著輕煙的爐火椿茶，緩步走了出來。

科林接過杯子：「啊，忒西爾，我快愛上你了。」

布蘭頓和阿基里婭也各拿了一杯。

「謝了，忒西爾。」

侍從官沒回話，收起托盤後就退回閣內，重新關上大門。

忒西爾跟阿基里婭是同梯，以前的他很風趣，走到哪都有他的笑聲。但是第五次傳信時，他的伙伴**都被**惡魔奪走了。之後他再也沒笑過。

「呼，跟洗澡比，我還比較想念這茶。」科林舉起茶杯，「就算是這種爛茶也無所謂。嘖，他們就是學不會要濾掉澀味。你們知道身為全衛城唯一懂得煮茶的人，一直在外面聞著爐火椿的香味，卻連火都不能點，有多痛苦嗎？」

里婭當然知道，一路上科林都在抱怨沒有茶喝。

三人啜著熱茶，再度陷入沉默，爐火椿輕微的振奮感慢慢湧上腦袋。

布蘭頓清了清喉嚨。這是他搜索枯腸尋覓字彙時的習慣。

「布蘭頓，拜託你，」科林低吼一聲，「有屁快放。」

他想了一會，轉向阿基里婭。

「那頭惡魔，」他的聲音很低，「妳覺得會是瓦涅莎嗎？」

阿基里婭不想思考這件事，但問得好……瓦涅莎是瑪黎．若拉的伙伴，兩週前在傳信途中被惡魔帶走。

「我不知道。」里婭放下茶杯，「但我希望不是。如果你碰到瑪黎，**千萬不要**向她提起這件事。她還無法接受那次慘劇。」

科林抓了抓臉：「你們這些白痴，人類是不會變成惡魔的。」

布蘭頓往一邊退了半呎，彷彿科林從嘴裡噴出毒煙。

「你這是褻瀆，」布蘭頓譴責道，「大家都知道惡魔有魔法——」

「根本沒有什麼魔法。」科林繼續說，「那都是祭司的鬼扯，因為他們什麼都不知道，又**不承認**自己一無所知。人類是不可能變成惡魔的。對吧，里婭？」

阿基里婭也不由得退了幾吋，才意識到自己的舉動，又坐了回去。

「我也不知道，」她答道，「我是說……傳說中都是這樣說的。」

科林抱住胸口：「哼，對啊，什麼惡魔之母養了一堆**魔法蜘蛛**，會把人也變成惡魔。不是，你們自己想想看，這完全不合理，況且有誰見過**蜘蛛**是什麼玩意？」

這番話把素來虔敬天主的布蘭頓嚇得說不出話，讓科林有些得意。

「不准再提蜘蛛。」阿基里婭下令，「也不准提瓦涅莎，這是命令。」

科林從嘴裡發出一串屁聲，靠在牆上默默喝著茶，努力擺出全世界最厭煩的神情。

「可是里婭，」布蘭頓又道，「那時候惡魔就在妳面前，為什麼妳可以那麼**冷靜**？」

他真的嚇到了，比里婭所想的更害怕。

「因為我想活下來。」阿基里婭正色答道，「安靜是我們的力量。」

每當里婭搬出訓練口訣，科林都會忍不住用尖酸的話語嘲諷。她本以為這次也會一樣，沒想到他竟然跟著複誦：

「安靜是我們的力量。」

「這樣說的話，」布蘭頓說，「科林你就是世界上最弱的人了。」

科林跳了起來，瞠目結舌，瞪著努力憋笑的布蘭頓，弄得阿基里婭哈哈大笑。

「真沒想到石頭也會開玩笑。」科林搖搖頭，又靠回牆上，「但我真的沒辦法那麼冷靜。要是惡魔就在我的面前，我一定拔腿就跑。」

「那你就會被它們抓走。」阿基里婭說，「艾珂說過它們感覺得到附近地上的振動。跑只會害你**更快**被逮到，站著不動才有機會活命。」

科林直盯著手中的杯子：「媽的！真希望有人能把我肚子搞大。我不想再傳信了。」

如果他有子宮，不知道他還能不能講出這種話？

阿基里婭站起來伸了一下懶腰，想拉開跋涉八天以後痠疼緊縮的肌肉。她看向牆上的地圖。一大片陌生的深藍海洋包圍著埃忒癸娜島。參差的深綠代表平原和海岸，上頭畫著一條條淺藍色的河流；愈往內陸，島上的地勢愈高，綠色愈來愈淺，開始夾雜著棕色，勾勒出一座座丘陵，最後成為環繞在拉涅湖和密泊湖畔的山峰。

兩座湖泊原本和黑煙山一樣，都是火山，至少科林是這樣說的，他知道太多派不上用場的東西。地圖上還留著古鎮與古城的名字。據說海蘭城有過一萬五千人居住，而示瓦摩則有**兩萬人**。還有廷塞拉。之前她去信令崗找潘達時，甚至還能從勒墨特山上看見那座被森林吞沒的輝煌遺跡，傳說那座城市可以容納**五萬人**。

難以想像。

有幾座山峰上標著鮮艷的色彩，都是統一者帕烏勒戰爭王冠上的衛城。刻孚蘭、代卡泰拉和勒墨特圍著拉涅湖而建。塔干塔位在密泊湖的東南方，芬頓則位在東南海岸附近。西邊海岸上的是然他爾，在他們南邊則是已經陷落的希珀尼亞和彭塔蘭。在島嶼正南方的海岸上，聳立著夢魘徘徊的黑煙山，惡魔之母的宮殿。

在這張地圖外，還有北方人的土地，但從來沒有埃忒癸娜人看過那些地方。在如今活著的人裡，已經沒有誰曾經看過。距離上次有北方的軍隊將海船停靠岸上，也已經過了許久。曾經，北方人是海岸與平原上最大的威脅，但如今那裡既沒有財寶或是田產可以掠劫，又有惡魔四處盤據，根本不值得冒險登島。

但惡魔卻阻止不了曼戎島來的海盜。他們依舊不斷前來，每次都只駕著一艘或兩艘小艇，上了岸就在偏遠地方遊蕩，見人就殺。但阿基里婭聽說他們除了水果，很少帶走其他東西。可是，水果值得讓人橫越大海、賭上性命嗎？或許吧，她自己也賭上了五次性命，只為了把貨物帶回勒墨特衛城。

衛君閣的門再次打開，出來的還是忒西爾：「阿基里婭，督政官們可以見妳了。」

阿基里婭將茶杯交還給他，邁步走入衛君閣。衛君和督政官通常只接見領隊的信使，但布蘭頓和科林還是得留在這，以免裡頭的人難得想聽聽其他人的報告。

衛君閣或許不是衛城中最大的廳室，但絕對是最明亮的一間。當初的建築師在閣室的拱頂和牆壁上，安排了無數並排的明光管，引來足夠的光，照亮這裡最重要的設施：埃忒癸娜島的立體地圖。

地圖就位在閣室正中央，和底下的桌子連成一體。桌子大約九呎見方，以某種古老的材質製成，邊緣帶著大海的藍色。沒有人知道這是什麼材質，也沒有人知道該如何製造。幾座高聳的山峰上插著金屬製成的標記，指出哪些衛城還有人類生活。當然，代表勒墨特的標記最為醒目，就和衛城居民的驕傲同樣閃耀。

五名督政官圍繞著地圖而坐。理論上，他們負責決定勒墨特城裡的一切事務；但真正掌握大權的，是這五人的領袖，端坐在阿基里婭對面的奧洛斯．達耳比衛君。

奧洛斯已經年屆六十，但他的身軀依然挺拔，比衛城裡的每一個人都還要高大。他身穿公務用的紫色長袍，袖口和領子上有著白色的飾邊，明光從四面八方落在他蒼白的鬍鬚和稀疏的頭髮上，散發出淡紅的光暈。

阿基里婭出生前，奧洛斯就已經統治著勒墨特衛城了。他的為人善良正直，但絕非易與之輩。

阿基里婭很少來到衛君閣。每次她來這裡都是為了兩件事：一是在出發傳信前聽取任務簡報，並借用桌上的模型規畫路線，二是在回來後向督政官們報告詳情。儘管如此，她也早就發現，雖然其他督政官偶爾也會提出建議，但他們最重要的職責，還是附和衛君的想法。

「妳這趟表現得很好。」提納特督政官首先開口，「我們很感謝妳的付出。」

提納特才三十出頭就成了督政官，原因也很簡單：就憑他是勒墨特最了不起的戰士——他殺死過**兩頭**惡魔，而它們的牙舌都成了掛在他脖子上的項鍊。每天早上，提納特會將河水裝滿牙舌，讓明光流過透明的尖牙，發出寶石一樣的光彩。此刻夜晚將至，牙舌中的明光也已黯淡，只能照亮他發灰的鬍鬚，還有熱茶在他胸前飄動的輕煙。

「不管是跟代卡泰拉，還是跟刻孚蘭的交易，妳都做得很好。妳轉達了我們的音訊，也帶回了他們的回音，並將我們指示的貨物悉數帶回。最重要的是，三名信使都平安歸來。」他對里婭微笑，舉起左拳在胸膛敲了一下，「阿基里婭·古珀，請收下我的敬意。」

里婭感到臉頰發熱。提納特是英雄，是傳奇。直到現在，他還是保持著榮耀的體魄，也常抽空幫忙訓練戰士。提納特的左臉上有五道扭曲的傷疤，那是被他擊敗的惡魔在臨死之際，噴出燃燒的毒血所留下的。大部分女人都害怕他的容貌，但里婭不覺得。她認為那些傷疤是豪勇的證明。因為在整個勒墨特衛城，只有三個人曾與惡魔交戰，還能夠活命。

其中只有**兩人**殺過惡魔。

「她只有帶回**大部分**的貨物。」另一名督政官巴爾登插話，他的雙眼還看著里婭帶回來的信，「我們告訴妳，要從刻孚蘭帶回一百人份的毯麵粉，結果妳只帶了八十個人的份。我們的同胞有多麼**需要**那些藥粉，妳難道會不清楚？」

他前面也放著一個杯子，但阿基里婭聞到裡面傳來甜蘆烈酒的氣味。他一低頭讀信，雙眼就被灰色的眉毛遮住。如果科林再活過兩次傳信，總有一天會變得像他這樣瘦削孱弱。

「報告督政官，他們只願意給我這麼多，」阿基里婭回答，「他們那也在流行溪谷熱。刻孚蘭衛君向我保證他的人民正在趕工，很快就會有多的藥粉可以賣給我們。」

「那群**騙子**。」巴爾登罵道，「他們的庫存明明還多著，卻任由我們痛苦死去。」

他的語氣好像他知道傳信是怎麼回事，好像他見過刻孚蘭或代卡泰拉的衛君一樣。巴爾登上次傳信已經是四十年前，然後他就一直坐在這裡，坐在安全的衛城裡，想像自己可以做得比年輕人更好。

「一定是因為那些邪惡的宗教，」他繼續說，「讓他們遠離了正道。」

在巴爾登眼裡，所有宗教都很「邪惡」，只有拉彌洛斯祭司在勒墨特衛城所傳授的，才是正確無誤的信仰。

「我認為他們已經把備用的貨全都賣給我們了。」阿基里婭不以為然。

波勒督政官嘆了口氣：「有時候我真覺得，不該再把貿易的差事派給這些孩子了，」波勒是個胖子，他一講話脖子肥肉就抖個不停，「如果有戰士出現在他們的山門前，刻孚蘭人對毯麯庫存的事情或許會更加開誠布公。」

巴爾登發出一聲同意的嘟囔。

容赫督政官也點點頭，明光管的影子在他凹凸不平的光頭上晃動：

「沒有我們的花啊，刻孚蘭人就會一個個被體衰病折磨致死。要是他們好好想想，就不會再裝出這副窮樣了。」

這些人根本沒見過刻孚蘭的人，沒見過他們有多虛弱消瘦。

「我親眼見到溪谷熱正在刻孚蘭肆虐，」阿基里婭說，「他們的人病得很重，還有許多人得了失神症。」

這段話立刻引起督政官們的興趣，還有某種可悲的**熱切**。

「這肯定不是刻孚蘭衛君告訴妳的，不然他也太軟弱無能了。」容赫說，「告訴我們，妳為何覺得他們在流行失神症？」

阿基里婭馬上後悔說了這些。是她太天真，才覺得督政官們會同情刻孚蘭人的遭遇。

「我看見很多人躺在衛城的廊道上。」阿基里婭答道，「勒墨特也流行過失神症，我還記得人們患病時的樣子。而且還有人偷偷問我有沒有帶泥核果去交易。」

沒有泥核果，失神症會不斷惡化。起初的症狀是健忘，患者會記不得自己把東西放在哪裡，想不起別人的名字、混淆生活中的種種細節。隨著病情惡化，患者會逐漸怠惰，成天躺在床上、地上，最後隨地倒臥。患了失神症的人不會顯露病容，但他們就是無法**工作**，而在這個世上，除了謀殺和強姦，最惡劣的罪行就是無所事事。

「泥核果是代卡泰拉的特產，」容赫沉吟道，「他們沒有拿來跟刻孚蘭買毯麵嗎？」

阿基里婭記得代卡泰拉人看起來還算健康。

「我認為他們沒有受到熱病殘害，至少受害的人不多。」

提納特用指節敲了敲桌子：「也就是說，代卡泰拉人屯了很多毯麵粉。那些王八蛋，一定是想哄抬泥核果的價格。」

阿基里婭沒有出聲。有時督政官聽完她的報告，就會陷入這種討論，他們稱呼這些話題為**經濟**。

巴爾登把信一扔，丟在桌面蔚藍的大海和碧綠的平原之間。

「說到代卡泰拉，寫這封信的是那裡的一個督政官——喔，我更正，」他輕蔑地揮揮手，「是**女**督政才對，我都忘了那邊還有這種事。**那女的**似乎覺得我們在哄抬銀碧花的價格。要是他們繼續這樣抱怨，我們就得做些什麼了。阿基里婭，妳應該要好好應付這些鬼話才對的。」

衛君站了起身，其他督政官立刻安靜。

「各位督政，你們為何都把目光匯聚在錯誤的地方？站在我們面前的阿基里婭．古珀，才剛完成第五次傳信，在她的率領之下沒有人死去，也沒有人受傷。我想你們都忘了，我們能這樣安全、舒適地待在衛城裡，都是因為有她帶著其他年輕的信使，在危險的地面上奔走。」

衛君不只表揚她，還回應了她的意見，阿基里婭幾乎快不能呼吸了。

「提納特說得對，」衛君繼續說，「我們都該學習他的作為，向即將得到斬痕的信使致敬，而不是用代卡泰拉和刻孚蘭領袖的決定去折磨她。阿基里婭．古珀，」他微笑著用拳頭輕敲胸膛，「請收下我的敬意。」

這是真的嗎？衛君本人在**向她敬禮**？

衛君收起微笑：「各位，你們聽到我的話了，**我們都該向她致敬**。」

巴爾登率先站起身，左拳輕敲胸膛的中央：「衛君說得對。阿基里婭，向妳的服務致敬。」

波勒和容赫也站了起來，用拳頭敲擊胸骨，兩人異口同聲說道：

「我們也向妳致敬。」

奧洛斯重新露出笑容：「這樣才對。阿基里婭，感謝妳的報告，還有妳勇敢的表現，做得好。啊……對了，布蘭頓的表現怎樣？」

布蘭頓人不錯，阿基里婭很喜歡這小子，但那些不勞而獲的聲望一直讓她困擾。他還未曾帶領伙伴傳信，而**她**已經有過經驗；那名少年只需奔走五次，但**她**會前往地表十次。

「布蘭頓．巴羅的表現很優秀。」但她只能這麼說，畢竟這是事實。

衛君點點頭：「謝謝妳。還有什麼要補充的嗎？」

這個問題代表報告時間結束了。照理說她應該回答：**報告衛君，沒有**。接著督政官們就會討論何時該讓她帶著伙伴再次出發。

但是她猶豫了一下。這一刻，她走進了督政官們的眼中，她得趁這機會說點什麼。

「我們發現惡魔在白天出沒。」她鼓起勇氣，「我認為它們正在想辦法搜尋在外行走的信使。」

巴爾登翻了白眼；無論他剛才給出多少敬意，此時顯然已經消失無蹤。

「又是這些幻想？」他搖搖頭，看著其他督政，「這小妞傳了五次信，就覺得自己對惡魔無所不知啦！」

「這次不一樣。」阿基里婭說道。

但衛君大手一揮，阻止她繼續說下去：「以前也有人在白天看過惡魔。阿基里婭，妳並不是第一個遇到的信使。」

這人懂什麼？大家都說衛君根本沒當過信使，沒當過真正的信使，因為他的父親，也就是前任衛君都安排過，不讓他寶貝的兒子碰到危險。就算奧洛斯真的傳過信，那也是四十，不，**五十年前**的事情了，他怎麼會知道地上有什麼危險？

阿基里婭吞下怒氣。她知道衛君的公務繁多，未必能理解這件事的重要。但她就要得到斬痕，晉身衛城最資深的信使之列，由她來向衛君解釋再恰當不過。

「衛君，我最初兩趟傳信，都不曾在太陽下看過惡魔。但是到了第三趟，我遇見過一次；而最近這兩趟傳信，我在白天都碰到**兩次**惡魔。我認為──」

「可以了，」衛君說道，「我收到妳的擔憂了。」

「但是衛君，我──」

「**我說，可以了**。」他雙手放在桌緣，身體往前進逼，彷彿一座高塔懸在假山的上空，「妳是在跟我頂嘴嗎，阿基里婭？」

所有督政官都盯著她，眉間充滿了惱怒與懷疑。她知道自己踰矩了。

衛君坐回椅子上：「不要覺得我們不重視妳的服務，但妳也要知道，做決定是**上面**，而不是下面的工作。你們這些年輕的信使，老覺得自己發現了什麼重要的東西，但我們這些人都太老、太盲目，看不到真相。妳也是這樣想的對吧，阿基里婭？」

阿基里婭低下目光：「我僭越了。」哪怕她心底所想正是如此。

微笑回到奧洛斯的臉上。雖然他剛剛才大發雷霆、痛斥了阿基里婭一番，但這個微笑讓阿基里婭感到放心。至少他相信她，單是如此就遠勝其他督政官。當然，提納特例外。

「好極了。」衛君看向他的幕僚，「巴爾登督政官，代卡泰拉的回信怎麼說？他們有提到需要交易什麼東西嗎？」

巴爾登看向信紙：「和往常一樣，需要更多我們的繩索，還有更多、更便宜的銀碧花，就像我剛才提到的一樣。」

衛君皺起眉頭：「這種事情不用跟我說兩次。」

閣室裡像是突然吹過一陣涼風。

巴爾登低下頭看著桌子，雙眼被蓬亂的眉毛遮住。

「抱歉，閣下，」他小聲地說，「我的失誤。」

奧洛斯點點頭：「既然你已經質疑完我的智慧，就告訴我代卡泰拉還需要些什麼吧？」

信紙在巴爾登手中顫抖，發出呼啦呼啦的聲音。

「塔干塔的火香子、芬頓的紅織錦，還有比塞特的鹽。」

波勒督政官舉起一根手指：「里斯．芒思定的小隊昨天剛從比塞特歸來，帶回了大量的食鹽。」

衛君雙手在桌上一拍，又站了起來，傾身靠向桌上的山嶺。他的雙眼隨著山峰和谷地上下起伏，最後落在寫著「代卡泰拉」的標記上。

「他們需要鹽巴。」奧洛斯說，「那我們就拿一半跟他們交換泥核果。當然，價格要開得高，諒他們也沒辦法拒絕。」接著他的手從代卡泰拉指向刻孚蘭：「然後信使繼續前進，拿泥核果交換毯麯粉。如果刻孚蘭的狀況就如阿基里婭所言一樣悲慘，我們也會拿到很好的價格，三贏。」

衛君掃視桌邊，等待反對的意見，但所有人都點著頭。

「很合理的計畫。」提納特督政官補充道，「那我們該派出誰呢？」

他的問題讓阿基里婭腹裡一緊。他們不會這麼快就讓她帶著布蘭頓與科林再次出城吧？

「這就要問你了，提納特，」衛君說道，「現在有哪些小隊可以出發？」

身為資歷最淺的督政官，信使的狀況都由提納特負責統籌。

「艾珂．拉斯忒和她的伙伴尚未從塔干塔與芬頓回來，「王娜．布沙爾正帶隊穿越危險的河谷前往然他爾。」提納特低下頭，「布勒妲．達斐得的小隊去了然他爾。兩週以來，三人皆無音訊。」

奧洛斯衛君將拳頭放在胸口，低頭說道：「我們會繼續祈禱他們安全歸來。」接著他抬起頭，「法比昂．亞科斯塔呢？」

「他的伙伴是尤莉．哈瑪爾和布莉特．戴尼桑德。尤莉懷了六個月的身孕，布莉特上週也宣布懷孕。他現在正在等布羅塞．品達和索珊娜．奧伯希完成訓練。」

他們說的是剛才在岩台上迎接阿基里婭的女孩。她還太小、太瘦，也太……**單純**了。她絕對還沒準備好出發。阿基里婭捏了捏拳頭，她知道督政官們會派誰去。她、布蘭頓和科林，她就是知道。

「瑪黎．若拉的小隊還在。」阿基里婭插嘴，「我說的沒錯吧？她們之前失去了瓦涅莎，但忒拜俄．彭恩可以補上，何況他們隊上還有可靠的路加斯．基摩。」

閣室裡一片沉默。她說錯什麼了嗎？

提納特清了清喉嚨：「恐怕路加斯和忒拜俄需要新的隊長了。」

瑪黎也患上溪谷熱了嗎？阿基里婭覺得有點難過，連日發燒嘔吐絕不好受——但她仍有義務須盡。

「我們帶了八十份毯麯粉回來。」她說，「而信使又可以優先用藥，我想再過兩天，她就會康復了。」

沉默變得更加令人不安。

提納特嘆氣：「我命令瑪黎的小隊前往芬頓，但她拒絕了。」

阿基里婭感到胃裡挨了一記重拳：「她應該有什麼好理由，對吧？」

「她沒有受傷，也沒有生病，」提納特回答，「她告訴我，她再也不傳信了。」

寒慄從腳趾竄上阿基里婭的頭頂。她了解督政官們的沉默代表什麼。瑪黎的罪行已經得到了判決。

「讓我跟她談談。」阿基里婭往前跨出半步，「我可以勸她改變心意。」

眾人看向衛君。

「很多人都試過了。」他說，「她還是不接受命令。妳知道這代表什麼。」

每個勒墨特人都知道。

「衛君，我拜託你。」里婭說道，「瑪黎再傳兩次信就除役了，讓我跟她談談。」

奧洛斯扯著下頷的鬍鬚：「妳今晚可以去她的牢房試試。如果她願意繼續傳信，我會赦免她。但除了現有的義務之外，她必須再額外完成兩次傳信。」

她覺得希望正在墜落。瑪黎已經完成八次傳信，原本只要再兩次，她就完成了對衛城的義務，但現在卻變成了**四次**。里婭還想說些什麼，但她很清楚拒絕傳信要付出的代價，每個人都很清楚。額外的兩趟傳信已經是意想不到的寬待。

「感謝您的仁慈，衛君。」阿基里婭沉重地說。

奧洛斯嘆了口氣，雙手平攤：「就算路加斯接受，我也不能把這麼重要的任務交給他。妳知道我們有多需要刻孚蘭人的藥嗎？」

她完全了解——戰士們不會接受任務，而其他信使要不是已經身在地表，就是還在等新兵受訓完畢。既然艾珂不在，那阿基里婭就是勒墨特最優秀的信使。每個人都知道這點，也知道沒有毯麵粉，就會有幾十個，甚至上百個衛城同胞死去。

所以，這份責任還是落在她的肩上，落在她、科林還有布蘭頓的肩上。

「是的，我知道。」

「我也很抱歉你們才剛回來就要派你們出去，」衛君坐直身子，「阿基里婭，明早第一道曙光升起，妳就帶著妳的伙伴們出發。」

阿基里婭閉上雙眼。連洗澡的時間都沒有，衛君就要她再次出門冒險。但不管再怎麼難受，她也得按捺咆哮的衝動。

「我的隊員需要休息，」她掙扎道，「至少給我們幾天時間。」

波勒裝模作樣地搖著頭，發出一個愚蠢、噁心的聲音。

巴爾登啐出的話，更像是惡毒的詛咒：「休息。瘟疫正在**傷害**勒墨特的同胞，而妳卻只想著上床打盹？」

提納特拍了一下桌子：「巴爾登，你話說得這麼容易，要不要乾脆我幫你安排一趟任務？」

巴爾登哼了一口氣：「我在這的責任可比傳信重要多了，提納特。我倒要勸你注意一下自己的口氣。」

「要是我不注意呢？」提納特用挑釁的微笑回答，「難道你還能給我什麼教訓嗎？」

巴爾登氣得說不出話，只能別開雙眼，不再與高大強壯的年輕人針鋒相對。

「夠了。」衛君斥責了兩人，繼續說道，「阿基里婭，如果我不派妳出去，我就只能選擇亞科斯塔和他不成熟的新兵了。而且我們沒有時間可以等，已經有兩名勒墨特人因為熱病離我們而去。」

阿基里婭想了想瘦削的索珊娜。前往代卡泰拉需要兩天，前往刻孚蘭又要兩天，完成所有交易後再花四天回返。就算沒有遇到惡魔，一來一回也需要八個晝夜，而索珊娜絕對撐不了八天——就連**八小時**她也撐不了。

明明衛城裡有這麼多大人，這麼多戰士、工匠與督政官，卻沒有一個人願意接下任務。為什麼？因為他們已經完成了「義務」。因為**這是傳統**。就算有這麼多人生命遭受威脅，督政官還是只願意派年輕人去地上奔波、躲藏，還有送命。

他們的日子怎麼會走到這個地步？

「我可以讓你們休息一天。」衛君改口，「你們可以後天再出發，但這不是命令。阿基里婭，妳自己選吧，我該派妳出去，還是我該選擇亞科斯塔？」

亞科斯塔走在山路上的腳步，簡直比求偶的云蝍蝍還要吵鬧。如果是去比塞特，他或許還能應付，那條路安全多了。但是去白天有惡魔在路上徘徊的代卡泰拉和刻孚蘭？他絕對活不下來，他的伙伴也會丟掉性命。最後，很多勒墨特人也會死在病榻之中，因為信使們沒能帶著藥回家。

若是讓阿基里婭來決定，她一定會派這間房裡的男人去傳信。也許她會派巴爾登。不，**她一定要派**巴爾登。

可惜做決定的人不是她。

為了勒墨特的同胞，她只有一個選擇。但科林和布蘭頓沒得選，她是兩個少年的長官，如果她同意，兩人只能服從。

他們聽了會作何想法？

「我們願意走這一趟。」她挺直背脊，看著衛君，「後天早晨我們就出發。」

衛君慎重點頭，臉上帶著複雜而收斂的微笑，既為她的勇氣而驕傲，也為她必須忍受這一切而悲傷。他知道這抉擇的困難，他**了解她的困難**。這給了阿基里婭一些力量。雖然不多，但她已經得到些許信心。

「我們會把表揚妳的儀式移到明天，雖然明天是方陣團練的日子，但如果妳的伙伴們需要休息，可以不必參加。」

然後錯過揮舞圓盾和長矛的機會？錯過向戰士證明她夠格與他們為伍的機會？怎麼可能。

「只要您不反對，我還是會去校場。」阿基里婭立刻回答，「我相信布蘭頓也會到。」

科林絕對不會去，但這就不必報告了。

衛君笑了笑，他的笑容讓阿基里婭想念起自己的父親。她從來沒這麼想念他過。

「當然了，我相信妳一定會到，」衛君的口氣輕鬆了許多，「就算我阻止妳恐怕也沒有用。那麼就這樣吧，明天我們在妳的授疤禮上見。妳可以退下了。」

阿基里婭向門外的兩名少年轉述了衛君閣內的對話。兩人坐在長椅上盯著她，一人目瞪口呆，一人臉色鐵青。

＊＊＊

「後天出發？」布蘭頓靠著牆壁呻吟，「也太快了吧？」

「什麼**爛決定**，」科林大罵，「我必須跟衛君好好談談。」

他大步邁向衛君閣。里婭想攔住他，但是太慢了。幸好他才剛抓住門把，布蘭頓就擒住科林的胸口，一把將他架了起來。

科林在半空中雙腳亂踢：「**給我放手**，你這大白痴！」

阿基里婭衝上去，一把摀住科林的嘴巴，結果大腿挨了一腳。

她湊近小個子的臉，低聲威脅：「科林，你給我冷靜點，難道你想被督政官扔進牢房嗎，是嗎？」

少年身子一僵，停了下來。他用帶著世界上所有恨意的眼神瞪著里婭，搖了搖頭。

阿基里婭放開他，布蘭頓也輕輕把他放回地上。

科林雙手抱胸：「我**死也不要**走這一趟。」

這句話讓里婭一陣發毛。也許他只是說氣話，但要是他做出跟瑪黎一樣的選擇呢？

「你非去不可。」阿基里婭說，「我們需要更多藥。」

布蘭頓也跟著點頭：「里婭說得對，科林，我們非去不可。我媽也在咳嗽，但我聽說我們帶回來的藥都得拿去給其他病得更重的人。」

「你媽的事我很抱歉。」科林拍拍衣服，「但我才不要為了救她的命**弄死自己**——我說真的，我不會走這一趟。」

話一說完，少年就抓起背包奔出走道，留下布蘭頓和阿基里婭面面相覷。

「妳得跟他談談，」布蘭頓說，「我不想看他惹上麻煩。」

惹上麻煩。說得真是委婉。

「科林不會有事的，」她不怎麼有信心，「我晚點再去看看你母親，可以嗎？」

布蘭頓擺出疲憊但欣喜的微笑：「還是妳要現在過來？我可以幫妳拿背包。」

里婭感覺到布蘭頓眼神裡的熱切，年紀小的信使常會對比較成熟的伙伴產生這種感情。

「謝了，但我想先去醫院，看看熱病到底鬧得有多嚴重。之後我還得去找畢舍爾將軍，而且晚上我跟托利奧有約。」

聽見里婭提起男朋友，布蘭頓的笑容變得有點僵硬，不過很快就恢復過來。

「噢，」他打起精神說道，「跟蜘蛛下兵棋？我晚點可以加入嗎？」

「你以為呢？你都叫了那個外號。」

她沒打算這麼尖銳地斥責布蘭頓，但話就是出口了。

高大的少年沮喪地低下頭：「抱歉，我不是故意的。」

她知道他沒有惡意，只是重複了人們平常刻薄的言語。但這沒有比較好，甚至可以說更糟糕。

「我們明天授疤的時候再見吧。」阿基里婭拍拍大個子的肩膀，用語氣表達了原諒。

布蘭頓再次微笑：「太好了，謝謝妳，里婭。別忘了來看我媽喔。」

他抓起背包往大廳跑去。里婭不理解他明明才剛回到衛城，到底是哪來這些力氣。也許長得這麼高大卻不知疲憊，就是布蘭頓可以成為戰士，而她卻不能的理由。

阿基里婭拉起自己的背包，看了看牆上的地圖。只要再傳信五次，她的義務就完結了。只是她真的希望這一切完結嗎？

她不知道。她不知道的事太多了。

她把背包甩上肩膀，花了點時間將背帶移到沒有擦傷的地方，離開衛居閣。

5

前來歡迎她們回家的人，此時幾乎都已離開了廊道，回到各自的工作崗位，繼續努力維持衛城的日常生活。剩下的人紛紛向她微笑，感謝她的付出，但沒有人叫住她。

阿基里婭很清楚醫院的路怎麼走；不過就算她忘了，也可以靠嘔吐的聲音找到方向。她在醫院的拱門前卸下背包，走了進去。二十二張病床全躺滿了人，疫情確實更嚴重了。幸好他們帶了毯麵粉回來，這些人應該不久後就會康復。

醫院裡有條明光管破了洞，發光的水沿著黑漆漆的石牆滴下，在石室裡投出森長怪異的陰影。明光管每隔幾週都必須清理一次，否則河水中的垃圾會逐漸堵塞管路，導致水壓升高漲破玻璃。從牆角的那堆髒東西來看，管子恐怕好幾天前就破了。換做是平常，這種破損早就已經修復，看來修繕工可能也病倒了一大半。

阿基里婭差不多認識這裡的每一個病患：她的初吻對象斯特芬．安德松整個人垮在床上，雖有結實的身軀卻無力咳出稠重的濃痰。好友洛拉．伊倪什側臥在床邊，往地上的木桶吐個不停。老薩耳科齊躺在榻上呻吟著，皺巴巴的臉上都是汗水和油光。貝涅斯家的若緬、巴拉忒和安忒瑞伊都發著高燒，泛紅的肌膚不停滲出汗水浸濕被褥；為了彌補三兄弟倒下所耽誤的工作，他們的母親塔彌卡還得在蘑菇園輪兩班。

塔耳柏和佛蘭兩位醫生在病榻之間穿梭，似乎已經七、八天沒睡過覺。

塔耳柏的助手克洛伊．亞刻森跟在他身後，手裡的木托盤上盛著一隻水壺和無數的小陶杯。醫生在一張床前停下腳步，床上的女人蜷縮在被子裡，像發狂一樣打著顫。阿基里婭認不出那是誰，直到塔耳柏輕輕扶起女人，拿過一杯水湊近她的嘴巴，里婭才看出那是織網婦蘿賽．波耳忒。醫生幫著老蘿賽一口一口喝完整杯水，才讓她躺回床上。

看著塔耳柏臉上的表情，阿基里婭知道蘿賽可以活過來。這讓她安心了一點，同時也感到一陣驕傲：他們及時把藥帶回來了。這趟傳信雖然辛苦，而且危險重重，但很多人會因此得救，包括這裡的每個人，還有醫院收容不下的其他人。或許她成為戰士的夢想永遠不會實現，但她很擅長傳信，而每一趟傳信都攸關衛城人民的生活。

只是這樣就夠了嗎？

當然不夠，但傳信畢竟是重要的工作。也許她這一生頂多就是個信使，但她還是會一直替衛城奔走，直到她再也跑不動，或是終於被惡魔逮住的那一天。

該去找西涅什，然後好好睡一覺了。阿基里婭正要轉身離開，塔耳柏就注意到她，杯子隨手往托盤上一放，匆匆走了過來。

「里婭，」塔耳柏給了她一個擁抱，「妳救了大家。謝謝妳，妳真是**天使**。」

里婭也抱緊了這位將每一天奉獻給衛城的老好人。

塔耳柏鬆開擁抱，雙手搭在她肩上，眼裡有著敬佩的笑意。阿基里婭看著他滿身的皺紋，想起了被人從樹上剝下，一條條晾成骨白色的樹皮。老醫生的雙眼下掛著一圈黑影，鼻子因為反覆擦拭而發紅，臉頰比平常還要蒼白。

「醫生，你怎麼看起來像剛從地獄回來一樣。」

「在妳把毯黴粉帶回來以前，我確實一直待在地獄裡。」

阿基里婭抬起視線，看著醫院裡頭：「他們可以撐過去嗎？」

「我也不敢肯定，」塔耳柏的聲音沙啞，「你們帶回來的藥粉可以拯救這裡大部分的人，但生病的人不只這些。我們的病床不夠，只能命令其他人待在自己的房內。說實話，我們還需要另一批藥粉，而且要快。不然很快就不會只有兩個人離開我們了。」

阿基里婭心裡一沉：「衛城裡現在有多少人？」

「妳出去這段時間沒有新生兒誕生。」塔耳柏幾乎立刻算了出來，「所以是三千四百一十二人。」數字精確。

她小的時候，勒墨特還有超過五千個人。他們的衛城正在死去。整個埃忒癸娜島都在死去。

「哪些人去世了？」

「勒塔．海涅斯，」塔耳柏想都沒想，「還有俄莉埃娜．彌恩。」

阿基里婭閉起眼睛，咀嚼著這個令人感傷的消息。大概三、四十年以前，俄莉埃娜曾是勒墨特的信使長，是閱歷最豐富的信使，負責訓練衛城裡每一個即將穿上偽裝服的年輕人。退役前，俄莉埃娜一共完成過十六次傳信；退役後，她又加入了清潔隊，每天在污水道裡辛勤工作，等待著卸下所有責任的那天來臨。到時候，她會和其他老婦人坐在一起，嘴裡嚼著莉薩醉根，手中編織著繩索、紗線和網子，在閒談中度過人生最後的時光。

但溪谷熱提早掐熄了這個美夢。

阿基里婭會想念她的蛇肉派，也會想念她用桂棠粉把小遊蟲烤得香香脆脆，分給小孩子們時的景象。

「妳也不用太難過，」塔耳柏說，「她都六十二歲了。」

衛城裡大部分的人都沒這麼長命。

「勒塔身體應該不錯，而且他不是才大概，三十歲而已嗎？」

「是二十九才對。如果他早點過來，應該還有機會活命，但他拖太久了。」塔耳柏湊向阿基里婭，上下打量著她，「妳看起來不太對勁，臉有點發紅。」

他伸手摸著里婭的額頭。

「嘿，不要亂摸我！」

「少來跟我這套。妳身體有腫痛嗎？」

「跟平常一樣，都是傳信八天以後會有的毛病。」

塔耳柏用力在里婭脖子上捏了幾下，她感到喉嚨深處一陣刺痛，忍不住哎了一聲。

「感染了。」塔耳柏說，「妳也喝一杯自己帶回來的藥吧。」

「沒事啦，我睡一覺就好了。」

「嗯……那天勒塔也是這樣講的。結果三天過後，一團血栓流進他的心臟，他就走掉了。克洛伊，過來一下。」

克洛伊端著托盤匆匆走過來：「嗨，里婭。抱歉我剛剛沒去迎接妳。」

阿基里婭走上前拍拍她：「沒關係，我知道醫院很忙。」

塔耳柏拿起水壺，往一個陶杯裡倒了些水。裡頭的毯麯粉立刻熔化，把水染成了藍色。接著他把杯子遞到信使的面前。

阿基里婭看了其他病床一眼：「他們比我更需要。而且你不是才告訴我藥粉不夠用嗎？」

「這代表有人得去傳信。」塔耳柏答道，「而且疫情這麼危急，我想督政官一定會派出我們最好的信使。」

他知道了。醫院是她離開衛君閣後的第一站，老醫生不可能從別人口中聽說這件事。但塔耳柏很擅長推敲事情，也許他根本不需要**從別人口中**聽說。

她接過杯子，仰頭喝下。藥粉的味道像帶水的屁。

「嗯。」里婭呻吟著把陶杯放回托盤，「這東西到底是幹嘛的？」

「毯黴裡有東西可以殺死致病的細菌，還能溶解細菌廢物造成的血栓。」

「你是說……有小蟲在我身體裡拉屎？」

老醫生哈哈大笑，睜大左眼靠得更近。

阿基里婭像小孩子一樣乖乖站著，任由醫生東戳西戳，舌頭在嘴裡拚命搓著上顎，想刮去那股可怕的味道。

「說起來，醫生，你剛講的血栓又是什麼？」

塔耳柏動作輕柔但俐落地抓起她的手腕，指著手臂上那條剛結痂的細長傷痕：

「妳當初受這傷，應該流了不少血吧？」

阿基里婭點點頭：「嗯，一點點啦。」

「那妳還記得血快止住的時候，看起來是什麼樣子嗎？」

「不記得欸，就是停了。」她聳聳肩，「我想想……應該是有**結塊**吧。」

「**結塊**，這個說法不錯。得到溪谷熱的時候，妳的血液會更容易結塊。只不過——」他突然握緊拳頭，「——是在妳的身體裡面結塊，這就是**血栓**。血栓會塞在血管裡面，讓妳全身疼痛。如果血栓跑進心臟，妳的心臟就會——」他又突然張開拳頭，「——**砰**！一個信使就這樣沒了。所以我才叫妳趕快喝藥，滿意了嗎？」

阿基里婭皺了皺眉。她最討厭別人「叫」她做事，不過跟心臟爆炸比的話……「謝了，塔耳柏醫生。」

塔耳柏像小時候一樣揉揉她的頭髮。

「快去休息吧。」說罷，他又帶著克洛伊走回去照顧病人。

休息。她覺得自己快要不行了，在這看著床上的病患，又讓她感到更疲憊。如果她沒有順利帶著她的伙伴抵達代卡泰拉、前往刻孚蘭，再回到勒墨特，很快就會有更多人死去。她不能讓這種事發生，她得想辦法安全回來、想辦法保護科林和布蘭頓的安全、還要拯救更多的衛城同胞。

要做的事情太多了。里婭好想見他。有他在，里婭可以忘掉所有惡魔、地表，還有傳信的事情，忘掉所有危險，雖然只是忘掉一下下。

但是在見到托利奧、在領到她的斬痕、在她去勸瑪黎．若拉仔細想想以前，阿基里婭得先拿禮物去給畢舍爾將軍。

6

阿基里婭終於洗淨身體。她換上寬帶的涼鞋，穿著一身潔白的瑙苳布罩衫前往河邊。往河邊的階梯狹窄且長，每往下走一階，她的腳步聲都會敲在周圍的石壁上，被湧上來的河水聲淹沒。

這是她最喜歡的一段路。無論衛城裡裝了多少明光管，地底下蒼白的紅光也永遠比不上地表的陽光燦爛。但河邊不一樣，河邊有真正的光明。

要是她後面沒有跟著兩個要糖果的小女生，這幅光景就會更加愜意。

「**拜託啦**，阿基里婭！」彌莉安拉著她的衣角，「再一根就好，我保證會慢慢吃的！」

「妳上次也是這樣講，」阿基里婭輕輕拍開她的手，「抱歉啦，小鬼，可是我的糖果已經快送完了，剩下的是要給織網婆婆她們的。」

女孩們埋怨著，悲嘆人生為何如此**不公平**，彷彿世界正在她們眼前死去。阿基里婭噗哧一笑，她在這個年紀的時候，也是像這樣湊在剛從刻孚蘭回來的信使身邊打轉。

「咦，」另一個叫戴班妮的小女孩問，「織網婆婆？那不就是要去蜘蛛那邊嗎？」

又是那惡劣的外號。阿基里婭深吸一口氣，忍住從心口升上來的怒意——她們只是年紀還小不懂事。

「那外號很**惡劣**，」她責怪了一下小女孩，「不可以這樣叫別人。」

彌莉安似乎不理解阿基里婭的憤怒：「哎喲，因為他長得又醜又可怕嘛。我們才不會這樣叫**其他人**咧。」

阿基里婭停住腳步。她轉過身，兩個小女孩呆在原地，抬頭望著她。

「畢舍爾將軍人很好，**一點都不可怕**，」她說，「妳們有跟他說過話嗎？」

彌莉安輕輕抓住戴班妮的手。

「沒有，我們只有看過他而已。」彌莉安回答，「有時候……我會夢到他來抓我。他好**噁**喔，里婭。妳不要去找他啦。」

這些可怕的孩子。她們以為自己是誰？西涅什是個英雄。也許她們**害怕**，只是因為沒有嘗過**真正的恐怖**。

阿基里婭蹲了下來，平視著她們的眼睛。

「你們知道，」她裝出甜甜的聲音，「**蜘蛛**到底是什麼東西嗎？」

彌莉安和戴班妮互看一眼。

「知道啊，」彌莉安先開口，「黑煙山的惡魔之母會用蜘蛛下咒，把人變成惡魔。」

戴班妮點點頭接著說：「被下咒的人都會下地獄。拉彌洛斯祭司講道時我們都有好好聽。」

阿基里婭再也無法按捺心中的惡意。她露出陰險的微笑，對著兩個小孩舉起右手，在她們面前晃來晃去，手指像爪子一樣抖動，模仿著從神話裡爬出來的怪物。

「說得很對，可惜**只差一點點**。為什麼呢？為什麼拉彌洛斯不告訴妳們，蜘蛛不只是住在黑煙山而已呢？」

阿基里婭的手指抖得更快。兩個女孩睜大眼睛看著「怪物」，彼此的小手握得更緊。

「那、那……」戴班妮舔舔乾燥的嘴唇，「它們住在哪裡？」

「它們**到處**都是啊。」里婭壓低聲音，「它們躲在陰影裡，偷聽著哪個小孩講了惡毒的話、哪個小孩在嘲笑別人。它聽到以後呢，就會偷偷跟著妳，等妳睡著。到了晚上，它會跳到妳的臉上，用魔法把妳帶去黑煙山。所以啊，如果妳不想**變成惡魔**，不想下地獄的話，就不要在背後說別人壞話。」

四周一片安靜。阿基里婭左看、右看兩個小女生，手突然往前一跳，抱住戴班妮的臉。

女孩們嚇得放聲大叫，雙手到處亂揮，想要甩開臉上可怕的「蜘蛛」。但阿基里婭也嚇了一跳，她沒想到小孩子會叫得這麼大聲。

她揉著耳朵，看著她們連跑帶跳衝上石階，很得意自己想出的小懲罰。

但得意很快散去，變成內疚。把不懂事的小孩嚇成這樣有意義嗎？

「幹得好，里婭，」她罵了一聲，「大家都該跟妳學學如何教小孩。」

算了，至少以後她們嘲笑別人前應該會多想想吧。

不知道等她們長大，能不能學會忘記西涅什外表的缺憾，看見他的內在？也許吧，阿基里婭就學會了。但像她一樣的人不多，大部分的人根本就不想接近「蜘蛛」。

里婭聽著水流聲在狹窄的石牆間響亮迴盪，繼續往下走。她踩上與樓梯底端相接的石板道，身旁是廣闊的比提干河。整個衛城裡，她最喜歡的地方。

湍急的河水敲擊著巨石，光芒灑遍廣長的洞窟。光幾乎是純白的，不帶一絲粉色。只有當河水流進狹窄的明光管，才會顯露出那種色調。阿基里婭深深吸了一口氣，讓洶湧的水聲敲鬆她緊繃的身體。

兩道繩索和木板紮成的便橋橫跨水面，伸向河的對岸。其中一道連著漁台，上面有漁人拋網，也有潛水夫上上下下，帶回一簍簍的笠貝、成熟後褪去毒素的甜蘆，或是可供抽紗紡線的瑙苳。每次下水之前，他們都會檢查腰間的繩索，以免被激流沖走，在發光的河水中迷失方向，一去不回。

另一道便橋通往一處開闊的空地。那裡原本是座直落河中的懸崖，但許多年前懸崖崩塌以後，剩下的高地就被開鑿成平坦的廣場，成為織網婦們工作的地方。每個勒墨特人的一生都必須不斷工作，但織網很特別，這是一種榮譽和獎勵，專屬於年老的婦女。因為一百個女孩之中，大約只有十個能活到老年，得到廣場上的座席。她們會在這裡將瑙苳根剝成細絲，絞成一縷縷細繩，然後編織出網子。

洞壁上到處掛著白色的枝枒，濃密蓬鬆。它們沿著細長的匍匐莖排列，匯聚到一株粗壯的樹幹上。銀碧花，沒有什麼比這些救命的花朵更能彰顯埃忒癸娜島上的絕望。在勒墨特，這些花朵四季盛開，用之不盡，只能讓它們順水流逝；然而在其他衛城卻經常有人死於體衰病，只因為運送花瓣，不，運送一切的路程都太過危險。

阿基里婭走上第二道便橋，河中央的薄霧沾濕她的頭髮和肌膚。她忍不住停下腳步，欣賞著水上的景色，感受著腳下奔流的**威勢**。嵌在河壁上的大水車旋轉不停，將河水引入明光管，點亮勒墨特衛城的每一處廊道、廳室與隧道。少了這座水車，少了這些水，他們就會名副其實地活在黑暗之中。

一根一根鐘乳石從洞頂垂掛，以昏黃的輝光照亮常年不散的河霧。鐘乳石間有許多毛蛄的頭顱鑽動。阿基里婭看著牠們爬來爬去，慶幸自己從代卡泰拉拿了香料回來。毛蛄很容易抓，也很好烹調，只要丟進沸水裡，等待牠們把殼打開。她這輩子吃過的毛蛄數都數不清，但牠們一點味道也沒有，如果不加香料，味道就跟嚼水沒有兩樣。

一隻大蝙蝠飛過阿基里婭面前，一下下拍著兩對長長的膜翼，朝著上游飛去。牠沿著發光的河面滑翔，似乎在尋找水面游動的蝰螈。忽然間，牠又重重拍了一下翅膀衝向洞頂，四翼陡張，懸停在兩根粗長的鐘乳石間，牠伸出雙腿，用鋒快的利爪攫住一隻大毛蛄。毛蛄發出尖銳的慘叫，刺穿河水的轟鳴，可惜為時已晚。大蝙蝠一擊得手，立刻像巨石滾落山坡一樣飛掠河面，將爪上的獵物壓入水中。

就算迅猛的利爪沒有殺死大毛蛄，此刻牠也已經溺死。

里婭看著蝙蝠飛向下游。在幾百碼外的河灣處，和河水一起沿著洞穴右轉，消失在視線之外。她一直想著那隻毛蛄，但心裡倒不是感傷。她知道這小東西終有一死。就算沒有被蝙蝠吃掉，牠也會被人類殺死，或是幸運地衰老，最後從鐘乳石上落下。死亡不曾遠離埃忒癸娜島上的生靈。

即使如此，這裡還是很美。她深愛著這裡，就像她深愛著地上的陽光。儘管不如日出壯觀，流動的河水也和珠寶一樣燦爛。

有時候，她會帶著托利奧過來這裡，兩人一起坐在橋上，輕輕碰著彼此的腳趾。他會帶來剛出爐的麵餅，安靜地坐在里婭身邊，跟她一起聽著潺潺水聲。一想到托利奧，她就不得不想起自己只剩一天和他相聚，而這短促的時光不允許她一直坐在這裡。她知道，他們兩個都還有很多事想一起做。

她站起身，快步過橋來到廣場。二十幾位老婦人圍在冒煙的溫泉旁，搓捻著水中細長的瑙苳纖維。見到里婭走近，老婦們就轉過頭來對她微笑。她們蒼老的臉上掛滿笑容，或許是因為她們每天都在嚼著莉薩醉根，好舒緩筋骨衰老的疼痛。

「大家午安。」她掏出最後幾根糖棒，遞給織網婦們。她們用沒有牙齒的微笑向她道謝，眼中發出感謝與慈愛。大部分信使根本不會記得這些老人，但阿基里婭總是想辦法替她們帶些零食回來。

她突然有點好奇，這些老人在撚線絞繩、編織魚網和偽裝服時，到底都在聊些什麼，可以這樣日復一日地聊？如果她可以活過剩下的五次傳信，也許就有機會弄清楚。

可是她**不想**放棄信使的身分。就算她拿到第二道斬痕，或許仍會繼續傳信。她並不是第一個這樣想的人，據說代卡泰拉的忒里斯坦．伽爾薩就完成過三**十次**傳信。要在地表奔走那麼多趟，究竟需要多少運氣？阿基里婭只不過經歷五趟，就已經看過四個人死去，或是被惡魔帶回黑煙山的巢穴。

每一次走上地面，她都知道這或許是最後一次。

她跟老太太們道別，越過一旁潮濕的岩石，走向西涅什的位子。他一個人在那，就跟平常一樣。

「將軍早。」

渾身疤痕的老人睜開完好的那隻眼睛看向她，用嘲弄的口氣說道：

「**將軍**。妳為什麼就是不跟別人一樣，叫我**蜘蛛**就好？我早就不是將軍了。」

「你贏下了許多偉大的勝利，對我來說，你永遠都是將軍。」

老人咧開嘴，從缺損的喉嚨擠出一陣刺耳的咯咯聲。

「贏了幾場小戰役，換來有史以來最大的慘敗。妳先坐著，我這張網快編完了。」

說實話，西涅什布滿傷痕的枯瘦身體，確實有點像是古代畫卷上骨白色的蜘蛛，差別只是他沒有八隻腳。阿基里婭沒看過真正的蜘蛛，曾經看過蜘蛛的人也都死了。但她從沒懷疑過蜘蛛是否存在：它們會把人變成惡魔，而她見過很多惡魔。

所以她才無法忍受用這惡毒的字眼，去嘲笑一個英勇偉大的人物。

她坐在一旁，看著西涅什用左腳拇趾和食趾固定線頭，只剩三根指頭的枯朽右手來回穿梭，勾出一個個網眼。他的腿上布滿惡魔撕扯留下的疤痕，密密麻麻好像破舊的碎布。

只有幾道傷疤的右腿應該是他身上最完整的地方。他的胸口和右臉同樣一片模糊，除了**疤痕**什麼也沒有，上面的頭皮也融成一團瘢痕，只留下幾撮毛髮。

他的右眼沒了，眼窩上只殘留一片下垂縮皺的皮膚，大半張嘴也被惡魔的血液啃成一個黑漆漆的坑洞，里婭坐在對面就能看見洞裡殘存的牙齒。但就算傷成這樣，西涅什仍在這裡，盡著自己的職責。

他扭動右膝蓋，腳掌抬在胸前，就像另一隻手一樣。西涅什早已經習慣這麼做事了，不只捻線和編網，就連更複雜的吊床和偽裝服也難不倒他。

只見他細瘦的手腳不斷重複地拉扯、繞圈、打結，拋網就逐漸成形，彷彿呼吸般流暢自然，完全不假思索。

「我順利回來了。」里婭忍不住插嘴。

老將軍點點頭：「顯而易見。」

「你答應過只要我回來，就再跟我說一次那個故事。」

西涅什停下手上的動作：「孩子，我的遭遇是很可怕，但並不稀奇，說不定妳哪天也會遇上。而且我不懂，明明都是一樣的故事，為什麼妳還要一聽再聽？」

她突然好奇，只有一隻眼睛看見的世界到底長得怎麼樣？

「因為我想要保持警覺。」

西涅什吸了一口氣，繼續編織：「好吧。」

阿基里婭閉上眼睛，聽著他用嘶啞的聲音，講起那個她已經聽過很多次的故事，多到她已經可以在心裡勾勒出每一個瞬間，就像是她親身的經歷一樣。

＊＊＊

那天，西涅什帶著三個倖存的兵勇，攀登著回返家園的山坡。

然而就在城牆的幾百碼外，一頭惡魔截住他們的歸途，先用尾巴鋒利的長釘擊中科律斯圖諾的肩膀，刺穿他的胛骨，將他溫熱的血液濺灑在岩石之間。另外兩人被恐懼擄獲，忘記多年的訓練，丟下上弦的重弩逃之夭夭。西涅什沒有逃跑，而是舉起他的武裝攔在科律斯圖諾身前，奮力救出戰友免於落入惡魔之手。

他揮出手中的獵魔叉，刺中怪物的身軀。如果另外兩人還在，其中一人就會操起銅叉，和他合力釘住惡魔，讓第三個戰士以弩矢貫穿惡魔的頭頸。

但西涅什獨自一人。

惡魔的力量遠勝過他，烏黑的手臂一揮就輕易折斷獵魔叉粗長的握柄，接著它猛力一扯，想將西涅什拖倒在地，但兇猛的力量卻直接扯斷男人兩根手指。

西涅什踉蹌著向後倒退，鮮血噴濺得到處都是，但他左手仍牢牢抓著斷裂的木柄。

惡魔尖嘯，四爪落地，弓起身驅，像鬆開的嫩枝一樣躍起向他撲來。

西涅什立刻背靠岩壁，木柄尾端抵住一處岩縫，惡魔落在他身上同時，也被尖銳的木頭刺穿身體。眼見這招得手，西涅什雙臂一抬，借著惡魔的衝勢將它甩往一旁，靴底同時踢中惡魔多節的軀幹，整個人滾了出去。惡魔被他踢出好幾碼外，重重撞在巨石上，折斷了兩根背棘。

但惡魔立刻抖抖身體，爬了起來，低頭挖著胸口咻咻冒煙的木桿。灼燒的血液從傷口中湧出，在石頭上發出熱油的聲響，將土壤熔化成一個個冒煙的水窪。

西涅什知道這是他唯一的機會——那把重弩落在不遠的地上，弩機依然扣著弩弦，長如手臂的弩箭尚未發射。他拔腿狂奔過去，俯身抓起救命的武器，在地上滾了幾圈，同時，惡魔也已追來，不等他發射就撲上，把他壓倒在地上，雙爪如黑色鐵耙挖入他的腿。

惡魔的頭顱湊近西涅什，近得他鼻腔裡只剩下惡魔腐臭的呼吸，近得他耳朵裡只剩下惡魔可憎的嘶聲。那怪物扯開柔軟的嘴唇，張開寬鈍的雙顎，濃稠的唾涎晃在西涅什的臉上，他看見牙舌已經滑出惡魔的口腔，就要撕開他的腦袋。

他立刻抬起重弩，扣下扳機。

弩箭穿過伸長的牙舌，刺入惡魔狹長的頭顱，鑽出它烏黑的甲殼，拖著膿黃色的肉飛向天空。惡魔顫抖了幾下，沉重的身軀倒在西涅什身上，燒灼的毒血四處亂噴，落在西涅什的左臂、西涅什的胸口，還有西涅什的臉上。

他聞到自己的肉沸騰冒泡，開始淒厲慘叫。

同樣重傷的科律斯圖諾跌跌撞撞地爬過來，替他推開惡魔的死屍，但酸液已經冒著哧哧濃煙，將西涅什的左臂吞食殆盡，他的皮膚、筋肉和骨頭全融成一團溼潤的粉紅和棕黃。

科律斯圖諾肩膀的孔洞還在失血，但他絲毫沒有猶豫，就將手指伸進西涅什的眼窩，清除酸液和已經失去形狀的眼珠。西涅什為他阻擋了惡魔，現在他要為西涅什阻擋死亡。

他拔出匕首，為朋友割去沸騰的皮肉。他沒有時間小心確認，只能一刀一刀不停地割，因為他們兩人都在流血，地上的紅色水窪一點一滴擴大。

直到切除最後一塊冒煙的傷處，科律斯圖諾才開始為自己包紮。他用盡全力綁緊傷口，希望有足夠的時間將西涅什扛回衛城。西涅什拚命拯救他，而他也拚了命拯救西涅什。

最後，他們兩個都活了下來。

當然，西涅什再也拿不起獵魔叉了。他成了一具枯萎的軀殼、一個殘廢。悽慘的重傷沒有為他留下多少可以痊癒的部位。

科律斯圖諾比較幸運。他的傷復原了，只是手臂再也不如以往靈活。但他後來還是結了婚，妻子為他生了一個兒子。兒子長大後也結了婚，生了一個女兒。

女兒的名字叫做**阿基里婭**。

西涅什犧牲自己的將來，拯救了科律斯圖諾．古珀；如果他沒有這麼做，阿基里婭就不會來到世界上。

＊＊＊

「阿基里婭？」

阿基里婭抖了一下，回過神看向西涅什：「怎麼了？」

「我沒記錯的話，妳應該還有東西要給我吧？」

「啊，當然。你不說我都差點忘了。」

阿基里婭看了看身後，確定老婦們沒有看向這裡，又看了看河的對岸，確認遠處也沒有人在注意他們，才從口袋掏出她的最後一件禮物：一包壓碎的紅苔。

「快放進來。」西涅什小聲地說。

阿基里婭連忙把小袋子塞進線團，鬆了一口氣。紅苔在衛城裡是違禁品，因為這東西只要一點點，哪怕只有幾粒粗鹽重，也可以讓人送命；就算量不夠多，吃到的人也會昏迷好幾個小時。不過如果用量夠少，就能消除疼痛，而西涅什的身上多得是疼痛。

「跟我說說妳這次傳信的事情吧。」老將軍低下頭，繼續編起網子。

她從第一天開始，回顧旅途中的每一個細節。但就算這麼仔細，西涅什還是不斷提問；他問得很有技巧，就像鑽進她的心裡，看著她的經歷一樣，讓她想起許多中途忽略，或是忘記的小事。等她終於說完，西涅什也停下手上的工作，緊緊捏著捻到一半的細繩。

「妳之前也有在白天見過它們，」他說，「而這趟，妳見到了三次。」

阿基里婭點點頭：「我想應該是什麼徵兆，我覺得它們有了什麼變化。」

西涅什低下頭繼續捻線：「那我們就要完蛋了。」

他的回答讓里婭很驚訝：「什麼意思？我們還可以跟它們打啊。」

「妳跟衛君報告過，但他不是沒當一回事嗎？」

阿基里婭沉默。

「只要衛城還是那個人在管事，就什麼都不會改變，」西涅什繼續著手上的工作，「如果惡魔改變了，我們卻沒跟著變，那我們肯定會完蛋。以前哪，還曾經有上萬人住在低地，但現在都被惡魔殺光了，如今它們想捕獵我們，就必須上山來。我們不可能永遠躲下去，衛城總有一天會被找到，勒墨特也總有一天會被它們攻陷。」

西涅什是里婭認識的人裡最聰明，最睿智的，她不相信連他都不抱希望。

老將軍安靜地盯著她好一會，讓她開始思考自己是不是做錯了什麼。

「想要活下來，我們需要一個真正的領袖。然而我們的衛君呢，他並不是這種人。我曾經想說服他，很多人也有試過。」他懷念了一下那些人，「這樣說吧，如果我們想活下來，就要有人取代他。」

「我們可以罷免他。」

老人乾澀地笑了幾聲：「罷免？妳都去了地面**五次**，怎麼還這麼天真？離下次選舉還有一整年，而且不管有多少人投給他的對手，最後贏的都會是他。戰士都是他的人，而戰士支持的人總會贏得選舉。妳也夠大了，阿基里婭，應該知道我是什麼意思。」

意思是衛君褻瀆了投票嗎？不太可能，但……

衛城每四年選舉一次，而自從奧洛斯·達耳比接替他的父親當上衛君以來，每次當選的都是他。

他們家族統治勒墨特衛城已經有三十六年了。

阿基里婭吁了一口氣：「我們總得做點什麼。」

「我們？」西涅什搖搖頭，「我這老殘廢玩不起這種遊戲。不管惡魔來，還是不來，我都沒多少日子了。至於妳這小傻子，要是想做點什麼，只會死得比我更早。」

他終於放下手中的工作，阿基里婭這才看出他在做什麼。那是一件給年輕信使的偽裝服，尺寸比科林那件還要小。

西涅什把手伸進線團，打開裝紅苔的袋子。他舔了舔指尖，沾了一點紅苔的碎末塞進嘴裡。

「這些死亡和絕望的事情也說得差不多了。」他搓搓手指，「妳要不要聽點別的？比如說我變成這樣以前的事情？要我再說一次我在良田關打敗比塞特人的事嗎？」

她最喜歡聽戰爭故事了，而且西涅什很會說故事。他記得戰場上的所有細節，從武裝到戰術，從天氣、地形到士兵吃的食物，還有戰役中的種種艱難，他全部說得出來。

但光是聽他說，仍無法驅散此時阿基里婭心裡的黑霧。她需要一些更積極的事情，一些**值得學習**的事情。

「你累了嗎?我比較想再推演一次空山之戰。」

在那場戰役裡，西涅什率領著兩支百人隊，戰勝為數超過兩倍的敵人。那場戰役重挫了北方人的攻勢，逼得他們跳上快船，逃回大海，從此放棄入侵埃忒癸娜。

西涅什點點頭：「那妳來準備戰場吧。」

阿基里婭起身走向旁邊那捆繩索，找出藏在裡面的木箱。她回到西涅什身邊打開木箱，開始布置戰場。木箱裡裝滿黏著小木棒的笠貝殼，有些塗成藍色，有些則是黃色，每個都代表十名士兵。

她拿了五十個黃貝殼給西涅什，老人一看就忍不住笑了：

「妳要我當武力占優勢的北方人?」

「**是數量占優勢**。」阿基里婭說道，「比武力的話，誰比得上勒墨特的矛兵?」

西涅什點點頭：「是沒錯，但妳真的要在這邊扮演勒墨特人?我可不會跟那天的北方人犯一樣的錯誤。」

阿基里婭數了二十個藍色的貝殼，擺在身前的石板上。

「當然，」她微笑，「有挑戰才好玩……但這次你不准**作弊**。」

西涅什慢吞吞地在石板上列了三個橫隊，每隊十個貝殼，小木棒指著前方，代表方陣的矛頭。

「小鬼，我都說幾次了?在戰場上，你不——」

「**你不作弊，就別想贏**。」阿基里婭翻翻白眼，「我都會背了，老頭子。快點列陣啦。」

7

托利奧挺起腰。里婭緊緊握住他的手臂，指尖深深陷進肌肉。她在明光壺的照耀中仰起頭，幽黯的紅光吞沒了愛人的雙眼。

喜悅吞沒她、撼動她、**占據**她、洗去她所有思緒。她什麼也感覺不到，只有他。世界變得甜蜜完整。

托利奧倒在她的身邊，胸口急促地上下起伏。

「里婭，妳真的很厲害。」他揮掉額頭上的汗水盯著天花板。

他也很可愛。托利奧不是她第一個戀人，卻是她碰過最好的戀人。里婭從來不用告訴他該做什麼，但每次她有特別的要求，托利奧都會照做，還很擅長把她弄得心癢難耐。嗯，還有他英俊的臉……幸好她還有傳信的事要煩心，不然她只會整天想著和他待在床上。

托利奧深吸一口氣，安靜了好一會，讓那口氣慢慢變成語言：「里婭，我愛妳。」

他常常這樣說，但她從來沒說過。她很**喜歡**他，跟他在一起很開心。但她不知道這是不是愛。

他們兩個總是選在軍械庫裡親熱，就跟其他勒墨特的年輕人一樣。說實話，他們已經不是躲在軍械庫廝混的年紀了，這裡是青少年探索的地方。但她就是喜歡這裡。

托利奧的居室離他父母的臥房太近，而且如果約在軍械庫，里婭隨時可以離開。她曾邀過托利奧去她的居室——結果第二次，他就堅持要討論兩人的「未來」，完全不理會她的拒絕。結果她得離開自己的房間，才能逃出那場對話。

她嘆了一口氣，感覺著身體的鬆暢與平靜。

寬敞、黑暗的庫房裡擺滿了盔甲和武器。古老的槍矛和獵魔叉，青銅的胸甲、盾牌和頭盔，一排又一排，一架又一架，似乎永遠沒有盡頭。這些武裝屬於帕烏勒王曾經的大軍，日日夜夜替他威懾所有圖謀反抗的人。

「餓嗎？」托利奧用手肘撐起身體，從一旁的托盤拿了塊小鬆糕。

鬆糕很香。她接了過來，還是溫的。托利奧特別為今天烤了這些鬆糕，還在上面灑了糖粉，白色的底上有四條橫線和一道斬痕。她咬了一口，享受著甜美的幸福。做完愛以後一切都會變得更美好，點心也不例外。

可惜這美好並不長。

「里婭，妳**愛**我嗎？」

阿基里婭又咬了一口鬆糕，嘴裡變得又酸又苦，讓她反胃。如果不是因為早上命令布蘭頓殺死伏土獸的內疚，就是因為托利奧一直給她這些壓力。

她把鬆糕塞還給他，徹底失去了食欲。晚點再說吧。她用力嚼碎嘴裡的麵團，吞進胃裡。為什麼她連好好吃個點心的時間都沒有？

「我沒有時間想這個，」她不想看他，「我得專心傳信。」

她希望他可以閉嘴，但他不肯。

「人生很短。」托利奧說，「信使的人生更短。妳不應該再出去了。」
「我還有五次傳信要完成。」
他輕撫她的頭髮：「妳懷孕的話就不用了。」
又是這句話？
「你明明就知道我不想生小孩。」她說，「而且我不是叫你不准再提這件事了嗎？」
「我是男人，不用聽妳的。」
所以她才不想懷他的孩子。他根本不知道她**要什麼**。在勒墨特，女人要聽從男人；但是真正相愛的兩人，應該要彼此聆聽。但明白這點的勒墨特人不多，布蘭頓的父親亞隆是少數的例外，他在生前就與卡丹絲平等相待。可惜男女之間鮮少如此。
她常希望自己喜歡的是女人，就像布莉特．芒思定和緹奧拉．戴尼桑德那樣。她們在一起很多年了，沒有誰對誰不好，沒有誰要聽誰的話。
可惜她對女人沒興趣。她喜歡男人，像托利奧這樣的男人。
「你不必聽我的，我也不用。」里婭轉頭瞪著他的雙眼，「聽懂了嗎？」
她以為托利奧會別過眼，就像科林或布蘭頓被她教訓時那樣，可是他沒有。他的右肩上有四道橫線和一道斬痕，證明他經歷過五次傳信，見過惡魔，普通人想嚇倒他恐怕不容易，更別提是個比他嬌小許多的女人。
「我不是那個意思，」他搖搖頭，「我只是……我是說……妳還記得妳媽媽嗎？」
他的困惑聽起來很真誠，不是要指揮她，也不是想教訓她，而是真心想知道她在想什麼，知道她的感受。只要他換上這種口氣，她就願意跟他好好談下去。
但他的問題還是戳中了她一直在掩飾的痛處。「我怎麼可能忘記？」

她說謊。她最近已經不太想起母親，還有父親了；而每次想到他們，又會讓她感到自己犯了錯。

「如果她再生一個，或許現在還會活著。」托利奧說，「結果她死在傳信的路上。妳想和她一樣嗎？」

「廢話，我當然不要。」

「妳走的路線跟她一樣。勒墨特、代卡泰拉、刻孚蘭，她就是死在這條路上的。」

阿基里婭曾有一個弟弟，但他出生不久後就夭折了，這讓她母親備受打擊。她寧願重新踏上傳信的道路，也不想再生一個孩子。阿基里婭六歲那年，她出發前往代卡泰拉，然後再也沒有回來過。

「她可以不去，但是她沒有，**所以**我也會繼續傳信。」阿基里婭說，「我得完成我的義務。就跟她，還有我爸爸一樣。」

她的父親是戰士。阿基里婭十歲那年，他死在了掠奪比塞特的作戰中。她的父母都把一切奉獻給了衛城，如果有天她也因此而死，那只能說是天主的決定。

阿基里婭扭了扭脖子，試著解開身上的煩躁感。

「我知道你想要有個家庭，但我也要你知道，我不想要小孩。」

他微笑：「沒關係，每個當媽媽的都這樣講過，但妳早晚會想要的。」

那股煩躁感又回來了，而且變成了惱怒。

「艾珂就沒有，」她說，「她沒有生小孩，也不想要小孩。」

托利奧失笑：「妳想學那個沒人要的老八婆？」

「艾珂．拉斯忒完成了二十三趟傳信。」阿基里婭一字一頓地說：「二、**十**、三、**趟**。她是英雄。」

托利奧躺回他們的床墊上：「英雄？對啦，她是活下來很多次，但她注定會死在外面，躲都躲不了。妳也一樣，里婭。只要妳繼續出去傳信，總有一天惡魔會抓到妳。」

他竟敢這樣輕蔑艾珂的成就，還有她的選擇？

也許是時候找別的床伴了。

「你忘了，就算你把我的肚子搞大，」她放慢呼吸，「然後我跟其他女人一樣，把嬰兒噴出來，六個月以後我還是要回去地面上，繼續把十趟傳信給走玩。」

他用手指輕輕刮著她臀部的曲線：「那妳再生一個就好了。」

然後再一個，又一個，直到她三十歲為止。這就是大部分勒墨特女人的選擇——生個小孩，然後盡快再把肚子搞大。就這麼一直重複，直到滿三十歲，就算是盡到義務了。

可是她不是生小孩的器具。她還年輕，還沒搞清楚自己想要**什麼**，但她知道，自己絕不想要只有製造嬰兒和照顧孩子的人生。她知道有些女人想要這種人生，那就讓她們去生，衛城需要母親，也需要嬰兒。

但那不是她的人生。為什麼她不能當戰士？她了解危險，也願意戰鬥。而且她揮舞長矛從來不輸任何男人。

阿基里婭翻過身，準備爬起來。

托利奧笑著抓住她：「留下。我準備好再來一次了。」

他笑得輕挑又迷人，笑得她怒不可遏。

「放開。」她訝異自己聲音裡的冰冷。

托利奧的笑容消失了，但他沒有放手：「妳好好想想。我不會一直等著妳。」

她才剛回來，一天一夜都還不到，就要面對他傳來的壓力，難道他已經忘記在外面求生有多累人了嗎？

「托利奧，你再不放開，我就打斷你的拇指。」

托利奧哈哈大笑，但笑得很勉強。他比阿基里婭高，也比她壯，但他只有每個月按規定參加一次方陣操練，而阿基里婭是現役的信使，兩個人的訓練實在差太多了。更何況，這三年來他都在麵餅作坊和家人一起工作，每天吃下一堆甜食，身材早已不如過去精瘦。

不過話說回來，阿基里婭雖然結實，但也比他纖細得多。真的要打的話，她打得贏托利奧嗎？也許贏不了，但留下的傷和疼一定不會少。托利奧也清楚。

他放鬆鉗扣的手掌，輕撫著里婭的手腕。

「抱歉，我不是那個意思。」他輕聲說道，「也不該動手。」

他的道歉聽起來很真誠，沒有剛才那種強硬的大男人氣息，讓里婭也有點後悔自己的惡言威脅。

「我也是。」她輕輕壓下托利奧的手，滑下床墊。

這一次，他沒有攔她，安靜地坐在後面，看著她穿上罩衫。她歪頭看向床邊的托盤，上面還有五個小鬆糕。

「我可以拿走嗎？」

「可以啊，但記得回來時盤子還我。」

話一出口，他就知道自己錯了。這句話裡有太多期待，還有更多不安。

這讓阿基里婭又開始對托利奧感到抱歉。他是真的想跟她在一起，一輩子的那種。她看得出來，他的舉止就跟每個陷入愛情的男孩一樣。

偏偏她就是不會遵守那些不成文的規則。

阿基里婭轉過身，湊上前低頭親了他一下。

「我當然會回來。」

「那就好。」他釋懷地微笑，撫摸著她的臉頰，「對了，我爸想幫我們煮頓飯，他想做海草雜燴。」

維利安．敏薩拉是衛城裡最厲害的廚師之一，不過人們最尊敬的，還是他在兩名子女死於傳信途中以後，仍始終看著生命裡的美好。

「我最喜歡海草雜燴了。」她用期待的笑容說。

「他就是知道妳喜歡才做的啊。那明天晚上？」

「明天不行。」里婭搖搖頭，「我後天一早就要出去。」

「**後天**？妳才剛回來不是嗎？」

「生病的人愈來愈多了，衛君需要馬上有人帶更多藥回來。」

托利奧生氣地轉過頭：「這不公平，妳才剛回來而已。衛君應該派其他人出去才對。」他用力揉著臉，手掌遮住了痛苦的眼神，「難怪妳這麼急著來找我。」

他的悲傷刺中了她的心，讓她覺得……很甜蜜。

「等我回來，我們再一起跟你爸吃頓飯。」

托利奧看向她，眼神變得冷酷嚴峻：「妳要**回得來**才行。」

他還是不懂。難道他不知道跑這一趟可以拯救多少性命嗎？而衛君選擇她，是因為沒有人比她更擅長穿梭來往刻孚蘭的道路。**沒有人**。

托利奧躺回床墊上，盯著石頭刻成的拱頂：「祝妳好運。」

阿基里婭帶著鬆糕離開。她走過一列一列的盾牌、盔甲和武器，聽見年輕的情侶在陰影間低語、輕笑，還有壓抑的激情夾雜其中。

她放下托盤，打開軍械庫沉重的木門。鉸鍊的聲音一響，陰影裡的小情侶們立刻沉默，擔心著誰的父母或兄長會像暴雨一樣闖進來，尋找他們的兒子、女兒或是妹妹。

阿基里婭拿起小鬆糕走向右邊的廊道。大門在她身後自動關上，木頭與金屬摩擦著，發出嘎吱嘎吱的聲響。

她沒有走很遠，廊道只延伸了四十幾碼就抵達了衛城最偏僻的地方，這裡只有幾個小居室，住著溫登家、貝涅斯家，還有啤酒師傅瑪革絲．伊倪什的家人。還有就是監獄。

監獄入口是座寬敞的拱門，和醫院如出一轍，只是地板和拱頂之間還多了一排鐵柵，留下一個狹窄的缺口，鑲著一道沉重黑鐵打造的門。和平常一樣，那道門是開的。

阿基里婭走了進去，值班的衛兵只有伽倫．亞忒斯一個。他笑著向里婭點點頭。

「里婭，歡迎回來。我本來也該去幫妳歡呼的，不過——」他攤手比著門後的兩張桌子，「職務在身。」

伽倫是個好漢子，曾經完成**六趟**傳信。幾年前衛城爆發過一場瘟疫，剛得到斬痕的他自願接下額外的傳信任務，前往比塞特取回藥物。伽倫長得比布蘭頓還高，比科林還瘦，但他比看起來強壯得多，在方陣中揮舞大盾從來不顯疲態。

「太可惜了，」她甩了一下頭髮，「我剛剛聞起來**超香**的。」

伽倫大笑：「我不用聞也知道。」他看向裝滿小鬆糕的托盤，「說到聞起來超香……」

她拿了一塊給他。

「妳真是女神。」伽倫說，「托利奧做的？」

阿基里婭點點頭，不過她懷疑大部分工作都是托利奧他爸完成的。

伽倫咬了一口，閉上眼睛快樂的咀嚼：「妳真的不用這樣賄賂我，有人跟我說過妳會來。」

「嗯哼，我發現你拿到鬆糕**以前**什麼都沒說喔。」

他哈哈大笑，嘴裡嚼到一半的糕點全噴了出來。伽倫就是這麼自在，毫不在意別人的目光。

「進去吧，」他指指牢裡，「但不要有太多期待就是了。」

「還有別人在裡面嗎？」

「只有妳表姊雅涅，」他說，「還是老樣子。」

阿基里婭本來想問雅涅做了什麼，但多半又是在大庭廣眾下爛醉鬧事，她也懶得知道這次是蘑菇酒、紅苔還是別的玩意。反正她是雅涅．刻緒，老樣子。

「謝了。」阿基里婭說。

伽倫看著托盤：「我可以再拿一個嗎？」

「剩的要給瑪黎。」

高個子歎了口氣：「好吧，妳加油——但別忘了，這是**她自己選**的，跟妳無關，懂嗎？」

伽倫退役後的那趟傳信，為他這句話增添了不少份量。

阿基里婭離開入口的桌子，走向通往牢房的廊道。

衛城裡只有十間牢房，每一間前方都鑲著黑鐵打造的柵欄，其中有八間是空的，雅涅．刻緒就躺在右邊中央的那間。她是里婭的二表姊，只比她大了兩、三歲。里婭還記得兩人兒時一起玩的遊戲。雅涅完成了五趟傳信，遇過三次惡魔，其中兩次，她的伙伴死得很悽慘，雅涅也從此崩潰。這就是信使的命運，總有躲不過的時候。阿基里婭什麼也不能做，只能冀望她終究會走出創痛。

阿基里婭站在雅涅的牢房前，想著自己該說什麼，但雅涅只是趴在朽爛的木地板上，沒有一絲神情穿透她黯紅的頭髮。里婭嗅了嗅，只聞到表姊身上傳來著糞便的氣味。她待在牢房的日子，遠比微笑走在廊道上的日子還多。想到她被糟蹋的生命，里婭只覺得難過。

她把一塊鬆糕放在牢房的地上。或許雅涅醒來會願意咬一口。

瑪黎在左邊最後一間牢房。她坐在床上，雙眼盯著一片空無。

「嗨，」里婭說，「我幫妳帶了一些點心。」

瑪黎慢慢轉過頭。她的雙眼下掛著一圈黑影，襯著周圍蒼白的肌膚顯得格外深沉。

「妳不用費心，」她說，「我不會再出去的。」

那雙眼睛見過太多東西了，陰鬱的雙眼多得是魅影縈繞。阿基里婭其實理解瑪黎的感受，因為她自己也曾見過活生生的噩夢；但她也有點看不起瑪黎，因為她竟想逃避自己對衛城的義務。

「那樣太傻了。」阿基里婭搖搖頭，「妳只要再跑兩趟……呃，四趟就好了。」

瑪黎露出沒有希望的微笑：「他們只罰我多傳信兩次？真仁慈。」

「吃塊鬆糕吧。」阿基里婭舉起托盤，「很好吃喔。」

瑪黎用空白的眼神看著鬆糕，搖了搖頭：「不餓。」

里婭放下托盤，擺了一塊小鬆糕在牢房的地上，站了起身。

「瑪黎，他們會處決妳。」

瑪黎聳聳肩：「嗯。」

阿基里婭和瑪黎也認識很久了。她們倆算不上密友，但也是一起長大的，知道彼此經歷過的開心與悲傷。瑪黎曾告訴里婭，她的夢想就是建立一個家庭，還有成為像她父母一樣的潛水伕。

「妳一直說想要孩子。」阿基里婭說，「這不值得妳活下去嗎？」

瑪黎看著地板：「我不要讓孩子活在這只有死亡的世界。」

里婭又想到了上百件可以說的往事，想到十幾個瑪黎應該完成剩下四次傳信的理由。但她也知道，她說這些都已經沒用了，她什麼也做不了。

「我很難過。」里婭蹲下，把剩的兩塊鬆糕放在牢房地板上，然後就離開了。雅涅還在昏迷，而且牢房裡又多出了失禁的味道。

看起來就算身在遠方，惡魔還是能取人性命。她決定把瑪黎和雅涅都趕出腦海。她們兩人都放棄了，但阿基里婭不會放棄。

她**拒絕**放棄。

8

阿基里婭踩上校場的沙坑。很多人都痛恨方陣操練，但里婭不一樣，她愛死了。她一直在想辦法多長些肌肉——或許就在今天，她終於可以證明自己屬於戰士的行列。

她四處間晃，看著另外四十七個參加這場操練的勒墨特人。儘管三個兒子都躺在醫院，塔官．貝涅斯和他的妻子塔彌卡還是來了。瑪革絲．伊倪什和科羅登．波勒也放下釀酒和吹玻璃的工作，把不能止息的勞務交給各自的學徒。捕魚師傅喀勞．溫登身邊跟著衛城裡所有的年輕漁夫，這表示今晚沒有魚吃了。阿基里婭還看到瑪黎的兩個伙伴，路加斯．基摩和托比亞．彭恩。艾珂和提納特會把其中一人升為隊長嗎？還是會把這份任務交給其他人？

每個人都在腰間掛著矛鞘，身後斜背著矛桿。方陣用的矛比戰士的矛更長，也比阿基里婭習慣的信使矛更重、更難揮舞。她看向旁邊沉重的盾牌，那是她加入戰士的路途中最大的阻礙。

在勒墨特，每個人只要還能走路，都必須接受訓練，就算是在戰鬥中幾乎派不上用場的人也一樣。奧洛斯衛君和他父親這麼安排，是為了確保當勒墨特和其他衛城開戰，手中能有足夠的士兵可供調度。雖然阿基里婭不曾上過戰場，但她學了不少，知道贏得戰爭的往往是訓練有素、兵力眾多的一方。操練方陣無法對抗惡魔，但如果塔干塔人或芬頓人朝勒墨特進軍，他們也不會坐以待斃。

校場的沙坑無法讓所有人同時操練，只能每兩小時換一次班。阿基里婭是今天的第四班，而在今天結束以前還有三個班要上場操練。

維勒．潘庫爾直挺挺地站在前方，準備宣布操練開始。阿基里婭暗自希望這是他今天負責的第一場，因為戰士們一累都會特別刻薄。

「里婭！里婭！」

阿基里婭聞聲轉頭，看見朋友潘達正朝她跑過來——或者從他吃力的動作來說，應該是朝她**跌過來**才對。誰也不知道，在這無法指望下一餐在哪的世界上，他怎麼還能多長出一個人的份量。

「嗨，潘達。」她將潘達抱了滿懷，「幾百年沒見了。」

他往上指了指：「見習信令兵的工作永遠無法休息嘛。」

潘達是信令長官達耐同．珊得耳的學徒，兩人每次上去，都要在勒墨特山頂的小房間裡待上好幾週。

「前兩次去找你他都在睡，」阿基里婭開玩笑地說，「再過不久就要換你當長官了吧！」

潘達聽了兩頰飛紅，但還是笑了出來：「希望囉。」

潘達跟她一樣都才十九歲，不過他頗有機會在今年得到任命，成為勒墨特衛城歷史上最年輕的信令長官。

潘達的狀況特殊。當年他接受信使訓練，艾珂曾想方設法矯正他的身材，但最好的成果也只是阻止他發胖。無論艾珂怎麼逼他挨餓，潘達就是瘦不下來。即便少背了十塊磚重的背包，潘達也幾乎爬不上一座高地，更不用說五十哩路的徒步行進，或是攀登陡峭的山坡。讓他出外傳信不只會害死他，他的伙伴恐怕也全都保不住性命。最後在艾珂建議下，督政官們決定免除潘達的義務。

幸運的是，潘達雖然胖，腦袋卻很聰明。也許沒有科林那麼聰明，但也足以學會信令兵需要的數學、地圖和密碼。

沒有科林那麼聰明……

她突然想到，要是潘達當上信令長官，他就會需要一名見習兵。

「科林．第納辛有上去過信令站嗎？」

潘達皺了皺鼻子：「沒人喜歡那個混蛋。」

她也同意科林很混蛋，但里婭是他的隊長，照看他是她的責任。等他完成傳信五次的義務，如果他的工作對衛城不夠重要，督政官們還是有可能繼續派他出去。

「我覺得他會想看看你的工作。」她說，「我可以帶他去找你嗎？」

潘達搖搖頭：「想都別想，他整天叫我胖子。」

「你是很胖**沒錯**啊。」

「對啦，但我可不會讓別人隨便這樣叫我。」他看看維勒，又轉過頭來，「不過，要是妳幫我撐過今天的操練，我就准妳帶他過來。」

「沒問題。」

笑容在潘達圓胖的臉上綻開：「謝啦。我最怕團練日了。」

里婭捏捏好友的肩膀：「你放心。我們倆一定可以撐過去的。」

「十二人成一列，」維勒用轟隆的聲音大喊，「武器組裝！」

潘達還來不及抗議就被阿基里婭拉到前排。眾人排成四個橫列，解下背上的矛桿開始組裝。阿基里婭見潘達居然先從鞘裡抽出矛頭，立刻拍了一下他的大腿。

「矛頭收好，」她輕聲說道，「先裝矛桿，記得嗎？」

潘達點點頭，將矛頭收回鞘中，笨拙地取下背上的矛桿。

阿基里婭依序排開零件：矛、尾釘、半根矛桿、箍環，還有剩的半根矛桿。她單膝跪下，將組裝好的矛桿舉過膝蓋，從鞘中拔出矛頭，將套筒裝在矛桿錐形的尾端，哼地一聲用力扭緊。里婭站起身，矛尾釘插入沙中，矛尖筆直指向天花板。她左右瞄了一下，暗自竊喜自己是第一個完成的。

「這麼慢！」維勒大吼，「敵軍都殺來了，**動作快！**」

潘達的箍環都還沒套好。阿基里婭把自己的矛塞給他，迅速幫他組裝好武器，又交換回來。兩人站起來時，其他士兵也正紛紛舉起武器，立正站好。

「謝了，」潘達悄聲說，「我得好好練習。」

「沒錯，」阿基里婭小聲答道，「這是最基本的欸。」

維勒慢慢走到第一列前面。

「聽好啊！你們今天在這邊練了什麼，上了戰場都會用到。」他說，「走進方陣，你就不是單兵，是整支部隊！你一個人沒做好，就會害死你左邊、右邊的人！他一個人沒做好，就會把你害死！來！方陣就是矛兵！」

「**矛兵就是方陣！**」阿基里婭和其他人同聲高喊，操練也在對答之中展開。

維勒在陣型左邊站定：「前列，**預備！**」

阿基里婭握緊長矛——但不是握在矛柄中間，而是箍環與矛尾釘之間的位置。她放低矛尖，與地面平行，靠沉重的矛尾釘平衡著矛桿與青銅矛頭。長矛足足有兩塊磚重，但她舉得很輕鬆，不過她也知道再過不久，手裡的感覺就會變得更沉。

她右邊的潘達也放低了長矛。

維勒大吼：「第二列，**預備**！」

第二列聽命照做，長矛平舉在第一列的十二人之間。阿基里婭身後的人一個失手，粗重的矛桿敲中她的後腦杓。

「**嘿**！」疼痛像火花一樣炸開，但她還是穩穩握著手裡的長矛。

「抱歉，里婭。」長矛重新落在阿基里婭右邊。同時她身後也傳來馬爾定·亞忒斯的聲音。他大概二十多歲，身材高大，但手腳卻跟剛開始抽高的少年一樣笨拙。

二十四支長矛並列朝著前方，筆直而致命。阿基里婭摒去疼痛，專心享受著這一刻。粗長的矛桿有如森森棘籬，明光管的紅光在青銅矛尖上熒熒閃耀，即使他們只是後備兵，也必定是片駭人的景象。

「行進轉向。」維勒下令，「塔官·貝涅斯，帶口令！」

塔官照做，方陣開始往前邁步。

長矛不再平直，有些開始往上飄，有些則稍稍下沉。他們的步伐也不夠整齊；塔官每數一聲，隊列裡都會傳來悶悶的碰撞，答數也遠不如訓練有素的戰士操演時高亢響亮。方陣一走到校場的另一端，塔官就高喊一聲「向後轉！」走在前兩排的後備兵舉直長矛，所有人一齊轉身，面向剛才走來的方向。前兩排的士兵放下長矛，朝反方向重整方陣，而阿基里婭和潘達則成了後排。他們高舉著長矛，準備在前排有人倒下，或是手中武器折斷時，就立刻放下長矛向前遞補。

「**向前走**！」塔官的命令從另一頭傳來。

潘達艱辛地咕噥著：「我快拿不動了。」

「才剛開始欸。」阿基里婭輕聲說，「潘達，硬起來！」

怎麼會有男人這麼**弱**？他們連盾牌都還沒扛起來。

接下來二十分鐘，維勒不斷下令他們行進、向後轉、左右轉，還有練習單手突刺。阿基里婭的右臂開始灼痛。等到維勒命令所有人放下長矛、拿起大盾，她已經滿身是汗，上氣不接下氣。但她的表現還是比潘達好，那傢伙已經開始發抖，看起來隨時會暈倒。

不過盾牌……這回她能辦到嗎？

剛從盾牌堆中拉出圓盾，她就立刻感覺到這件裝備的份量。寬大的木盾包裹青銅，約莫有五塊磚頭重，抵得上四分之一個她。阿基里婭將左臂穿過拴在盾牌背面的皮帶，緊緊握住。

好重，但她這次辦得到，**一定可以**。

她回到隊列中，右手提起長矛。

「後備兵，」維勒一見眾人就位，便高聲大喊，「**舉盾！**」

阿基里婭舉起盾牌。隊列不像剛才那麼整齊了。但就算大部分女人和少數男人都拿不太穩手中的武器，方陣的聲勢依然無人能擋，彷彿一面行走的青銅城牆，從後方放下一排又一排致命的鋒刃。

維勒繼續發號施令。他們向前行進、轉向、向前刺擊。一遍又一遍。

又過了二十分鐘，阿基里婭的左臂也開始顫抖。她感覺到肌肉在燃燒，但她還是奮力將沉重的大盾舉在身前。潘達的表現就差多了，他在轉向時跌了一跤，大盾的邊緣深深插入沙中。

維勒立刻衝過來：「潘達！撿起盾牌！站好！你這可惡的**蛆蟲**！你**害死**了你身旁的所有人！」

他立刻照做，雙眼被恐懼撐大，臉頰上滿是羞恥的紅色。維勒罵了好幾分鐘，直到另一面盾牌接著落地，沉重的敲擊聲敲打在石牆上，他才走過去痛罵另外一人。接著他又吼出更多命令。操練繼續。

汗水像大雨一樣流淌。阿基里婭努力挺起身體，但她知道自己辦不到了。戰士必須舉著盾牌在隊列中支撐至少一個小時，而她才被操了三十五分鐘，就已經撐不住手臂上的重量。她的盾牌滑了一下、兩下，最後落在地上，打散她身體的平衡，把她摔到沙地上，一旁的塔彌卡早已經跪在地上，和她四目相對。

「我們……為什麼要做這些？」塔彌卡搖著頭，臉上閃著汗水的光澤，胸脯劇烈起伏，「誰不知道……這些訓練……會有什麼結果？」

維勒舉起拳頭：「方陣兵，**立定！**」

有些人再也舉不住盾牌，紛紛跌在地上，剩下還站在隊列中的，全部都是男人。

「跌倒或是掉盾的人，去拿弓。」維勒說，「接下來練習弓箭支援方陣。」

「他媽的又來了。」塔彌卡站起身，拖著盾牌往架子走去。

阿基里婭感到很屈辱。在所有跌倒的人裡面，就屬她撐得最久，但她還是撐不住，就跟之前的每次團練一樣。她不禁沮喪地想著，自己終究不夠強壯。

女人不能當戰士，但問題真的是性別嗎？銅盾有她的四分之一那麼重，如果沒辦法好好握著盾牌好好一個小時，她就當不成戰士。事情就是這麼簡單。

「里婭，妳做得很好。」維勒來到她身旁，「但是該去拿弓箭了。」

里婭強忍住眼淚，握緊顫抖的手，將盾牌扛回架上。

9

幾個小時過後，她又要從屈辱走向榮耀。

梳洗過後，阿基里婭穿著正式的無袖罩衫，坐在廣場廳的石階上，安靜看著一千多人聚集在這，舉行無聲的典禮。還有兩千人正在賣力工作，修理倒塌的廊道、照顧農場的蘑菇、準備食物、保養各處的明光管……要讓衛城持續運作，就是需要這麼多人持續不斷勞動。

連衛君和督政官都來到了廣場廳。授疤是衛城中最嚴肅的儀式，沒有人會出一丁點聲，所有人都靜靜看著典禮進行。

石階的前方有兩張鋪著布的桌子。布蘭頓和科林兩人躺在上面，赤裸著腰部以上的身軀，腳上也沒穿鞋，只有一件瑙苳布做的褲子。

兩張桌子旁邊都站著一名醫生，醫生旁邊又跟著一個小孩。布蘭頓的醫生是塔耳柏，科林的則是墨尼刻。阿基里婭認出塔耳柏的助手，就是昨天纏著她要糖的彌莉安。但她認不出協助墨尼刻的男孩是誰，只能從他寬大的下巴猜測或許是內門薩特。兩名助手一手拿著裝滿烏墨的陶罐，一手拿著深色的布料。

兩名醫生的動作很慢，但很有條理。他們先以手中套著木柄的長針蘸取黑墨，在信使的胸膛上立直浸濕的針尖，才抬起專為這場典禮準備的石銷子，輕輕敲擊木柄的尾端。

咔——咯、咯、咯、咯、咯。

兩人抬起針。彌莉安和長得像內門薩特的男孩舉起布，擦去墨水和血跡。

咔——咯、咯、咯、咯、咯。擦去墨水。

咔——咯、咯、咯、咯、咯。擦去血跡。

濃重的黑線慢慢橫過兩名少年的左胸。布蘭頓已經領過一條橫線，這是他的第二條，也是科林的第三條。

醫生放下長針，布蘭頓和科林站了起來，兩人都緊閉著嘴。科林的眼眶裡噙著眼淚，但阿基里婭可以理解。刺青很痛，她很有經驗。

就連布蘭頓刺第一道橫線時也流了一點淚。那已經是三個月前的事了，這一次他沒有哭，臉上還掛著堅毅的表情。六個月前，他才剛成為阿基里婭的伙伴，這段日子裡他長高了兩吋，還多了十塊磚重的肌肉。現在的他幾乎已經是個男人，而不是之前那個少年。

兩人一聲不響回到第一排的座位，布蘭頓坐在阿基里婭右邊，科林坐在她的左邊。平常，他們三個都是一起刺青。

但這次不一樣。

阿基里婭站起身，走向桌子。

墨尼刻歇手停工，回到石階上的座位。長得像內門薩特的男孩也抽掉桌上的白布，在眾人注視下摺成小小一疊，坐到墨尼刻的身邊。

阿基里婭還穿著她簡素的瑙苳罩衫。她不能像兩名少年一樣，在眾人面前露出胸脯。女人刺青的位置是右肩，而阿基里婭的右肩上已經紋了四道橫線，每一道都代表一趟地上驚險的行程。不過這一次，她會得到真正的榮譽印記。

她躺在桌上，盯著上方的拱頂，耳邊傳來木頭碰撞陶罐的聲音，塔耳柏醫生的長針在蘸取黑墨。

奧洛斯·達耳比的聲音刺穿寧靜：「坐吧，彌莉安，我來當塔耳柏醫生的助手。」

阿基里婭睜大雙眼，努力讓自己不要有所動靜，不要坐起身張望到底發生了什麼事。但……衛君本人為她授疤？

他低頭，微笑看著她，但神情十分嚴肅。

「阿基里婭，妳的勇敢意義非凡。戰士是衛城的肌肉，工人是衛城的骨骼。督政是我們跳動的心臟，而信使是我們奔流的血液。我們尊敬妳對衛城的付出。我向妳完成的五次出行敬禮，也向妳未來的五次出行敬禮。」

她的胸口發麻，她的心臟狂跳——衛君在**所有人**面前表揚她。

冰冷的銅針刺進她的肩膀，一次一次，由上往下，掀起一陣一陣的寒慄。阿基里婭閉上雙眼，感受著刺青熟悉的疼痛，感受著她的**斬痕**穿過四道橫線。

咯、咯、咯、咯、咯。

10

早上，參加授疤禮的人很多，但忙於工作的人更多。

而此時，**所有人**都擠進了校場旁的看台，擠得木造的板凳發出吱吱啞啞的哀鳴。男人和女人肩貼著肩坐在走道邊緣，手臂和腦袋靠著低處的護欄，雙腳伸出護欄，懸在空中。孩子們則紛紛攀上座位後方的支柱，他們來此都是為了觀看處決。

授疤禮是為了稱頌生命，而處決是為了提醒，提醒死亡不論早晚，終將降臨每個人的頭上。阿基里婭這時本該陪在布蘭頓和科林的身邊，但她只想一個人待著。她害怕看著瑪黎會讓她忍不住落淚，她又不想讓少年們知道她如此脆弱。

戰士們聚集在下方的沙坑，沿著對面的石壁排成橫列；他們左手舉著覆蓋青銅的盾牌，右手緊握組裝牢固的槍矛。矛頭聳立直指拱頂，矛尾深深埋進沙中，每一面圓盾上都漆著相同的圖案：金黃的太陽升上蔚藍的天空，照耀著勒墨特山奇偉的輪廓。只是圖樣雖新，底下的金屬卻布滿磨損與凹痕。

他們身上穿著成套的頭盔、胸甲、脛鎧和護腳，全都閃耀著青銅的光澤。頭盔上以鉚釘連接的護面有兩道開口，一橫一豎像是分岔的廊道，橫的開口位在眼前，可供視物，豎的開口置於中間，方便呼吸；兩道開口都十分狹窄，可以阻擋揮舞的矛尖。和盾牌一樣，幾乎每副盔甲都布滿傷痕和凹陷，有些是過去幾年迎戰強盜時留下的，但大部分的痕跡都是來自好幾十年、甚至**好幾百年**以前，來自北方人的入侵，來自埃忒癸娜城邦之間的戰爭。

所有人不論戰士和群眾，都緊緊盯著校場後牆的木門。阿基里婭一面看著同樣的方向，一面希望和**祈禱**她的伙伴不會讓她再次見到相同的光景。

木門緩緩打開，達耳比衛君從中走出，卓斯科·拉墨克跟在他的身旁，穿著與牆邊戰士相同的盔甲。他們在校場中間停下腳步。衛君仰起頭，用阿基里婭多年來熟悉、敬仰、信賴的威嚴語氣說道：「勒墨特衛城的人民們，這是遺憾與悲傷的一刻。」

衛君的話語掠過石牆和拱頂，回到校場和看台上，變得柔和也變得宏亮。他深明該如何操縱聲音，一如戰士清楚該如何駕馭長矛。

「每個人都必須奉獻。」他繼續說，「我們的生活就是這樣。我們為每個人指派工作，不論年齡氣力，不論身體殘疾，不論心智缺損。而我們將艱辛的職責，將傳信的職責，交給我們的年輕人，讓每個人證明自己對衛城的價值，值得衛城提供他們食物和衣服，值得衛城提供他們溫暖和保護，提供他們安全的地方養育家庭，終老一生。」

衛君舉手指向左邊的看台，緩緩掃過他面前的戰士，停在他右邊的空中。

「你們之中有很多人已經完成了義務。還有些人雖然年紀還小，但有一天，你們也會勇敢完成你們的義務。我們的生活不就是這樣嗎？」

眾人同聲回答：「**我們的生活就是這樣**。」

奧洛斯放下手：「如果有人不願意工作，如果有人不願意奉獻，我們不能袖手旁觀，我們不能什麼都不做，放任他們占衛城的便宜。在以前，我們會放逐這些人，我們做過很多次，但這樣行不通。

被放逐的人總會想回來，他們會製造雜音，他們會哭泣、會尖叫、會乞求……他們會引來惡魔。雜音，是我們的敵人。」

「**安靜是我們的力量**。」眾人複誦。

奧洛斯點點頭，緩緩轉過身，看著走道和看台上擁擠的人群。

「安靜，是我們的力量。」他肯定地重複，「我們必須維持安靜，維持我們生活的方式。如果有信使不願意傳信，我們都知道她要面對什麼懲罰。」

「**以死懲戒**。」

眾人的聲音高亢激昂，一陣寒意竄過阿基里婭的身體。

奧洛斯背對著戰士，朝敞開的大門伸出手。全副武裝的瑞尼科．玻瑞諾斯和沙利姆．安尼刻托斯一左一右，押著瑪黎．若拉走入校場。她的嘴裡塞著布條，雙手縛在身後，腳踝也被一條短索緊緊綁住。但她沒有掙扎，甚至沒有行走，她被瑞尼科和沙利姆拖向前，赤裸的雙腳在沙地上留下兩道平行的痕跡。

阿基里婭想要奔向瑪黎，想要再試一次，想要對她大吼：「**妳這麼想死，為什麼不死在地上、死在妳傳信的路上！**」但那樣沒有意義，瑪黎很清楚懦弱要付出什麼代價。

惡魔橫行世間，無人能逃離。

瑞尼科和沙利姆拖著瑪黎走到衛君跟前。女子落在兩人中間，雙膝著地，徹底失去了尊嚴。

「妳辜負了自己對衛城的職責。」衛君宣布，「妳辜負了妳的同胞。我們不會再任妳吸食我們的血液。隊長，行刑。」

奧洛斯往一旁退開。

卓斯科壓低身體，擺出作戰的架式，圓盾舉在前方，戰矛高舉過頭，指著瑪黎。

即將到來的命運在矛尖上閃閃發光，似乎終於擊中瑪黎的內心。她的雙肩顫抖，奮力扭動，想要掙脫束縛，悶住的尖叫從口裡的布條間漏出。但就算她的手腳沒有被綁住，也不可能掙脫瑞尼科與沙利姆兩人的鉗制。

「為了勒墨特的人民，」卓斯科朗聲大喊，「為了我們的生存。」

他向前邁步，刺出長矛，長矛捅入瑪黎．若拉的胸膛，擊碎她的胸骨，碎裂的聲響穿過整個校場。瑪黎的尖叫就此永遠停止。

兩個衛兵仍抓著瑪黎，讓她在矛頭上掛了一會，直到卓斯科抽出長矛，瑞尼科和沙利姆才放手。瑪黎落在地上，血液浸濕了校場的沙地。

奧洛斯走向大門，卓斯科走在他的身邊，瑞尼科和沙利姆跟在兩人背後。瑪黎會被留在這裡，警示眾人懦弱的代價。幾個小時過後，才會有工人來收走她的屍體、丟進下水道，和魚的內臟、衛城的垃圾，還有居民的排泄一起被洶湧的河水帶離勒墨特，不會有任何哀悼或紀念。

人群散去。

阿基里婭留了下來。她站在看台上，盯著瑪黎一下一下微微的抽搐，盯著她的眼睛漸漸失去神采，只剩下死亡無盡的凝視。

阿基里婭站在原地，什麼也沒說，什麼也沒想。她不知道自己到底站了幾分鐘，還是站了幾個小時。她一直站著，直到有工人來收走屍體，她才注意到，自己不是唯一盯著沙坑的人。

科林同樣坐在高處的看台上，坐著、死死盯著。

還有布蘭頓，他坐在走道邊，兩腳懸空，頭靠著護欄。

瑪黎的伙伴路加斯．基摩坐在第一排。他只和瑪黎出行過一次，或是兩次。但他曾跟瑪黎一起受訓、一起流血、一起冒過生命危險。而現在瑪黎死了，死在自己同胞的手中。

法比昂．亞科斯塔也坐在一旁，雙手搭著兩個新隊員，兩個**孩子**的肩膀。索珊娜．奧伯希和布羅塞．品達都還在受訓，他們以前看過處決嗎？或許吧。衛城裡每個人都看過，但阿基里婭的經驗告訴她，這場處決帶給他們的感受，一定和以往大不相同。因為他們就快要走出山門開始傳信了，今天卓斯科揮出的長矛，將來也有可能刺向他們胸口。從這一刻起，死亡將是他們所處的**現實**。

沒有人可以逃避這一切。每個人都必須奉獻。這就是勒墨特的生活。

「真荒謬。」

突然冒出的聲音把阿基里婭嚇了一跳，往一旁滑開，一根護欄上的木屑刺進她的大腿。坐在她右邊的是艾珂．拉斯忒。她不僅沒注意到艾珂出現在她身邊，就連她坐下的聲音也沒聽到。信使長把頭髮剃得一乾二淨，在明光管的照耀下閃閃發亮。

「嚇死我了。」阿基里婭拉起罩衫，發現自己左腿後面插著粗長的木屑，傷口正滲出血珠，肌膚下還隱約看得見木屑深色的輪廓。

「誰叫妳心不在焉，被嚇活該。」艾珂冷冷地說，「轉過去，我幫妳拔出來。」

愈來愈痛了。阿基里婭哎叫一聲，對著艾珂露出腿上的木屑。

「像個小孩子一樣。」艾珂繼續碎念，「不過痛一下而已。」

不過痛一下而已。又一句熟悉的口訣，只是它既不屬於信使，也不屬於戰士，而是每個勒墨特人生活的箴言。

艾珂一手捏著傷口附近的大腿肉，一手捏住木屑尾端用力一抽，痛得阿基里婭以為她拔出的是根兩吋長的匕首，刀尖還沾滿了鮮血。但艾珂看也不看就隨手扔掉木屑。

「坐下。」

阿基里婭乖乖坐下。沒有人聽見艾珂．拉斯忒的命令會有所遲疑。

勒墨特人的信使長盯著下方的校場，似乎是看向那塊被瑪黎血液所染紅的沙地。艾珂穿著無袖的罩衫，好讓每個人都能看見她的刺青——四道橫線和一道斬痕的圖案，沿著左臂重複四次，下面還有兩條平行的橫線，再過不久就會變成三條。

「歡迎回來。」阿基里婭說，「耶娜和托瑪斯有回來嗎？」

艾珂的臉上沒有情緒，只有在完成二十三次傳信後會有的鐵石神情。她憔悴的面容、剃光的頭頂和纖瘦、緊繃的身材，都讓阿基里婭想到惡魔的長相。

「有。」她答道，「瑪黎被殺害前，我才剛向衛君報告過。」

殺害？阿基里婭看了看四周，希望沒有人聽見剛才那句話。

「瑪黎拒絕傳信，」阿基里婭說，「我跟她談過了，但……唉，她還是不願意。」

艾珂轉頭看著阿基里婭，灰色的眼珠像是從巨石上剝落的碎片。

「所以瑪黎她就該死嗎？」

這是什麼測試嗎？艾珂有數不清的測試和用不完的詭計，她從不讓人停止思考，要人把每一件事都跟地表上的生存扯上關係。這一次，里婭被問倒了，她覺得自己不懂衛城的法律，也不懂導師的質問。

「我……我不知道。」她說。

至少我很誠實。里婭安慰自己，同時懊惱自己的愚笨。

艾珂盯著她，直到她漸漸承受不了困窘，才又把目光轉回染血的沙子上。

「督政官跟我提到了妳明天的傳信。」她沒有繼續剛才的話題，「他們說這趟很重要，想要派我的人代替你們去代卡泰拉和刻孚蘭。」

希望湧上阿基里婭的心頭。她實在不想這麼快就回到地面。

「我拒絕了。」

希望重重墜地，摔成一片罪惡感——她不願意讓自己的伙伴剛回衛城就立刻出行，又怎麼能指望艾珂和她的伙伴願意放棄休息代替他們？很快地，這股罪惡感又化成了憤怒。

「可是……妳比我厲害多了，」阿基里婭嘆氣，「妳的伙伴也經驗豐富。」

艾珂輕輕抓著自己大腿上的一道疤：「妳需要這次經驗，里婭。我不可能永遠都在地上傳信，其他人也得了解，除了我以外，他們還有別人可以指望，可以承擔重要的任務。我想妳已經可以承擔這份責任了，問題是，妳願意嗎？」

阿基里婭眨眨眼，撿拾著心中緩慢浮現的詞彙：「我……我盡力。」

「盡力？」艾珂瞇起眼睛，「妳知道萬一妳失敗了，會有多少人死去嗎？」

阿基里婭搖搖頭：「我又不是醫生，怎麼可能知道。」

「**猜啊**。」艾珂下令。雖然只有短短幾個字，卻不斷在拱頂之間迴盪。

里婭這才注意到，所有人都已經離開校場，這裡只剩下她和艾珂。

「嗯……病倒的人很多……所以我猜——」她想著回來以後看到、聽到的景象，胃裡突然一陣顛簸，「大概五十個人？」

五十個人。如果她們沒有回來，就有**五十個人**會死。阿基里婭感覺到心臟開始狂跳。

「我猜是一百人。」艾珂回答，「只會多不會少。大部分都會是老人，還有一些幼童跟嬰兒。」她再次轉過頭，用那雙岩石般無情的灰色眼眸盯著她，「把藥帶回來，不准搞砸。別忘了要注意妳的周圍。如果衛城這麼安靜，妳都可以讓我潛到身邊的話，那等妳到了外面，發現自己被惡魔盯上的時候，就已經來不及了。」

艾珂站起身，走上看台的階梯，老舊的木頭長椅一點聲音也沒發出來。

阿基里婭獨自坐了一會，努力控制自己的呼吸。她從未覺得這麼沉重。一百個人喪命。只會多不會少。老人。小孩。**嬰兒**。瑪黎的血仍留在沙地上。這一切實在太沉重，也太突然了。

她走出校場，決定去找托利奧忘記這一切。一刻也好，至少她得暫時忘記生命有多難過。

11

「我不懂妳幹嘛找**我**扛這些。」科林抱怨道，「妳應該找蠢布布來的，他用一根小指頭的肌肉就能搞定這些爛桶子。」

阿基里婭真的很想知道什麼能讓科林的嘴巴閉上。

「布蘭頓去方陣團練了。」她說，「反正你也不去，就給我閉嘴往上爬。」

「我到底幹嘛要去找那個只會吃的廢物胖子啊？」

「潘達才不是廢物，而且他是我朋友，所以你嘴巴給我放乾淨點。科林，我要你看看上面在幹什麼，說不定你很適合做這個。」

他已經開始上氣不接下氣：「屁啦，當信令兵根本浪費我的才華。」

阿基里婭仔細盯著自己跨出的每一步。她脖子上的明光壺快暗掉了，而科林的早就不再發光。這小王八蛋為了少帶點東西上樓，八成根本就沒把壺裝滿。

「反正你跟潘達講話的時候控制一下，」她跨出一步，「可以嗎？」

「我可不敢保證。」

阿基里婭帶科林上來是打算幫他安排出路，但科林整趟路上都在刺激她。難道他不明白，要是沒有一份重要的差事，就算完成義務，走完五趟傳信，以後還是可能會被徵召嗎？就算真的不知道，無所不知的科林也不會承認。但阿基里婭知道他不屬於地上。他命中注定要做些不一樣的事情。儘管她不知道那到底是什麼事，但她骨子裡感覺得到，總有一天這個低級又惱人的傢伙會對衛城做出了不起的貢獻。

「我的腿快斷了。」科林繼續抱怨，「手也是。」

阿基里婭也一樣。說實話，她的腿早就在發燙。她的身體很結實，否則也不可能活過一次又一次的傳信；但扛著兩塊磚重的水爬上三百階石梯？任何人都撐不了多久。

「爬就對了。」

「也太多層了……為什麼有人走這麼多路，還可以**胖**成那副德性？」

也許他會對衛城做出了不起的貢獻。他愈是抱怨，阿基里婭就愈懷疑自己的遠見。

「你就不能少抱怨兩句嗎？」

「我只是喜歡……**誠實講出大家都知道的事**。」

每個人上信令崗時，都得扛兩個桶子上樓，一個裝滿水，另一個裝滿食物和蠟燭；下樓時又得把空桶子扛下去。水對信令兵萬分重要，除了飲用，還要用來沖洗直通河床的糞污道。

「欸，」科林叫道，「應該快到了，我聞到那傢伙的臭味了。」

阿基里婭也聞到了，但那應該不是潘達的味道。他昨天團練完才去河裡泡過澡。那麼應該就是達耐同了，或是長年來滲進石牆的體垢味。河水沒辦法打到山峰的頂端，而信令兵每次上來都得在崗上待好幾週，有洗手就算很乾淨了。

阿基里婭漸漸感覺不到自己的雙腳，但上方一晃一晃的微光告訴她，信令崗就快要到了。她奮力撐過最後幾步，爬上僅有燭光照明的崗哨。信令兵的棲身處非常狹窄，還散發著不可置信的惡臭。

「幹，臭死了。」科林擺出嘔吐的表情。

崗哨的地上到處散落著衣物，牆角的編籃裡堆滿食物的殘渣。另一頭的牆邊靠著兩張床，其中一張是空的，另一張上面傳來達耐同·珊得耳的呼聲，早在奧洛斯當上衛君以前，老人就在這裡站哨了。

科林卸下肩上的桶子，一邊撐著膝蓋喘氣，一邊指著空桶上的杓子，往鼾聲連連的達耐同努了努嘴：「要不要把他弄起來？幹一定超好笑。」

阿基里婭瞪向他：「你敢我就宰了你。」

科林翻了翻白眼，不再繼續打老信令兵的主意。阿基里婭扛起她的桶子，把水倒進從石壁上開鑿出的水槽。

「不覺得這些水看起來很奇怪嗎？」她伸手在水槽上晃了晃，「一點光也沒有。」

科林也把自己桶裡的水倒進水槽：「水裡的細菌需要食物和氧氣才能發光，沒有的話就會死掉，跟我們一樣。不過要是有台攪拌機的話……」他盯著無光的水，「嗯，應該行得通，只是水槽可能要再弄大一點。」

攪拌機？他又在講什麼？每當科林談起這些莫名其妙的東西，聽起來像是完全不同的人，連說話的聲音都跟著改變。此時，里婭從他的聲音裡聽不到牢騷和抱怨，也沒有自大和狂妄，只有希望與好奇。當他談起科學和發明時完全是另一個人，一個里婭可能想多花點時間深交的人。

「我又想到好玩的事情了。」科林換上平常的聲調：「如果我在這撇尿，妳覺得他們會發現，還是照樣喝下去？」

但也許她還是浪費太多時間在科林身上了。

「我們去找潘達。」她說。

如果潘達不在居室裡，就是待在眺望台上。他們走向居室的另一側，那邊有道側拉的石板門，正對著兩人上來的樓梯，是帕烏勒王的時代所遺留的古物。

科林一把抓住門上的金屬環，準備開門。

「等等。」阿基里婭拉住他的肩膀。

「這梗很老了欸，里婭，妳該不會**真覺得**外面有惡魔吧？」

阿基里婭不懂，這小子都已經走過三趟傳信，怎麼還是什麼都沒有學會？如果他不明白**隨時**保持警惕有多重要，還是一直這麼鬆懈，遲早都會讓自己陷入危險，還會讓她跟布蘭頓也陷入危險。

她向前跨了一步，燭火照出高挑的陰影，將矮小少年壓向石板門。科林抬頭瞪著阿基里婭，努力裝作沒有嚇到。

「我親眼看過別人被惡魔抓走。你呢，你看過嗎？」

少年想跟平常一樣白眼以對，但阿基里婭掐住他的下巴，不讓他別開視線。兩人的距離愈來愈近，幾乎就要碰到鼻尖。科林哼出氣憤的鼻息，卻沒有伸手推開他的伙伴。他再怎麼不識相，也知道自己能活下來都是多虧阿基里婭的經驗。

更重要的是，若阿基里婭想的話能打得他說不出話。

她另一隻手像爪子一樣伸向科林胸口，指甲隔著罩衫慢慢往下刮：「惡魔抓走你之前，會先把你開腸剖肚。」她又舉起手，對準著科林的臉比出嘴巴的形狀，「或是用牙舌咬住你，把你摔得分不清楚東西南北。」說完，她手腕一抖，指尖在科林的額頭上重重戳了一下。

他想揮開阿基里婭，但她動作太快，一得手就立刻縮了回去。

「我曾看著兩個人被它們抓去黑煙山。」她壓低聲音，「可是我不能幫他們，這是規定。從此以後我再也沒見過他們。隊友會**求你**救他們，但是你只能聽，一直聽，聽著他們的聲音消失，永遠消失。

你不想去聽，可是你辦不到，你會在夢裡聽到他們的聲音，他們的聲音會永遠留在那裡。」

她看見氣憤從少年的臉上消失……只留下無法掩飾的恐懼。

「所以告訴我，」阿基里婭露出凶狠的微笑，「我該不該檢查外面有沒有惡魔？我拿你的小老二打賭，你絕對希望我去檢查。因為要是有人不守規定，會被惡魔帶走的不只有你，還有布蘭頓，**還有我**。」她退了幾步，讓燭光照回科林的臉上：「怎麼樣，大哥，現在願意遵守規矩了嗎？」

科林抹了抹臉：「有人說過妳發起瘋來跟神經病沒兩樣嗎？」

「有啊，都是些惹我生氣的白痴。」

「我聽話就是。」少年擺出懂事的樣子，但里婭知道他早晚會變回來。她從來沒失望過。

科林看向右邊，牆上掛著一把他進門前本該檢查的木槌。他取下木槌，輕輕敲了幾下石門：叩叩。暫停。叩叩。

幾秒過後，門的另一邊傳來同樣的聲響：叩叩。暫停。叩叩。重複的暗號代表門的另一頭並無危險。

他把槌子掛回牆上：「看。我就跟妳說沒什麼好擔心吧。」

科林握住門環往後倒，用全身的力氣拉扯石門，里婭也從反方向幫忙推。在沉重的滑行聲中，石門慢慢打開一道開口。金色的陽光刺得里婭忍不住瞇上眼睛，還在發熱的身體也被冷風吹得連連發抖。

潘達開心地站在門外，臉頰被冷風吹得通紅，鼻子下還掛著一條鼻涕。

「里婭！我等妳好久了！」然後他看著科林眉頭一皺，「呃，妳還真帶他過來了。」

「你放心，」科林咂了一聲，「我也不是自己想要來的。」

他又開始惹人厭煩，正如里婭的猜想。

「出來吧，看看潘達的工作長什麼樣子。」她一把抓住科林，拖著他來到眺望台上。

三人舉目望去，環顧著腳下高聳的勒墨特山。他們不知這裡的平坦是出於天工，還是帕烏勒王特意命人鑿出。但無論由來如何，世上肯定沒有其他地方可以和此處相比。

科林呆立在原地，環顧著四周的景色：「幹……這裡根本是**奇蹟**。」

里婭完全了解他的心情。

山峰一座座往東邊和南邊綿延，在視野之外的某處重新匯聚，形成一圈圍繞拉涅湖的圓環。鄰近湖邊的地方可以看見廷塞拉城的遺跡，**無比遼闊**的古城在樹林中若隱若現。往西南邊望去，又可以看見勒墨特山險峻的山勢落入翠綠的淺山，連向密泊湖周圍青草茂盛的平原。在一百多年以前，那片平原上還曾有過著許多城鎮，就連最小的一座，繁榮都遠勝現在的勒墨特衛城。

直到它們被洪流，被惡魔摧毀。

阿基里婭聽過許多故事，那些故事提到惡魔沿著河谷上溯，橫掃連綿的平原，殺死鄉村與城鎮裡，那些舉起武器對抗它們的勇士，將僥倖存活的人們擄往黑煙山。少數人活過了那段恐怖的歲月，逃往帕烏勒王遇刺後便荒廢在群山之中的衛城。

她指向湖邊：「看到那座森林了嗎？那就是廷塞拉的遺跡。」

科林瞇著眼睛往前探出身子：「真的假的？」

「真的。」潘達說，「那個大凹谷就是良田關。以前的人在那種了很多糧食，從關口一直種到湖邊，吃也吃不完，最後只能放著腐爛。那個時候的人們，根本不知道什麼是叫做飢餓。」

科林嗤了一聲：「都是胡扯。胖子，你不要聽到吃的就相信好不好。」

阿基里婭曾和艾珂去過一次良田關。那裡留著一些果樹，但許多東西都不見了蹤影，古時候的人稱那些東西叫做小麥、草莓和馬鈴薯。

據說，那裡還有一種叫做**南瓜**的果實。俄莉埃娜常跟孩子們說起南瓜的故事，但幾乎沒有人相信，世界上曾有過一種金色的果實，它的外皮堅硬，果肉香甜、份量比人的腦袋還重。但阿基里婭相信——不然誰能憑空想像出這種東西？

「我想讓科林看看你那些鏡子。」阿基里婭說，「他得學會怎麼和別的衛城通訊。」

潘達點點頭：「當然可以。」

潘達雖然不是傳信的料，但他對自己的職責非常認真，不輸給任何一個勒墨特的人民。

他看向太陽，又看了看一根插在眺望台上的木杖。

「日影落在第十五個小時，」他點點頭，「我正好要跟代卡泰拉通訊。」

潘達走向眺望台邊一套形狀奇怪的金屬裝置。那東西是一組三腳木架，木腳上滿是長年使用留下的刮傷、磨損和污痕。木架頂端豎著一支青銅叉，中間懸著方框，方框每邊都是兩吋長的青銅平桿。叉形架的底部岔出橫臂，上頭裝著一面小圓鏡。

他轉動橫臂，稍微把鏡子往上調，將陽光反射到方框上。接著他又拿出一根細細的金屬管，瞇著眼從裡面看出去。

「你那表情，」科林插話，「看起來好像有屁放不出來一樣。這是信令兵的毛病嗎？因為你房間聞起來好像有十個屁融合成了一個永恆的超級臭屁。」

潘達繼續瞇著眼調整光線：「給我閉嘴矮子，我等一下就把你壓在地上，朝你的嘴巴放個夠。」

科林聽得暴怒：「有種就來啊，死胖子。」

阿基里婭架了科林一記拐子：「喂，你喜歡嘲笑別人，就要受得了別人嘲笑你吧？」

科林聽得漲紅了臉。

「這東西叫**日訊鏡**。」潘達站起身指向西北方，「看到了嗎？代卡泰拉在打信號。」

阿基里婭看見一個光點在西邊的山峰上規律閃爍。

潘達再次靠近日訊鏡，輕輕敲著方框旁邊的橫桿，讓方框不斷喀嚓喀嚓地一開一關。

「他在回訊給代卡泰拉，」阿基里婭對科林說，「他們先發出閃光，潘達讀了以後再——」

「我自己看得懂，」科林吼道，「不用妳跟我解釋。」

天主在上，這傢伙除了討人厭還會什麼？

科林走向日訊鏡：「這些閃光是什麼語言嗎？」

「沒錯，這個語言，」潘達說。他從口袋拿出一疊紙頭，以及用瑙苳布包裹的木炭，「叫做**摩斯訊號**。」

「**摩斯**。」科林咀嚼著這個詞，「那是什麼？」

潘達抄下一行記號，聳了聳肩：「不知道，大概是某個歷史人物吧。」

科林看著遠方山頂的閃光：「我在想傳信的時候也許能利用這種訊號。打手勢要距離很近，如果有這玩意，我們就算在遠處也可以對話。」

里婭也想過這回事：「在這上面打訊號是一回事，傳信的時候又是另一回事。這些光可能會把惡魔引過來。」

科林咬著嘴唇思考著：「嗯，我想也是。但我搞不好可以做個實驗，看它們會不會有反應。欸胖子，教我這個摩斯訊號。」

潘達嘆了一口氣。他把筆記翻過來，拿了一小張紙給科林。年輕的信使接了過去，端詳著上面的記號。

「逗點是短的閃光，」潘達解釋，「橫線是長的。合在一起就是平常用的字母，然後——」

科林把紙還給潘達：「我懂了。」

潘達眨眨眼：「懂了什麼？」

「訊號。」科林說，「我背下來了。」

潘達接過那張紙，認真看了一遍，好像在檢查自己拿給科林的東西有沒有錯。

「這邊有二十六個音欸。」潘達咋舌，「你真的把摩斯訊號都背下來了？」

科林看著來自代卡泰拉的閃光。

「需……要……塔……絲。」他念道，「**塔**應該是說**塔干塔**，所以通訊的時候不用打太多字，對吧？」

潘達看向阿基里婭：「妳在跟我開玩笑對吧？他是不是早就學過摩斯訊號了？」

但里婭也跟潘達同樣吃驚。

「他說沒有，那應該就是沒有。」她搖搖頭，「科林，你覺得信令崗怎麼樣？我覺得這職位滿適合你的，當然我是說等你走完五趟傳信以後。」

科林翻著白眼，重重嘆了口氣，看得里婭內心大喊不妙。

「呃，我打算找個真正要用腦子的工作。」他說，「算閃光這種事情隨便哪個蠢材都做得來。何況待在這邊發臭好幾週？免了。」

潘達的臉上燃起熊熊怒火。

就連里婭也想給科林一拳。她沒想到他會這麼……**放肆**。

「我們該走了，科林。」她說，「潘達還有工作，我們有樓梯要爬。」

12

四十四……**四十五**……**四十六**……

阿基里婭的居室寬敞而安靜，沒有其他人，只有她自己專心挺直背脊，一下一下讓胸骨落向鋪著石板的地面，再緩緩撐直手臂。

四十七……**四十八**……

有些信使的伏地挺身可以超過一百下，但他們做得很快，不像她這麼緩慢而穩定，每一次往下都是五秒，每一次往上也是五秒。

五十。

她縱身躍起，抓住靠在牆邊的信使矛，以作戰的架式屈膝落地，接連**跨步**、**突刺**、**後退**，**屈膝**、**跨步**、**突刺**，然後調轉矛身，往反方向重複剛才的攻勢。

有人敲了她的門。

她沒有理會，手中的長矛繼續舞動。

「阿基里婭，請妳開門。」

矛頭停在半空中。那是衛君的聲音嗎？她立刻衝上去拉開門閂，勒墨特的統治者奧洛斯．達耳比站在她的房門口，身後跟著擔任護衛的卓斯科。

「晚安。」

阿基里婭看著衛君的眼睛，不知所措地僵在原地。她做錯了什麼事嗎？

瑪黎在沙子上抽搐的樣子閃過她的腦海。

衛君露出微笑：「我想這時，一個有禮貌的年輕人應該會邀請我進門吧。」

「啊……是、當然。請進。」她側過身子讓奧洛斯進門。卓斯科轉身過去，背對門框，擺出任何人都別想通過的姿勢。

「麻煩妳把門帶上。」衛君說。

阿基里婭照做了。

這時她才注意到自己的居室有多亂。

身為信使，阿基里婭是衛城裡少數擁有自己居室的人。她聽說在帕烏勒王的時代，只有指揮縱隊的十夫長才會分配到這麼大的居室。

而在他們的時代，也只有信使、督政官和衛君才擁有到自己的居室，其他人必須共享剩下的空間。父母會和子女住在一起，孤兒則是十個人睡在同一間；單身的成年男女需要五、六人擠在一塊，而戰士則固定四個人睡同一間寢室。衛城裡的空間本來就不大，要在原本開鑿給一千三百名士兵使用的地方擠下超過三千人，就只能出此下策。

此刻她站的牆角堆滿了髒衣服，剛洗好的偽裝服掛在居室另一頭經過多次修補的桌子上，凌亂的被褥在床上堆成一座小山。床對面的牆上嵌著一座水槽，閃亮的河水在裡頭奢侈地汩汩流動，旁邊的壁櫃同樣鑿入牆中，擺著里婭珍惜的寶物：她母親的血玻璃項鍊、她父親的禮刀，以及三個托利奧做的木雕，技巧很差但醜得可愛。高一點的地方擺著她過去幾次傳信的紀念品：那對穿著紅衣和黃衣的娃娃來自代卡泰拉，白色的小金字塔是用比塞特的岩鹽雕成，而綠色的玩具弓，形狀和塔干塔人有名的長弓完全相仿。

「妳的伙伴訓練得那麼好，」衛君打量了一圈，「我還以為妳的內務也會整理得一樣方正。」

「抱歉，閣下，是我太鬆懈了。」

奧洛斯揮揮手，打發了她的道歉：「我可以坐下嗎？」

里婭匆匆將那座小山掃下床，比出恭敬的手勢：「請坐。」

衛君坐下。幸好他沒有要里婭坐在他的身邊，於是里婭也放心站著，全身因為剛才的鍛鍊不斷冒汗。

「阿基里婭，妳應該很清楚這次傳信有多重要，對吧？」

她點點頭。

「我們堅持派你們出去還有別的原因。」他說道，「艾珂認為，妳不只有本事完成**這份**任務，未來還可以承擔更多責任，而我也同意。妳準備好承擔更多了嗎？」

當然。她準備**好久**了：「是的，閣下。」

「那麼，妳想要什麼呢，阿基里婭？妳思考過將來的人生要如何度過嗎？」

她不敢相信，衛君竟然會特地來這詢問她的志向。她該說自己很滿意信使這份職責嗎？或許吧，但這個機會太難得了，她想要說出真心話：

「我想成為戰士。」

達耳比衛君摸了摸蓬鬆的鬍鬚：「但妳知道這是不可能的。女人不能當戰士，而且妳的塊頭也沒辦法同時揮舞盾牌和長矛。」

「如果有您的命令，我就不必拿盾牌。」

她的嘴動得太快，根本來不及事先細想，直到聽見自己所說的話，她才明白這些要求多麼荒謬——她是在要求成為軍隊的統帥。她才十九歲，不僅是女人，而且完全沒有作戰經驗。她深吸一口氣，等著接受衛君的取笑，但他沒有。

「每個戰士都是從方陣列兵幹上來的。」他只是看著阿基里婭，「如果妳不曾站在前列廝殺，怎麼能指望男人們聽從妳的命令奔赴戰場呢？」

「使用槍矛是一回事，**指揮**使用槍矛的人又是另外一回事。」

她的口氣開始變得驕慢，但她沒辦法控制。以後也許不會再有這種機會了。

「我不會否定妳的看法。」衛君盯著她的雙眼，點了點頭，「可是改變需要時間，我只能保證我會好好思考妳說的話。」

沉重的挫折擊打著阿基里婭，讓她後悔將這些心聲說出口。在心裡暗暗藏著夢想是一回事，而講出來讓人回絕又是另一回事。

「在那之前，里婭，妳有沒有其他想做的事？比如建立家庭？我可以幫妳安排比較不需要體力的職位，讓妳有更多時間照顧孩子。吉妮革．帕特里斯再過幾年就要退休了，需要一個聰明的學徒接替她成為釀酒師傅。妳覺得怎麼樣？」

一輩子製造蘑菇酒和嬰兒？這就是他說的好安排？衛君的話令阿基里婭一陣暴怒，但她很快就壓住了怒火。大部分的勒墨特女人都想要生小孩，他只是提了其他女人都會樂意接受的建議。他只是不知道里婭和他們不同。她從來不想要那種生活。

「閣下……我沒有考慮過要生孩子。」

他看了她一會，但眼神很和善，沒有評斷的意思。

「或許妳完成十次傳信以後會有不同的想法。」

阿基里婭想起了寧可一死也不願繼續傳信的瑪黎，又想起成天在酒杯裡游泳的表姊雅涅。如果她繼續出外奔走，最後也會變成那個樣子嗎？如果她下次再遇見惡魔，以後還會再有下一次嗎？

不。她還有更重要的命運，她很確定。

「也許吧。」她答道，「但也許我會繼續傳信。沒有人**喜歡**這份職責，但我知道傳信有多麼重要。如果我無法成為戰士，我可能會在完成十趟的義務以後繼續下去。」

「如果是這樣，我就知道等艾珂退休，」他傾身靠近阿基里婭，「或是等我逼她退休以後，該找誰當信使長了。妳知道她也快四十歲了。」

四十？她從來不知道這件事，艾珂也從來沒說過。她的體格好得驚人，但……**四十歲**？她還能出去幾趟？

至於信使長……信使長阿基里婭．古珀。聽起來沒有戰士威風，但也是一個榮耀的職位，一個非常重要的職位。

「我想我會接受。」她的嘴角露出微笑。

衛君也笑了，他的笑容很親切。

「那就太好了。」衛君的語氣變得冷硬，「但我還有別的任務要交給妳。里婭，我知道妳的耳目一向靈通，所以等妳到了代卡泰拉以後，我需要妳替我好好研究那座衛城。」

這種語氣令阿基里婭感到不安：「研究？閣下的意思是？」

「我要妳記得通往山門的路徑，記得陷阱安置的位置。」奧洛斯的眼神也變得鋒利，「我要妳回來以後能畫下他們城牆的輪廓，告訴我山門的位置，告訴我衛兵的人數。我還要妳記得衛城裡每一個有戰士駐守的地方。最重要的是，我要妳**算出**妳看到多少戰士——我要盡可能知道他們的一切。」

知道這些只可能是為了一個目的，一個不應該的目的。

「我可以請問為什麼您需要這些情報嗎，閣下？」

他瞇起雙眼。阿基里婭差點以為他會說什麼「這些不需要妳來思考」之類的話，但他沒有，而是放軟了語氣：「里婭，我可以說謊，也可以要妳別問太多，但我不會這樣做。我需要這些情報，是因為我相信代卡泰拉的女衛君想要奪取勒墨特衛城，我相信她打算對我們發動戰爭。」

「**戰爭？**」這不可能，「可是他們為什麼要攻打我們？地面上到處都是惡魔，而且他們的生活也沒有餘裕可以作戰，就和我們一樣。」

「因為宗教。里婭，信仰是沒辦法用邏輯解釋的。妳沒看過他們的衣著，還有那些怪異的儀式嗎？」

她看向櫃子上那對紅色和黃色的娃娃。那是她用繩索從代卡泰拉換來的。

「他們穿得和我們不一樣。」她說，「但這不代表——」

「他們都信教**信瘋了**。拉彌洛斯祭司認為他們會用長矛殺光每一個人，直到剩下的人都改宗他們褻瀆的信仰。他們不在乎惡魔，只想統治整個埃忒癸娜島。請妳相信我說的話，里婭，他們的野心絕對不容忽視。」

阿基里婭去過代卡泰拉三次。那裡的人過得比刻孚蘭人好一些，但也相去不遠。比起野心，當地真正不容忽視的危險應該是疾病和營養不良。

但推敲其他衛城的狀況並非她的職責，而是督政官們的工作。儘管她看不起大部分的督政官，但政治和經濟畢竟是這些男人的專長。既然衛君認為代卡泰拉人在準備開戰，那他一定是知道了什麼她不知道的事。

況且她也不該質疑衛城的領導者。她曾認識不相信訓練與口訣的信使，也親眼見試過他們的下場。規矩和制度會存在，都有它們的理由。

「我會蒐集到您要的情報。」

「很好。」衛君說道，「妳和他們的女衛君說過話嗎？」

阿基里婭點點頭：「每次我們的貨物送上磅秤時，她都堅持要在場。」

「這次一連串交易的關鍵，是壓低泥核果在刻孚蘭的價格。女衛君一定會不高興，但只要里婭妳態度夠堅定，她就不得不同意，因為她的衛城急需我們帶過去的鹽。先前他們派去比塞特的兩隊信使都失去了音訊，現在只能指望你們的背包。我們得好好利用這一點，明白嗎？」

代卡泰拉的信使隊和勒墨特一樣由三個人組成，但他們的信使都是志願者。換句話說，他們失去了六名勇敢的同胞。

「我明白，閣下。」

「很好。記得小心，阿基里婭，要是女衛君發現我們對泥核果的計畫，她就會利用這點對付妳。每一刻，每一刻妳都必須警戒她的陰謀和詭計，才能保護我們的衛城不受她的威脅。妳能為勒墨特人完成這份任務嗎？」

「我會盡一切努力。」

奧洛斯微笑：「這正是我希望的。我知道妳的一切努力會帶給我們非凡的成果。」

阿基里婭感到一陣熱烈的驕傲。衛君挑的是她，不是布蘭頓，**是她**。

衛君站起身：「其他衛城都還沒意識到代卡泰拉的危險。但前往刻孚蘭的商路是我們的生命線，萬一發生戰爭，我們和刻孚蘭的貿易就會中斷。所以妳必須完成這趟傳信，盡可能帶回更多毯麵粉。我們不只得治好現有的病患，還要準備好未來的庫存。」他拍了一下里婭的肩膀，「我知道妳可以辦到。」

說完，奧洛斯・達耳比就離開她的居室，關上了房門。

阿基里婭站在原地，想要理清剛才的對話。戰爭？人類跟人類的戰爭？真的嗎？惡魔已經殺死了這麼多人，而且**還在繼續**殺戮，人類真的會那麼愚蠢，拿起武器彼此交戰嗎？

代卡泰拉人確實很……特別，甚至讓她感到**詭異**，但她從不曾想過他們會想要發動戰爭。也許是她遺漏了什麼徵兆，也許她應該更警覺的。不只是對代卡泰拉，而是對每一座她造訪的衛城。

阿基里婭絕對不會讓她的衛君失望。

13

冷風吹上山坡，代表著夏日即將結束，帶來短暫的秋天。阿基里婭多少有點慶幸，自己第六趟傳信是在這個時節出發，否則等冬季到來，她就得在冰和雪的危險中尋找穿越群山的新道路。到時除了伏土獸發臭的隧道，再也沒有溫暖的地方可以過夜。

「科林，可以叫了。」她停下腳步，「代卡泰拉的信令是……」

他翻翻白眼：「醉鼠的叫聲。拜託，我前幾天才來過好嗎？」

布蘭頓拍了他一下：「別抱怨了，快點。」

科林天生就對動物的叫聲很有一套，無論模仿駝蜍、云螂螂還是醉鼠，都跟真的蟲鼠毫無差別。他雙手兜在嘴邊，發出醉鼠「哇吶、哇吶」的叫聲。

等待的時間緊繃而漫長，但最後，回應的聲音終於從頹圮城牆的另一頭傳來。他們花了兩天時間才抵達代卡泰拉，沿途沒有見到惡魔的蹤影。但阿基里婭一直覺得那些怪物就在附近，在耀眼的陽光下搜尋、**捕獵**。

「快點進去吧，」布蘭頓說，「我有不好的預感。」

科林低聲竊笑：「你也太迷信了吧，蠢布布。難道你長這麼大了，還跟小朋友一樣戴著幸運駝蜍的腳，抵擋邪惡的精靈嗎？」

「迷信？」布蘭頓搖搖頭，「不對，科林，惡魔**就是**邪惡的精靈，你沒聽拉彌洛斯祭司說嗎？到處都有邪惡的魔法。」

「拉彌洛斯？」科林誇張地搖頭，「你還真的相信那個蠢貨？惡魔不是什麼邪惡的精靈，它們只是**畜生**，我們還不夠了解的動物。唉，大家常以為人如果長成像你這種個子，一定也會有顆大腦子，但我可以發誓，真相絕對不是如此。」

布蘭頓的肩膀垮了下來，整個人像是縮了一整圈。他雖然比科林高大一倍，但科林的言詞有時卻比他的拳頭還要兇猛。

「你確定**只是動物**？」阿基里婭聽見科林刻薄的奚落，忍不住想要幫布蘭頓一把，「毀掉我們整個文明的東西**只是些動物**？」

科林把腦袋歪向布蘭頓：「里婭，如果妳也跟他一樣蠢，一樣相信天主和其他宗教垃圾，拜託別讓我知道。」

阿基里婭盯著小個子的年輕信使。她當然和每個人一樣，都相信天主，但此刻不是爭論的時候，他們得趕快進入衛城。更何況她也爭不贏科林，還是別廢那種心力。

「走吧。」阿基里婭拋下科林的冒犯，「跟上我的腳步，**小心**跟好。代卡泰拉的陷阱不會區分人和惡魔，它們會——」

「——**公平地把我們都宰掉**。」科林接完她的話，繼續抱怨，「我有說過咱們幾天前才來過嗎？」

他想惹人生氣。只是想惹人生氣。

「我帶隊。」阿基里婭冷靜地說，「科林你押隊。平常都是布蘭頓負責掩蓋我們的足跡，這次換你了。」

阿基里婭開始搜索陷阱，尋找前往山門的通道。她很快就發現一組滾木，舉手警告她的隊員，接著又想起衛君的命令：記下代卡泰拉的防備。

好像信使要煩心的事情還不夠多一樣。

＊＊＊

阿基里婭和她的隊員解開背包，小心拿出拳頭大小的包裹，十個一列擺在地圖桌上，共擺了十一列，裡面都是其他信使從比塞特帶回勒墨特的食鹽。

地圖桌的外觀和勒墨特衛君閣的一模一樣，山峰、湖泊、海洋和倖存衛城的標記一應俱全，桌旁也同樣圍著五名督政官，唯一不同的是有兩位女督政官。

其中一個女人站了起來，她是代卡泰拉人的守護君海莉俄忒．洛摩斯。

她對旁人下令：「去把秤拿過來，挑十包量一量。」

在阿基里婭見過的女人中，洛摩斯衛君的氣度最令人難忘。她的頭髮發灰，皮膚布滿皺紋，如果是在勒墨特，早就老得可以加入織網婦了，但她的眼神遠比那些嚼草根的老太太銳利許多。她和大多數的代卡泰拉婦女一樣，穿著衣襬拖地的高領黃袍，長袖末端連著無指的手套。在這裡，男女的衣著都盡可能不露出肌膚，只不過男人的衣服是紅色的。阿基里婭一直覺得他們的傳統有點愚蠢，而且太過壓抑；如果她在這穿上勒墨特的罩衫，也許會被痛斥放蕩和褻瀆。

但每個衛城都有各自的生活方式。

代卡泰拉的士兵同樣別具一格。大部分戰士肩上都扛著重弩，頭上戴漆成紅色的青銅盔。但他們的胸甲和護肩卻是以某種纖維織成，看起來堅硬而沉重。勒墨特的戰士使用圓形的青銅盾，代卡泰拉人則使用長方形的厚木盾，左半邊漆成紅色，右半邊漆成黃色。而且阿基里婭看到的戰士**非常多**，人數幾乎多達勒墨特的兩倍。奧洛斯聽到這個情報大概不會開心。

衛君閣的大門敞開，兩名身穿紅色長袖、紅色長褲和紅色鞋子的男人推著一輛板車走了進來，車上擺著一座帕烏勒王時代留下的古老天平。天平的底座裝飾華麗，上頭安裝著一根橫桿，兩端各有一個方型的銀色托盤。一旁的木板上還排著大大小小的金屬砝碼。

科林像看見魔法一樣盯著天平，眼珠子瘋狂轉動，觀察著上面的每一處細節。勒墨特衛城裡從來沒有這麼精緻、準確的儀器。

洛摩斯衛君坐回她的高背椅。椅子和她的長袍同樣是黃色，完全一樣的黃色。雖然染得漂亮，但阿基里婭想像了一會，就覺得要是她每天都得盯著相同的顏色，一定很快就會瘋掉。

「咱們又見面了，阿基里婭．古珀。」洛摩斯衛君說，「妳不久前才造訪過我們的衛城，當時妳帶走了不少紙張和斯然香，所以我想妳這麼快就回來，應該不是為了相同的財貨。那麼，這次妳想要和我們交易什麼呢？」

就如奧洛斯警告的一樣，這女人確實多疑。

「泥核果。」阿基里婭簡短地回答。

代卡泰拉的衛君皺起眉頭：「然後拿去刻孚蘭賣，沒錯吧。但如果我讓妳這麼做，代卡泰拉和刻孚蘭的買賣就會受到干擾。」

干擾？那麼多病人需要這些藥物救命，她卻只在乎價格？

「閣下，我對於這些一無所知。」她保持著冷靜和禮貌，「我只是按照指示帶著貨物前來，並衷心希望帶著指示中的貨物回去。」

老婦呵了一口氣，聽起來一半像是在清喉嚨，一半像是不以為然的嗤笑。阿基里婭注意到其他督政官聽見這聲音都忍不住瑟縮，彷彿知道有什麼糟糕的事將要發生。

「有意思。」海莉俄忒說道，「妳演得很認真，但我不覺得妳真有那麼愚笨。讓我猜猜，你們上次離開以後，勒墨特是不是有更多人染上溪谷熱了？」

海莉俄忒認為她在說謊嗎？

「畢竟是疾病，」阿基里婭答道，「會傳開很正常。」

洛摩斯衛君安靜了下來，但阿基里婭沒有說什麼。很久以前西涅什曾告訴她，沉默是談判時很好用的把戲，漫長的沉默會讓人不自在，最後自己鬆口。

安靜是我們的力量。

阿基里婭安靜等待著。

最後，對方的嘴角勾起一抹笑意：「傳開**很正常**，說得好，那正是疾病會有的樣子。」她接著轉頭問侍從：「重量如何？」

「每包都是一點六塊磚重，」一名侍從回答，「有一些誤差，但都是可以接受的範圍。」

海莉俄忒手指在桌面上輕敲了幾下，再次看向阿基里婭：「我在想，奧洛斯似乎不太在乎信使的安危，否則他怎麼會這麼快又派妳出來。」

侮辱勒墨特的衛君？這也是奧洛斯之前警告過的詭計嗎？

「達耳比衛君非常重視他的人民。」阿基里婭試著不讓自己的聲音透出驕傲，但她知道這樣一點用也沒有。她沒有理由不驕傲，勒墨特稱不上完美，但終究是她的家園。

海莉俄忒繼續看著她。她又想玩弄沉默，從阿基里婭口中套出情報嗎？或者……她另有其他目的？阿基里婭感覺海莉俄忒的沉默不像是計謀，更像是因為她在思考和分析。

「所有人退下。」衛君看著她說，「讓我和阿基里婭單獨聊聊。」

其他督政官的椅腳在石地板上拖出尖銳的嘰嘰聲，一個接著一個站起身，往衛君閣的門走去。

「妳的小子們也一樣。」衛君朝布蘭頓和科林揮了一下手：「出去。」

兩人交換了眼色。

「呃，我們得留下。」科林說，「勒墨特的信使**絕不遠離彼此**。不管有什麼理由。」

布蘭頓點點頭：「我們留在這。」

一股自豪湧上阿基里婭的胸口。她的伙伴在試著保護她，就連科林也是。

海莉俄忒站起身：「我再說一次，出去。不然我就**動手**了。」

阿基里婭轉過頭：「放心，我不會有事的。」

兩人又互看一眼。

「我們在外面等。」科林說。

布蘭頓附和道：「沒錯，就在門外。走吧，科林。」

他們一走出衛君閣，門就立刻被外頭的人關上。

阿基里婭突然感到非常孤單。現在閣室裡只剩下她和代卡泰拉的衛君，她可以感覺到對方身上有一種冷靜、強悍、危險的氣勢。她意識到海莉俄忒．洛摩斯和奧洛斯．達耳比其實很像，兩人都有一種惡魔般的氣質。

「阿基里婭，妳喜歡勒墨特嗎？」

「當然，閣下，我很愛我的家鄉。」

「這一趟回去以後，妳還有……四趟傳信要完成，對嗎？每一趟都是危險的旅程。」

好像阿基里婭還需要別人提醒一樣：「是的，我的義務會在四趟傳信後完結。但之後我可能還會繼續傳信。」

衛君繞過桌角來到阿基里婭面前，靠坐在桌子邊緣。

「**義務**。」她緩緩抱住胸口，「我們這裡不搞那套，我們的信使替衛城冒險，都是出於自己的**選擇**。」

阿基里婭不知道該說什麼，只能回答：「閣下，我知道。」

老婦看向閣室的大門：「那兩個男孩對妳很忠誠，可是他們會一直忠誠下去嗎？等到他們完成義務，他們還會一樣忠誠嗎？還是他們會覺得妳只是生育的家畜，就像其他勒墨特男人看待衛城裡的女人一樣？」

阿基里婭的喉嚨開始發燙：「請您不要隨意揣測。」

「我說錯了嗎？」洛摩斯衛君笑著，「好吧，畢竟我不住在勒墨特，妳應該比我更清楚真相。」

老婦的指節在桌面上輕敲幾下，讓阿基里婭突然後悔，後悔她沒有堅持讓伙伴們留下。

「妳有發現，」衛君又說，「自己很擅長領導人嗎？」

「我認為……我有盡力。」

「別謙虛了，那些勒墨特的男孩都真心願意站在妳身邊，這可不簡單。」

海莉俄忒瞇起眼睛，朝她投來冷硬的目光。阿基里婭感覺自己似乎站在天平的銀盤上，看著海莉俄忒在另一端放上一個又一個砝碼。

「阿基里婭，我們最近損失了一些信使，前所未見的損失。外頭有些東西正在變得不一樣，我們必須跟上這種改變。為此，我有一個提議：我希望妳過來這裡，過來代卡泰拉，為我們訓練新的信使。」

阿基里婭看著地上。她已經沒有力氣繼續承受洛摩斯衛君的目光。

「您的意思是，要我當你們的信使長？」

「不，是我們的**教官**。」海莉俄忒說，「我希望妳能教導我們的志願兵，教他們像妳一樣在外頭生存下來。只要妳留在這裡，就不必再次外出傳信。」

海莉俄忒承諾她的是**安全**。只不過安全的代價，是離開她認識的一切，離開她的朋友。托利奧會和她一起過來嗎？搬到別的衛城，思考這件事實在太過沉重。

「我……我會考慮您的提議，閣下。只是……」

「只是？」

「達耳比衛君承諾，」阿基里婭加重自己的音調，「等到艾珂退休，就將我升為勒墨特的信使長。我留在家鄉就能從事您承諾的職務。」

海莉俄忒的目光變得更沉重，阿基里婭感到天平的另一端又多了一枚隱形的砝碼。

「信使長。」她的聲音低沉而深入，「不知道為什麼，我似乎覺得，這並不是妳內心真正的期盼。告訴我，阿基里婭．古珀，妳真正的期盼是什麼？」

這女人難道會讀心嗎？阿基里婭不知道為什麼她會把一**切**都傾吐出來。奧洛斯明明警告過她了。可是，男人和女人終究不一樣。這名強悍的女人會不會更能理解阿基里婭想要的人生？

「我想成為戰士。」阿基里婭用氣音答道。

老婦抬起一邊的眉毛：「成為戰士？就這樣嗎？」

她沒有笑。「我……我想當上將軍。像您一樣。在戰場上指揮軍隊。」

沉默再次充滿衛君閣。只是這次閣室裡沒有其他人，所有沉默都朝她而來。

「代卡泰拉有女戰士。」洛摩斯衛君說，「而且妳沒聽說過，指揮塔干塔軍隊的阿涅忒．塔斯刻將軍也是女人嗎？」

阿基里婭不知道，她不禁好奇自己為什麼從沒聽說過。

「但這不重要。」代卡泰拉人的守護者揮揮手，驅散了她的困惑，「因為妳在勒墨特是當不上戰士的，更不用說成為將軍。奧洛斯那個蠢材不會允許這種事。」

阿基里婭無法忍受這女人對她的衛君說出輕蔑的評斷。

「衛君說過他會考慮。他說改變需要時間。」

「啊，他是這麼告訴妳的嗎？說起來，奧洛斯他當權多久啦？」海莉俄忒輕敲著太陽穴，裝出思考的樣子，「現在是他第五個任期……都二**十年了**。妳今年幾歲啦？」

阿基里婭逼自己吞下喉嚨裡的怒火：「您是想用這種把戲來討價還價嗎？」

陰雲迅疾湧上海莉俄忒眉眼之間，危險的氣勢在她周圍劈啪作響。阿基里婭突然了解，為何其他督政官會那麼乾脆離開衛君閣。只是不一會，老婦的臉面又換上微笑，方才的緊張也泯於無形。

「妳很聰明，阿基里婭．古珀。玩弄這些惱人的把戲正是我的工作。只是我也討厭看到妳這樣的人才被白白浪費，所以好好考慮我的提議吧，雖然我知道，人們多半都是為了愛情，才會離開自己出生的衛城。這也讓我注意到，妳顯然尚未結婚，所以我才問妳幾歲了，而妳還沒回答我。妳滿十八歲了嗎？」

「十九了。」

海莉俄忒搖了搖頭，似乎覺得十九歲尚未結婚是某種罪行。

「這是我自己的選擇。」

「我懂。妳在勒墨特有準備結婚的對象了嗎？」

阿基里婭想到托利奧，想到他一直希望快點成家。

「我……老實說，我不確定。」

她在說什麼？這跟海莉俄忒一點關係也沒有。她的沉默無法撬開阿基里婭的嘴，但她的問題卻輕易辦到了。

「愛情啊。妳可以告訴妳的同胞，說妳在這遇見了某個人，和他墜入了愛河。反正這句話早晚會成真，我們這裡多著是年輕的好男人。」說完後，她又揚起眉毛，「或是好女人。」

阿基里婭無法否認，她確實想過要認識一些不同的面孔、親吻一些不同的嘴唇。在勒墨特，每一個同齡的男人都是和她一起長大的。大部分的人都按照習俗，在十五、十六，或是十七歲就步入家庭，還有不少人結婚後仍想偷偷與她共枕，只是她對此不感興趣，以後也不會動心。

或許搬來代卡泰拉也不錯，這裡的每個人都是新面孔，她也會是這裡的新面孔。她可以在這成為不一樣的人。她會成為教官，訓練**自願替衛城服務**的信使。

而且她不必再繼續傳信。

只是，這和托利奧給她的選擇有什麼不同？來到這裡，她可以停止傳信，留在衛城裡，留在**安全**的地方，就這樣度過一生。

但她不想要安全。她**不想要**停止傳信。

「衛君閣下，我對我的家鄉很滿意。」

老婦擠出一個薄薄的微笑：「我很懷疑。但我想每個人都有自己的選擇。我的提議依然不變，如果妳有天改變了心意，就過來吧，把代卡泰拉當作是自己的**家鄉**。」

洛摩斯衛君回到她的座位上。

「我同意妳採購泥核果的請求。」她說，「我也同意妳和刻孚蘭進行交易。阿基里婭，請接受我的祝福；正如我說的，外頭有變化正在醞釀，希望妳的路途比我們的信使更為平順。」

14

男人的尖叫在黑暗的深處掙扎，逐漸微弱，最後消散。他逃跑了嗎？還是**被抓到了**？

阿基里婭和科林躲在一叢稀疏的爐火椿下，一段朽木擋在他們身前，兩人蹲得很低，沒有一點動靜。

「我們得回頭，」科林用氣音說，「惡魔在這裡捕獵。」

阿基里婭也想離開，回到勒墨特安全的庇護之中，但她不能這麼做。他們好不容易抵達了接近刻孚蘭的山門，他們非進去不可。

「不行。」她回答，「我們得把藥帶回去。」

科林往她靠得更近，氣音聽起來像是低吼：「我們要是死了，誰來拯救衛城？不行，我們先撤退，等這場災難過去再說。」

有東西爬過他們右側的砂土。阿基里婭立刻摒住呼吸，仔細聆聽腳步聲——在布蘭頓滑到她左側前，她認出了布蘭頓平靜的呼吸。

「我聽到了，科林。」他的語氣有點硬，「我媽病倒了，我們得進去，拿到藥回家，沒有別的選擇。」

這話照理不該由他來說，指揮是里婭的責任。但此時她沒有心情在意，只要她和伙伴能夠繼續前進，她不在乎是誰來做決定。

她撐起身體，眼睛探出朽木上方。他們就快到了，道路在眼前順著山勢蜿蜒而上，三姊妹星的光芒穿過雲層，朦朧地照著刻孚蘭山，衛城殘破的牆垣就位在五、六十碼的高處。

遠方的夜空再次被女孩的尖叫撕裂。

同時另一個方向也傳來異樣的嘯聲。

「媽的，是惡魔。」科林說，「我們要是不撤，就只能在這**等著**。現在上去絕對會遇到那些東西。」

阿基里婭努力克制自己的恐懼。她原本以為可以在日落以前到達刻孚蘭，可是她錯了。

布蘭頓伸出手，繞過里婭背後，放在科林的脖子上。她不確定布蘭頓是想安撫，還是打算威脅他的伙伴。

「我知道你很害怕。」布蘭頓小聲地說，「但我們在這多等一會，我媽的病情就會更嚴重一點。你想跑就跑，但我跟里婭不管怎樣都會進去。」

她不能讓科林離開，否則他們帶回去的藥會少很多。

「踩到陷阱怎麼辦？」科林深深吸氣，「就算要上去也不是現在，我們**非等不可**。我剛剛有看到一條伏土獸的隧道，離這邊只有幾碼。我們可以在那裡躲到日出。」

他說得沒錯。在黑暗中攀上陡坡可能會害他們重傷，甚至送命。但現在距離天亮還有六、七個小時，如果等到日出，他們就得花更多時間，才能把毯麵粉送回勒墨特。那樣又會有多少人送命？

「我來過三次了。」阿基里婭說，「你們跟好，保持安靜，我們就可以平安走上去。科林，給我好好冷靜，跟上來，這是我們的職責。」

他吸了一下鼻子，想把啜泣聲給吸回肺裡：「不行，我會害死你們，我現在就幹他媽快嚇死了。」

布蘭頓拍拍他的背：「我也很怕，我嚇到尿都快噴光了。」

這是布蘭頓最特別的地方。其他想成為戰士的少年都挺著胸膛，裝出一副勇敢無畏的樣子，從不承認自己會感到害怕。但布蘭頓向來直認不諱，不會用玩笑或者小花招掩飾。

他很害怕，但還是繼續前進。阿基里婭也一樣。

「科林，」她下令，「發信令。」

他轉頭瞪著她：「**發信令**？妳瘋了嗎？」

她感覺黑暗在朝她逼近，而黑暗中藏著森長的利爪、尖銳的牙齒和邪惡的牙舌。

「我們得讓衛兵知道我們要上去。」她說。

科林搖搖頭：「我才不會發什麼垃圾信令，你們兩個也一樣。拜託給我用點腦子，惡魔就**在這裡**、**在狩獵**，我們要做的就是馬上離開這裡！」

「我媽在生病。」布蘭頓說，「我們得上去，你也一樣。」

他這次的聲音變得凶狠，但科林似乎沒有聽出來，反而嗤笑一聲，擺出傲慢自負的表情：

「閉嘴，蠢布布。我問你，如果**我們自己**先死了，要怎麼拯救衛城裡的同胞？」

「我媽——」

「**你媽不會死**。」科林繼續說，「而且你知道規矩：延誤的成功，勝過一無所獲。所以給我把腦袋從屁眼裡拔出來，你這蠢——」

高大的少年掐住科林的脖子，把他整個人按在地上：

「**不准再**那樣叫我！」

「布蘭頓，**放手**！」阿基里婭抓住布蘭頓的肩膀想拉開他，但少年動也不動，好像根本忘了她的存在。

科林的臉漲成深紅色。他抓住布蘭頓的手，想掰開他的手掌、掰開他的手指，或是隨便掰開什麼東西——但是他太瘦了，只能從喉嚨發出窒息的聲音。

他真的會死。

於是阿基里婭用力撞向布蘭頓。

「放開他！」

但她沒想到布蘭頓竟然這麼壯，不但像石頭一樣把她彈開，還伸出另一隻手，揪住她的頭髮往後甩。她重重落地，摔得肺裡的空氣都被撞了出來

她呆呆地看著科林朝腰間伸手。她想大叫：「不要」，但喉嚨裡已經沒有空氣可以發出聲音。

科林拔出他的小兄弟，刺進掐住他脖子的手臂。布蘭頓慘叫著退開，跌坐在地上，不可置信地看著釘在他手上的刀柄，看著血液滲出袖子在月光中閃爍。

阿基里婭也看著他，希望這只是她的幻想，希望兩個少年沒有叫得那麼**大聲**，叫得她可以聽見回聲從衛城的牆上墜落下來。

布蘭頓眨眨眼，看著科林。

「你拿刀捅我？」

科林已經滾到一旁，單膝跪地，一邊咳嗽一邊揉著喉嚨，睜著嚇壞的雙眼看向布蘭頓。

三人之間只剩下一陣詭異的寂靜，但阿基里婭聽見了液體撞擊砂土的滴答聲。那是布蘭頓的血落在地上。

惡魔會嗅到血的味道。

她撐起身子，抓住他受傷的手臂。

「科林拿刀砍我。」布蘭頓說道。他說得小聲而冷靜，像個在抱怨同學搗蛋的孩子。

「不要動。」阿基里婭說道。她牢牢抓著布蘭頓滿是鮮血的手腕，檢查著刀刃刺了多深，另一隻手伸進偽裝服的口袋裡，掏出一捲繃帶。「科林，來幫我。」

「我管他……去死。」他勉強發出幾個聲音。

阿基里婭轉過頭衝著科林低吼，聲音雖小，卻比布蘭頓失控時更為兇惡。

「**不想死的話就趕快把繃帶給交出來**。」

科林站起身，在偽裝服裡掙扎著翻找。

阿基里婭盯著小刀：「布蘭頓，我得把這拔出來。」

但他只是盯著刀柄，好像根本不知道她在旁邊一樣。

「布蘭頓！」

少年猛然轉頭，對上里婭的視線。她在裡面看見了恐懼和困惑。

「我們現在就要進去刻孚蘭。」她努力壓低自己的聲音，保持冷靜，「惡魔一定聽到了，它們馬上就會過來。我幫你把刀拔出來，綁緊傷口，然後我們就上路，懂了嗎？」

布蘭頓點點頭，表情有點蠢，就像科林給他的外號一樣。

「不要動，」阿基里婭說，「也**不要叫**。」

她抓住刀柄，用力一拔。刀刃離開布蘭頓的手臂，落在腳下的砂土上。

布蘭頓發出一陣疼痛的嘶聲，臉慘白得像發縐的床單，但他沒有叫出聲。里婭立刻將繃帶纏在流滿鮮血的手臂上，用盡全身的力氣纏緊、打結。

繃帶立刻被血液浸濕。跪在她旁邊的科林立刻接手，他的呼吸粗重而凌亂，但雙手仍然俐落地在布蘭頓手上又裹了一層繃帶。

里婭抓起布蘭頓另一隻完好的手，壓在繃帶上：「把傷口壓好。」

布蘭頓點點頭。

科林弓身半蹲著，雙眼朝黑暗裡打量著：「我什麼都沒看到。」

「沒錯。」阿基里婭答道，「等你看到就逃不了了。我們要快，但是不能慌，還要盡量安靜。布蘭頓，跟著我。科林，你殿後，**不要**越過我們兩個，懂嗎？」

科林點點頭，她看見少年的臉頰上有兩道淚痕。

「走。」

她翻過朽木，走上道路，開始尋找固定陷阱的機關、絆索以及隱藏的滾木。黑夜像是厚重的簾幕，籠罩著森林與樹叢，以漆黑的皺褶將死亡隱藏在樹木之間。

他們攀上陡峭的山坡，在半路上聽見惡魔的尖嘯迴盪著穿過黑夜。

布蘭頓停下腳步。他將受傷的手臂牢牢收在胸前，張望著四周，尋找那似乎已經來到鄰近的厄運。

「主啊，惡魔要來了。」

科林丟下背包：「丟掉行李，我們得加速。」

「不行，」阿基里婭說，「我們需要它。繼續走。」

科林遵命照做。

阿基里婭沿著道路繼續上攀。昏暗的月光照耀著刻孚蘭荒廢的城垛，古老的城牆沿山脊而建，到處都是崩塌的缺口和搖搖欲墜的巨石。他們距離山門只剩下一百多呎。

就快到了。

但他們又聽見惡魔的尖嘯——是不是又更近了？

「跟緊。」她說。

阿基里婭加快腳步，奔上險峻的山坡，感覺到雙腳開始灼痛。但現在已經沒有時間小心了，她必須相信自己的記憶，而不是自己的雙眼。

那塊巨石……該走左邊還是右邊？左邊，一定是左邊。她往那跨出腳步，但有個東西突然抓住她的肩膀。她僵在原地，惡魔的尾巴刺穿她的背——不，那是她的想像，抓住她的是布蘭頓。

「不行，」他指向一根在黑暗中幾乎隱形的樹枝，「那邊有機關。」

雲層在這時裂開一道縫隙，滲出明亮的月光。阿基里婭這才看見那裡長著一棵樹，長長的枝椏伸向四面八方，但樹梢卻被一塊巨石壓在地上。巨石表面長滿苔蘚，攔阻著上方無數沉重的岩塊。要是她踢到那些樹枝，岩塊就會狂奔而下，奪走她和伙伴的性命，或是將他們困在這裡枯等惡魔到來。

「那邊才對。」布蘭頓指向山坡的另一邊。

阿基里婭沒有追問。她繼續攀爬，其他人也安靜跟上。

三名信使終於來到城垛前。他們又聽見一聲惡魔的尖嘯傳來，不是回聲，而是來自他們**附近**。但城垛上同樣設有致命的陷阱。

阿基里婭看向布蘭頓：「哪邊？」

他對著城垛左看右看，然後說：「不知道。」

科林用顫抖的手推開他，看了看倒塌的城牆，指向三人右手邊的某處。

「不是那。有看到底下的缺口嗎？那邊有機關，我們一走過去牆就會整個垮掉。」他又指向更右邊，「你們看那。」

阿基里婭以目光撥開夜幕，看向科林所指的方向，那裡的牆垣已經崩塌，露出後方的岩壁。崩落的石堆中伸出一隻腳，黑得像夜晚，扭曲得像樹根，顯然屬於一頭被落石消滅的惡魔。

她看見石堆中還有其他東西，看起來蒼白中帶著血色……那是人手嗎？

「這裡。」

阿基里婭轉身，看見科林正蹲著用手檢查城牆底部。

科林解釋：「沒什麼黃苔，石頭也磨平了。」

他邊說邊尋找安全的岩點，手腳並用往上攀登。恐懼讓他手腳不停發顫，卻也使他動作靈敏非常。

阿基里婭用力一拍布蘭頓：「上去，我跟著你。」

他搖搖頭：「我要是手滑，妳也會一起掉下去。妳先上。」

他傷成這樣真有辦法攀牆嗎？

夜空中又傳來尖嘯，然後又一聲，讓她下定了決心。

她可以感覺到恐懼的爪子，感覺到它想控制她，但她不會屈服。她面對過惡魔**兩次**，兩次都沒有被恐懼征服，這次也絕對不會。

她跟著科林，記住他抓握和踩踏過的每一個岩點，模仿著他每一個動作。科林很快就翻過了牆頂，不久過後，里婭也落在岩台上。兩人一起探出身子，抓住只能勉強依靠一隻手的布蘭頓，合力將他拉上岩台。

「謝謝。」布蘭頓的聲音在顫抖，「謝謝。」

里婭和科林扶著他起身，三人一起探出城牆，看向下方的陡坡——他們都看見了一樣的景象：一頭惡魔正像支黑色的利刃般穿過黑夜，穿過山坡，以碩長的黑色雙腿狂奔，用細長的黑色手臂攀爬，速度比他們每個人都快，快得誰也別想指望能夠脫身。月光照射在它狹長的頭顱上，醜惡的尖牙閃閃發亮，有如破碎的珠寶。

「科林，想辦法開門！」阿基里婭把他推向岩台另一端，入口就在那邊，在那高懸的黑色岩石下。她應該去幫他的，但她的目光卻離不開朝他們狂奔而來的惡魔。那東西停在差點殺死她的巨石下方，往左爬了一步，卻又立刻右轉。

劈啪。它多節的身體撞斷了乾燥的枝椏。

那棵樹抖了一下，很輕，但已經足以讓長滿苔蘚的巨石鬆動。磊磊巨石發出滾雷的聲音落下，惡魔轉身逃跑，但一塊較小的石頭首先命中它的後腳，將它擊倒在地。惡魔發出刺耳的尖嘯，掙扎著試圖抽身，而另一塊比布蘭頓還大的巨岩又轟然落在它身上，燒灼的血液噴向遠處的樹林。

惡魔死了，什麼也不剩。

「我的天。」布蘭頓低聲說著，「我的天。」

但噩夢還沒結束。月光從山脊分流而下，里婭看見還有兩頭惡魔沿著山坡往上竄。她立刻抓著布蘭頓蹲下。

「快過來，」岩台盡頭傳來科林的叫聲，「門是開的！」

阿基里婭和布蘭頓躲在城牆的陰影下，彎著腰朝他前進，不讓頭露出城牆頂端。頭頂的山崖在岩台上投下近乎全黑的陰影，但她仍看見盡頭有個無光的空洞，而科林就站在前面等著他們。

「我來的時候就是開的了，」他恢復了歇斯底里的氣音，「就這樣**大剌剌地開著**，看守的衛兵不知道跑哪去了。你們有人看到衛兵嗎？」

一定是在裡面。

「先進去。」阿基里婭說。

他們鑽進入口，裡頭一片漆黑。沒有河水的明光，沒有任何照明，徹底地伸手不見五指。里婭知道往下的階梯就在附近，但她完全看不到。

落石的轟隆聲仍在城牆外迴盪著。

「黑成這樣根本沒辦法下樓，一定會摔死。」科林罵道，「先把門關起……不對，我肏，這裡什麼都看不到！」

「幫他一下，布蘭頓。」里婭一邊卸下背包一邊下令，開始從背上抽出矛桿組裝。就在她要抽出矛頭時，布蘭頓抓住了她的手。

「我比你能打。」他說。

「就算沒受傷你也比不上我。」阿基里婭用力抽手，「去幫科林關門！」

她將矛頭擰緊，轉身走向岩台。照入岩台的月光稀微晦暗，但仍替她隱約勾勒出城牆和門洞之間的空間。

「我找到門把了，快推！**用力！**」她聽見科林的吼聲，而布蘭頓的回話則是糊成一團：「我在用力了！」

阿基里婭雙手握住長矛，蹲低身體擺出作戰的架式。她知道自己打不贏惡魔，但她只需要撐得夠久，讓布蘭頓和科林把門關上，兩人還是有機會完成任務。

晦暝的月光幾乎將城牆內熬成了一碗濃黑與深灰的湯水。水裡沒有一絲動靜，直到她看見有東西攀上牆緣——那是一隻骷髏般的黑色手掌。

岩石在她左邊發出聲音，嚇了她一跳——和她手臂一樣厚的石板滑了過來。

她也同時被扯進黑暗，跌在地上，長矛噹一聲落地。

同時惡魔也鑽過城垛，爬上岩台，朝她伸出狹長的頭部。

砰的一聲，石門在她面前關上，將所有光線都擋在門外。

15

阿基里婭撐著身體，劇烈的喘氣讓她胸口發疼。她努力延長呼吸，想盡量減少自己發出的雜音。

「我**什麼鳥**都看不到，快點火。」她聽見科林慌亂的聲音，但她似乎連耳朵也被黑暗蒙蔽，根本分不清聲音的來處。

於是她朝黑暗發出嚴厲的低語：「等一下！還有你先安靜點。」

空氣裡瀰漫著一股奇怪的氣味，像是有人弄破了污水道，又混著別的東西——有點像米菈糖，但是更刺鼻。而且里婭還聽見階梯下規律地傳來水滴落在石頭上的聲音。

「我摸到明光管了。」布蘭頓的聲音，「這裡的沒壞，破洞應該在下面。」

門外傳來刨抓的聲響，讓她差點放聲尖叫——是外面的惡魔。

它們能抓破這麼沉重的岩石嗎？

還是……也有惡魔和他們一樣待在這裡，**在衛城裡**？岩台上沒有衛兵放哨，明光管破了也沒有立刻修理。這不對勁，照明系統只要壞了一個地方，整座衛城都會陷入黑暗。

管子破了多久？

刨抓聲愈來愈大。

「里婭，」科林說，「**做點什麼**。」

他快失控了，她聽得出來。

「你們倆在原地別動。」她下令。

阿基里婭在地上一陣摸索，找到她的長矛。在這狹窄又黑暗的地方，她可能會誤傷隊友。於是她快速分解長矛，將矛頭收入腰間，矛桿也收回背後。接著她扛起背包，在胸前綁緊固定繩。

「把手給我。」她說。

惡魔的尖牙隨時會突然咬下，但她還是忍耐著恐懼，朝黑暗伸出雙手。她忍住了，沒有被布蘭頓的大手嚇到，然後她也感覺到科林的手掌。

「安靜。」她用氣音安撫兩人。刨抓的聲音似乎又更大了？

她像在勒墨特訓練時一樣，把布蘭頓的手拉到自己背後，無聲地指示他跟好自己，不要放手。布蘭頓一拉住她腰間的扁帶，她又牽著科林顫抖的手掌，在布蘭頓的下背部四處摸索，確保三人不會分散。

她腳貼著地面，用靴子的尖端尋找階梯，感覺到地面在她身前不遠處陷落。她抬起腳掌，輕輕在第一階放下腳步，確定整隻腳都踏上實地，才開始轉移身體的重心。

他們一次一步，慢慢走下黑暗。

每走一步，阿基里婭都可以感覺到布蘭頓輕拉扁帶，隨後跟上。一步、兩步、三步。三十步過後，階梯朝右拐彎。

刨抓的聲音逐漸消失。

滴水的聲音逐漸清晰。

臭味也愈來愈濃。她聽見科林被嗆得咳嗽出聲，布蘭頓也跟著咳了一聲。阿基里婭從沒有聞過這麼恐怖的味道。她想轉頭逃跑，但她不能，**往下**是他們唯一的出路。

她滿腦子都想著要點亮火把，但如果惡魔就在附近，它們一瞬間就會衝到面前。說不定**它們就在前面**，咧著黑灰色的嘴唇等著她，只等著她再走近一點，就會像鉤臂螃那樣跳向她。

她知道科林的恐慌隨時都會崩潰，但是被黑暗壓迫的不只有科林，她的太陽穴也在抽痛，黑暗正從那裡滲進她的腦中。

她又往下走了一步，靴子下傳來濕滑的觸感。

拜託只是明光管裡的水，主啊，求求祢……

她輕輕移動腳尖，想尋找乾燥的地方落腳，卻頂到了別的東西，某種柔軟的固體。

濕黏，而且帶著彈性。

偽裝服上傳來兩下輕扯。布蘭頓想知道她為何在這裡停下腳步。

阿基里婭再也無法繼續忍受黑暗。她從偽裝服裡掏出火柴，還有裹著油布的柴薪。火柴在第三下劃擦時發出閃耀的火光，刺痛她的雙眼。她點燃火把，在布料和木頭燃燒的氣味中陶醉了一會，讓煙味驅逐那股甜膩的惡臭。

隨著雙眼適應光明，她也看清了那柔軟的東西。

屍體。腫脹的肌膚將罩衫和長褲撐得變形。下一階石梯上又躺著一具。男人？還是女人？膨脹的五官已經無法分辨。

「喔，天啊，」布蘭頓低喃著，「**主啊**。」

可怕的臭味沒有散去，反而變得**更濃**，填滿她的鼻腔和肺臟，黏在她的臉上。

她盯著剛剛踩到的屍體，一個拳頭大小的洞穿過他左邊的太陽穴，吞掉了同一邊的眼珠；另一具屍體的頭則以詭異的角度歪斜。

火把的光在屍體上跳動，照著下方的階梯。石頭上布滿深色的污漬，鐵鏽的顏色，但是沒有水光。血跡都是乾的。

「走吧。」科林說，「我不要跟這些東西待在這裡。」

這些東西。他是說死人。

「里婭，」布蘭頓說，「我們得前進。」

她知道，可是她的雙眼離不開屍體。他們死了很久，久到血都乾了，久到他們已經開始腐敗腫脹。

火把和她的恐懼一起顫抖。

「它們來過。」她說，「惡魔來過，也許還在裡面。」

她不能後退，惡魔還在門外，等待著他們，**刨抓著山門**。她也不能前進，如果惡魔曾經來過，如果它們還在這裡，那它們此時**就在下面**。

阿基里婭控制不住地發抖，抖得火把隨時會飛出手中。她命令自己停止，但她的身體拒絕聽從。

她感覺到布蘭頓的手滑了過來，接過她的火把。

「換我走前面，」他輕聲說道，「妳先在我後面休息。」

她有點想叫布蘭頓退後，堅持自己的責任是走在前面。但她知道自己應該道謝，因為她已經到了極限，堅持下去只會害死所有人；但是把領頭的工作交給布蘭頓，她或許就能繼續往下走。

於是她往後退，讓出領頭的任務。科林握住她的手，幫她調整到中間的位置。少年沒有抱怨，也收起了敵意與刻薄。他知道，他們三人的性命此刻正連在一起，不是一起活，就是一起死。

布蘭頓繞過屍體往下走。阿基里婭跟著他的腳步，而科林也跟著她的腳步。

「再走一段，」她說著，「最多兩段，我們就到大廊了。」

他們又下到另一個平台。走過轉角後，阿基里婭終於看見了光。光來自牆上的明光管，玻璃製的管身斷成兩截，斷口的一邊是他們剛才穿越的黑暗，另一邊則有發光的水從鋸齒狀的斷口淅淅流出，傾瀉在石階上，沿著兩旁狹窄的水溝往下，流進藏在岩石裡的污水道中。刻孚蘭的水和勒墨特的不同，散發著淡藍色的光暈。

布蘭頓在岩壁上按熄火把，繼續往下走。里婭跟著往下，但死屍的惡臭又讓她的胃開始作亂，她只好停下腳步，用力吞下嘔吐的衝動，才能再次前進。

三人迎著死亡的氣息走過最後一段階梯，來到寬敞的廊道。刻孚蘭的設計與勒墨特相去不遠，廊道同樣以岩石鑿成，延伸出狹窄的隧道，途中經過的居室、拱頂、營房和廣場也都十分相似。衛城裡的光比她印象中昏暗許多，但無論如何都好過只有黑暗的樓梯間。

他們又發現三具屍體，兩個人類和一頭惡魔，還有一對弩箭穿過惡魔漆黑可怖的身軀。

科林忍不住咋舌：「宰了一頭惡魔，幹得好。」

他的腳邊躺著一把弩，木柄上有許多被惡魔毒血燒出的焦痕。

布蘭頓沉重地說：「但惡魔也殺了他們。」

科林走向惡魔的屍體。

「不要碰，」阿基里婭依舊維持著氣音，「你會燒傷。」

科林思考了一下：「它死太久了。不管它的血裡有什麼東西，現在應該都燒光了。」

他在三具屍體旁蹲下，戳戳死掉的惡魔。

「噁，」布蘭頓呻吟道，「我不行了。」

他轉身扶著牆，胃裡的東西嘩啦嘩啦落進牆腳的水溝；嘔吐的味道讓里婭再也忍不下去，吐在自己的靴子上。

她用袖子抹抹嘴巴，看向科林，以為他也會吐出來。但科林似乎沒怎麼受影響。

「你們過來看看，這頭惡魔看起來有點……乾癟。」他邊說邊舉起拳頭咳了幾聲，還發出乾嘔的聲音，但是沒有吐出來，「跟我們之前在地表看到的，還有校場那套衣服都不一樣。」

阿基里婭看向布蘭頓。他搖了搖頭，表示一點也不想靠近那個東西。但她是隊長，而且新的情報或許能幫助她的同胞活下去，她只能努力跨過心裡的恐懼。

里婭在科林身邊蹲下，凝視著眼前的噩夢。

不管活的還是死的，她都不曾在這麼近的距離觀察惡魔。科林說得對，無論是衛城裡的訓練服，還是她在地上遇到過的惡魔，頭部都很平滑，但這隻的頭頂中間卻有道凹凸不平的隆起。不過牙齒倒是一樣，像是一排釘子，在火焰下閃爍金屬的光澤。

科林又戳戳屍體：「這些地方硬得跟盔甲一樣，但這些地方是軟的。以前遠遠看都沒注意到這些。」

阿基里婭站起身，打量了一遍廊道。藍色的微光可以讓她看見惡魔，但也會讓惡魔看見她。而且在地底下，偽裝服一點用都沒有。

「快點找到毯麵粉，」她說，「然後離開這裡。」

16

往下的路程讓她害怕。整座衛城都是空的，沒有光，沒有人，沒有生命，漆黑得像是咬人蜣的背甲。每個轉角、每處陰影、每間居室都可能藏著惡魔。她的每一步都在呼喚死亡，但她還是必須前進，因為只有前進才能拯救勒墨特人的生命。

刻孚蘭的構造和勒墨特很像，阿基里婭不必思考就知道該往哪裡走。有些地方的明光管運作正常，散發著淡藍色的冷光，有些地方則是漆黑一片。他們沿著主廊道和階梯前進，快速而安靜，只有在必要時才會點起火炬，一路上什麼人都沒見到，什麼聲音都沒聽到。

有些居室散落著損毀的家具，這些家具曾被當作路障，現在都已滿布人類的血跡。在找到第二個這樣的居室後，阿基里婭就決定不再細看，因為裡頭除了腐壞的屍體，什麼也不會有。他們必須加緊腳步。

連下了四層樓，三人終於找到黴菌園。明光管沒有從廊道往裡面延伸，除了入口以外，寬敞的房間一片漆黑。

阿基里婭點起火把，但火光只能稍許斥退她身前的黑暗，洞窟裡深幽沉重的陰影不為所動。一排又一排桌子從她身前往黑暗中延伸，桌子上擺著一盤又一盤泥土，盤子裡長著一落又一落青色黴菌，處在不同的生長階段。

「太好了，」布蘭頓的語氣有些興奮，「我們趕快裝滿背包，離開這個鬼地方。」

他什麼都不懂。

「只有黴菌也沒用，」阿基里婭說，「還要經過炮製跟研磨才會變成毯麯粉。我們得找到藥粉儲藏在哪邊。」

在她離開的這十天裡，刻孚蘭人做了多少藥粉？夠勒墨特的病人用嗎？她把火炬舉得更高，希望能照亮狹長洞窟的更深處。

她檢查了洞裡的明光管，沒有看到破損。

「科林，去找水閥。」她下令，「也許是被刻孚蘭人關掉了。」

毯麯黴和勒墨特的蘑菇一樣，適合在黑暗裡生長。勒墨特的蘑菇園也常不見半點光亮。

「在這。」沒多久，她就聽到科林的回報。

接著是熟悉的「咕咚」聲，水閥開了。河水咕嘟咕嘟流過玻璃管，右邊的洞頂開始發出微弱的藍光。

「終於**有個東西**會動了。」布蘭頓嘆了口氣。微光流過管路，朝洞窟深處的牆壁蔓延，然後順著玻璃管流回他們身邊，在她身後的入口處又折返回來。但是到了洞穴中間，發光的河水就從破裂的管子灑了出來，潑在桌上一個四肢腫脹、動也不動的男人身上，讓他有一瞬間像是盞蒼白詭異的提燈。

布蘭頓指著噴水的裂縫：「他一定是看到惡魔進來，就丟東西把管子打破，想要躲在黑暗裡。」

「呆子。」科林搖搖頭，「就算打破，房間也還會有一半是亮的，就像現在這樣。」

布蘭頓點點頭：「可是碰到那種東西，就算是你也不會想到。希望我這輩子都不會碰到這種考驗。」

科林哼了一聲，表示同意。

明光管照亮了黴菌園的右半邊，在左半邊投下稀微的光亮。至少他們這下可以看見整個房間，還有兩側牆面上漆黑的凹室。

每個凹室裡都可能躲著惡魔。

阿基里婭深吸一口氣，試著回想西涅什的教訓。如果她讓自己被恐懼侵占，她一定會逃跑，再也回不了頭。

「先找到炮製的地方。」她說。

她回頭看向黴菌園入口的拱頂，外面的廊道水光明亮，至少比只亮了一半的寬敞洞窟明亮許多。

「科林，你看著入口。」她的思緒清楚多了，「不管發現什麼，都關上水閥躲起來。布蘭頓，你找右邊，我找左邊。」

兩名少年都很害怕，但他們都乖乖聽命。他們只想快點完成任務，逃出這個地獄，跟她一樣。

凹室裡沒有明光管，拱形的入口內黑得像盆墨水，散發著邪惡、危險，還有……死亡的氣息。她將火把舉在身前，走進第一間——空的。第二間也沒有東西。惡魔會躲在第三間嗎？

阿基里婭開始顫抖，於是她深深吸氣，慢慢吐氣，現在沒有時間害怕。

她走進第四間，火把熠熠的閃光只照到一大疊沾著點點泥土的空盤。

第五間凹室散發著糞便的臭味。她走了進去，只見許多粗布袋靠著牆堆疊，像是洪水季時勒墨特人堆在河邊的沙袋。只是這些袋子裡裝的不是沙，而是肥料，凹室散發著人糞可怕的氣味，替她遮蔽了屍體的惡臭。

「我好像找到了！」布蘭頓大喊。

聲音大得讓阿基里婭一陣驚惶——他不知道現在有多危險嗎？

她穿過堆滿黴菌的桌子，繞過噴水的管子和發光的屍體，穿過房間。布蘭頓就站在凹室的入口，阿基里婭高舉火把擠過他的身邊，跨進凹室，裡頭每一面牆上都靠著高聳的木架，一個個圓滾滾的粗布包整齊有序地排列在架上。

這些就是勒墨特人的救命靈藥。

「好多。」布蘭頓說，「他們不是說已經把多的都給我們了，剩的要留給他們自己的病人嗎？難道我們才離開幾天，他們就能做出這麼多藥粉？」

當然不可能，刻孚蘭本來就有這麼多藥粉。衛君說得對，他們**一直在**屯貨。存貨不足只是謊言，為了賣出好價格的謊言。

人類為什麼這麼可悲？

「把這些帶走，全部。」阿基里婭下令。

布蘭頓拿起一袋，上下拈了拈。

「有點難。」他搖搖頭，「這包就有半塊磚重了。」他看了看阿基里婭的背包，又說道：「如果要全部拿走，妳的背包大概可以裝三十五到四十包，差不多**十九塊**磚重。里婭，妳的體重多少？」

聽到這個重量，她感到心裡一沉。「二十七。」

「超過妳體重的一半了。」布蘭頓說，「我們還要爬三天的山。不對，可能要四天。考慮體力，我覺得妳最多只能拿十三包。」

四天太久了。即使必須在夜裡趕路，他們也要在三天之內回到衛城。

阿基里婭數了數架上的袋子：「這邊有一百二十五包，我拿四十包。」

「四十？」布蘭頓搖搖頭，「里婭，妳辦不——」

「**我們沒有別的辦法**。科林比我還瘦，但我需要他扛三十一包。也就是說剩的都要交給你，可以嗎？」

布蘭頓揚起眉毛，看著木架。

「我的體重是三十四塊磚。妳要我背五十二包，也就是二十六塊磚。」他皺著眉說，「我很強壯，但是拜託一下，扛這些**扛四天**？還要走山路？妳忘了這一路有多少陡坡和高崖嗎？」

阿基里婭把手搭在布蘭頓的肩上。

「不是四天，我們三天就要回去。你要是拿不動的話就換我來。」

布蘭頓痛苦地看著他的伙伴。他很清楚這重量會要了他的命，阿基里婭也很清楚。

「布蘭頓，回答我，可以還是不可以？」

他緩緩點頭。

阿基里婭卸下自己的背包，交給布蘭頓：「開始裝。」

布蘭頓一臉不甘願地接過背包，執行隊長的命令。

阿基里婭回頭看向洞窟入口，再次注意到水滴落在腐肉和岩石上的聲響。她繼續往下走，略過下一個入口放著圓形木板的凹室。那應該是研磨機，跟勒墨特的一樣。下一個凹室的洞頂上吊著一團團黴菌。還在乾燥嗎？不知道還能不能回來磨碎？或許吧，問題是勒墨特沒有人知道如何炮製毯黴，刻孚蘭也已經沒有人可以傳授。

科林彎腰蹲在入口內側，小兄弟在他顫抖的手中不斷搖晃。他的視線沿著拱頂邊緣打轉，監看著外頭的廊道。他看起來好小。

「我們找到了。」阿基里婭悄聲靠近他。「有發現什麼動靜嗎？」

他搖搖頭：「我好像有聽到什麼，感覺是人。但我不確定。」

人？衛城看起來已經空了，但如果還有刻孚蘭人活著……去救他們可能就無法安全把藥帶回勒墨特，她該冒這個險嗎？

阿基里婭輕拉了幾下科林的偽裝服，帶著他回到凹室。布蘭頓正在幫她的背包收口，少年自己的背包已經塞滿藥粉，靠在腳邊。

「科林，把你的背包給布蘭頓。」

科林聽命照做，兩眼無神地看著布蘭頓拿下藥粉，一包一包塞進他的行李，直到背包束緊，交回他的手中。布蘭頓一放手，背包就扯著科林的手臂往下墜，「碰！」地一聲巨響落在地上。

科林搖搖頭：「我背不動，太重了。」

「背上。」阿基里婭說，「我們沒有別的選擇。」

「妳到底知不知道『選擇』怎麼寫，里婭？」科林嘆氣，「我們當然有選擇，我們可以**選擇**不要把自己累死、不要讓自己回不了家。我們可以**選擇**活下去。」

「大家生病了。」布蘭頓說。

科林嗤笑：「真的嗎？大家都生病了？你這蠢……」他的目光在布蘭頓的大手上晃了一下，接著收聲，「抱歉，我失控了，抱歉。」

「沒關係，」布蘭頓輕輕搖頭，「小事而已。我們快點回家吧。」

科林轉向阿基里婭：「我們三個已經快不行了，老實說我都很懷疑，我們到底能不能回得去。我們最好把行李減半，才能把藥帶回去，治好現在那些生病的人。」

「那後來病倒的人怎麼辦？」她說，「你自己看看，刻孚蘭全都被惡魔毀了。它們還在外面徘徊獵殺，人們不是死了，就是被帶去黑煙山——沒有人可以再做藥了。你知道這代表什麼嗎？這代表這些可能就是最後的藥了。我們必須**把這些全都帶走**。」

「就算我們把藥都拿走，也遲早會用光。」這不是科林那種自負、尖銳的語氣，而是恐懼低沉的獨白，「妳覺得到那時候會發生什麼事？」

人們會生病，之後他們都會死。

她該這麼回答嗎？也許吧，但思考這問題不是她的，而是督政官們的責任。

阿基里婭抬起背包。一想到要扛著這重量穿山越嶺，她就不禁感到畏懼。她試著將背包扛上肩，卻被拉得一陣踉蹌，靠布蘭頓的幫忙才穩住重心。她一邊綁緊胸前的帶子，一邊懷疑腿上的疼痛到底是不是自己的想像。

儘管手臂受傷，布蘭頓的動作還是比阿基里婭輕巧。他很快就扛起背包，綁緊胸前的帶子。

兩人瞪著科林，矮小的少年也瞪了回去，臉上滿是憤怒。

「你們兩個去死好了。」他罵了一句，發出挫敗的咕噥，奮力將自己的肩膀塞進背帶，綁胸帶的途中還差點摔倒。布蘭頓只好幫他從背後扶穩，方便阿基里婭替科林綁緊胸帶。她很快打好結，拍了拍科林的胸膛，後退一步。

背包看上去比科林還大。「我們絕對會完蛋。」他聳了聳肩，確認重量，「接著呢？可以滾出這裡了嗎？」

他們拿到藥了。至於科林聽見的聲音……是倖存者、是惡魔，或者只是錯覺？她可以選擇立刻撤離，或是冒險前去搜救，而責任也在她身上。她又開始想吐了。

「我們撤，」她做了決定，「如果路上碰到有人活著，我們就幫，但優先的任務是盡快回家。」也就是不去尋找倖存者。三人都了解這個決定的意義：他們或許會把其他人丟給孤獨、殘忍的死亡，或是更悽慘的命運。

「我們走原路回去。」科林提議，「那些惡魔一定離開岩台了。」

阿基里婭想起爪子在岩石上刨抓的駭人聲響。她想到惡魔就蹲在門外、弓起背脊、等待著……

「如果開門的時候它們還在，我們就完了。」

布蘭頓跳了幾下，調整背上的重量。

「那麼漂出去？」科林又說，「刻孚蘭跟我們一樣有河。」

她沒看過這裡的河。如果河水和勒墨特的比提干河一樣兇暴，那三人恐怕很難活命。而且，雖然裝藥粉的袋子不怕雨淋，但上面塗的蠟能在洶湧的河水裡撐過一個小時嗎？

「再不然，刻孚蘭也有信令崗。」科林一拍手，然後臉色立刻發白，「呃，幹。」

阿基里婭想到那些階梯，也差點整個人垮下來。

布蘭頓看了看科林，又看向阿基里婭：「這跟信令崗有什麼關係？」

「我們可以從那裡出去，」阿基里婭答道，「先爬上去，然後再爬下山。」

布蘭頓眨眨眼：「刻孚蘭山比勒墨特山還高，爬上去真的會死。」

「只剩這個辦法了。」她深吸一口氣，「要是我們沒有回去，就會有同胞病死，你媽也會是其中之一。」

布蘭頓呆了一下，點點頭。他知道危險，也接受了後果，接受他們將面對的痛苦。

科林看著腳下，他的膝蓋又開始發抖：「我爬不上去。」

「我會幫你，」布蘭頓握住伙伴的肩膀，「我們可以的。」

科林抬頭，看向布蘭頓，眼裡滲出淚水：「抱歉我砍了你。」

「是我先掐你的。」布蘭頓聳聳肩，「換成是我也會拔刀。」

阿基里婭只希望兩人的情誼可以堅持到這場折磨結束。

「先找到上信令崗的階梯吧。」她邁出步伐，「我們走。」

17

阿基里婭的雙腿開始**尖叫**。如果刻孚蘭的信令崗和勒墨特一樣高，她也才走了一半。但刻孚蘭山的山峰比他們的家園更高聳。

「我需要……休息。」科林彎下腰，雙手撐著膝蓋，「拜託、我們得、停一下。」

如果底下有惡魔，一定會聽見他們嘈雜的喘氣。就連阿基里婭也背靠著牆，努力往肺裡吸進更多空氣。

「動起來，」布蘭頓發出刺耳的低語，「你們兩個。」

科林瞪向他：「幹，去死。」

布蘭頓伸出完好的那隻手，埋進掛滿科林偽裝服的爐火椿葉，一邊往上爬，一邊拉拖著科林。

「**幹你白痴啊**！」科林嘶吼著撞上粗石砌成的階梯，「你差點就害我跌死了！」

「那就不要跌倒。」布蘭頓答道，「還是你自己走？這樣比較好平衡。」他停下腳步，等待科林調整重心。但矮小的科林只是用**痛恨**的目光瞪向高大嚇人的布蘭頓。

爭吵又開始了。阿基里婭看著上面，沒有力氣制止她的伙伴。

「幹你這混蛋，布蘭頓。」科林罵完又開始往上爬，一步比一步更沉重。布蘭頓的胸前同樣劇烈地起伏，卻還是站得高挺筆直。他看向阿基里婭：「動起來啊。」他低喊，「還是妳也要我來拖？」

她瞪向布蘭頓，眼裡的恨意比科林更灼熱。

「少這樣跟我說話，你這沒帶領過伙伴傳信的小混蛋。」她恨恨地說。

布蘭頓露出大大的微笑，擦掉臉上的汗水，比了比前面的階梯：「這麼喜歡走前面，妳就自己上去啊。」

阿基里婭扶著石壁，試著忘記跨出步伐時的顫抖，繼續爬上石階。

＊＊＊

刻孚蘭的信令崗和勒墨特出奇相似，只是地上少了凌亂的衣物；日訊鏡倚在牆邊，三根木腳收攏在一起。

崗哨裡沒有人，沒有惡魔，也沒有腐敗的屍體。但她還是聞得到死人的氣味。也許是惡臭已經滲進她的偽裝服，滲進她的背包。

通往外面的石門緊閉得風吹不透。石門外面，就是他們返回家園的旅途，危險、艱困而絕望。

「休息。」她一面解開胸帶卸下背包，一面下令，「外面很冷，出去以前先把身體弄乾。」

科林等不及卸下行李就直接倒在床上。布蘭頓則是乖乖脫下背包，耳朵湊上拉門聆聽外面的動靜。

阿基里婭翻了翻桌上的桶子，桶裡裝著已經變乾的麵餅、碎掉的蘑菇、陰乾的甜蘆，還有半條魚香腸。前幾天她也跟科林帶著一樣的東西，爬上勒墨特衛城的信令崗。食物的碎屑灑在桌上和地上，似乎有人在逃跑之前，抓了一大把帶在身上。

「所有人吃點東西。」阿基里婭說了一句，開始分配食物。

科林捏著鼻子：「吃不下，我現在鼻子裡都是死人味，沒吐就不錯了。」

阿基里婭把乾麵餅和一塊蘑菇塞進他手裡：「這是棕糕菇，吃了肚子會舒服一點。」

她咬了一口麵餅，又咬了一口魚香腸。這是她最討厭的食物，但她現在需要吃肉。於是阿基里婭用力嚼著香腸，走向門邊的布蘭頓。

「你聽到什麼？」

高大的少年手掌按著石板，彷彿他除了耳朵，手掌也能感受到聲音的振動。

「除了風聲什麼都沒有。」他回答，「風似乎很大，但我聽不到惡魔的聲音。」

這只代表如果外面有一頭，或是更多惡魔，它們都在安靜地等待。

阿基里婭遞出香腸和麵餅。花了幾分鐘看著少年進食。

「去水槽喝點水，」她說，「然後把你的水壺裝滿。」

就連想到水壺裝滿的重量，都讓她想要尖叫。她的腳**好痛**。

「科林，背包脫掉。」阿基里婭繼續下令，「你開門。布蘭頓，準備好長矛。我會拿著網子。確定前面安全，我們才上行李，準備下山。」

布蘭頓解下背後的矛桿，開始組裝，阿基里婭也從滿載貨物的背包解下網子，在胸前抖開。她的心臟像長了腳一樣猛踹著胸膛。網子無法困住惡魔太久，但如果他們運氣好，布蘭頓就能趁它掙脫，或是用灼熱的毒血燒毀網繩前揮出致命的一擊。

布蘭頓擰上矛頭，轉了一圈矛桿，握住矛尾釘的前方，將六呎長的武器指向石門。他弓著身子，輕輕在原地跳了幾下，像是要鬆開僵硬的腿肌。

「來吧。」他甩了一下頭，「咱們速戰速決。」

阿基里婭看得見布蘭頓臉上的恐懼，但年僅十五歲的少年還是站上了前線。他的勇氣是與生俱來，還是提早與戰士一同受訓的成果？

科林鬆開門閂，往後一跳，金屬打造的機關在門後發出尖銳的聲響。三人等待著，仔細聽著門外，但門外除了風聲什麼也沒有。

布蘭頓抓緊矛桿，身軀前傾，手臂後縮，顫抖的小腿蹬著地面。

阿基里婭屏住呼吸。

門緩緩滑開。

幾片雪花隨著夜風掃進來，食物的碎屑到處飛舞，桌上的紙張慌亂地啪啪作響。寒氣灌了進來，汗溼的衣物立刻變得冰冷。

他們等待著——沒有惡魔。

布蘭頓跨出前腳，後腳隨後跟上，腳步沒有交錯，保持著作戰的姿態前進。

阿基里婭忍住寒顫，跟著布蘭頓走上眺望台。濃密的雲層已經破開，三姊妹星的光芒娉婷落下，照著廣闊的拉涅湖。她向西北方看去，夜色澄澈乾淨，可以直接看到湖的對岸，在星光點點、霧氣繚繞的地平線上，看見勒墨特山熟悉的輪廓。

這麼遠……

「拿出攀岩工具。」阿基里婭想要低語，但風刮在她的頭髮上，刮在偽裝服的樹葉上，發出劈劈啪啪的聲響，如果不高聲叫喊，命令就傳不進伙伴的耳中。

布蘭頓走到眺望台邊往下看：「晚上攀岩是找死。我們應該等明天，等太陽升起來再出發。」

「別鬧了。」科林同樣大吼著，「下面可能還有惡魔，而且隨時都會殺過來，我們得現在就離開。」

科林說得對。就算只有一頭惡魔爬上來，他們也無處可躲。夜裡攀岩確實危險，但阿基里婭寧願把命賭在險惡的懸崖上，也不想死在無路可逃的信令崗裡。

「背包上肩。」她說，「我們現在就離開。」

＊＊＊＊＊

阿基里婭命令科林帶隊下降。勒墨特人從小就習慣在岩壁上玩耍，攀爬幾乎是每個人的本能。科林是她見過最靈活的攀登手，但就算是他也不曾在吹雪的狂風裡降下懸崖。阿基里婭一邊準備，一邊猜測他們三人活著落地的機會，也許還不到一半。

通常，夜晚是躲藏的時候。但此時，他們得放棄這條原則。因為高山上沒有草木可供躲藏，只要太陽升起，阿基里婭和她的伙伴就會暴露在毫無掩蔽的山坡上，被白天活動的惡魔逮個正著。等待白天的到來毫無意義。

他們先借著重力，用長索將背包垂降到巨石或岩縫之間，人再隨後跟上，打算等順利抵達山腳，再來擔心這些沉重的負擔。雖然身上的偽裝服同樣沉重，但沒有人敢脫下來，因為如果惡魔追上他們，這些衣服或許是活命唯一的機會。

三人靠得很近，但沿途沒有人說話，都是以手勢交談。因為他們的耳中只聽得見夜風朝著懸崖咆吼，山壁上被吹得白雪遍布，滿身汗水被吹得冰冷刺骨。

一個小時過後，他們終於穿越嚴寒，下降到沒有雪花飛舞的地方。這裡的草木仍不算茂密，但已有成片的爐火椿可供躲藏。

科林第一個看見動靜。

他指指眼睛，又指向下方、東方，然後拍拍自己右肩：這是**躲起來**的手勢。

阿基里婭掃視周遭，選了附近的一棵爐火椿，那裡枝葉繁盛，還有一座破裂的岩塊可以遮住她的背後。找到掩護，她才開始確認威脅：在下方幾百碼的坡地上，在北邊四分之一哩處的月光下，有三頭惡魔排成一列縱隊，低伏著身軀遊走。

她立刻縮進岩石和紅色的枝葉間，拔出小兄弟，緩慢、熟練地切下一根根新鮮的枝葉，插在偽裝服的網子上。她的雙眼始終沒有離開那些黑色的凶獸。

兩個少年都不知躲去了哪。很好。她希望兩人可以躲好，否則她也幫不上忙。

惡魔朝這靠近。寒冷和狂風絲毫沒有影響它們，黑色的肢體依然輕易地在岩石間穿梭。她曾看過兩頭惡魔一起穿過夜色，但是三頭？到底還有多少惡魔在四周捕獵？

阿基里婭放慢呼吸，想像自己成為灌木的一部分，根深深扎入地下，枝葉和風一同搖晃。終於，惡魔遠離，從她的視線消失。她還想多等一等，給那些殺人的凶獸多一點時間離開，可是她沒有時間。

阿基里婭站起身，比出手勢通知伙伴們準備繼續行進。

他們又花了一個小時才抵達山腳，東方的稜線上也正好透出太陽的光芒。前面已經沒有山崖可以繼續讓他們垂降行李，從這裡開始，他們只能依靠自己的筋骨。

阿基里婭從不曾感覺這麼疲憊。

科林朝她揮了揮手，打出**躲起來**和**休息**的手勢。布蘭頓立刻彎下腰，雙手撐住膝蓋，連連點頭表示同意。

他們都渴望片刻的休息。

阿基里婭也是一樣。但想要是一回事，需要又是一回事。她比出了一連串手勢：**背包上肩**、**前進**、**跟著我**。

她刻意忽略兩人的瞪視，收起繩索和攀岩工具，準備扛起背包。但二十塊磚的重量實在太多，靠她自己根本辦不到，只能借助布蘭頓的幫忙。

看著眼前的路程，她身上的每一吋肌肉都在乞求著休息。

布蘭頓走了過來：「我們可以在代卡泰拉歇腳。」

她感覺到代卡泰拉的安全與溫暖在招手，但那是她該走的方向嗎？那座衛城距離這只有兩天路程，而且是每個信使都瞭若指掌的路線。刻孚蘭裡只有幾具屍體，不見死傷枕藉，這代表衛城裡大部分的居民都還活著。也許有不少人被惡魔抓去黑煙山，但它們絕不可能帶走**幾千人**。

阿基里婭很確定活下來的人都會逃往代卡泰拉。他們來的路上，沒有看到往北方逃的刻孚蘭人，但是他們有**聽到**，他們有聽到那些深夜裡的尖叫。

她朝科林招手。三人緊靠在一起，但他們的目光仍不斷左右掃視，警戒著危險。

「活著的人應該都往北逃去代卡泰拉了。」她說，「惡魔應該也跟著他們，所以我們要往東邊走，繞過拉涅湖。」

如果他們腳程夠快，往東邊走同樣只要四天就可以回到勒墨特。問題是這條路不但比往北更艱困，人跡罕至。阿基里婭知道她的隊員已經累壞，沒有任何信使隊長會如此要求自己的伙伴冒這種險。

但他們必須這麼冒險不可。

科林瞪著她的眼神充滿怨毒。布蘭頓的眼神也是一樣，臉上寫滿了疲憊。

「我們根本不知道路，」科林抗議，「而且妳是要我們連走四天都不休息嗎？」

布蘭頓點點頭，表示理解：「里婭說得對，經過代卡泰拉太危險了。」

「不，我們**需要**經過代卡泰拉。」科林繼續掙扎，「我們需要在那座衛城過一晚，好好睡一個晚上。」

布蘭頓神情一冷：「你他媽成熟點，像個男人行不行？」

然後他就往東邁出腳步。

科林的臉上擠滿恐懼和擔憂。

「拜託，里婭，妳是隊長，快叫他回頭。**拜託**。」
她以為自己會被科林的軟弱和怯懦惹火，但她沒有。她只是為他感到難過。
「加油。你一定沒問題。」她拍拍科林的肩膀，「我相信你。」
接著她就跟上布蘭頓。
幾秒過後，科林也追了上來。

＊＊＊

阿基里婭認為他們最好盡快遠離刻孚蘭衛城，於是她逼著兩名伙伴不斷前進。才過中午，他們又看見三頭惡魔在耀眼的陽光下徘徊。幸好那些怪物距離很遠，三人輕易躲了過去，還趁機休息了半個小時。
一路上，他們兩度拿出攀岩工具，才跨越陡峭的山脊。過重的行囊拖慢了他們的速度，也讓下坡變得艱難，不過跟**攀登**向上相比還是容易許多。每當他們遇到懸崖，科林都必須解下背包攻頂，帶著繩索繞過上方的岩點，再由阿基里婭和布蘭頓在下面牽拉，讓科林在上方接過行李，重新背回肩上。
等到暮色降臨，三人已經又冷又累，腳下也開始凌亂。里婭不得不下令放慢腳步，以免有人墜落或是滑倒，弄傷腳踝甚至跌斷脛骨。
隨著陽光隱沒，他們的處境又變得更糟，雨滴開始從天空落下。
她催促伙伴盡快前進。偽裝服和背包都有上蠟防水，然而效果有限，淋久了還是會滲水，到時他們真的會被多出來的重量壓垮。
幸好他們走下山溝時找到了一群伏土獸留下的地道，這些野獸挖的坑道就算在最猛烈的暴風雨中，還是能保持乾燥，此時沒有比這更完美的藏身處了。阿基里婭挑了三個洞穴，彼此之間都隔了段距離；要是有人被惡魔抓走，剩下的兩人也有機會活命。

三人在偽裝網上鋪滿從山溝旁找來的樹枝、腐葉和碎石，掛在洞穴的入口。他們身上都已經溼透，從裡到外沒有一件衣物倖免，儘管有洞穴擋住大部分冷風，今晚想必也絕不溫暖。

阿基里婭站在雨中，看著年少的伙伴們爬進各自的洞窟，又替他們檢查了一遍網子。她東補一根樹枝，西添一塊苔蘚，直到偽裝的痕跡徹底消失在黑夜之中，再也看不到坑洞為止。

最後，她才爬進自己的洞穴，拉下網子，躲進黑暗，在止不住的顫抖中，向她的疲倦臣服。

只要睡上幾個小時，一切都會好起來的。

18

阿基里婭安靜醒來，沒有動作，沒有聲音。她感到身體僵硬，但她沒有伸懶腰，沒有打呵欠。她只睜開眼睛。就算醒來的瞬間，她也牢記著訓練，動也不動：**安靜是我們的力量**。

正是這些訓練、這些紀律讓她一直活到現在。

她透過偽裝網的隙縫，看著它。

看著那頭惡魔。

惡魔很近，近得一伸手就會抓到她。

尖叫的衝動來襲，然後退去，逃跑的本能也是，因為兩者都只會替她帶來死亡。

惡魔在她身邊蜷曲身體，縮起黑色的腿，攤平長著尖爪的雙手，撫摸著斜坡上泥濘的地面。它在聽。

不對……它在**感覺**，感覺著東西行經地面的振動。

阿基里婭張大嘴巴，放慢呼吸，放慢到她所知曉的極限。惡魔知道她在哪裡，它一定知道。因為它和阿基里婭的距離，已經剩不到一隻手臂。

她得殺了自己，沒有別的選擇。她不能被抓走，她也不會讓自己被抓走。只是，就算她能搆到小兄弟，又能在惡魔爬進來以前，在牙舌伸向她、撕碎她以前拔出刀刃，刺進自己的脖子嗎？

吸氣。吐氣。冷靜。緩慢。穩定。只要她沒有其他動作，只要惡魔沒有感覺到她的動作，洞口外的風就會幫她遮掩她這點微小的聲音。

可是……她的心跳呢？

她躺著。她的心跳……惡魔能從地面感覺到心跳的節奏嗎？

晨光照過惡魔平滑的頭顱，彷彿透明的頭顱。陽光是真的**穿過了**它的頭？或者那只是光影變化造成的錯覺？

她聞到淡淡的、苔蘚從岩石剝落的氣味。

她聞到溼潤的網線和爐火椿的氣味。這能夠蓋去她的味道嗎？罩衫和偽裝服上的寒意滲進她的身體，直達骨髓，她的肌肉開始顫抖。

長長的頭顱轉動，轉向右邊，轉向她。

阿基里婭努力壓抑她的顫抖，命令她的身體**停止**，命令她的身體**安靜**。

它知道她就在附近。它在尋覓她的身影、聆聽她的聲息、感覺她的動靜。

身體又開始顫抖。

惡魔的左爪輕輕滑動，穿過泥土和岩石朝她滑來。

她再次壓制住顫抖，奪回身體的控制。

怪物停了下來，和她一樣安靜，此刻的她與它是兩頭彼此佇候的野獸。

惡魔咧開嘴，發出低沉漫長的嘶聲。

阿基里婭感覺到寒冷又漸漸滲入她的深處。她知道她再也控制不住。下一次的顫抖就是她的最後一次。

嘎啷。石頭滾下山溝的聲音。聲音很小，小得她如果沒有被困在這寂靜的生死交關裡，就根本不會注意到。惡魔狹長的頭部往左一轉，臉孔指向山溝下的某處。

嘎啷。又一顆石頭滾下山溝，敲在大石頭上。乒。

惡魔衝向前方，從她的視野裡消失。

少年的尖叫。是**科林**。

腳步聲奔向她的洞口，**人類**的腳步聲，腳很大，但跑得飛快。是**布蘭頓**。

時間凍住。阿基里婭知道一切都完了。科林會死，去救他的布蘭頓也會死——沒有他們身上的麴粉，上百名勒墨特人都會死。如果她躺著不動，如果她專心**呼吸**，她也許可以活下去，也許至少能把一些藥帶回衛城。

她只需要安靜躺著。

科林又一次尖叫。

她的伙伴……她的**朋友**。

阿基里婭不及細想，身體就站了起來，手指揮過遮蔽洞口的偽裝網，一把扯下，抓著網子跌出洞口，腳步衝向尖叫的方向。

她看見一頭惡魔嘶嘶低鳴，黑色的利爪伸向科林藏身的地道；布蘭頓寬闊的背影已經跑在她的前面，腳下踩著飛濺的泥濘，手裡平握森長的銅矛朝著惡魔衝鋒。

矛頭重重刺進惡魔背部，將惡魔撞得側身倒地，刺耳的尖嘯灌滿整條山溝。布蘭頓見狀立刻推進，想把矛頭刺得更深，將惡魔釘在地上。

灼燒的毒血隨著惡魔掙扎噴湧而出。

那怪物弓起身軀，將狹長的頭顱甩向布蘭頓——牙舌從嘶鳴的口中彈出，被布蘭頓向左一縮躲過，細小的尖牙咬在空中，發出劈啪巨響。

洞穴裡傳來科林失控的慘叫。

「**好燙！救命！**」

惡魔黑色的手臂重重掃落，擊斷長矛的木柄，從地面爬起。阿基里婭在一旁抓準惡魔雙腳著地的時機，拋出手中繩網。網子在空中飛旋、伸展，落在撲來的怪物身上，纏住它的利爪、勾住它背上的尖刺。惡魔瘋狂亂抓，想要扯下身上糾纏的繩索。

「**啊啊啊啊啊！**」

布蘭頓倒轉長矛，雙手緊握矛桿，後腳用力一蹬，青銅打造的矛尾釘正中惡魔肩膀，閃光擊碎了漆黑的甲殼。

滾燙的血液四濺。

布蘭頓尖叫一聲往後跳開，左手緊握著右手腕，整隻右手都在沸騰冒煙。

怪物瘋狂地在網裡掙扎，腳上的利爪勾在網眼裡，仆倒在地。但它尖銳的爪子和獠牙仍像刀鋒一樣，切割著堅韌的網繩，不出幾秒就會逃出束縛。

一陣刺骨的冷風刮在阿基里婭身上，兇猛得有如颶風；但那不是真正的風，那陣風不是來自山溝和谷地，而是來自**她的內心**。

她的恐懼消失，只剩狂怒。

武器。她需要武器。而她的右邊就有一件武器，鑲嵌在泥濘的斜坡上——那是一塊滿布鋸齒的岩石，長如她的手臂。

惡魔尖叫著、嘶吼著。

網子破裂。

科林尖叫。

布蘭頓呻吟。

阿基里婭的手指挖開泥濘的土地。用力一扯，拔出布滿鋸齒的岩石，將沉重的力量握在手中，轉身走向惡魔。

怪物將網子撕成兩半，一半被拋在旁邊，另一半仍纏著它的雙手和背上的棘刺。

阿基里婭連跨兩步，越過布蘭頓，跨出第三步走到惡魔面前。

她高舉岩石，惡魔長長的頭顱轉向她，黑色的嘴唇縮縮，露出尖銳的牙齒，張開死亡的雙顎。阿基里婭．古珀用盡身上的每一份力氣高舉布滿鋸齒的岩石，往下猛砸。

鋸齒砸中惡魔平滑的頭顱，穿過堅硬的甲殼，發出勝利的**啪喳巨響**。惡魔的頭顱深深往內凹陷，沒有表情的臉望著她，然後往後傾倒，往地上墜落。

她的手在灼燒，但她沒有感覺。

「我要宰了你。」她低吼著，憤怒撕開她的喉嚨，發出陌生的咆哮，「我要**宰光你們**。」

惡魔和她的聲音一起尖叫嘶鳴，嘴巴大大張開。阿基里婭看見牙舌彈了出來，但沒有彈得太遠，僅僅躍出縐縮的漆黑嘴唇。她一定也擊中了它的口腔，徹底打碎了裡面的東西。惡魔的身軀一軟，側倒在地，破碎的頭顱敲中山溝的坡道，血液四處亂噴，落在泥土和岩石上。

它發出最後一聲嘶鳴，柔軟無力，像是遠方傳來的音樂。

阿基里婭這才聞到自己的肉在沸騰。

她低頭看著雙手，輕煙從偽裝服上飄起，從爐火椿葉上飄起，從底下的肌膚飄起。豔紅的葉子上布滿灰色的小點，浮起一個個泡泡，碎成粉狀。那些粉看起來不像灰燼……是別的東西。

科林疼痛的哭喊喚回她的意識。她轉過身去，少年的身影依然有大半藏在偽裝網下。阿基里婭拔出她的小兄弟，劈開網子。紅色的樹葉上布滿惡魔血液留下的灰點，在她的刀下窸窸窣窣地響著。

她揭開網子，科林側臥在洞穴的地上，眼裡充滿畏懼。他的雙手縮在胸前，有如一對蜷縮的爪子，偽裝服上冒著濃煙。他的胸口有一大灘惡魔的血液，臉上的肌膚也到處都是紅色和黃色的泡沫。

「**救救我……**」他哭著，「**好痛！**」

阿基里婭看向布蘭頓，他坐在地上，盯著細細的輕煙從手套的偽裝上冒起。

她又轉向科林，腦中想起她祖父，想起他怎麼幫西涅什刮掉燒毀的皮肉。

她把科林拖出洞穴，拉開偽裝服的胸口，用小刀割開布料。如果血液燒穿科林的胸口或是肚子，那他就死定了。她必須趁著還有時間，割掉所有沸騰的皮膚與肌肉。

樹葉燃燒和肌膚焦爛的臭味湧進她的鼻腔和口腔，深深竄進她的肺裡。科林因她的舉止陷入恐慌，朝阿基里婭揮舞縮成爪子的雙手。

她一拐子架在少年的嘴巴上，讓他嚇得攤倒在地。

阿基里婭一刀割開他的偽裝服，從領口直下肚臍，收回小刀，撕開偽裝服的胸口，露出裡面的衣衫。

眼前的景象讓她困惑，因為衣衫上只有十幾個燒穿的小洞。明明偽裝服都冒著濃煙，怎麼只會有幾個小洞？

阿基里婭拉開科林的上衣，他的胸口上有幾處小傷，有些還在冒著泡；只是這些傷口很小，沒有一處大到會威脅性命，完全不是她想像中肌肉腐蝕、白骨暴露的巨創。

這時，洞外又傳來布蘭頓低沉的呻吟。

阿基里婭轉過頭，看到他還坐在原地摀著自己的手。

爐火椿的葉子……

她連忙從科林的偽裝服下襬扯下一把椿木葉，轉向布蘭頓，把葉子丟在他沾滿泥濘的膝蓋上，拔刀割開包在他手上的網子。

「里娅，」他的聲音很細，像是從遠方傳來一樣，「里娅，我——」

「安靜。」她抓起布蘭頓的手——傷勢比科林的胸口嚴重許多；肌膚冒著血泡，皮肉和惡魔的毒血融成紅黃交雜的水流，滴答滴答落在泥巴上。里娅立刻抓起一把葉子，用力按住傷口。

布蘭頓立刻痛醒，一把推開里娅，害她整個人跌在科林身上。

他瞪著阿基里娅，藏在內心的狂怒和痛苦全部從眼瞳中翻湧而出……突然，他臉上的怒火消失了。他看向自己的手，手上仍在冒煙，大半的皮膚都被腐蝕一空。

但傷口已經不再冒泡。

布蘭頓抬頭看向阿基里娅，嘴巴張得大大的。

「怎麼會——」他又低頭看著手，再次看向她，「——妳怎麼熄掉它的？」

她也不知道這是怎麼回事。但她沒時間想出答案。她見過惡魔會成群狩獵，她得立刻帶著伙伴們離開這裡。

阿基里娅收起小兄弟，抓著科林用力搖晃。

「科林，**起來**。」

他慢慢眨眼，但瞳孔沒有盯著她。阿基里娅沒有時間等待，馬上給了他一巴掌。他多眨了幾下眼。

里娅又更用力給了他一巴掌。

科林用力一推里娅，試著要站起身：「**幹妳不要再發神經了啦！**」

阿基里娅一把摀住科林的嘴：「噓。行李背上，我們馬上離開。」

她鬆開手，但沒有離得太遠，免得科林又大叫起來。

淚水在他眼眶裡凝聚：「我受傷了，沒辦法——」

阿基里婭又舉起手，作勢要再來一巴掌。

科林立刻縮身，迅速逃離她：「好，我走就是了、我走就是了。」

她回到布蘭頓身邊：「你可以走嗎？」

布蘭頓仍盯著他不成樣的手，點了點頭。

「那就背上背包，」阿基里婭點點頭，「附近可能還有惡魔。」

他二話不說撐起顫抖的雙腿，跑回前一天藏身的隧道，灼傷的手仍握在胸前。阿基里婭也走向自己的隧道，整裝準備。但這時，有件事忽然閃過她的心裡，讓她又掉頭回到惡魔旁邊。

惡魔的頭殼整個陷了下去，黃色的血液不斷流下山溝，發出氣味刺鼻的濃煙，**不可能還活著**。

阿基里婭走向動也不動的惡魔，低頭看著它。這會是她認識的人嗎？比如……瓦涅莎．佩忒斯？或是其他衛城的信使？

她又湊近了一點，看著惡魔的屍體……不，這不可能會是人類。神話是錯的，科林才是對的。她不確定自己為什麼知道，但她**就是知道**。

阿基里婭抬起左腳，踩在怪物碎裂的頭上。她彎下腰，雙手抓住埋在頭顱裡的岩石用力一拔。「啵滋」一聲，石頭被扯了出來。

一塊石頭。沒有魔法，也沒有天主的祝福。就只是一塊尋常、普通的石頭。她小心放下石頭，沒有製造出多餘的振動，然後從腰間抽出她的小兄弟。

一股黑暗的憤怒在阿基里婭的胸口和肚裡滾動，讓她踩著惡魔頭顱的腳更用力了一點。她一手伸進惡魔嘴裡拉出牙舌。那東西還在掙扎，於是她用盡全力往後扯，另一手的刀也猛力刺了進去。

她像是在鋸樹一樣，一前一後拖拉著小刀。

牙舌在抵抗。要用刀切開它的韌皮，簡直就跟用拳頭敲開毛蚶的硬殼一樣困難。阿基里婭試了幾下就放棄切割，一刀用力刺了下去。她聽見一陣悅耳的衝擊，手裡也傳來韌皮破裂的感覺。外皮一破，要割斷裡面的東西也就輕而易舉；但在此同時，阿基里婭又看見輕煙和酸臭，那是惡魔的血正在熔化她的刀刃。

她用力一扯，感覺到有些看不到的地方被她扯斷了，但是只斷了一部分。於是她彎下腰，左腳用力將碎裂的頭顱踩進泥中，再次一扯。這回牙舌啪地一聲斷開，讓她往後踉蹌了好幾步。

而包裹她手套的紅葉上也灑滿了惡魔的血。她呆呆地盯著黃色的血液。燒灼要開始了，她的皮膚就要開始沸騰。她感覺到手套發熱，不出一會就滾燙起來。

但什麼也沒發生。

她回過神來，連忙反手在坡地上抹了幾下又翻過來檢查。手套上的紅葉都變成了黑灰色，但枝葉和網子下的肌膚卻只是腫了起來，發紅、疼痛，令人難受。

但沒有冒煙，皮膚也沒有沸騰。這是怎麼回事？

她盯著自己的手，再次意識到，自己的手上正握著一條牙舌——她殺了一頭惡魔。

同時，山上的巨石間又落下一陣惡魔的尖嘯。

阿基里婭甩了幾下牙舌，灑出剩下的毒血，又從偽裝服上扯下一把葉子，塞進平常裝糖果的口袋，才把自己的戰利品給裝進去。

她又看了一眼地上的惡魔屍體。這是她殺的第一頭惡魔，但絕不會是最後一頭。

科林正在等候命令，布蘭頓也已經整裝完畢，腳邊還靠著她的背包。他用完好的那隻手幫阿基里婭背上背包，讓她自己繫緊胸帶。三人繼續朝著家鄉的方向前進。

19

剩下的兩天一路寧靜。科林反常地一個字也沒說，但阿基里婭覺得她可以理解。她也沒說什麼話，而布蘭頓在傳信的路途中從來不會主動開口。儘管如此，他還是顯得比平常陰沉許多，令他惶惶不安的或許是傷口持續灼痛，或許是從死亡口中逃脫的陰霾。即便如此，三人的心思還是放在腳下的每一步，因為他們一定要回到勒墨特，他們不但要帶回救命的藥，還要回報路途上奇怪的發現。

他們翻過一座座山峰，腳程頗快，沿途不再遇見惡魔，而且拉涅湖一直位在他們的左手邊。阿基里婭拚了命要她的伙伴加快腳步，甚至還想過要徹夜趕路，但沉重的行囊讓他們不得不定時休息。最後，他們又回到正常的作息，白天趕路，夜晚睡覺。

惡魔是否發現了信使習慣在伏土獸的隧道裡休息？或許代卡泰拉那六名信使就是這麼失去音訊的。因此她刻意避開洞穴，改為挑選茂密的爐火椿叢過夜。他們的夜晚因此變得寒冷難耐，但是惡魔的體型太大，不可能穿過椿木的枝葉卻不發出一點聲響——在寒風中發抖，總勝過蜷縮在洞窟裡，徹夜擔心黑色的手何時會突然抓走自己。

第三天的日落時，三人距離勒墨特衛城只剩下四、五個小時的路程。她一度想要在夜裡趕路，早點返家，但很快就打消了這個主意。科林跌跌撞撞的步伐已經不能算是行走，阿基里婭自己也沒有好到哪去。她的雙腿有時痛得讓她幾乎要忍不住哭泣，有時又徹底失去知覺。只有布蘭頓即便經歷了重傷和跋涉，卻還是看不出疲態。

他們找到一片爐火椿叢，上方還懸著突出的岩脈，足以遮擋夜裡的毛毛細雨，還能遮蔽背後的視線。三人很快在樹叢中清出一片空地，在網子上掛滿豔紅的枝葉；一完成偽裝，科林就立刻爬進網下，縮成胎兒的姿勢。

阿基里婭雖然疲累，卻無法入睡，而布蘭頓顯然也闔不上眼。他來到里婭的身邊坐下，脫下偽裝服的手套，不斷檢查著重傷的手。月光不算明亮，但她還是看得見繃帶上的深色血跡。

「你的手指能動嗎？」

他試著動了幾下，然後握起拳頭：「應該沒問題。」

「痛嗎？」

他點點頭：「感覺像著火一樣，從我們宰了那頭惡魔以後就沒變。」

阿基里婭摸了摸脖子，抓下一隻咬人蜣：「已經兩天了，你什麼都沒講。」

「只是痛而已。」布蘭頓答道，「不要緊。」

阿基里婭想起了勒塔．海涅斯，那個絕口不提自己病重，堅守崗位，最後無藥可醫的傢伙。但這卻是勒墨特人推崇的姿態：認真工作，絕不退卻，絕不抱怨。

「只是痛也沒關係，」她說，「你可以告訴我。」

他聳聳肩：「講出來有什麼用？又不會比較不痛。」

布蘭頓又動了動手指，然後把手塞回手套。

阿基里婭從口袋裡掏出牙舌，仔細端詳著。它在惡魔的嘴裡不是很柔軟、很靈活嗎？說真的，她不記得了，當時一切都太快了。現在的牙舌變得好硬，像根木柴一樣，比看上去還要輕了好多。

這是一件戰利品，是她的同胞眼中最了不起的榮譽。

「妳不是一直想當戰士嗎？」布蘭頓突然說，「這下妳可以了。」

她抬起頭看向他，想要反擊他的嘲弄。但布蘭頓沒有看她，而是看著地上。

「別鬧了。」阿基里婭說，「誰說我想要當戰士的？」

「里婭，我不太聰明，但也沒蠢到**什麼都不懂**。」

她想起科林笑他的那些外號：呆子布蘭頓、啞巴布蘭頓……但如果他真的笨，怎麼會把她看得這麼透澈？

「唉。我不打算搬去代卡泰拉或是塔干塔。」她搖搖頭，「所以囉，就算我再想當戰士也不可能實現。」

「妳殺了惡魔。」布蘭頓沒有隱藏自己的情緒，而他的情緒比夜晚還要漆黑，「現在的勒墨特，只有三個人曾做到這件事，妳就是其中一個。」

西涅什、提納特，還有……她。

阿基里婭轉動著手裡的牙舌，感覺著它的硬度，感覺著它那奇異的方正外型。**好輕**——這幾顆小小的牙齒，竟然就能打碎人的皮肉和骨骼。

「勒墨特的女人不能當戰士，這是規矩。」

布蘭頓聳聳肩：「那規矩就該改了。妳殺了惡魔欸。」

他說得輕鬆，但他什麼都不懂。他才十五歲，再過幾年，他就會更清楚勒墨特的一切。

妳殺了惡魔。

但……惡魔真的是她殺的嗎？一開始，她覺得這份戰利品可以代表她的勇氣。但現在握著它，她卻了解到，這只是代表她的懦弱。勇敢的不是她，而是**布蘭頓**。她很清楚，如果布蘭頓沒有先衝向惡魔，她就會躲在自己的洞窟裡膽怯地發抖，讓科林就這麼死去。

信使的口訣，還有艾珂的訓練都是這麼告訴她的：即便其他信使陷入危險，也必須藏好自己。所以他們才要三人一組，這樣至少有一個人可以活著回到衛城。安靜是我們的力量。一直以來，阿基里婭學到的都只有保持安靜，而她也相信這就是真理。她一開始根本不想去救科林，但眼前這名十五歲的少年，卻展現出她在夢裡也不曾有過的英勇。

阿基里婭把牙舌遞給他：「拿去。沒有你的話，科林早就死了。」

布蘭頓緩緩抬起他碩大的腦袋，看著阿基里婭手中的戰利品，但他沒有伸手。

「里婭，殺死惡魔的是妳。」他的聲音聽起來很……惱怒？「妳才是他媽的英雄，不是我。」

英雄。她了解少年的心情了。他不甘心讓她成為祭出最後一擊的人。他是看穿她了沒錯，但他們一起傳信了那麼久，只要她想，也可以知道少年在想些什麼。

她感到臉頰一陣溫熱，羞恥的重量霎時間令她喘不過氣。里婭看向科林，他正在掛滿紅葉的網子下沉沉安睡，一動也不動。

「我本來沒有要出去的。」她聽見自己的聲音，就像是空螺殼裡的水聲一樣，「我本來沒有想去救他。」

布蘭頓聳聳肩：「艾珂就是這樣訓練妳的不是嗎？」

「我**也是這樣**訓練你的。但你沒有好好躲著。你鼓起勇氣**作戰**了。」

他重重嘆了口氣：「而我不該這樣做，只有**蠢布布**才會這樣做，對吧？」

他想要對自己的功績輕描淡寫？這也太差勁了。

阿基里婭把牙舌扔在他的腿上：「拿去。如果不是你，科林已經死了。這是命令。**我要你收下**。」

布蘭頓拿起牙舌看了看。銀色的月光照在它的獠牙上，細小的牙齒並排著，在夜裡靜靜閃爍。他把牙舌放在大腿上，用完好的左手從懷裡拔出他的小兄弟，用力往下一揮。刀尖刺穿了牙舌的側面，就刺在里婭扯下它的斷口旁邊。

「**傳信比信使更重要**。」他說，「這是妳告訴我的，對吧？」

她什麼也沒說。

布蘭頓從口袋掏出一段繩子，用受傷的手把繩頭穿過剛刺出的孔洞，顫抖著雙手將兩端的繩頭綁在一起。

「妳一直說我去救科林很勇敢。」他說道，「但妳救了我，這樣妳又算什麼？」

她還是沒說話。看到一個十五歲的少年比自己更勇敢就夠難受了，他竟然還要在她的傷口上撒鹽嗎？

布蘭頓舉起他做好的墜飾，牙舌在繩子末端輕輕搖晃。

「我沒有科林那麼聰明。」他說，「但我很擅長揮舞長矛和盾牌。我沒有吹牛，除了卓斯科和列奧尼托斯，我可以在校場上打敗每一個人，提納特也說我很快就會贏過他們兩個。我的身材很壯，動作也比每個人都快，這些我都知道，但我會贏是因為我鍛鍊的時間比誰都還要多。我比每個人都還要努力鍛鍊。妳知道為什麼嗎？」

她搖搖頭，眼前的牙舌也一前一後地搖晃，晃得令人有點昏昏欲睡。

「因為我想成為勒墨特人的英雄。」他看著阿基里婭，「從我有記憶開始，這就是我的夢想。我想要讓人們為我寫詩。而現在的日子這麼難過……我們**需要**英雄。我遇到了成為英雄的機會，但我失敗了。成功的人是妳。」

他的話讓她一陣緊張，讓她以為他在講些別的事情——但他沒有。布蘭頓只是笨拙地把牙舌掛在阿基里婭的脖子上。

「妳救了我。」他說，「妳殺了一頭惡魔。而且妳不像提納特那樣，遠遠地用弩箭射中它，等著它死掉。妳用的是石頭，用石頭正面打碎它該死的腦袋。**從來沒有人**做過這種事。總有一天，他們會寫詩歌頌這個故事，而詩的主角不會是我……而是妳。」

她拿起牙舌，看著它。牙舌的身軀漆黑而醜惡，但上面規律的紋路卻有著某種美感，牙齒更是閃著像寶石一樣的光芒。

一條牙舌。一條**屬於她的**牙舌。她從不曾想過自己真的會擁有一條，但它此刻就掛在她的胸前。

「謝謝。」她看著少年。

布蘭頓聳聳肩，看了一下自己的手，又動了幾下手指，忍不住皺起眉頭。

阿基里婭摸了摸口袋，找到那歪七扭八的觸感，掏出一塊莉薩醉根，塞到布蘭頓手中。

「這可以止痛。」

他挺起身子。「我沒事。」

該死，這小子怎麼這麼倔強。「那就拿去洗個嘴巴，你現在的呼吸跟伏土獸的屁股一樣臭。」

換作是平常，布蘭頓一定會笑出來，男孩子就是喜歡這種笑話。但他現在似乎忘了笑是怎麼回事。

他接過草根丟進嘴巴開始咀嚼。

兩人安靜地坐了一會。布蘭頓再次看向他的手——他的瞳孔已經開始放大，變得像惡魔的皮膚一樣漆黑。

「里婭，為什麼沒有人告訴我們，這些葉子可以讓惡魔的血液不再燃燒？」

這兩天她也在想一樣的問題：「我猜根本就沒有人知道。」

這答案理所當然，卻也不太可能。自從惡魔的洪流淹沒地表，人們逃進山上荒廢的衛城以來，信使的來往已經超過六十年了。或許現在的戰士已經不再出門討伐惡魔，但在西涅什的時代仍有這種傳統。有好幾千人不斷討伐這些惡毒兇殘的仇敵，怎麼會沒有人發現這些長得滿山遍野的樹木可以在戰鬥中派上用場？

也許是因為戰士不會在身上掛滿爐火椿的葉子，那是信使的作風，但從來沒有信使遇過惡魔以後還能活下來。

「這會改變一切。」阿基里婭說，「或許這些葉子可以成為對抗惡魔的武器。」

布蘭頓的頭已經垂到胸前。他試著抬起頭，用力睜開眼睛，但是看起來沒什麼差別——莉薩醉根已經生效了。

「這才不是什麼**武器**。」他的舌頭在嘴裡語焉不詳地攪拌，「我們得活下來，活到可以處理傷口，這東西才有用處。這次幸好我們只碰到一頭，如果是碰到我們在刻孚蘭外面看到那三隻，就算拿全世界的爐火椿過來，也一點屁用都沒有。」

阿基里婭回想起布蘭頓那記漂亮的衝鋒，還有用矛尾釘補上的那下刺擊。任何人挨了其中一下都必死無疑，但惡魔卻可以沒事一樣繼續進攻。

布蘭頓爬回他自己的網子，撥開緊緊纏在枝葉間的網繩，鑽了進去。他的靴子還有一小截露在外面，但身體已經沉入了睡夢中，完全沒有動作。

阿基里婭爬向他，小心把他的腳塞進去，不露出一點痕跡。

「晚安。」她輕聲說道，然後爬回自己的網子下。兩個晚上前，死亡曾在黑暗中朝他們匍匐而來，今晚也會一樣嗎？

阿基里婭撫摸著自己的戰利品，指尖滑過牙舌上的突起。她握住牙舌，感受著它的質地……這讓她感覺到一點安慰，讓她確切體會到，她是**真的可以**殺死惡魔。

她已經殺了一頭。但以後還會有第二頭嗎？

布蘭頓說得對，她身邊這些葉子不是武器。但她的同胞，還有埃忒癸娜島上的所有人，都需要新的武器。

等她回到勒墨特衛城，她一定要找出新的武器。

20

這次回來的感覺很怪異。

衛城的廊道沒有變，廊道上的人也沒有變，他們一樣擠在這裡，歡迎著歷經險阻回到家鄉的信使。但是這次卻沒有喧鬧的喝采，沒有花雨，沒有轟然的疑問。只有**注視**。

阿基里婭走在人群裡，整座衛城的人目光都投注在她胸前的牙舌墜飾上。

「真他媽該死的歡迎啊。」科林說，「是怎樣，這些傢伙第一次看到有人宰掉惡魔喔？」

這是他被攻擊以後說的第一句話。沒有人回答他。

人們當然見過，但衛城裡已經許多年沒有出現新的斬魔者，沒有人殺死惡魔了。

喀勞．溫登從擠在牆邊的人群中走出來，以漁夫壯實的身軀攔在阿基里婭身前，他的兒子亞伯然和杜瓦耳緊緊跟在兩側，目不轉睛地盯著她。喀勞許久以前就完成了五次傳信，如今兩個兒子也邁入少年，即將加入。

「大家都以為你們死了。」喀勞說，「代卡泰拉發來訊息，告訴我們刻孚蘭已經陷落，數百個難民逃入他們的衛城。活下來的人說他們被惡魔追獵，抵達時已經有好幾百人喪命。」

阿基里婭感覺到布蘭頓的大手按住她的肩膀。

「我們繞路是對的。」他小聲說。

阿基里婭本來以為人們沉默是因為看見她胸前的牙舌。或許也有一點，但這並不是歡迎會安靜無聲的主因。真正的原因是她的同胞們都**嚇壞了**。

她看見高大的身影推開人群，從長廊的另一頭朝她走來。那是瑞尼科·玻瑞諾斯和沙利姆·安尼刻托斯，而走在前面的則是塔耳柏醫生。醫生一看見阿基里婭，就張開雙臂撲了上來。

「里婭！我們都以為妳回不來了！」

她也用力抱住醫生：「我們回來了，帶著藥一起回來的。」

他後退一步：「有多少？」

阿基里婭卸下沉重的背包，砰地一聲放在醫生腳邊。布蘭頓和科林也一樣。少了一直壓在背上的重量，她忽然覺得自己可能會飄向穹頂。

塔耳柏瞪大眼睛看著鼓脹的背包：「這些……**全都裝滿了**毯麵粉？」

「跟你的卵蛋袋一樣滿。」科林疲憊地說，「去幹活吧，醫生。」

塔耳柏打開里婭的背包，看著裡面。「太神奇了。」他轉頭朝瑞尼科和安尼刻托斯吩咐，「剩的讓你們拿。」

兩名禁衛沒有多說什麼，一人扛起一個背包。看著瑞尼科被布蘭頓扛了四天的背包弄得一陣踉蹌，阿基里婭不禁感到一陣古怪的滿足。

「督政官要見你們，」瑞尼科轉告，「你們所有人，現在就去。」

接著他就和安尼刻托斯一起尾隨塔耳柏醫生離開了廊道。

人群繼續安靜了好一會，才有人找回自己的聲音——問題立刻像雪崩一樣湧來。他們問的是自己在刻孚蘭的親朋好友，是惡魔的襲擊，他們關心著勒墨特是否也有危險，關心整個埃忒癸娜島是否都會有危險……絕望的疑問立刻擊碎了阿基里婭對一切成就的自豪。

人們從四面八方湧來，推擠著她。她從來就不適應這種擁擠，只能左看右看，尋找著逃離的縫隙。霎時間，她身邊的同胞變得一片漆黑，他們嘴裡的話語全變成了嘶聲，牙齒都閃耀著金屬兇器的光芒。

「**肏你媽滾開！**」科林用力推開一個比他壯了兩倍的黑影，又踹了另一個影子的脛骨。那影子尖叫一聲，單腳跳上跳下，舉起拳頭就要揮向科林。就在這時，布蘭頓插進了兩人中間。

「別碰他。」布蘭頓沉聲喝道。

那男人一拐一拐地退開——對，是男人，不是惡魔。阿基里婭看清楚了他的臉，那是阿曼多．薩尼安。阿曼多長得比布蘭頓還壯，但少年的站姿卻明顯比對方更加善戰。

尤諾絲．克薩菲擠過群眾大叫：「布蘭頓！你媽病倒了！她人在醫院！」

布蘭頓二話不說衝出人群，粗魯地推開所有不乖乖讓道的人。阿基里婭想追上去，但科林立刻抓住她的手。

「先去找督政官。」他說，「晚點再去找布蘭頓。」

兩人跟著布蘭頓，用力衝出人群，將所有疑問都甩在身後。

21

三人首先經過校場。

沙坑裡只看見四名戰士：維勒．潘庫爾、列奧尼托斯．拉墨克、法里得．內門薩特，還有安達恩．吉索斐瑞德。四名戰士圍繞著一頭「惡魔」——阿基里婭猜穿著那套黑色甲殼的，應該又是身材高挑的班吉．若恩松。

四個男人還有那頭惡魔都抬起頭，看向阿基里婭。

她知道他們看的是她的牙舌。

維勒和列奧尼托斯的表情就像看見有鬼魂從走道上飄過，完全無法相信自己的雙眼。法里得將拳頭抵在胸骨上，朝著她微笑。那微笑很淺，也很陌生。那是尊敬的笑容。她很少看見戰士臉上露出這種笑容，而她看過的也都不是朝她而來。

安達恩的臉上既非尊敬，也非不可置信。他投向她的目光裡有著火花，看起來像是……嫉妒。

但阿基里婭和科林只是加快腳步前往衛君閣，完全不理會校場裡的目光。

第一次晉見督政官時，阿基里婭才剛成為艾珂手下的新兵，當時督政官們看向她的眼神，都好像是在審視某種危害，而不是衛城的資產。直到她第一次率領伙伴完成傳信，他們的目光才有所改變；等到她的肩膀終於刺上斬痕，那些人才終於願意正視她。但那些改變，都比不上他們此刻的表情。

因為這一刻，她的脖子上掛著牙舌。

阿基里婭站在桌邊，科林站在她左後方一步之處。督政官們堅持要見布蘭頓，阿基里婭只好告訴他們，他去探望母親了。於是督政官們又派了忒西爾．阿卡那去接他。

「我們昨晚就離衛城只剩幾哩路了。」阿基里婭準備結束報告，「但惡魔可能會在黑夜中捕獵，所以我們決定不要冒險，先紮營過夜，天一亮就立刻啟程。一回到衛城，我們就把藥交給塔耳柏醫生。」

她對大部分的督政官都沒有好感，但她知道這些人都很聰明，他們顯然都很清楚外面發生了某些變化。他們在試著隱藏內心的恐懼，但阿基里婭很熟悉恐懼。

「刻孚蘭會恢復正常的。」容赫督政官首先開口，「我相信天主。等這一切平息過後，祂就會找到適當的機會，讓倖存的刻孚蘭人回到他們的衛城。」

什麼叫做**平息**？她想質問容赫到底有沒有看清楚眼前的狀況，但現在並不是顯露輕蔑的好時機，不管是有意還是無意的都一樣。

「妳殺了惡魔。」提納特督政官說道。他隨手撥弄著胸前的兩條牙舌，裡頭裝的河水仍散發著微光，「這代表妳現在的地位——」他的目光掃向波勒、巴爾登和容赫，「——**非常特別**。」

確實很特別。畢竟活著的勒墨特人裡，就只有提納特、西涅什和她有資格被稱作斬魔者。

「代卡泰拉傳來的情報有點凌亂，」波勒督政官說，「信令前後矛盾。他們先是說自己接收了五百名刻孚蘭的難民，後來又估計有大概兩百個人逃往了然他爾。但是根據最近一次的人口報告，刻孚蘭只有一千三百人。這代表還有六百人被惡魔殺死，或是還在地表躲藏逃命。」

「或是被抓去黑煙山了。」阿基里婭報告，「我們在刻孚蘭衛城裡發現的屍體不多，但也沒有深入。一找到黴菌園，拿了毯麵粉，我們就盡快撤離了。」

一千三百人。等於有超過三分之一個勒墨特衛城的人慘死，或失去家園。而且刻孚蘭還只是埃忒癸娜島上最小的衛城，如果惡魔闖進更大的衛城，想必會更加慘烈。

衛君搖著頭：「想到有這麼多弟兄姊妹墜入寒冷的死亡，就教人難過。」

「確實。」波勒也說。

巴爾登同樣點點頭：「悲劇。」

這兩人不是前幾天才在指責刻孚蘭屯積藥物、想要哄抬價格嗎？雖然他們說得沒錯。刻孚蘭**確實**對毯麵粉的庫存不老實，如果不是她帶著科林和布蘭頓再走了一趟，就會有更多勒墨特人因為他們的謊言**死去**。

阿基里婭不了解人們怎麼會這麼自私？怎麼能把自己的慾望看得比其他人的**性命**還重要？

波勒督政官清了清喉嚨：「代卡泰拉的信令還提到一件事。他們宣稱自己的糧食不足，想要讓我們接收一些生還者。」

衛君揚起眉毛：「**一些**是多少？」

「一半。」波勒說。

容赫倒抽了一口氣：「兩百五十人？不可能！我們連自己的人都快餵不飽了！」

提納特往桌上俯身：「你真以為代卡泰拉有辦法一肩扛起所有的負擔嗎，容赫督政官？他們哪來這麼多糧食餵飽刻孚蘭人？又哪有地方可以安置他們？」

容赫揮了揮手，像是在揮開提納特的問題：「那就把他們送去別的地方。比塞特那些不信道的傢伙多得是空的房間可以用。」

提納特站起身，朝埃忒癸娜島的模型伸出手，敲了敲代卡泰拉上的旗子，接著是勒墨特，最後停在比塞特上方。

「我們就在前往比塞特的路上。」他沉聲說道，「刻孚蘭人失去了家園，看著他們愛的人死在自己面前。你不能指望他們還有力氣從代卡泰拉一路走到比塞特。」

「那也不能讓他們來我們這啊。」巴爾登尖聲回答，「我們絕對沒有糧食可以分給他們。再說要是他們進來衛城以後，就這麼賴著不走的話呢？」

提納特氣得臉都紅了：「你們這群自私的窩囊——」

「**夠了**。」衛君喝道，「難民的事情可以再討論，不必現在就急著決定。」

提納特似乎還想爭辯，但很快就改變了主意，坐回自己的位子上。

「除了這些，」衛君看向她，「阿基里婭，妳還有注意到些什麼嗎？」

「有。」她看向桌上的山脈，目光停留在提納特剛才指過的地方，「我們發現……」

地圖上的刻孚蘭……是離黑煙山最近的衛城。

根據傳說，惡魔之母就住在黑煙山。

雖然沿路左彎右拐，但山脈的稜線的確從高聳的黑煙山，一路經過刻孚蘭、代卡泰拉……最後抵達勒墨特。

「阿基里婭？」

她回過神，五名督政官都盯著她，等著她發言。

「呃……抱歉，我分心了。」

衛君點點頭：「妳這次傳信想必還見到很多事情。告訴我們妳還有什麼發現吧。」

刻孚蘭，接著是代卡泰拉，再來就是勒墨特。她的胃開始攪動，讓她想起睜開眼睛時，看見惡魔就在偽裝網另一頭的恐慌。

「爐火椿的葉子。」她擠出聲音，「它可以讓惡魔的血停止燃燒。」

容赫嗤了一聲：「荒謬。妳該不會是吃到紅苔了吧？」

「是真的。」科林往前站了一步，來到阿基里婭身旁，指著自己衣服上的破洞。「看看這些。」接著他拉起上衣，露出傷口，「布蘭頓刺中惡魔，燃燒的血液潑了我一身。幸好我的偽裝服上插滿爐火椿，不然我整個人都會被那些毒血給燒穿。」

容赫和其他人還是一臉懷疑，五個人彼此看來看去。

最後，提納特又站了起來：「我看這些傷很小，應該是飛濺的血液造成的。」他又默默舉起手，握住脖子上的牙舌，「對吧，科林？那頭惡魔應該距離很遠，只有幾滴血灑到你身上才對？」

「它就在我旁邊，就跟我和阿基里婭現在的距離一樣近。」科林放下衣衫遮住傷口。瑙苳布上的破洞雖小，但絕不可能忽視。「它的血就淋在我身上。我**聞到**我的皮膚燒起來，我——」

他開始發抖。

阿基里婭伸手摟住科林的肩膀，看向提納特。他的手指正在臉上的疤痕間遊走。

科林低下頭，看著地上，哭了出聲。

「幹。」他用手背擦著雙眼，「幹，對不起，幹。」

提納特用拳頭按著胸膛：「沒什麼好道歉的。」他看起來也有點想哭，「你經歷了這些，會哭很正常。但你真的比衛城裡大部分的男人——」他對上阿基里婭的目光，「抱歉，你比大部分的**人**都更勇敢了。」

督政官帶著傷疤的臉黯淡下來。他雙拳按著地圖桌向前傾身，用灼熱的目光輪流盯著桌前的其他男人，最後落在衛君身上。

「你們沒有人曾經親自面對過惡魔。」他一字一字地說，「但我有。阿基里婭．古珀有。科林．第納辛有。既然她說她是因為那些葉子才能得救，我就相信她。我們得要好好研究這玩意，我們得搞清楚這是怎麼回事。」

容赫揮了揮老手，駁斥他的意見：「他們只不過是孩子，一群運氣好的孩子。」接著他看向阿基里婭，「我沒有輕視的意思。妳殺了惡魔，這很了不起。但是相信**爐火椿的葉子**有神奇的力量可以抵擋燃燒的血？這些樹**到處都是**，為什麼我們從未聽說過？」

「我猜也許**曾經**有人知道。」提納特答道，「也許有人在惡魔的洪流氾濫時看過，只是他的命不夠長，沒有機會告訴別人。容赫，那兩年死了四十多萬個人，我們失去的知識遠比我們有生以來知道的都還要多。」

衛君低下頭，十指交扣，像是在祈禱，或是假裝在祈禱。整個衛君閣都靜了下來，等待他發言。

「我同意，我們該好好研究這件事。」他抬起頭看向眾人，「但是現在病倒的人太多了，醫生們這陣子都會非常忙。而且我們還得處理代卡泰拉的要求，幫忙刻孚蘭的難民。研究葉子的事只能放緩。」

「我們不能等，」科林擦著從鼻孔流出的液體，努力讓自己停止啜泣，「我可以研究。」

容赫瞪著科林，表情像是看到有隻駝蜍突然念起詩一樣。

「他還是個小鬼，」督政官說道，「能知道什麼——」

達耳比衛君舉起一隻手，打斷容赫的發言，看著科林。少年沒有移開視線。他最後一次擦掉眼淚，挺起胸膛，抬高布滿灼傷的下巴，正眼看著奧洛斯。

「閣下，我知道我還年輕，但我不能否認自己是這座衛城裡最聰明的人。否則就是說謊，而說謊是種罪惡。」

地圖桌旁的人都抬起眉毛。

「衛城裡最聰明的人。」衛君重複了一次，嘴角露出玩味的微笑，「比**我**還聰明嗎？」

這問題讓阿基里婭暗暗皺眉。她希望科林會低頭，找個藉口假意奉承。但少年的回答就像平常一樣令她驚愕。

「是的。就連你也不例外。」科林的聲音裡沒有一絲猶豫或遲疑。

「傲慢。」巴爾登皺著眉，「你是在暗示自己比我們的衛君更有智慧嗎？」

科林橫眉迎上巴爾登的目光：「督政官，**聰明**和**智慧**是兩回事。我相信憑各位的身分——原諒我的措辭——絕對不會是區分不清楚這兩者的**白痴**。」

除了巴爾登以外的督政官全都哈哈大笑，瘦削的督政官只好咬著嘴唇，以免爆出其他字眼。

提納特用力拍桌，爽朗地笑道：「小鬼，**膽識不錯**。可惜你身材不夠高大，不然我們的戰士正需要這種勇氣。閣下，我想你就讓他試試看吧。」

「科林是資深信使。」巴爾登舉起手指表示反對，「現在刻乎蘭淪陷了，信使會有更多任務，傳信的路程也會變得更長。我們比以前更需要有人**可以傳信**。」

衛君點了點頭。

「確實如此。」他說，「不過，我們手邊的確也沒有人既聰明，又有時間研究爐火樁。我想各位就別矜持了，承認吧，這位少年確實聰明。」他朝科林微笑，眼中流露出暖意，「年輕人，我會讓你證明自己的才能。但我有一個條件，就是你的隊長必須同意。我也許沒有你聰明，但我有**智慧**。我知道如果拆散你們的團隊會造成麻煩，那我就絕對不可以這麼做。」

科林轉向阿基里婭，他布滿灼傷的臉上充滿絕望。他差點就死了，就算沒死，也差點就被抓去黑煙山了。他完成了四次傳信，他做得夠多了。她不願意再強迫他付出更多。

「請讓科林去研究爐火椿。」阿基里婭答道，「我會想念有他在的傳信旅途，但此時衛城更需要他的其他能力。」

科林笑了，笑得真心誠意，簡直就像是另一個人。

「很好。」衛君說，「科林，你可以列出需要的東西嗎？」

「惡魔。」科林立刻回答，「我需要一頭惡魔。」

提納特拍著桌子哈哈大笑：「這麼黑暗的時候啊，就需要你這種幽默感讓大家輕鬆一下。」

提納特以為科林在開玩笑。

但阿基里婭很清楚絕對不是。

22

校場的看台上擠滿了人，比瑪黎處決的那天更滿。召集他們的是達耳比衛君——他準備向眾人報告刻孚蘭發生的事，以及勒墨特將會如何因應。

里婭在人群中四處穿梭，尋找著她的伙伴。自從前天回到衛城以後，她就沒有再看到布蘭頓了。不過里婭聽說卡丹絲的病情正在好轉，他們帶回的毯麵粉救了她的性命。

科林坐在圍欄邊，雙腳懸在校場的牆上晃來晃去，一手還按在右邊的位子上，朝每個想坐下的人怒目瞪視。

「嘿，這不是衛城裡最聰明的人嗎？」她笑說，「是在幫誰占位子？」

他抬起頭，抽回右手：「給妳的。」

「謝了。」里婭感激地在視野最清晰的前排坐下，「幫布蘭頓留個位子吧。」

「喔，他現在是**大人物**了，沒必要跟我們這種人擠。」

科林指著校場的另一頭。布蘭頓坐在屬於戰士的看台上，手上纏著嶄新潔白的綳帶。他的身材幾乎跟其他成年戰士差不多，甚至比其中幾人都還要高壯。男人們拍著少年的後背，和他一起大笑著，顯然已經把他當成了自己人。

阿基里婭不禁感到一陣嫉妒。

「別管他啦。」科林小聲地說，「**妳**一定會如願當上戰士的。」

阿基里婭愕然看向科林：「布蘭頓跟你說的？」

「他哪需要跟我講。妳那麼明顯，誰都看得出來。」

她盯著科林。布滿少年臉上的痂皮再過不久，就會變成一個個小疤痕。

「什麼意思？哪裡**明顯了**？」

他終於轉過頭看向里婭：「妳沒事就去找跟西涅什玩戰爭遊戲，練方陣的時候也認真得要命，好像真的要上戰場一樣。還有妳看沙坑裡那些戰士的表情，還有妳現在看布蘭頓的表情。唉，我又不是瞎子。」

她呆呆盯著矮小的少年，連嘴都忘了合上。科林竟然這麼了解她？想成為戰士是她內心最深的祕密，她只告訴過衛君和布蘭頓，就連托利奧也不知道，而科林卻不用她開口說半句話就自己猜了出來。

就在這時，校場的大門打開，替阿基里婭省去回嘴的心力。達耳比衛君走進沙坑，身上的紫色長袍鮮艷閃亮，瑞尼科和卓斯科兩人跟在他身邊，一起在沙坑中間站定。

人群安靜下來。

「我想各位都已經聽過，那些在我們廊道裡流傳的謠言。」衛君一邊繞圈，一邊朗聲說著，聲音在岩壁和拱頂間發出轟鳴，「而事情的真相，是刻孚蘭衛城確實已淪陷。」

偌大的石穴裡依舊寂靜得令人發毛。衛君轉過身，抬頭讓每個人看見他的臉。他的表情悲傷，但並未顯露懼色。

「這場慘劇，」他說道，「奪走了我們上百位兄弟姊妹的性命，讓他們成為惡魔的俘虜。為什麼會發生這種事？我們不知道。或許是他們忘了要深藏行跡，或許是他們忘了要保持安靜。或許是他們有人在山谷裡採集果子時，忘記了天主施予我們的考驗。」

科林湊向里婭小聲地說：「他在講什麼鬼？刻孚蘭明明跟我們一樣藏得很好。」

阿基里婭噓了他一聲。

「或許，」衛君繼續說，「是因為他們不再聽從衛城的領導者，聽從保衛他們安全的人。或許是因為他們遵循著異端的信仰，違抗天主昭彰的指示。或許是因為他們犯了這一切的錯誤。」

他覺得這是刻孚蘭人的錯？胡說八道，惡魔的殺戮從來不會挑選目標。

奧洛斯停了一下，低頭看著沙地。他讓沉默持續了好一會，看台上的聽眾幾乎都不敢呼吸，直到他再次抬起頭來開始繞圈：

「是的，這是場慘劇，但也是個教訓。我們**必須**深藏我們的蹤跡、我們**必須**遵守衛城的規矩、我們**必須**遵從天主的指引——如果我們沒有這麼做，如果**有人**沒有這麼做，那我們的命運就可能會像希珀尼亞、像彭塔蘭……或是像刻孚蘭一樣。」

他舉起手，指向校場的大門。圖馬羅．拉彌洛斯祭司走了出來，黑色的長袍在沙地上拖著，來到衛君的身邊，和他並肩而立。

「讓我們一起禱告。」圖馬羅說。

他單膝跪地，衛君也模仿著他的動作，看台上的人群紛紛低下頭，發出挪動身體的沙沙聲。阿基里婭看向科林，他還是盯著前方，臉上掛著忿忿不平的表情。

她推了他一下：「快低頭。」

但科林沒有照做：「他在利用刻孚蘭的慘劇擴張自己的權勢。肏他媽的妳相信嗎？」

「這是艱難的時刻。」圖馬羅開口，聲音嗡然傳過整個校場。「天主給了我們一場考驗，刻孚蘭的人們沒有通過，於是天主將怒火降在他們頭上。」

圖馬羅也要譴責刻孚蘭人？如果他有看到那些屍體，那些腫脹、腐敗、撕裂的屍體，他就會知道事實並非如此，這種對待絕非天主的意思。

「我們要謹守規矩。」圖馬羅的手掌平攤在衛君身前，「我們必須跟從天主的指示。要遠離邪惡，我們必須聽從領導我們的人，**這是唯一的道路**。」

衛君率先站起身，一隻手放在圖馬羅的肩上，祭司隨後也站起來，兩人一起走出校場。

坐在看台上的人紛紛起身，陸陸續續離開橢圓形的石室。阿基里婭聽見一些人的交談。有的人跟科林一樣，懷疑著衛君剛才所說的話，有的人更是**怒不可遏**。但大部分人說的都是衛君有多麼英明果斷。

只不過，無論是怎麼樣的聲音，都有個共通點，那就是所有人都**很害怕**。

阿基里婭湊向科林，用只有他聽得見的氣音說：「你剛說衛君用刻孚蘭的慘劇擴張自己的權勢？什麼意思？」

他轉過頭，臉上的表情好像她剛才講出了有史以來最蠢的蠢話。

「妳是真瞎了還是怎樣。」他無奈地說，「算了，妳遲早也會看破他的手腳。」

科林錯了。或許衛君不該暗示刻孚蘭人活該遇到這些事，但這也不代表他會利用這場慘劇攬權。奧洛斯不是這種小人。

科林爬起身：「我要去拉屎。」

他和人群一起離開了校場，只剩阿基里婭還坐在原地，想著她剛才聽到的話，想著刻孚蘭。一整座衛城**就這樣沒了**。她知道刻孚蘭不是第一個淪陷的衛城，在他們之前還有希珀尼亞和彭塔蘭，但那都是阿基里婭出生前的事情了。

活著見證一座衛城的殞落……感覺太不真實了。

校場傳來戰士們的笑聲，他們同樣加入了離開校場的隊伍之中。她找了一下布蘭頓，但高大的少年不在他們裡頭。

於是她又望向校場，布蘭頓還坐在同一個地方。沒有人陪在他身邊，只有他獨自盯著鋪滿校場地面的細沙。

不知道他在想些什麼。

23

織網婦們充滿期待地抬起頭。

「抱歉了，女士們。」阿基里婭說，「我這次沒帶糖果回來。」

她以為老婦們會有點失望，但她們的笑容裡依然充滿感謝和愛意。

「沒關係，親愛的，」梅貝忒．達斐得說，「我們相信妳努力了。況且妳還殺了一頭邪惡的怪物。」

老婦們紛紛點著長滿灰髮的腦袋。

她們都知道刻孚蘭已經淪陷，但她們在乎的事依然沒變。或許是因為她們已經老到什麼都不在乎，又或許只是她們嚼多了莉薩醉根。

但阿基里婭注意到，璐璐．布沙爾不在她們之中。她是得了溪谷熱嗎？還是因為傷心而倒下？畢竟她女兒人在刻孚蘭，還生了三個孩子。不知道他們現在是在代卡泰拉，還是不幸喪生了？也許他們已經被帶去黑煙山，成為惡魔之母的餐點。

阿基里婭告別織網婦們，繼續往前走。西涅什．畢舍爾將軍依然和平常一樣坐在高地邊，往下三十呎就是奔騰怒吼的河水。他身旁堆著一大捆瑙荖繩，雙腳和僅存的一隻手用飛快的速度將細繩織成網子。

他看到她的戰利品會說些什麼嗎？當然，他一定會為她感到驕傲。但是他是否會欣慰地微笑？還是會繼續擺出冷淡的表情，裝作根本不在意？西涅什偶爾會這樣對她，但阿基里婭一直挖掘不出背後的理由。

不過這一次，**她**斬殺了一頭惡魔。

這讓她成了衛城裡最稀有的一群人，也讓她更接近西涅什的成就。

「妳有幫我帶東西回來嗎？」西涅什專心織著網，沒抬頭看她。老將軍身上的疤痕在河水光芒的照耀下，浮出細微的陰影，顯得比平常還要糾結。

阿基里婭見識了刻孚蘭裡的血腥、帶回了救命的藥物，還殺死了一頭惡魔，但西涅什的問題還是讓她感到內疚。老將軍的疼痛只有紅苔可以緩解，而里婭卻無法替他帶回一撮。

她在繩索前坐下：「對不起，我這次沒有帶回來。」

老人停了手，看向對岸：「唉……倒楣。這下又要繼續痛了。算了，只是痛而已。原諒我，里婭，只是人就算老了，還是難免有自私的時候。我聽說妳帶回來的藥，多到可以治好衛城裡的所有人。」

「是的，將軍。」她答道，「至少目前不必擔心。」

他繼續織網。不斷重複**抽出繩子**，**拉直**，**纏繞**，**打結**，動作很規律，看得讓人昏昏欲睡。她忍不住看了起來。

「跟我聊聊妳這次的傳信。」編織了好一會，西涅什才說道。

她把日前報告的內容都告訴了西涅什，而且比告訴衛君的還要詳細。她提到了那些屍體、屍體的惡臭、殺死惡魔的經過，還有爐火椿葉的事情。她向他訴說自己的恐懼，像是要吐出一些在她體內深深扎根的邪惡。說完的那一刻，她才注意到西涅什已經停下工作，安靜地盯著她。

「妳真的很勇敢，里婭。大部分的人根本就沒有進去的膽識。」

他再次開始編織，手和腳像轉動的水車一樣，穩定、快速地織著網。

抽出繩子，拉直，纏繞，打結，一次又一次重複著。

「它們早晚會盯上我們。」她小聲地說。

西涅什點點頭：「我知道。」

抽出繩子，拉直，纏繞，打結。

老將軍似乎完全不在意。

「大家都很緊張。」阿基里婭說。

「我跟大家不一樣。」

他繼續織著網，不久還令人昏昏欲睡的節奏，此刻卻讓她氣憤難耐。

「刻孚蘭被消滅了，西涅什，你有聽懂我在說什麼嗎？」

「惡魔的毒血是燒毀了我的手臂和眼珠，」老人說，「但沒有燒光我的腦子裡。這種事情妳第一次碰到，但衛城淪陷又不是什麼新鮮事。彭塔蘭和希珀尼亞不過幾年前也滅亡了，妳為那些人掉過眼淚嗎？」

抽出繩子，拉直，纏繞，打結。

「沒有。」阿基里婭回答，「他們在我出生前就消失了。」

「要是我們運氣好，今天出生的孩子以後聽說刻孚蘭，或許也會這麼想。」

「**要是我們運氣好**？什麼意思？」

他停下手中的工作，看向阿基里婭。

「妳剛剛說惡魔早晚會盯上我們。不對，他們早就盯上我們了。里婭，我們是埃忒癸娜島上最後的人類，滅亡只是時間早晚的問題，而邪惡將會繼承這座島。」

西涅什的話點燃她的怒火：「我們只是失去了一**座**衛城而已。」

他抬起一隻腳，彎起最小的兩根趾頭，伸長剩下的三根。

「接受現實吧。」他說，「我們已經失去了三**座**衛城。其他衛城也終究會淪陷，**勒墨特衛城**也終究會淪陷。」

「接受什麼？接受惡魔宰光我們嗎？」

西涅什聳聳肩，又繼續織網：「妳知道真相是什麼意思嗎？就是不管妳接不接受，真相永遠都是真相。」

抽出繩子，拉直，纏繞，打結。

她刷的站起身，一把搶過西涅什手中的網子，連同整捆繩子一起丟出高地。只聽到撲通一聲，繩子落進了下面的河裡。

「我們要**戰鬥**，你這廢物老頭，**我們要戰鬥**！」

「為什麼？我們從沒贏過，一場戰鬥都沒有。」

「有。布蘭頓、科林，還有我，我們贏了。」阿基里婭答道，「我們殺了一頭惡魔。」

「啊，那這就是歷史上第一次有惡魔被人類殺死，卻沒有殺死任何人類。但妳知道嗎，我看過一頭惡魔在死前殺死五個戰士。等到我們終於了結它，噴出來的血又害死了一個。你們的運氣真的很好。」

六換一的擊殺比。西涅什說得對，是她、布蘭頓，還有科林運氣好。如果那裡還有第二頭惡魔，他們絕對會死。只是這個提醒並未驅散阿基里婭的怒火。她感到臉頰發燙，燙得像是有燃燒的血液濺在臉上。

「你曾經在戰場上指揮過好幾千人。」她咬著牙說道，「你把你每一場戰爭的故事，都跟我說了好幾百遍。你戰鬥過，為什麼現在卻要阻止我們戰鬥？」

西涅什抬頭看著她：「這下我也不用織網了，怎麼辦？咱們下棋吧？」

他提起一條腿，指向裝兵棋的箱子。

阿基里婭的怒火繼續燒了一會，就迅速熄滅。他只是個老人，殘廢的老人，他當然沒辦法戰鬥。對他生氣有什麼用呢？這一切又不是他造成的。

「不要。」她嘆了口氣，「我得想想我們現在該怎麼做。」

西涅什伸出大拇趾比著箱子：「陪我下棋，不然就跳下去把我的繩子拿回來。」

阿基里婭看了一眼下面湍急的河水。她開始後悔自己丟下繩子，那些都是貴重的資源。現在不是玩遊戲的時候，但玩個一小時似乎也沒什麼壞處。

她搬過箱子打了開來，拿出黃色的貝殼，在身前將矛兵排成緊密的戰列。

「多一點，」西涅什說，「把所有黃貝殼都當成妳旗下的步兵，再拿五十個藍的當成射手。」

「我們要打哪一場？」

「哪一場都可以，隨便妳擺。」

「地形呢？」

「就用平原吧。地面穩固，沒有明顯的高地優勢。」

她拿出所有黃色的貝殼，擺成七個方陣，每個方陣都是十個貝殼一列，縱深四列。其中四個方陣橫列在前，左右兩翼各有一個，分別朝著斜前方擺出長矛，最後一個則被圍在後方。接著她又將弓兵排成兩列，站在黃色的矛兵前面。

西涅什研究了一會她的布陣：「妳不把所有人擺成一個大方陣嗎？」

「我認為這樣比較好，」阿基里婭說道，「比較靈活。我可以用預備隊夾擊你，或是突襲你隊列中的縫隙。」

「妳是從哪裡學來這套的？是跟其他人下棋的時候偷來的嗎？那個叫科林的傢伙？」

阿基里婭感到一陣惱怒，但至少西涅什沒有猜是布蘭頓的主意。

「自從上次那場以後，我就一直在思考這套戰術。」她皺著眉說

西涅什又低下頭去看她的陣形。有什麼不對的地方嗎？

「說得簡單，其他人可是得在戰場上混個幾十年，才想得出妳這種陣法。」他哼了一聲，「只是這些戰術，都是以前跟人類戰鬥時，才**派得上用場**。但這一次，我們要對抗的不是人類。阿基里婭，妳是認真打算對抗惡魔嗎？」

他是第一天認識她嗎？

「當然，」她回答，「我早就說了，我是認真的了。」

西涅什牢牢盯著她眼睛，讓她開始有點窘迫。河水的咆哮好大聲。

「箱子後面還有一個抽屜。」西涅什說，「打開來。」

阿基里婭從來沒注意到那邊還有抽屜。她看向箱子背面，確實有一個。她拉開抽屜，裡面躺著上百個貝殼，全都漆成**黑色**。

跟惡魔一樣的黑色。

「拿出來。」西涅什命令她。

阿基里婭照做。她看著西涅什用腳將黑色貝殼排成一個長長的弧形，圍住她的陣列。好多。光是看著這麼多漆黑的貝殼，就讓她全身發毛。

「你以前怎麼沒給我看過這些棋子？」

「因為沒有意義。如果連我都想不出怎麼打敗惡魔，又有誰能想得出來？」他歪了歪布滿疤痕的腦袋，「但說不定妳可以。說不定年輕的創意，會發現老年的智慧所見不到的對策。妳猜猜，這些棋子會怎麼動？」

阿基里婭沒有回答，只是搖搖頭繼續看著漆黑的貝殼。

「黑棋的速度是一般棋子的六倍。」西涅什說，「所以只要一接戰，妳就無法逃離。它們比較強壯，可以用爪子、牙齒和尾巴攻擊，而且它們的武器不會變鈍，攻擊妳時也不會熔化——但是妳攻擊的時候會。妳唯一的優勢是弓弩和投矛這些長程武器，還有槍矛的長度，因為矛桿比它們的手臂或尾巴還要長。不過，如果它們死在肉搏戰裡，不管是被劍砍死、被矛捅穿，還是——」他用歪斜的嘴露出笑容，「——被石頭砸碎腦袋，都會傷害周圍所有的黃棋子。」

差別太多了。阿基里婭一邊聽西涅什解釋，這次推演會用什麼數據呈現這些差別，一邊思索它們對戰局的影響。黑黃雙方的差異很明顯，力量的落差也很大。不過她也有個新武器。

「我也要加一條新規則。爐火椿的葉子能阻擋惡魔灼燒的血液，我們可以把這個加進去嗎？」

西涅什想了一下：「它要怎麼在真正的戰鬥中派上用場？」

阿基里婭看著旗子。紅葉可以減弱毒血的影響，但無法完全抵銷，也無法抗衡惡魔的爪子、牙齒或是尾巴上的長釘。

「讓每個人都穿上偽裝服。」她輕彈手指，「還有盾牌跟頭盔上也要，我要讓士兵披掛著椿葉上陣。」

西涅什點點頭，調整了毒血的威力。

阿基里婭突然感到……**非常興奮**。她不只是在下棋，而是在準備對抗惡魔。她不知道新的裝備在推演中會派上什麼用處，但她隱隱感覺到一定會很有用。

「惡魔會成群而至。」西涅什說，「我親眼見過那個畫面。」他將漆黑的棋子在遠處排成分散的波狀攻勢。「它們要開始進攻了，妳現在要做什麼？」

「當然是先來一波箭雨。」

「就假設妳要什麼武器都有吧。」西涅什輕抬下巴，「要用弓、弩還是投矛？」

「弩。」弓箭的份量太輕，面對惡魔一點用處也沒有，「我會試著在它們接近前展開兩輪齊射，然後下令弩手後撤。」

「撐兩個回合滿有挑戰的，同意嗎？」

阿基里婭閉上雙眼，回想她每次看見惡魔以飛快的腳步奔馳著穿越山坡。

「同意。確實是個挑戰。」

「先假設所有人都不會恐慌，全部弩手都站定位，讓妳可以好好射出兩波箭雨。雖然戰場上沒有這種好事，但就暫時這麼設定。然後我們再估算的寬鬆一點，讓妳射出一百支箭裡，會有二十五支命中，阻擋了惡魔。」

太寬鬆了。阿基里婭聽過各種對付惡魔的故事，有的是西涅什告訴她的，有的是她從史書上讀到的。就算命中頭部，也沒有多少人可以一箭擊垮惡魔。在大部分的故事裡，惡魔就算挨了兩支，甚至三支、四支弩箭，都還是可以繼續進攻。

西涅什用腳捏起一些黑棋子，將它們撿到一邊、移出戰場。這下她的黃棋子和藍棋子加起來，就比剩的黑棋還多了六倍。

老將軍將剩的黑棋移到她的戰列前。同時間，她也將藍色的弩手移到方陣後面。

「齊射很成功。」西涅什說，「接著妳要做什麼？」

她看著麾下的隊列，想像著成群的惡魔衝鋒而來，撲向她手下的兵勇；它們張著嘴巴，露出閃爍的尖牙，長著長釘的尾巴舉成一個個彎鉤，準備發出致命的重擊。

「長矛可以擋住一些惡魔。」她判斷。

「它們的衝擊很沉重，撞斷了許多長矛，刺中它們的矛頭開始熔化。惡魔的血液噴在妳的士兵身上，焚燒他們的血肉，恐慌開始蔓延，妳的隊列也逐漸潰散。」

她搖搖頭：「有爐火椿的葉子就不會……我們會在盾牌上覆蓋網子，插滿椿木的葉子。盾牌可以攔住大部分的惡魔毒血。」

「可以攔多久？這些葉子可以吸收多少毒血？」

她不知道。而且說**吸收**也不準確，但這不重要，因為西涅什講到重點了。他拿掉幾個黑棋，將剩的旗子推入她的陣勢，讓隊列往後退了一點，同時也不再森然緊密。

「換妳了。」

西涅什沒有確認戰鬥結果，只是讓她自行移除數量合理的貝殼。阿基里婭心裡一沉，因為西涅什好像已經知道這場仗最後的結局了。

她決定拿掉二十個黃色棋子。這樣雖然不太真實，但也只有這麼估算，戰列才能勉強維持。

「有點少。」西涅什立刻說，「但我接受妳低估損失。現在進入白刃戰，有些槍矛已經折斷或是損壞，而且妳還要面對一個問題，那就是惡魔可以**跳進**妳的陣勢。」

他拿起黑色貝殼，丟在方陣中間。有些惡魔會被後列豎起的長矛刺穿，可是它們沉重的軀體依然會折斷矛桿，墜入後排的士兵之間，滾燙的毒血會像雨般一同落下。另一些惡魔則會躍入前一波衝擊造成的缺口。她知道惡魔一旦闖過前方密集的槍衾，就會開始橫衝直撞，大殺四方，將她手下的勇士撕成碎片。

他們會崩潰、四散奔逃，方陣會瓦解。

「妳輸了。」西涅什宣布。
一定有什麼辦法可以扭轉局勢……
「惡魔會衝往我所在的後排，」阿基里婭說，「我可以準備更多長矛，讓每個人身邊的地上都有三、四把可以輪換。」
「有意思。但妳的戰士有時間換矛嗎？就算有，惡魔應該也闖過長矛的殺戮區了，還不如叫他們拿掃把亂揮比較有用。」
他說得對。就算她有那麼多士兵，就算他們有好幾把槍矛，就算他們可以選擇地形和戰場，這麼做還是沒用。
「這還只是正面交鋒。」西涅什又說，「但惡魔可沒這麼禮貌，它們會**包圍妳**。」他捏起幾個惡魔放在阿基里婭的左翼，又放了幾個到右翼，「它們會散開，從四面八方進攻。趁妳還忙著指揮正面的戰列，那些凶獸就會包圍妳，快得妳根本來不及反應。」
她已經懶得調度預備隊了。就算將後面的方陣一分為二，命他們前往兩翼支援，也絕對趕不上；即便趕得上，士兵也來不及結成有效的陣形。惡魔一瞬間就會擊潰他們，從後方包夾她最後的兵力。
西涅什沒有玩什麼詭計，也沒有作弊。他只是展示出她早就知道，卻一直沒有仔細思索的事實。
「再來一局。」她說。
這次阿基里婭換了新的策略，將一個方陣後撤，打算用更多預備隊應付朝側翼奔襲而來的惡魔。雙方接戰之初，她的新對策似乎頗有效果；然而才過不久，正面戰列就在惡魔的衝鋒下潰散，此時阿基里婭手下已經沒有預備隊可以補上缺口。
她又試著將一半的兵力後撤，結果黑色的潮水一瞬間就吞沒了前列的士兵。
擺出兩倍的弩手呢？有用，但她知道西涅什此時承受的損失，遠遠超過弩手在現實中能發揮的火力。那麼三倍的話呢？她贏了，但也失去了四分之三的軍力。

四場推演結束，她已經確定在平坦的戰場上，就算每個戰士都勢不可擋、紀律嚴明，人數**同樣**占據優勢，頂多也只能守住腳下，還會損失大部分的軍伍。要是還有第二場會戰，她就絕無取勝的機會。

阿基里婭已經在現實中見過許多惡魔，知道它們有多迅速、多兇猛、多強壯，還有多致命。要戰勝它們根本不可能。

「我要把它們引進山隘，」她說，「逼它們正面進攻，這樣我們才不會被包圍。」

西涅什點點頭：「我相信這不難，反正惡魔見人就咬。但妳是不是忘了一件事？」

她看著棋子，想起自己忽略了什麼：「它們會爬山，而且很快。」

她曾在遠處看過惡魔攀上懸崖，腳步可與她在平地上狂奔的時候相比。把士兵安排在峽谷上只會讓惡魔占據更多優勢，因為它們會一路往上飛奔，直直躍入隊列的中央。

「在山上不可能擊敗它們。」西涅什指指地上的兵棋，「這下妳也知道，除非妳手下兵力多到可以十五換一，不然在平原上也一樣。雖然我不否認妳確實有機會選擇戰場——先不說調動那麼多兵力會引來多少惡魔——但地形的影響實在不大。」

「我們還有爐火椿——」

「那些樹葉擋不住惡魔的牙齒，擋不住它們的爪子，也擋不住尾巴上的尖刺。妳也不能用它們幫喉嚨被割斷的士兵止血，或是幫他們把腸子塞回肚裡。惡魔的尾巴可以繞過盾牌直接攻擊士兵的腦袋，或是乾脆把盾牌甩到一邊，然後他們就死定了。就算妳的葉子可以完全阻擋毒血的灼燒，人類還是贏不了惡魔的力氣跟速度。」

西涅什長嘆一口氣，恨恨地看著地上的棋子：

「妳很有天份，里婭，但妳想到的戰術我都想過，甚至在洪流氾濫的時候，我就試過了。請原諒我這愚蠢的老人，原諒我妄自懷抱著希望吧。」

她真的相信一點葉子可以改變什麼嗎？還是她只是想到有東西能對抗惡魔，就興奮得不能自已？到頭來，她的發現或許只能偶爾拯救幾名信使，拯救那些格外**走運**，只遇到一頭惡魔的信使。

那些紅色的樹葉，並不是為同胞帶來救贖的武器。

她看著地上的棋子，想要找出其他能夠奏效的陣形。但是她要怎麼阻止惡魔像洪水一樣襲擊側翼？不可能，除非……

「圓形！」她伸手一指，「把方陣兩端接在一起，就不會被夾擊！只要中間的士兵高舉長矛，惡魔就沒辦法跳進我們的陣形！」

她雙手飛快地移動棋子，但很快就發現這樣沒有意義。沒錯，排成圓形可以防止夾擊，可是再來呢？惡魔的力氣太大，終究還是會闖過矛尖，衝向盾牆，殺到至死方休。

「我想過圓陣。」西涅什說，「也想過排成正方形保護弩手，或是把惡魔引到大山洞，在洞口用方陣迎擊它們……我什麼戰術都想過了，但不管什麼地形、什麼陣形都無法擊敗它們。直擊頭部可以當場殺死它們，但這種機會不多，大部分惡魔就算受了致命的重傷，還是會繼續作戰。一旦它們衝到戰列前，就可以靠怪力和韌命結束戰鬥。在我見過最好的戰況裡，方陣可以撐個幾分鐘不至潰散，但沒有東西可以真正擋下惡魔。最後贏的都是它們。」

她這才注意到棋子的黑漆上布滿長期使用留下的刮痕和破損。

阿基里婭抬頭看著西涅什。他坐在地上，扭曲的身體上到處都是皺褶，萎縮的手腳緊貼著身體，確實很像古畫裡的蜘蛛。

「你花了多少時間思考擊敗它們的戰術？」

西涅什垂下頭看著兵棋，讓阿基里婭感受到他內心深深的絕望。

「從洪流淹沒大地就開始了。」他用沙啞的聲音答道，「惡魔是在二五二年出現的，那一年大概死了一千人。第二年死了三萬五千人。各地的軍團都試著反抗，但沒有人能擋住惡魔的狂暴和兇殘。我們曾以為自己了解戰爭，但是——」他聳聳肩，「——我們其實什麼也不懂。」

他側過頭看向高地邊緣，似乎在聆聽著轟隆的水聲。

「洪流肆虐的第三年最慘。」他繼續說，「一切都毀了。沒有人知道究竟死了多少人，有人說是十萬，而且殺死他們的不只是惡魔。儘管那些孽畜黑色的爪子確實殺死不少人，但其實很多人死於飢荒和瘟疫。還有十萬人試著駕船逃往大海，我們永遠也不會知道他們是淹死了，還是登上了陸地，死在北方人的手中。因為所有的海船都被他們帶走了，島上再也沒有人懂得造船。有些人曾試著模仿他們，但妳很清楚在海岸上的同一個地方停留太久會發生什麼事情。」

他用腳捏起一顆黑棋子，在腳趾間把玩。

「我當年就是用這些棋子，思考要用什麼戰術去擊敗惡魔。里婭，我曾經說服各個衛城集結軍隊，組成聯軍，我曾經說服他們接受我的指揮朝著黑煙山前進。那時的我們有五千名士兵，每個都是老練的勇士。我們的裝備精良，心懷正義，只要能將惡魔逐出我們的世界，我們願意面對一切危險。」

他的腳開始顫抖，腳趾發白。然後啪地一聲，黑色的貝殼突然爆開，嚇了里婭一跳，一塊碎片刺進他大拇趾的根部，鮮血像小河一樣，沿著他的腳蜿蜒著慢慢流下。

「那時的我只有三十一歲，相信自己是天主親手挑選的人，我很清楚，所以我才敢率領五千名勇士朝著恆沸原進軍。可是當惡魔一來，就擊潰了我所有計畫、所有戰術。我們維持陣形奮戰了整整十分鐘……說不定有十五分鐘吧，然後我們就被殺得四處逃散。等到會戰結束時，只有**五百個人**活著逃回各自的家鄉。」

他彈了一下腳趾，塗著黑漆的貝殼碎片和幾滴血一同飛向遠處。

「這六十年來，我一直想找出可以打敗它們的戰術，但那樣的戰術從一開始就不存在。里婭啊，我找妳下這盤棋，本來是想……本來是想……算了，都無所謂了。妳得知道，我們最後一定會滅亡。我希望妳好好享受人生，趁著還有時間，**快樂地**過日子。唉，把棋子收起來吧，幫我再拿捆繩子過來，我還得工作。」

阿基里婭默默站起身，看了兵棋最後一眼，轉身離開。她聽見西涅什在背後喊著她，似乎是要她回來收拾棋子，但他的聲音好遙遠，就像是在跟一個已經不存在的人說話一樣。

她什麼都感覺不到，只覺得身上每一吋都在發冷、都在發麻。

床鋪。

睡覺。

她只想要這些。

24

一切都不重要了。

世界就要完了。阿基里婭會死。科林會死。布蘭頓、托利奧、艾珂、奧洛斯、西涅什、索珊娜、布蘭頓的媽媽、托利奧的父母、所有的戰士、所有的工匠、所有的織網婦……

所有人都會死。

她躺在床上，盯著天花板上的石頭。房裡明光管的水閥關著，只剩四分之一還在發著光，勉強維持些許照明，床頭櫃上那杯爐火椿茶正逐漸變涼。

一切都不重要。

六十七年前，埃忒癸娜島上還住著將近五十萬人，而現在只剩不到三萬。

人類正在滅亡。就此滅亡。**永遠滅亡**。

或許西涅什說得對。或許她應該學會享受人生，別再拚命訓練。別再為了當不成戰士、為了托利奧想要成家，或是為了下一次傳信擔心。擔心這些又有什麼差別？沒有任何差別。她會死，會被遺忘。所有人都會被遺忘。

到時候，這片土地將由惡魔統治。

找樂子。她需要找點樂子，也許喝個爛醉，或是找人上床。幹，不如兩個都來好了。

某種東西抓門的聲音。

里婭翻過身，看著昏暗彼方的房門。難道托利奧會讀她的心嗎？他怎麼知道她需要他的身體，需要他幫她忘掉一切，需要幾個美好的瞬間？

「進來吧，親愛的，」她懶懶地說，「門沒鎖。」

抓門聲愈來愈大，托利奧在搞什麼？

「你快進來，」阿基里婭又喊了一聲，「現在！立刻！馬上！」

門開始砰砰搖晃，搖得**很劇烈**。

肏，托利奧是在……

她聞到溼潤的岩石，還有苔蘚。她上次聞到這個味道是什麼時候？

是在地面。

恐懼鑽進她的身體，將她的心、膽攪成肉漿。

房門砰一聲碎成兩半，飛了進來，砸在牆上，砸碎明光管，發光的河水噴得到處都是。

地上的紅光晦暗，照出一個陰影，那是……

一頭惡魔正朝她走來。

阿基里婭動不了，床單像網子一樣纏住她，困住她。惡魔黑色的嘴巴向後扯開，露出銀色的尖牙。

冰冷、漆黑的手掌抓住她的臉。

可憎的嘶聲，牙舌伸了出來。

＊＊＊＊

她尖叫。她想逃，可是床單纏得愈來愈緊。惡魔的手抓住她的肩膀，用力掐著她、搖著她。

「里婭！醒醒！」

托利奧的聲音。

「沒事，妳很安全。」他的聲音很近，「妳只是做噩夢而已。」床墊旁，一盞明光壺發著微光，讓他的臉像是飄在一片黑暗之中。

是夢。只是夢。

她緊緊抱住托利奧，她從來沒把他抱得這麼緊。

「放輕鬆。」他也用力抱住她，輕吻她的頭髮，「妳現在很安全。」

安全？哪有什麼安全。

阿基里婭鬆開手，看著身邊。微光照出一整架的銅矛，還有胸甲的曲線……她在軍械庫裡。對了，她去找托利奧，帶著他來到這裡，來到他們倆廝混的這個角落。

「里婭，妳沒事吧？」他輕輕扶住她的雙肩。

她看向托利奧，心裡只想著他會怎麼死去。惡魔會用利爪扯斷他的肝腸？用尖牙將他的喉嚨撕出血霧？還是用牙舌擊穿他的腦殼？

也或許，他不會死掉，不會馬上死掉，或許他會被帶去黑煙山，被蜘蛛變成兇殘無道的惡魔。

想到這裡她就一陣反胃。

「里婭，我愛妳。」

她也愛他。她終於知道，終於**感覺**到了。

但她愛的人不只有他，還有布蘭頓和科林。當然，那跟她對托利奧的愛不一樣，但她和兩個少年一起經歷了很多，對他們的愛也更深沉。

「我要走了。」里婭滾下床墊，在黑暗中摸索自己的衣服。她原以為托利奧又會和往常一樣，幽幽地追問「妳愛我嗎？」結果他的話卻大出里婭所料。

「我沒辦法想像妳對抗惡魔時的感受，」托利奧小聲地說，「但如果妳想聊，隨時可以來找我。」

里婭正忙著穿上罩衫，聽到這話，手臂忍不住扯了一下，側身的縫線在她耳邊發出了「啪」的綻裂聲。

他**終於**發現要怎麼當個好男人了？**終於**？

「我可以為妳做點什麼嗎，里婭？」他的聲音很溫柔。這次，他掛念的人終於不只是**他自己**，而是**里婭**，還有他想和她共度的生活。他的關心太真誠，真誠到她突然燃起一股憤怒。她不懂。

不對……她懂。她滿腔怒火因惡魔而燒。

她的憤怒不只是因為惡魔的殺戮。惡魔讓她的同胞陷入饑饉，讓他們失去救命的藥物。讓家人再也不能相見，讓文明之間斷絕聯絡，讓仇恨與懷疑不斷滋生。

惡魔早就毀滅了她的世界，沒有人能打敗它們，沒有人能阻擋它們。

最讓她嚥不下的憤怒是，它們竟然還要奪走她僅有的一切。

阿基里婭跪在床墊上，俯身吻了托利奧的額頭。

「暫時沒有。」她說，「但還是謝謝你問我。」

她站起身，大步穿過整座軍械庫。

她注意到自己忘了穿鞋，但她不在意。

25

阿基里婭走遍衛城的廊道。

勒墨特很大，但居民的人數遠超過當年設計的空間，每個角落都擠滿了人。她們坐在公共場所，一起閒談、一起用餐喝酒。他們打開居室的房門，和家人朋友聚在一起，享受不必工作的時光。他們在工場與農場裡賣力工作，為了衛城的生活各盡自己的職責。

她看到的**每一個**人，身上都帶著某種病痛。有人靠傷殘的雙腳行走，有人用欠損的雙手工作。他們的食物不夠，藥物也同樣缺乏。每個勒墨特人都必須不斷工作，直到他再也不能工作。

直到死亡來臨。

刻孚蘭的人也是這麼生活？或許吧。

阿基里婭呢？她會像艾珂一樣繼續傳信嗎？艾珂帶著她的伙伴去了然他爾——這一趟會不會用盡她的運氣？艾珂會不會就這麼消失，就像那些代卡泰拉的信使，像阿基里婭的母親一樣？

她繼續走著，指尖滑過她熟悉的石牆。人們不時會朝她點頭微笑，有些是從小看著她長大的人，有些是她從小看著長大的人，阿基里婭也同樣對他們回以點頭和微笑。

這些會不會也走上刻孚蘭人的結局？像他們一樣死無全屍、鼓脹浮腫、發出惡臭……最後**腐壞**？她想到了尤諾絲太太，想到了梅貝忒．達斐得，想到了路拉．波勒，想到了瑪革絲．伊倪什和索珊娜．奧伯希，想到了塔彌卡．貝涅斯和她的三個兒子，想到了潘達、科拉革．哈爾登，還有維利安．敏薩拉。

她認識的每個人都面臨著危險。為什麼督政官們不想點辦法？如果刻孚蘭的不幸再次發生呢？如果那座衛城的淪陷，不是因為他們**異端的信仰**，也不是因為他們的作為**冒犯了天主**呢？

如果……

一個念頭如同鋒利的矛尖刺進阿基里婭的心中，痛得她差點哭出聲來。十幾年前，惡魔就已經殺光了低地的居民，海岸上也早被屠殺一空，如今它們來到山間狩獵。會不會惡魔終於發現，那些信使都是來自**山嶺裡**的某處？

會不會，惡魔其實是刻意在尋找刻孚蘭衛城？

她想起那幅埃忒癸娜島的地圖，最接近黑煙山的衛城正是許多年前陷落的希珀尼亞和彭塔蘭。再來呢？對，刻孚蘭。

然後呢？是代卡泰拉……接著就是勒墨特。

如果代卡泰拉淪陷……

她得做些什麼。

西涅什告訴她，戰鬥沒有意義，也讓她看見方陣擊敗不了惡魔。那是他**親身的**體會，他親眼看著上千名戰士在他的指揮下失去生命。

戰鬥沒有意義，一切都沒有意義。

阿基里婭再次感覺到憤怒在她的胸中點燃，像顆逐漸發紅的小煤球。他們真的只能滅亡嗎？她不想接受，她不會接受。

如果代卡泰拉滅亡，勒墨特就是下一個，那麼衛城之間怎麼還能彼此懷疑？他們**需要**彼此。每座衛城的戰士都有些許差別，也有各自的長處與弱點。

代卡泰拉人素來自豪，他們的方陣與弩手配合無間。比塞特除了防守衛城以外從不用兵，但他們的矛兵能穿戴最沉重的盔甲，成為連結戰列的樞紐。塔干塔的弓兵無人能及，戰士為數眾多，而且他們距離黑煙山最遠，有傳聞提及，他們的**女將軍**會訓練士兵在**外面**行軍布陣、衝鋒陷銳。至於然他爾和芬頓……他們當然也有戰士，也會像勒墨特一樣訓練人民使用槍矛。

她想像著西涅什的兵棋，只不過在腦中又加上好幾百枚棋子，代表**好幾千名**兵勇。如果讓他們全都披上爐火椿的紅葉，能不能擊敗惡魔？

能不能朝黑煙山進軍？

能不能殺死惡魔之母？

西涅什試過，他失敗了。

如今各個衛城比當年還要疏遠，宗教、理念、戰術彼此迥異……矛盾就是因此而來。比起合作對抗共同的敵人，現在各個衛城更有可能發兵彼此征伐，因為殺死一個人類，要比殺死一頭惡魔簡單得多。

可是人們曾經合作，當然也可以再次合作，只不過需要一個**理由**。一個讓人們相信聯軍不會慘遭屠殺、讓人們相信歷史不會重演的理由。

不管那理由是新的武器，還是新的戰術，她都會找出來。

她閉上眼睛，停下腳步，額頭抵著廊道的石牆，感受著岩石上的涼意傳過肌膚。她是這個地方的一部分，這個地方是她的一部分。無論得做什麼，她都要拯救這個地方。

她會找到辦法，她會賭上自己的生命去找。

26

阿基里婭跨進校場。她踩著地上的沙子，感到全身精力都被掏空。因為每次入睡，可怕的噩夢都會再次襲來。她瞥了一眼校場旁的盾牌，開始為接下來的兩個小時感到憂愁；方陣團練似乎毫無意義，卻又是她此時能做的事裡，最重要的一件。

毫無意義，是因為他們不可能正面擊敗惡魔；**重要**，是因為關於布陣、關於戰術，一定有什麼是她、是西涅什，是**所有人**都沒注意到的。只要她想通那件事，就能將希望帶給她的同胞。

她這次也見到了塔彌卡．貝涅斯，還有她的兩個兒子巴拉忒和安忒瑞伊，兩人都已經戰勝了溪谷熱。在他們身邊的還有巴爾同．馬松、潘達等數十個人，每個人都背著矛桿、伸展肌肉，等待安達恩．吉索斐瑞德下令訓練開始。

阿基里婭看見潘達拖著腳步走來，心裡突然一股煩憎。她知道潘達會求她幫忙，而她就算不情願，也會伸手相助。

可是有誰想過要**幫忙她**？她難道不值得一點善意嗎？

「里婭，他們是說真的嗎？妳真的……殺死一頭惡魔嗎？」

潘達似乎從上次團練以後，就沒有再離開過信令崗。

「是**我們**一起殺的，」她說，「我跟我的伙伴。」

「可怕嗎？」

里婭忍不住大笑：「當然啦，科林差點就被抓走了。」

「了不起。」潘達搖搖頭，「之後一定會有人替妳寫詩。」

她想到布蘭頓的夢想，就是成為英武有名的戰士，得到詩人的歌頌。他的夢想早晚會實現，因為再過不久，他就會加入戰士的行列。

而阿基里婭的夢想卻沒有實現的機會。

「整隊！」安達恩高喊，「十二人一列，成四列隊形！你們……」

他的話才說到一半，眾人的目光就突然轉向看台，因為通往大廊的入口傳來了人群的喊叫，很多很多人。

塔耳柏醫生衝進入口，身後跟著長長一排的人。阿基里婭立刻從他們的衣著，認出那些是逃出刻孚蘭的生還者。

塔耳柏從護欄上探出身子：「空出校場！我們有**好幾百位**客人需要避難！」

在阿基里婭和其他士兵的幫忙下，安達恩與塔耳柏讓刻孚蘭人在校場上排成一列一列。許多難民都負了傷，有些人只是皮肉傷，但也有些人的關節腫脹，甚至斷了骨頭——都是在山上滑倒、墜落，撞到岩石或者被密林灌木糾纏所受的傷。每個人都筋疲力盡，似乎是逼著自己一路狂奔來到這裡；不少人身上還帶著惡魔利爪或灼燒毒血造成的創口，但那些傷都已經舊了。

塔耳柏逐一替下樓的難民檢查傷勢，區分哪些人需要優先治療。其他勒墨特人紛紛撕開自己的衣衫當作繃帶，而阿基里婭和潘達則忙著分配清水。

沙坑裡整齊地坐了大約五十名刻孚蘭人，他們的同胞正安靜等著下來，安靜得令人有點發毛。就在這時，衛君的咆哮聲突然撕裂了古怪的寧靜，讓所有人僵在當場。

「這裡在搞什麼**鬼東西**！」

他站在上方的走道中央，雙手緊緊握著護欄，握得指節都失去血色。

「閣下，這些是刻孚蘭的難民，」塔耳柏抬頭喊道，「他們說代卡泰拉的糧食不夠，洛摩斯衛君只好讓他們過來這裡。」

「我們的糧食難道夠嗎！」奧洛斯用力一拍護欄，「**是誰放他們進來？**」

阿基里婭不解，放人進來的是誰有什麼差別？

「我不知道，」塔耳柏答道，「我現在必須救治這些人，沒有時間管這個。請派人去找墨尼刻醫生，以及我們的每一個助手。」

塔耳柏說完就轉過身，走向離他最近的傷患。

奧洛斯氣得漲紅了臉，踏著砰砰作響的腳步走出校場。

阿基里婭走向一名額頭受傷的刻孚蘭女人，在她身旁放下水桶，撈了一瓢，女人顫抖著雙手拿過水瓢，大口吞水。

「謝謝。」她看著阿基里婭，把喝空的水瓢放回桶裡。

「你們來了很多人，」里婭指指其他難民，「這一路上有遇到惡魔嗎？」

「本來還有更多，都被它們抓走了。」

恐懼射出一支箭矢，刺穿了阿基里婭，她突然理解衛君的憤怒。如果惡魔追著難民來到這裡……

「抓走？什麼時候？是你們來的時候嗎？」

女人看著石牆，或許她眼裡什麼都沒看進。

「那時，我們正從刻孚蘭逃往代卡泰拉，」她的聲音變成了氣音，「它們沿路追著我們，殺了**好幾百人**，還有好幾百人被抓走。我能活著來到這裡，只是因為我跑得比別人還快。如果再多幾頭惡魔，說不定我也會完蛋。」

里婭不知道該做什麼，所以她只能擁抱那個女人。女人僵了一下，又在里婭的肩上放鬆下來，垂下頭開始啜泣。

走道上又傳來一陣騷動，這次來的是身形壯碩的卓斯科。

「所有勒墨特人**離開**，」戰士探出上半身大吼，「除了塔耳柏以外，**立刻離開！**」

離開？但這裡還有那麼多人……

「我需要幫忙！」塔耳柏吼了回去，「這些人需要幫忙！」

阿基里婭看見沙坑旁的門打了開來，戰士成群湧出，列奧尼托斯、馬索奇、班吉、法里得、卡德利，還有……

……**布蘭頓**？

卓斯科把手兜在嘴邊：「各位難民請留在校場，我們很快就會把食物發下去。別想離開這裡，否則我們會解決你。所有勒墨特人，立刻離開，告訴所有人：在新的公告宣布前，除了戰士和醫生，誰都不准靠近校場。如果有人想反抗衛君的命令，就準備去蹲牢房吧，聽清楚沒有？聽清楚了，就**馬上離開！**」

有些人聽完就離開了，但有些人還是留在校場，想幫助難民。

「戰士們，」卓斯科下令，「聽不懂人話的傢伙全都帶走。」

戰士開始抓捕試圖幫忙難民的人，推他們出校場；有些人想要反抗，立刻就被壓制在地、拖出門外，甚至被**毆打**到只能連滾帶爬地逃跑。

勒墨特戰士的腳踢向勒墨特人？這算什麼？

阿基里婭看見布蘭頓抓著潘達，往門口推了一下。潘達只好高舉雙手低下頭，搖搖晃晃地走過沙坑。布蘭頓接著轉過頭，尋找還有誰需要教訓——接著他和阿基里婭四目相接。

他困窘地閃躲，又用力咬了咬牙，才大步朝她走來。

「里婭，我很抱歉，但妳得要離開，這是衛君的命令。」

「他的命令？那如果我不聽的話，布蘭頓，你想怎樣？把我扔出去嗎？還是找你的新朋友動手？」

他皺皺眉頭，眼中露出許多掙扎。他抬頭看了看卓斯科，又看向她。

「算我拜託妳，先離開吧。」他壓低聲音，「我再去科林的工房找妳。」

里婭根本不想再**看到**他。布蘭頓到底是發了什麼瘋？

「斬魔者，」卓斯科朝她大喊，「請妳離開。如果妳不尊重我們，我們也無法繼續尊敬妳。」

阿基里婭這才發現，除了戰士以外，校場裡就只剩她一個勒墨特人。她用匕首般的目光瞪著布蘭頓，然後離開了校場，離開了難民、醫生、戰士還有她曾經的朋友。

27

從比提干河往下走好幾層，才會來到工場區。

從前的人大概是擔心失火，才會刻意這麼安排吧？阿基里婭走下寬敞的石階時，不禁思索起來。這裡到處都是燒玻璃、烤麵餅、鍛造和釀酒用的火爐，萬一哪裡燒起來，衛城的其他地方也可能遭殃。有了這些水管和閘門，一旦火勢無法控制，就可以直接放水淹沒整個區域。

當然，這樣一來所有麵餅、啤酒還有蘑菇酒都會泡湯，但總不能放任濃煙竄進廊道，嗆死所有人。所以每個人來這裡工作以前都要先熟悉水性，才能在水深滅頂的時候，冷靜地游向砌在廊道拱頂上的逃生隧道。

也就是說，工場區的每個人都會游泳，只有科林是例外。

自從上次在衛君閣的報告以後，阿基里婭就沒見過他了。老實說，一直到布蘭頓提起，阿基里婭才不好意思地發覺，自己根本沒怎麼想起他。她最近心裡盤據了太多事，而且那些刻薄的笑話和惡毒的咒罵，她也一點都不懷念。

但她實在不該忘記科林。她需要武器，而整個衛城裡，又只有科林能拿爐火椿的葉子做出新東西。

好吧，要說那些葉子是**武器**可能有點勉強，但如果她真的計畫向惡魔開戰，就一定要用上那些葉子。

工場區熱得教人難以呼吸，但是匠人們多半都很滿足自己的工作，因為他們清楚，正是靠著他們日復一日的勞動，勒墨特衛城才能夠存活至今。但今天阿基里婭還沒跟任何人說話，就能感覺到工場區和衛城裡的其他地方一樣，瀰漫著一股陰鬱的氣氛。

她的第一站是鍛工場。這裡和校場差不多大，但巨大的火爐幾乎占據了一半的空間，剩的地方則堆著一箱又一箱的煤炭與金屬錠。

金工師傅科拉革．哈爾登曾經從生火開始，跟她解釋過鍛工場運作的每一個環節。屋頂上複雜的煙囪會將煤煙送到溫泉附近，和水蒸氣混合以後排出戶外。如果直接排出煤煙，就有可能引起惡魔注意。而人類想在衛城裡好好生活，最重要的守則就是保持隱密。

而那位科拉革現在正穿著一件沾滿煙灰的褐色上衣，站在火光旁，用他那雙粗壯的手臂，細細打磨著青銅鍛造的矛頭。看見阿基里婭走進來，他立刻左手握拳輕敲胸膛：

「歡迎，斬魔者。抱歉妳拿到斬痕時我沒去觀禮，但……」他比了比身後的爐子，好像在說：**妳知道，工作永遠都做不完**。

「沒關係，科拉革師傅，」阿基里婭說，「沒有你在這工作，衛城的日子就要難過了。」

「總有人可以代替我的，」他聳聳肩，「我也是盡本分而已。對了，聽說昨天那些難民來的時候，妳人也在現場。」

阿基里婭點點頭：「我那時在參加方陣團練。」

「那些人看起來危險嗎？會不會傷害我們？」

阿基里婭不知怎麼回答這荒謬的問題。那些恐懼的飢民要怎麼傷害一個結實的金工師傅？

「傷害我們？怎麼說？」

「妳想想，他們失去了自己的衛城，難道不會想搶走我們的嗎？而且我們還派自己的醫生治療他們，那等到我們自己生病受傷了怎麼辦？更何況，就算沒有這一百六十張新來的嘴，我們的食物本來也就不夠。」

阿基里婭開始好奇，科拉革是不是被什麼邪靈附身了，這不像他會講的話。

「他們失去了好幾百個同胞，不會想再傷害我們的。」

「很多事情不能只看表面哪。這些人終究是**外人**，跟我們不一樣。咱們得盯緊他們。」

阿基里婭認識科拉革一輩子了。就算是在更艱辛、更困頓的時候，她都曾見過這男人把自己的食物分給孩子，免得他們挨餓。

「科拉革，你從哪聽來這些的？是誰告訴你刻孚蘭人想要我們的衛城？」

「拉彌洛斯祭司告訴我們的。」科拉革說，「他過來這裡，提醒我們要小心，如果看到陌生人，就要把他們帶回校場，交給戰士。里婭，我跟妳一樣都不喜歡這種事情，但妳要知道，我們的食物真的不夠。我們應該先顧好自己人，不然發生飢荒的時候……」

阿基里婭見過飢荒。但就算是餓壞了，她也不會像現在的科拉革一樣。至少她希望自己不會。

「科林的工房在哪？」她改口問道。

科拉革嘆了口氣：「噢，**那小子**喔。他要我打造了一堆針啊、醫刀啊之類的東西。抱歉不是故意嘴臭，但有他在下面，真的是跟屁眼上插了針沒兩樣。」

幸好總有些事情沒有改變：「他在下面？」

「最底層。妳先下去，走過麵餅坊就會看到樓梯，」科拉革在空中比畫著，「知道我說哪嗎？」

托利奧就在麵餅坊工作，她當然聽得懂。

「嗯，你繼續說。」

頭。

「從那往下走兩層，妳就會找到科林了。」

阿基里婭皺起眉頭。工場區愈往下層就愈熱，加上科林又怕水……難怪他會成為眾人快樂的源頭。

「感謝。」阿基里婭說。

科拉革又敲了一次胸骨：「也感謝**妳**，斬魔者。」

阿基里婭帶著煩躁與不解離開了鍛工場。科拉革是個老好人，但她認識的老好人科拉革不該把難民當作威脅。還有他跟她說話的方式……科拉革從不曾對她無禮，但也不曾像今天這樣口口聲聲都帶著崇敬。

看來牙舌項鍊真的擁有某種魔力。

到了下一層，阿基里婭立刻加快腳步，走過麵餅坊的正門。自從那天在軍械庫的噩夢以後，她就沒有再和托利奧見面。她不想談起那時的無助，更不想繼續談那些愛與孩子的破事。她沒有時間去澄清心裡的感受——畢竟，如果所有人都會被惡魔殺死，那愛或不愛根本毫無意義。

阿基里婭穿過成群的工匠，每個人都在灼熱的空氣裡揮汗，賣力生產著衛城所需的一切。布蘭頓的叔叔所羅門忙著打碎礦場採來的原石，倒進爐裡熔鍊金屬錠，交給科拉革和他的學徒打造盾牌、矛頭、箍環、矛尾釘、獵魔叉、釘子、螺絲、弩臂、炊具、鉸鍊、桶箍等等工具。科羅登．波勒將沙子倒入巨大的火爐，融成碗盤上用的釉料、明光管用的玻璃，還有信令兵用的鏡子。麵餅師傅維利安．敏薩拉，也就是托利奧的父親忙著用蘑菇粉、甜蘆和魚骨烘烤出各種滋味的麵餅。巴爾同．馬松將石材鑿切成適合修補廊道、門戶與拱頂的形狀；瑪革絲．伊倪什煮著一桶桶啤酒的醪液；吉妮革．帕特里斯正在釀造蘑菇酒，若爾內．巴羅縫製著涼鞋和靴子……整座衛城能運作，都是因為有這麼多人在下面賣力工作。

最底層熱得跟科拉革的火爐一樣，等阿基里婭找到科林的工房，身上已經流了好幾桶汗。她暗自決定待會離開這裡，就一定要去河裡泡澡。滿身汗水、污垢和酸臭的日子就留在地表吧，都回到衛城了，當然要盡量過得乾淨清爽。他的工場也是廊道上的最後一扇門，再過去什麼都沒有，只有勒墨特山厚實的岩盤。

「嗨，科林，我來看你了。」

矮個子的少年站在房中央破爛的木桌旁，彎腰盯著桌子中間的青銅柱。銅柱旁圍繞著許多圓形的小玻璃片，看起來可以分別旋轉，也可以排成一整串，讓人想起潘達的日訊鏡。

「滾出去，」科林看都沒看她，「慢走不送。」

工場裡比廊道還熱，熱得她可以感覺到悶熱潮濕的空氣沉甸甸地壓在肺裡，天花板上的石頭也閃著水光，水珠沿著不知何時結成的石鐘乳，落在地上發出規律的哆哆聲。

房裡的每一張桌子都很舊，彷彿棄置了數十年，才被人從儲藏室挖出來一樣，桌面凹凸不平，布滿磨損和裂痕。房中央的桌上豎著四根玻璃管，每一根的長寬都和阿基里婭的額頭相若，周圍還堆滿科林喝完茶亂放的陶杯。

桌子旁邊架了兩面白色的石英板，表面打磨得非常平滑，上頭用炭筆寫滿筆記與數字。炭筆就綁在架子上，旁邊還掛著用來擦拭筆記的抹布，只是兩塊抹布都已經黑得發亮，讓人看不出原本是什麼顏色。

除了這些，房裡**幾乎塞滿了**爐火椿的顏色。有些枝葉才剛砍下來，紅色依然明亮鮮豔；但大部分都擺了好幾天，已經凋萎成淺棕色，葉緣也變得乾燥易碎。地上擺著一個編籃，裡頭塞滿剝下來的紅葉，一旁高度及腰的臼裡也裝滿紅色的泥狀物，另一張桌上還有三個種著小椿樹的陶盆。

「你那些管子擺得滿漂亮的。」她指著桌上的圓筒，「呃，好吧，我不確定那**算不算**管子，畢竟它們還有個……屁股。」

他終於從那些圍繞銅柱的玻璃間抬起頭：「**屁股**？吭？」

「不然你都講什麼？臀部嗎？」

他用力一翻白眼，臉上的黑色只剩下眼眶周圍的陰影，顯然最近都睡得很差：

「我們能不能成熟一點，停止這些**屁話**？」

她被科林一本正經的樣子逗笑了：

「噗，平常滿嘴屎尿屁的傢伙，一搞科學就端莊起來了？」

「如果妳還有半點求知欲的話，斬魔者，這些**長了屁股的玻璃管子**叫做**燒杯**，是我跟瑪革絲·伊倪什拿來的。她都是用這些檢查啤酒的好壞。」

阿基里婭張望了一下，看見牆角掛著一張吊床。也就是說科林才找到這個老舊、發霉、悶熱的房間沒幾天，就已經住了下來，還幾乎不怎麼踏出門。她暗暗決定下次上信令崗一定要告訴潘達，未來的信令官肯定很樂意知道，前陣子那麼囂張的科林，現在落得跟他一樣睡在工作的地方。

她還注意到房間另一頭的牆邊架了第三塊石英板，板子上只畫了一片椿葉。衛城裡很少見到畫作，因為藝術派不上什麼用場。但科林畫得**非常細緻**，細緻得就像真的一樣，讓站在畫前的里婭覺得自己像是縮小了十倍，站在一片活生生的椿葉前面。

「科林……你畫得好漂亮，太厲害了。」

科林一臉懷疑地瞄向她。

「我說真的，」里婭說，「我都不知道你還擅長畫畫。」

科林看著自己的作品：「我也不知道，我以前從來沒畫過畫。」

阿基里婭深深嘆了口氣。又是一個科林無從施展的天賦，而他卻一直過得忿忿不平，一直覺得自己不如身邊的人。她甚至不敢肯定科林有沒有機會了解自己真正的才華。

「我住在這裡好幾天了，」他問道，「難民的事情，是真的嗎？」

他的聲音變得微弱無力，或許是想到三人在刻孚蘭經歷的恐怖。

里婭點點頭：「嗯，他們來的時候我剛好在校場。」

「有多少人？」

「聽說有一百六十個，但我沒辦法確認，除了醫生，衛君不准任何人去校場看他們。」

科林嚥了一口唾液，繼續彎下腰盯著他的小玻璃：「嗯哼，跟我聽到的差不多。不知道他們好不容易逃出刻孚蘭、躲過惡魔的獵食，卻又被代卡泰拉人逼著逃來我們這裡是什麼感覺。」

「也許她有她的理由，」阿基里婭說，「也許代卡泰拉的食物真的不夠。」

逼著逃來。阿基里婭之前沒有想到，但海莉俄忒衛君確實就是那樣對待可憐的刻孚蘭人。

科林調整了幾枚玻璃：「妳有從難民那邊聽說惡魔是怎麼進去刻孚蘭的嗎？」

「我來不及問。衛君沒多久就衝進來，痛罵是誰讓刻孚蘭人進來的。然後他又派卓斯科帶著其他戰士，把校場裡的人都趕走了……對了，布蘭頓有下來找過你嗎？」

「他來找我？」科林嗤了一聲，像是在嘲笑她的問題，「當然沒有。怎麼了？」

「那些戰士把我們拖出校場的時候，布蘭頓也跟他們在一起。」

科林站直身子看向她：「蠢布布跟那些戰士搞在一起，還在**幫忙**他們？」

阿基里婭點點頭：「他還揍了潘達。」

她說得或許有些誇張，但她還是不敢相信布蘭頓竟然會加入那種暴行。

「這麼說，他已經成為戰士，」科林咬了一下嘴唇，「再也不是我們的伙伴了？」

「我不知道。」她得想辦法弄清楚。

但她不願意去想布蘭頓的事、不願意去想拉彌洛斯祭司的事，也不願意去想刻孚蘭難民的事。

「你畫得真細。」她輕撫著牆邊的石英板，「葉子上那些細線是什麼？」

「那叫葉脈，植物的汁液會在裡面流動，就像血液在我們體內流動一樣。」

植物也有血？**有意思**。「那些小點呢？」

「都是洞。」科林答道，「很小的洞，而且全都在葉子的底下。」

「那它們是做什麼的？」

「我還沒搞清楚。」

阿基里婭從盆栽上拔了一片葉子，瞇起眼睛看著葉底，那裡確實有許多小點，而且排列得很整齊。

「太神奇了。」里婭嘖了幾聲，「我摘過**好幾千次**爐火椿了，都沒注意過這些。你是怎麼發現的？」

他指著桌子中央的銅柱：「這是科羅登．波勒給我的。塔耳柏醫生那邊也有一個，可是他沒辦法借我。妳過來看。」

她站到科林旁邊。青銅柱的周圍總共架著五片玻璃，其中有兩片被撥到了一旁，另外三片排成一列，正對著一塊灰色的石板，石板上夾著一片反過來的椿葉。

「從這邊。」科林指著最上面那片玻璃，看上去沒比阿基里婭的拇指頭大多少。她照著科林說的做，立刻就被眼前的景象嚇呆。

「葉子底下是長這樣嗎？」

「誰來幫這小姐的腦袋頒個獎吧。」

「吃屎啦。」里婭罵歸罵，眼睛完全沒有離開玻璃，直盯著灰石板上的奇景。她之前看過、摸過無數次爐火椿的葉子，但眼前的葉子簡直就像是……**魔法**，像是另一個世界。葉脈朝著四面八方延伸，像是一道一道小溝匯聚成溪流，溪流又匯聚成河川。原本的一片艷紅也不再均勻，而是許多斑點夾雜在深淺不一的變化中，甚至還摻著一些暗黃與澄黃。

「我從來沒看過這種東西。」

「我也是這幾天才發現的。」科林搖搖頭，「喔對了，我要跟妳借個東西。」

她挺起身：「你認真？你剛剛才叫我**滾開去死**，現在又想跟我借東西？」

「妳到底要不要我搞懂這些葉子能對惡魔的血做些什麼？」

科林看起來已經累壞了，只剩下發火的力氣。他臉上被毒血燒出的傷痕已經好了不少，有幾個地方的痂雖然還沒掉落，但也縮了一圈，邊緣開始掉下白屑，但是也有幾個地方像是剛受傷一樣，泛著溼潤的光澤。

「科林，不要再抓傷口了。」

「妳才不要多管閒事。」

他閉上眼睛又抓了抓。就算是個嘴裡沒半句好話的小鬼，他的神情和動作還是頗令人同情。

辛苦了……這麼努力完成任務，還把自己累成這樣……

阿基里婭拍了一下科林的肩膀。

科林啪地揮開她的手，尖叫退開，結果一屁股重重摔在地上。他雙手撐在身後，雙腳亂踢，睜著恐慌的雙眼看向里婭，不停後退，但眼珠上映照的卻**不是她**。

「科林，冷靜點，是我！」

少年一個翻身就往木架底下鑽，弄得石英板一陣亂晃。里婭撲了過去，但是為時已晚。白色的石板擊中地面，無數的石英碎片彈跳、滾動著灑了滿地。

科林縮在牆邊，渾身發抖，雙眼凝視著空氣。里婭在他旁邊蹲下，一塊石英深深刺進她的膝蓋下方。她沒有碰觸科林，只是用柔軟的聲音說道：

「科林，沒事了，我是里婭。有我在這邊，你很安全。」

他的兩顆眼珠轉向她，嘴唇又張成準備尖叫的形狀，但又突然整個人僵住，只剩眼瞼瘋狂地眨著。

「里婭？」

他一把抓住阿基里婭，用力抱緊，而里婭也抱了回去。

「沒事的。」她肯定地說，「有我在。」

少年顫抖著，無聲地哭泣。

她只是抱著科林，靜靜等待。

這不是她第一次見到信使崩潰，而且那時，惡魔**就在科林身前**，只差一點就要把他抓走。他當然忘不了。

過了好一會，科林才放開她，說了句抱歉，擦掉鼻涕和淚水。阿基里婭站起身，拍掉她下半身的石英碎片。「道什麼歉。」她很了解科林現在的感覺，科林想裝得不在意，裝得自己沒有被恐怖給追上，而里婭要讓科林知道，他並不孤單。

「我這幾天也在做噩夢。」她說。

科林看向她，眼裡還帶著水珠：「妳說真的？」

「嗯，我夢見它們爬進了衛城，在我的居室逮到我。」

科林吸吸鼻子：「我也一直夢到那些東西，回來以後我就沒一天睡得好。」他別過雙眼，「有時候，別人碰到我，我、我都以為是**它們**。」

她聽得心都裂開了。

「抱歉，我不該在你閉眼的時候碰你。」

他深吸一口氣，壓著右邊鼻孔往地上噴了一團鼻涕。

「我不行了，里婭。」他用沙啞的聲音說道，「我沒辦法再出去了，我真的沒辦法。」

她想起了瑪黎，想起了這些年來所有拒絕履行義務的信使。布蘭頓或許不用再出去傳信，但科林還是要繼續，除非他在這裡真能發現什麼了不起的成果，不然他至少還要傳信兩趟；要是他拒絕，督政官們就會判他死刑。

萬一科林遭受那種命運，她或許也無法承受。她不願意去想那種未來。

「你剛才說要跟我借什麼？」

科林又擦了一次，還擤了另一邊的鼻孔，讓里婭覺得有點噁心；然後他抖了抖身子，像是要甩開那可怕的記憶。

「我差點忘了。」他終於看向里婭的雙眼，露出他最親切的微笑，「我可以借妳的牙舌嗎？」

她立刻伸手握住項鍊，像害怕科林會奪走她的戰利品一樣。牙舌為她贏得了尊敬，沒有這條項鍊，很多人眼中根本不會有她，她已經**不能沒有**這東西了。

「我需要它，」科林很認真，「不然實驗做不下去。」

「你確定嗎？」

他瞇起眼睛：「如果提納特督政官願意分一條給我，那我就不用跟妳借了。還是說妳要幫我問他？」

跟提納特要一條牙舌？里婭光想就覺得胃在抽搐——就算提納特為人親切，他還是一名令人生畏的男子。

「拜託妳，」科林說，「不然我真的很難有進展。」

阿基里婭嘆了口氣：「你弄完就趕快還給我，好嗎？」

「聽妳這難分難捨的口氣，」他的眼裡又露出促狹的神色，「怎樣，已經習慣當個**大人物**了嗎？」

「才沒有。」

不過正如科林所說，她**確實習慣了**這種感覺。

阿基里婭交出項鍊。科林看了看房門口，確定沒有人後，就從桌下的櫃子取出一個青銅小盒，把牙舌放進去，緊緊闔上蓋子。

「我會好好保管的，里婭，我保證。」

他將盒子放在桌上，看起來突然有點緊張，有點欲言又止。

「那個，妳跟布蘭頓殺了惡魔以後……我好像還沒跟你們說過**謝謝**。我本來那天就要死的，或是更慘，而且你們本來就應該讓我被抓走的。不對，我想說的是……我欠妳一命。」

她知道科林是費了多少力氣才說出這段話：「換成是你，也會為我做一樣的事情。」

科林漲紅了臉，他知道那不是真的，里婭也知道。但這不重要。

「你總有一天也會擊敗惡魔。」她說，「不對，你殺死的惡魔會比任何人都還要多。」

科林又露出疑惑的表情：「我怎麼殺得死惡魔？」

「你不就是來這裡找答案的嗎？」阿基里婭指著房間裡的盆栽、枝葉還有桌上的玻璃杯，「這些神奇的鏡子和長屁股的燒杯，不就是你的武器？」

少年嘆了口氣：「給我節制一下妳的希望。這些葉子是**殺不死**那些賤骨頭的。我的意思是，我當然希望可以，也不會放棄，可是……」

糾纏科林的不只是噩夢和回憶，壓力也在腐蝕著他的內心。他知道自己在賭，如果他沒找出有用的東西，督政官們就會逼他回去地面，要他繼續傳信；如果拒不從命，他就會遭到處決。

里婭有預感，少年多半會選擇死在戰士的矛頭下。

「你一定會找出來的。」她說。

「五十年來都**沒人成功過**，」他還是很喪氣，「一直都是惡魔在屠殺我們。」

「你跟**其他人**不一樣，歷史上從來沒出現過像你這樣的人。**我知道**你會辦到。」

科林看向阿基里婭，迷惘慢慢從他的眼中退去，留下對伙伴的信任。

「謝謝妳這麼說。」他聳聳肩，「能夠從**只有**我一半聰明的妳口中聽到這些，真的意義很大。」

這才是科林。

她敲了敲裝牙舌的青銅盒子：「先研究完這個可以嗎？」

科林點點頭：「要來杯茶嗎？」

里婭只想快點離開這悶熱的房間，但是科林還需要她。

「當然。」

科林摘了把椿葉扔進燒杯，又從牆邊的水槽撈了一桶水，將燒杯斟滿。大部分的人煮茶，都會用剛從河裡打起來、還在發光的水，但科林總說那樣煮茶會冒出討人厭的苦澀。他把燒杯放到爐架上，往底下丟了一塊煤炭，又點了一根小樹枝在煤炭旁燒著。沒過多久，漆黑的煤塊就開始發出明亮的火光，科林才從水槽上的架子拿了兩個乾淨的大陶杯。

阿基里婭和科林坐在一起看著火焰，燒杯裡的水慢慢燒開，冒出咕嘟咕嘟的氣泡，翻攪著水裡的茶葉。兩人都沒有說話，但彼此的陪伴讓他們很安心。

等到煤塊終於燒完，碎成一團白灰，科林又在燒杯上放了一張爐架，輕推了一下，茶水就從杯口流了出來。阿基里婭這才注意到，燒杯是架在一根轉軸上。科林先倒了一杯，把冒著水煙的陶杯推到里婭面前，才把留在自己面前的杯子倒滿。

「哇，你是不是愛上我了？」她舉起杯子，吹散騰騰的蒸氣，「竟然先幫我倒茶。」

科林用力**噓了她**：「女人，去幫我弄點麵餅過來。」里婭被逗得咯咯狂笑，換成是其他人講出這種笑話，她一定會怒不可遏，但科林一直很尊重她的領導和經驗。很多勒墨特人都不認為女人可以跟男人平起平坐，而科林雖然有一堆毛病，卻不是那樣的人。

阿基里婭啜了一口，神情立刻亮了起來：「好喝！你是怎麼把河水的苦味弄掉的？」

「用磨碎的石灰過濾。」

磨碎的石灰？他到底是怎麼想出這招的？

科林喝了一大口，放下茶杯：「妳知道我們全都死定了對吧？」

「西涅什也是這樣要死不活的，你們倆一定會混得很開心。」

科林打了個哆嗦：「跟蜘蛛混？先不要。」話才說完，他就注意到里婭的怒目，補了一句：「欸，抱歉。」然後喝光杯裡的茶，隨手塞進桌上的杯子堆裡。

「這根本是茶杯的亂葬崗。」阿基里婭看著桌上，「你有洗過杯子嗎？」

他也看了一眼，然後聳聳肩：「我還有更重要的事得做。妳還要喝的話可以把杯子拿走，我要開始工作了。喔，我說『要開始工作』，意思就是『妳他媽的快滾』。」

才剛索求完安慰，就能立刻變成一個刻薄的混蛋。科林．第納辛就是這樣的人。

「謝謝你親切的招待吼。」

她走向門口，心裡期待著科林還會再罵點什麼。但少年什麼也沒說，讓里婭忍不住回頭往房內看。只見科林提著牙舌上的繩索，興奮地睜著雙眼，眼裡沒有半點睡意，不知道是因為茶的刺激，還是其他的原因？

他把牙舌放到桌上，從一旁的工具堆裡翻出鑷子和鉗子。阿基里婭看見他一邊念著些什麼，一邊彎腰湊近牙舌。她不確定科林講了些什麼，但似乎是「比什麼都有用」之類的話。

他大概已經忘記里婭在這，甚至忘記她有來過了。阿基里婭祈禱著少年可以研究出一些成果，**不管是什麼**成果都好。因為失敗的話，就代表他跟西涅什所看見的未來才是對的。

28

阿基里婭拿著一袋剛採下的銀碧花，快步走過擁擠的廊道。沿路有不少人跟她一樣，也是朝著通往岩台的樓梯而去，眾人都聽說艾珂．拉斯忒已經帶著伙伴，從然他爾回來了。

阿基里婭他們從刻孚蘭回來時，沒有人拿銀碧花歡迎他們。但她並不意外，因為每個人都以為她、布蘭頓和科林已經死了，而且刻孚蘭淪陷的消息也嚇壞了所有人。但就算時局不好，就算時局**這麼壞**，歸鄉的信使也應該得到隆重的歡迎。她要用花瓣灑滿艾珂、耶娜和托瑪斯的全身，讓他們感覺到歡迎，讓他們知道至少還有一個勒墨特人尊敬他們所冒的險。

「嘿，里婭，等一下。」

布蘭頓突然追上她。她立刻轉過身，害得高大的少年差點撞上她。

「噢，抱歉。」他退了一步，「我需要跟妳聊聊。」

「真的嗎？我去了科林的工房三次，他說你一次也沒去過他那邊。是誰說會在那邊跟我碰面的？」

「妳在生我的氣嗎？」布蘭頓眨著眼，讓里婭有點想學科林一樣叫他「蠢布布」。

她雙手抱胸：「生氣？我幹嘛生氣？因為我們**好幾天**沒聽到你的消息？因為你沒來找我們？喔，還是因為你忙著跟新朋友混？」

里婭的語氣變得有點惡毒，但她控制不住自己。雖然布蘭頓再過不久就會成為戰士，但他終究還沒有正式加入，卻這麼快就忘了她，這讓她感到痛心。

「我在盡我對衛城的責任。」他皺起眉頭，「戰士需要我的幫忙。」

「盡你的責任？」她湊上前去，「把難民關在校場叫做**盡你的責任**？」

布蘭頓退開小半步：「我在執行衛君交付的工作。難道我們不該這麼做嗎？難道妳**沒有這麼做**嗎？」

她的怒火再次閃燃，不只是因為布蘭頓，更是因為衛君。衛君怎麼能下這種命令，像對待囚犯一樣對待那些人？她沒想到奧洛斯竟能這麼冷酷無情。

「我只會做**正確**的事情。」她知道自己的回答並不誠實，她知道自己也會聽從衛君的命令，但她還是忍不住這麼說了。

這也是她第一次看見布蘭頓的臉上燃起憤怒——**對她的憤怒**。

「妳在嫉妒我。」他指著阿基里婭的胸膛，聲音和她一樣低沉，「妳想當戰士，結果我先了一步，所以妳才這麼生氣。」

先了一步？他不知道女人根本沒有機會成為戰士嗎？

人群紛紛走過，前去歡迎艾珂歸鄉，而他們就像是兩塊河川裡的巨石，面對著彼此互相低罵，人潮跟河水一樣流過他們身邊。

「布蘭頓，你這下賤混蛋。」她罵道，也聽見了自己聲音裡的卑微可笑。但這麼無力的辱罵還是刺傷了少年。

「這些都是為了勒墨特，我沒什麼好羞愧的。」他低吼，「我唯一該羞愧的就是看錯妳。」他好意思說這種話？「你這不知感恩的小賤貨，沒有我的話你早就死了。」

布蘭頓氣得露出緊咬的牙齒。阿基里婭從來沒看過他這麼憤怒。

「妳以為我笨得什麼都不懂？不，我**不是**白痴。而且妳知道嗎？卓斯科說我會成為勒墨特歷史上最好的戰士，所有人都這麼說。」

「對，你當然會成為歷史上最好的戰士，因為當戰士可用不到什麼腦子。你也**只配當一個戰士，蠢布布**。」

他鬆開緊繃的怒容，看著她的表情像是被從身後捅了一刀。

阿基里婭立刻知道自己說過頭了，開始後悔自己的衝動：「布蘭頓，我不是那個意思。」

「省省吧。」他別過眼睛，又看了回來，「我受夠妳了。以後別再來找我，我也不想再看到妳。我來只是要告訴妳，妳不是想知道惡魔怎麼進去刻孚蘭衛城的？哼，我趁其他戰士不注意問了幾個難民，他們說惡魔是突然出現在廊道裡的，沒有人知道是怎麼回事。然後惡魔就開始殺人和抓人。那些人能活下來只是因為跑得夠快。好了，妳要知道的我都幫妳問出來了，現在，離開我的視線。」

布蘭頓特地趕來告訴她這些消息，卻得到她這樣的回報？就算他們不會繼續一起傳信，她也不能讓兩人的友誼這樣結束。

「等一下，」她想抓住少年，「我剛剛太氣了，而且──」

「**所有人讓開！去找醫生過來！**」

死寂落在眾人頭上，讓每個人都停下了腳步，緊緊靠向廊道的牆壁。

艾珂受傷了嗎？還是耶娜，或者是托瑪斯？

阿基里婭看見高大的維勒．潘庫爾出現在廊道的盡頭，他肩上扛著一個人，那人身上的偽裝服插滿紅色的爐火椿。隨著維勒愈走愈近，阿基里婭終於看清楚那個人是艾珂・拉斯忒。

「主啊，」布蘭頓嘆息，「看看她。」

艾珂的左手毀了，手肘以下只剩一團碎肉和骨渣，傷口上沾滿泥土、砂礫和乾枯的雜草，彷彿調味完畢的生絞肉，碎成破布的偽裝服垂掛在半空中，和破碎的肌肉與筋腱一同搖晃。她半睜的雙眼裡依舊滲著目光，臉上滿是乾涸的血跡，但下唇深深的傷口中仍看得見溼潤的血液。

塔耳柏醫生擠過阿基里婭和布蘭頓，奔向維勒與艾珂。他撥起艾珂的眼瞼，同時忙亂地在她頸上摸索脈搏。

阿基里婭再也按捺不住，衝了過去，站到塔耳柏身邊。

「艾珂，我是里婭，發生了什麼事？」

艾珂昏沉地眨眨眼，花了一會才聚集起視線。

「然他爾淪陷了。」她努力擠出聲音，「惡魔……人都死了。」

有個女人擠過群眾跑了過來，是卡門・柏耳。

「我女兒呢？」卡門尖聲問著，「耶娜在哪裡？我女兒在哪裡？」

艾珂又眨了幾下眼：「死了。兩人都是。我的伙伴都死了。」

卡門雙膝一垮，側身倒在地上，她的悲號淹沒整條廊道。

「快帶她到醫院去，」塔耳柏轉過頭，「布蘭頓，開路！」

布蘭頓瞪了阿基里婭一眼，那是來自他殺手本能的最後警告。

「我們沒什麼好說的了。」他說，「**讓開**。」

他大步走過廊道，人群紛紛貼到牆邊，讓出道路。布蘭頓從來不曾在她眼中變得這麼**巨大**、這麼**嚇人**。維勒・潘庫爾跟在他的身後，塔耳柏走在一旁，緊盯著艾珂的狀況。

不一會，他們就走遠了，廊道裡只剩下錯愕的眾人，還有一片死寂。卡門·柏耳的哭號深深掐著每個人的靈魂。

29

不用等提納特開口，阿基里婭就知道他要說些什麼。他沉重的神情比任何言語都更清晰，只是有些話還是不得不說出口。

「艾珂．拉斯忒今晚離開我們了。」提納特說，「塔耳柏醫生無法留住她。」

衛君閣一片沉默，令人窒息。阿基里婭不想留在這裡，她看得出督政官們和衛君也不想。

收到傳喚的那一刻，她就知道她的英雄已經不在了。不，不對，從她看見艾珂的斷手、看見她死白的肌膚、看見她呆滯的眼神時，她就已經知道了。

「她是個了不起的人，」衛君低著眉說道，「失去她令人哀痛。」

容赫督政官點了點頭，但他的動作卻像在說「快談正事吧」，而不是「我也為她的離開感到悲傷」。

「確實令人悲傷。」果然，他開口了，「但她提到了然他爾的陷落，除此之外她還有帶回什麼重要的消息嗎？」

提納特往後傾身，靠在椅背上，挫敗……擊潰了他英武的姿態。那是阿基里婭從沒見過的他。

「什麼也沒有。」他說，「塔耳柏醫生一直陪在她的身邊，我也去過她的床邊，想要多問出一點東西。但艾珂始終沒有恢復神志，沒能告訴我們更多細節。」

容赫雙手抱胸哼了一聲，躺回椅背上，一副**不耐的樣子**。

「她一路奮戰才能回到衛城。」阿基里婭忍不住吼道，「惡魔奪走了她的手臂、殺死了她的伙伴，但她還是一路**掙扎**，就為了回來告訴我們，然他爾淪陷了。所以你這卑賤的傢伙，給我放下手臂，對艾珂．拉斯忒獻出一點**該死的尊敬**。」

男人們不可置信地看著她，看著放肆僭越的阿基里婭。

但她不在意。這裡有**哪個人**的功績能與艾珂相比？

容赫鬆開交叉的雙臂。

「里婭，我不能接受這種行為。」衛君說道，語氣溫和卻嚴厲，「請妳道歉。」

阿基里婭只想一腳踢向容赫的喉嚨，但她沒有放任自己繼續崩潰。

「我很抱歉，容赫督政官。但艾珂是……她對我的意義很重大。」

「我們都一樣。」奧洛斯說，「但是她已經走了，而我們還活著。所以里婭，我現在任命妳成為勒墨特衛城的信使長。」

信使長，除了戰士以外最輝煌的頭銜。如果是在昨天，衛君的命令會使她滿心得意，可是現在她只感到空虛。如果放棄這份榮耀可以換回艾珂的性命，阿基里婭寧願什麼都得不到。

「妳負責下次前往塔干塔的傳信，」提納特挺直身軀，「三天之後出發。我們會送新的偽裝服過去，交換一批火香子。」

阿基里婭看著提納特，一臉不解：「火香子？你們現在還想著火香子？然他爾滅亡了、刻孚蘭滅亡了。下一個就是代卡泰拉，然後就是我們。」

波勒督政官嘆了口氣：「我就說吧，這小妞馬上就得意忘形了。」

「我們得**有所行動**。」阿基里婭努力控制著自己的怒氣。

巴爾登朝她晃了晃手指，彷彿她還是頑皮的五歲小孩。

「火香子可以保存肉類。」他解釋道，「我們需要盡量多儲存一點，免得連塔干塔都落入惡魔的爪下。」

她沒聽錯吧？

「等等……你們已經在盤算塔干塔的淪陷？沒有人想過要反擊嗎？」

衛君雙手一攤：「用什麼反擊？難道科林已經找出什麼了嗎？他的研究有什麼進展？」

阿基里婭感覺自己被扯得四分五裂。對，她想要反擊，但衛君說得沒錯──要用什麼反擊？

「科林已經研究出乾燥和研磨爐火椿的方法，」阿基里婭答道，「他管這叫**濃縮**，濃縮過的葉子碰到惡魔血可以更快生效，效果也更好。」

波勒朝她俯身：「啊，所以他學會把茶葉切碎了？真了不起，但那不是**武器**，我說得對吧？」

她點點頭。

「這就對了。」波勒躺了回去，「我想事情很清楚了，閣下，那小子在逃避他的義務，在這最需要信使盡義務的時候逃避。」

他們要把科林關起來……她不能讓他們這麼做。

「閣下，」里婭大喊，「科林需要時間，他──」

衛君舉起手，示意她安靜：「我們需要科林擔任信使，他會加入妳的隊伍前往塔干塔。提納特，誰是里婭的第三個伙伴？」

第三個？但……喔，不……

「是索珊娜．奧伯希。」提納特回答，「布蘭頓另有其他用處，而新人需要在信使長的帶領下完成第一次傳信。」

果然。布蘭頓只經歷三次傳信就免除了義務。阿基里婭不由得感到一股**憎恨**。

「里婭，請努力回應我們的期待。」衛君的語氣不容爭辯，「妳可以退下了。」

30

阿基里婭伸出手：「還來吧，都結束了。」

科林沒看她，而是看著地面，從青銅盒裡掏出牙舌交還給她。

「我還需要時間，里婭。」他無助地說，「我會找到的，拜託。」

儘管科林看不到，她還是露出相挺的微笑。但他**能找到什麼**？除了這堆葉子，他根本沒有東西可以研究。

「算了，你先留著吧，去塔干塔以前再還我就好。」她放下牙舌，「要喝茶嗎？」

科林咕噥一聲，她猜想那應該是**同意**。她提起一桶已經用石灰過濾的水，倒進燒杯，伸手去拿裝煤的箱子，卻發現櫃子裡已經沒有陶杯了。杯子散落在桌子上、牆角邊，還有每個能堆東西的地方，**就是不在**放乾淨杯子的櫃子上。

「科林，你該不會沒洗杯子就直接拿來用了吧？」

他沒理會她，逕自走向一張椅子，重重坐下。

阿基里婭把水桶放回原位，開始收拾杯子，打算在科林埋首研究的時候，起碼幫忙一下洗杯子，作為在這片末日將至的陰鬱愁雲中，給朋友的一點體貼和照應。

水槽邊的空間很快就用完了，里婭只好把杯子疊在一起。每個杯子都髒得令人皺眉，裡頭沾滿椿樹葉的碎片，蒸發後的茶水變成了白色的黏液，在乾透的地方留下砂紙般的觸感。

就在她第四次回到桌邊時，有個東西讓她呆住了。

杯子裡那些黏液……

阿基里婭慢慢轉身，走回水槽邊，用顫抖的手抓起一個茶杯。杯底沾著一些乾燥的碎椿葉，還有一層厚厚的粉末，讓她想到了一件**很重要的事**。

她伸出食指，用指甲刮過杯底，粉末剝落時傳來砌礤砌礤的觸感。盯著指尖上的粉末，那天從戰敗的惡魔口中割取勝利時的景象，忽然在她腦中閃現。

「科林，你過來看這個。」

「先等一下，我在等待世界的悲慘淹死我。」

「快點**給我**過來！」

少年走了過來，湊近她。

里婭把手指伸到他的眼前：「你看這像什麼？」

「嗯，看起來像一片指甲。」

「你少在那邊，我說**指甲上**的東西。」

他瞇起眼睛湊近了一點：「粉末，還有一點黏液。好啦，是杯子沒洗的茶垢，妳到底要我看什麼？」

「你還記得惡魔的血噴到樹葉以後，留在上面的灰燼嗎？」

「記得一清二楚。」科林說，「那跟茶有什麼關係？」

科林是里婭見過最聰明的人，或許她再也不會遇見更聰明的人了，但科林沒有看見其中的關聯，而她卻發現了。這讓里婭有點興奮。當然科林也許會駁回她的想法，但她隱隱知道不會。

「惡魔的血在葉子上變成了灰燼，」她加重語氣，「你不覺得這個粉末很像那些灰燼嗎？」

科林的眉頭變得有點皺：「是有一點，但不太一樣。妳手上這些粉末跟黏液是白的，可是惡魔血燒過的葉子是灰色的。里婭，我還要忙，妳可以直接說重點嗎？」

「如果就是這些粉末把燃燒的毒血變成灰燼的呢？」

「也可能剛好相反，」科林說，「是毒血裡的東西把葉子裡的東西變成灰燼。不過我們先別爭這個，就假設活性成分在這些粉末跟黏液裡好了，但妳到底想幹嘛？」

「毒血碰到葉子會產生灰燼。如果這些粉裡面有你說的那什麼，呃，**活性成分**的話，」里婭又把手指戳近了一點，離科林的臉只剩不到半吋，「那把這些粉弄進惡魔體內，會發生什麼事？」

科林噗哧笑了出來。「惡魔體內！」他愈笑愈誇張，整個人彎了下去，過了好一會才用左手撐起身體，抬起右手求饒，「幹，我快笑死，妳這笑話太猛了。」他好不容易站起來，抹掉眼角的淚水：「好吧，但我們要怎麼把粉弄到惡魔體內？灑在托利奧烤的小鬆糕上嗎？」

阿基里婭知道自己就快想到什麼**了不起**的東西了，完全沒理會他的嘲笑。

「不是鬆糕。」她用手支著臉，「要怎麼把粉弄進它們體內？當然是尖銳的東西。」

科林又笑了，但沒有笑得很久。「尖銳的東西……」他眨眨眼，眼角還留著一點濕氣，「妳是說像長矛，或是弩箭。」

阿基里婭點點頭。

科林在原地站了一會，雙眼眨得愈來愈快，呼吸變得愈來愈急。「媽的，我怎麼沒有想到。里婭？」他舉起一隻手，「牙舌再借我。」

里婭感到一陣心痛——她早該知道事情會這麼發展。但她還是解下項鍊交到科林手中。科林用另一隻手搶過陶杯，回到自己的工作台，又一次徹底忘了她的存在。

她不確定自己的想法有沒有意義。但只要真的有，科林一定能找出什麼。

於是阿基里婭離開了工房。

31

阿基里婭需要一種新武器，而科林找到了。

「簡單來說，這些樹猢可以凝結惡魔的血，產生血栓。」科林解釋完，興奮地把教鞭往手掌上一拍，「我們只要在箭上面塗滿這些猢，射進那些賤畜身體，它們就會死個屌朝天了！」

衛君和其他督政官互看一眼，紛紛露出不悅的神色。

「科林，」衛君抹了一下額頭上的汗水，「我們都聽里婭的下來這裡了，可以麻煩你注意一下用詞嗎？」

「啊幹。」科林尷尬地罵道，「我實在太興奮了，抱歉閣下。」

衛君嘆了口氣，點點頭，不得不對少年的歉意感到欣慰。

阿基里婭想過要帶科林進衛君閣報告，但她還是決定讓這些大人物體驗一下科林在這裡的日子。

她一直好奇督政官那身莊嚴厚重的長袍下到底還有沒有其他衣物，但今天現在看到衛君、波勒、巴爾登和容赫瘋狂流汗的樣子，她終於確定沒有了，不然這些人一定會脫掉長袍求個涼快。五人之中只有提納特設想周到，換了一件輕薄許多的汗衫，把長袍拿在手上。雖然滿身大汗，但他至少不像其他人一樣難堪。

塔耳柏醫生也在衛君的命令下過來了，不過他很常來工場區，清楚這裡的潮濕酷熱，所以只穿了短衫和涼鞋。汗水流過他年老鬆弛的肌膚，在灰白的胸毛上閃閃發光。

「你說這東西會凝結惡魔的血液結塊成血栓。」醫生問道，「你親眼見識過嗎？」

科林遲疑地舔舔嘴唇：「不算有，但阿基里婭的牙舌裡還留著一些乾掉的惡魔血，我就拿它來測試樹潲的反應。我非常確定這些爐火椿精華對惡魔來說是致命的毒藥，但就像研究開始前我和各位督政說的一樣，我需要一頭惡魔才能完成最後的實驗。」

「這太荒謬了。」容赫說，「我們不會浪費時間去幫你抓惡魔。」

阿基里婭走上前，和科林並肩而立。「不用抓。」她說，「我們只要**去找一頭**就好了，我知道怎麼找到它們。給我一群戰士，我會帶他們找到惡魔，包圍它，把毒矢射進它的身體，這樣就能證明科林的理論。」

男人們一句話都沒說，連提納特都沒有。

阿基里婭不理解他們的沉默，她原本以為反擊的曙光可以讓這些人振奮起來。

科林的石英板上畫著一片精細、美麗的爐火椿葉，旁邊畫有提煉白色黏液的方法，還有他所謂的「結晶程序」——他認為當灼燒的毒血碰到爐火椿，就會發生那樣的事情。

「沒有人知道這東西究竟有沒有用。」波勒揮掉頸邊肥肉上的汗水，「而且現在的局勢危急，我們不能冒險把戰士派去地表。」

他的話像陣愚蠢的風，吹得阿基里婭雙拳發涼。他們都看不出這是個大好機會嗎？

「當然**不會有人知道**。」阿基里婭說，「因為這是新的發明。但我們必須趁著其他衛城滅亡以前冒一次險。如果新的武器有用，我們就可以召集其他衛城朝黑煙山進軍，我們可以殺了惡魔之母，奪回我們的世界。」

男人們睜大了眼睛瞪著她。

「妳要我們**進攻**。」容赫說，「而且是進攻黑煙山？」

阿基里婭點頭說道：「只有這個辦法，我們必須趁著現在還有足夠的人口，速速討伐它們。如果不這麼做，人類的衛城就會一個接著一個淪陷。」

「西涅什嘗試過攻打黑煙山。」容赫說，「結果如何我們都清楚——人類失去了五千個戰士。」

阿基里婭指著科林的畫：「畢舍爾將軍沒有這個東西。但我們有，我們辦得到，我們可以作戰，而且**我們會贏**。」

衛君走向石英板，上下打量著板子上畫的東西。

「這些**樹㴋**……」他轉頭朝科林皺眉，「科林，可以幫它取個正經點的名字嗎？」

科林拿起抹布，擦掉「樹㴋」兩字，重新寫上「白膠」。

「好多了。」奧洛斯說，「這些**白膠**會很難製造嗎？」

科林搖搖頭：「比從老二擠還要快，閣下。只要把葉子搗爛加水，煮個十五分鐘等它冷卻，濾掉所有渣渣，再加些澱粉煮到變成㴋……呃我是說膠凍狀，這樣就完成了。六小時就可以打出一整桶，唯一需要的就只有一大堆葉子。」

衛君繼續看著畫。他有理解這東西的意義嗎？

「那需要多少白膠，」他又問，「才能殺死一頭惡魔？」

科林聳聳肩：「不確定，我們對惡魔的內臟運作一無所知。」

「如果真如科林所想。」塔耳柏說，「應該不用多少就可以癱瘓甚至殺死惡魔。只可惜我們沒辦法知道。」

「我跟托利奧．敏薩拉談過，」阿基里婭補充，「他說麵餅作坊裡還有很多空桶子，可以給我們盡量製造白膠。」

衛君轉向其他督政官：「我想我們沒有理由拒絕這項發明。我們應該多造個幾桶放在軍械庫，讓信使出門時帶上幾瓶。提納特督政官，你認為這樣明智嗎？」

提納特坐直身體：「我同意，這麼做很明智。」

「很好。」衛君看向科林，「那事情就這麼定了。幹得好，科林，你證明了自己的聰明才智。就在這邊多待一陣子，讓我們看看你還能做出什麼吧。」

少年的臉上發出喜悅的光彩，阿基里婭跟著高興起來。

「謝謝閣下，我會證明這個發明的意義，」她趁勝追擊，「我可以推薦獵殺惡魔的人選嗎？維勒．潘庫爾很適合，還有安達恩．吉索斐瑞德，他是衛城裡最準的弩手。」

但衛君卻擺出嚴厲的表情：「我們現在不能讓戰士去冒險。」

「可是……我們已經有武器了。」

波勒搖搖手指：「不對，這還不叫**武器**。除非妳先證明它的威力。」

其他督政官也跟著點頭，只有提納特例外。

「你們要麵餅作坊生產白膠，」她說，「卻不打算**使用**它？」

衛君對著提納特皺了皺眉，那豪勇的男子領會到他的意思，清了清喉嚨，把長袍換到另一隻手上：

「我想衛君的意思，是要讓信使測試這些白膠。」他說，「我們不能派出難以取代的戰士，但信使的工作本來就有可能遇見惡魔；如果信使被惡魔攻擊時用了白膠，就可以證明它的作用。」

衛君點點頭。

他們還想繼續等待？這些男人到底有什麼問題？

「好啊。」阿基里婭怒道，「把你們寶貴的戰士藏好，我自己去測試。今天晚上我就帶著重弩和箭矢去找惡魔，你們等著瞧。」

衛君又看了提納特一眼。他看起來很不甘願，但還是接受了衛君的要求。

「我們也不能讓妳去冒險。」提納特說，「里婭，妳是勒墨特的信使長，所有重要的傳信都會由妳負責。妳的責任是避開惡魔，不是去尋找它們。」

她不敢相信自己的耳朵。「所以你們都打算躲在這裡，等到惡魔殺上門？等到**所有人**都被宰掉？」她看向提納特，「你知道我可以辦得到！」

斬殺了兩頭惡魔的男子別過目光，不願與她對視。

「懦夫。」她罵了一聲，然後看著所有人罵道，「你們這群**懦夫**。」這句話在奧洛斯的眼中點燃了怒火。

「三**十六年**。我的家族花了三十六年在保護勒墨特衛城，」他說，「這三十六年裡，希珀尼亞垮了、彭塔蘭垮了、刻孚蘭垮了，現在然他爾也垮了，**好幾千人**死了，但我們還活著。妳以為我會放妳出去找惡魔，把它們的同類帶回衛城？」

阿基里婭聽了這話，胸口的怒氣噴薄而出：「你覺得我們很安全？刻孚蘭跟然他爾也是這樣想的，說不定他們就跟你們一樣，腦子都卡進屁眼裡了！」

奧洛斯霎時面色漲紅，鼻孔開始呼出咻咻怒氣。

恐懼在阿基里婭的胃裡翻騰。她這回的舉止不只是踰矩，而是**僭逆**。

「妳**休想**跑去招惹惡魔。」奧洛斯壓抑著聲音裡的狂怒走近她，動作慢得像頭匍匐尋找獵物的惡魔，差別只在他知道里婭的位置，「看在妳對衛城的貢獻上，阿基里婭．古珀，我原諒妳這次的狂妄。

但妳給我聽好，這種事情**不會再有**下一次。」

奧洛斯轉過身，大步走出工房，紫色的長袍在他的身後飄動。其他督政官也跟了出去，每個人都鐵青著臉，用失望的目光看向阿基里婭，只有提納特連看都不看她。

塔耳柏抱著胸搖搖頭：「聽我的勸啊，里婭，禍從口出。妳總不希望哪天卓斯科跑去敲妳的房門，把妳給扔進牢房吧？但惹火衛君的人就是那種下場。妳已經不是小孩子了，趁著一切還沒有太晚，快點面對現實吧。」

說罷，塔耳柏也離開了。

科林吁了一口長氣：「幹，我快**嚇死了**。但至少結果還不錯，萬一之後有信使被惡魔盯上，他們還有效果不明的武器可以反擊。咱們的統治者真是太英明了，妳不覺得嗎？」

督政官和衛君都不理解科林的發明有多重要，或許塔耳柏也不理解。那科林呢？他**真的**理解白膠的價值嗎？

「我不會放棄。」阿基里婭呼出胸中的惡氣，「他們不幫忙就算了，科林你呢？」

科林臉上的肌肉抽了幾下：「我留在這裡拚命擠光我的卵蛋能幫得了妳嗎？」

她搖頭。

「肏。」科林開始發抖，抖得他得扶住桌緣才能穩住自己：「我不知道我在外面能幫上什麼忙。妳該去找布蘭頓，想當英雄的人是他，不是我。」

她回想了兩人在艾珂歸鄉那天的爭執。

「他現在是戰士了，」她說，「不會幫我們的。科林，我需要你。勒墨特需要你，所有人類都需要你。」

少年看起來變得更矮小、更脆弱，而且他還在**顫抖**。她知道這麼問，對科林來說太過沉重，但她是要去賭命，而顧忌罪惡感並不會增加她獲勝的機會。

「我幫妳做了一個禮物。」科林伸出右手，「牙舌拿來。」

「所謂的**禮物**，不是**你有**東西**給我**才對嗎？」

他依然平舉著手掌，手指張合了幾下，意思很明顯。里婭嘆了口氣，摘下牙舌項鍊交到他的手中。科林又從桌子下拿出那個青銅盒子，抽出一個小玻璃瓶，又花了一點力氣，把玻璃瓶塞進空心的牙舌，遞還給阿基里婭。

「真謝謝你的心意，」里婭說，「但我不是提納特，閃閃發光這種事情還是算了吧。」

他搖了一下項鍊：「我們又不是第一天認識。妳把瓶子打開就知道了。」

里婭接過牙舌，才發現瓶口有個木塞子。她拔出木塞，裡面閃亮的光澤並不是水，而是白膠。

「哇，科林，」她笑著說，「你真貼心。」

「這哪有什麼，每個女生都想要一大瓶樹㴋嘛。」

「你太浪漫了，托利奧會吃醋的。」她蓋回木塞，重新戴上項鍊，撫摸著牙舌的稜角。她發現自己已經習慣了有牙舌貼在肌膚上，「所以這你是要跟我求婚，還是要跟我一起去獵殺惡魔？」

「猜啊。但是先給妳一個提示：妳不是我的菜。」他安靜了好一會，「如果我的毒沒有用，或是我們先被逮到……我應該不敢用我的小兄弟。拜託妳，別讓我被抓走。」

她點點頭：「不會的，我們都不會被抓走。」

他看著她的雙眼，估量著她的話語，然後深深點了頭：「好，我跟妳去。」

32

現在不是喝茶的時候。

所以阿基里婭沒有喝茶，而是吞了一大口甜蘆烈酒，品嘗著流下喉嚨的火焰。烈酒的第一口最燒舌頭，第二口就沒那麼燙嘴，到了第三口就只剩灼熱。

科林伸出手：「啊妳是要一個人喝光喔？」

他們選在科林酷熱難忍的工房議論作戰。要是選在里婭的居室，就算她關上房門，人們還是會不停來訪；但如果選在工場區的最底層，就只有他們邀請的人會出現。

畢竟沒有人想忍受此處的酷熱，也沒人想忍受科林的那張嘴。

阿基里婭遞過手中陶杯，看著科林喝酒。不出里婭所料，少年喝得太快，被嗆得連連咳嗽，酒液灑得整地都是，淚水也從他扭曲的眼角擠了出來。

「比嬰兒的屎好多了。」他說，眼睛還是扭曲地緊閉著。

「你會喝嬰兒的屎？」

科林張開雙眼，又咳了幾聲：「有道理，我得換個比喻。」

酒是托利奧給她的。他最近一直想陪在里婭身邊，卻還是不得其法。里婭想過找他加入，但仔細一想，就知道托利奧只會阻止她。托利奧太愛她了，不會理解她的冒險能拯救多少性命。

科林把杯子遞了過來。

「這杯你拿著，」里婭說，「我再換個杯子。」

她尋找著乾淨的杯子，只是不出意料，一個也沒有。但沒有倒也無妨，不管髒的杯子裡還有什麼，都擋不住烈酒的勁力。她從桌上抓了一個杯子，倒滿烈酒。

科林又咳了一聲：「比惡魔的屁順口多了。」他這次的比喻也像樣多了。

「該做正事了。」里婭提醒他。

科林坐到里婭身邊。兩人清掉桌上的陶杯、鏡片和工具，擺上收好的繩索、繃帶、網子、火把、火柴、小刀、乾糧、一瓶「樹淌」、幾袋爐火椿葉磨成的粉末，還有一把重弩、一袋箭矢，幾把從軍械庫偷來的矛頭——兩人是生是死，都看桌上的這些東西。

「只有這些沒用的垃圾喔？」科林說，「我們死定了啦。」

「你對自己的發明沒有信心？」

科林聞言揚眉，點了點頭：「如果只要把淌射出去就算了，可惜妳是不是忘了，我們倆得拿著這把弩，把淌給**幹進**惡魔的身體。」

阿基里婭當然沒忘，她跟科林碰了酒杯：「那就別廢話了，做事吧。」

他們一遍又一遍確認需要的一切，打磨槍尖、刀刃和鋒矢。兩人喝了杯酒，繼續檢查繩索、偽裝服和手套，又喝了一杯。他們確認了繃帶已經收拾整潔，火把也確實乾燥，然後再喝了一杯酒。

「莫名其妙。」科林邊做邊抱怨，「幹他媽的那些督政官是有什麼毛病？明明戰士整天拿這些弓弩槍矛在訓練，結果碰到我們需要有人來**保護衛城**，卻又不派他們出去，那我們養這些人到底還要幹什麼？」

阿基里婭不知道怎麼回答。幾週前，她還願意跪拜奧洛斯．達耳比走過的每一吋地面，跪拜勒墨特的衛君，跪拜他們無私的保護者。

她怎麼會如此天真？

奧洛斯根本不想戰鬥，只想躲藏在安全的衛城裡。他只想閉上眼睛，不去看遠方匍匐而來的厄運，直到厄運將勒墨特衛城撕成碎片。他不是領導者，只是個支配者，卑劣地利用戰士們捍衛他的權力。

科林拿著半滿的陶杯，醉眼半睜半閉，身體搖搖晃晃：「不行，我再喝就要吐了。」說罷，他仰起頭一口喝乾杯中的烈酒，打出長長的酒嗝，接著看向工房的門口：「哇喔，稀客、稀客。你這次是中了什麼邪，才會下來我們這種小地方？」

布蘭頓站在門口，身上穿著戰士白色的無袖上衣，衣服上染著一道道鮮紅。他的鼻樑上有道抓傷，血水混著熱汗流下嘴角，左臉頰上還並排著三道傷痕。留下抓傷的不是惡魔的爪子，而是人類的指甲。

「我可以進來嗎？」

科林聳聳肩：「問這幹嘛？你是戰士欸。」

布蘭頓站在原處，盯著地面，樣子不太對勁。

「進來吧，」里婭說，「自己坐。」

布蘭頓走向桌子，重重坐在凳子上，瞳孔盯著半空。發生什麼事了？那天爭吵的記憶立刻就從里婭的內心散去。她只看見受傷的朋友，只看見失常的布蘭頓。

「布蘭頓，」她輕聲說，「你流血了。」

布蘭頓摸了摸鼻樑上的抓傷，凝視著指尖上的血跡。

而無袖衫上的血跡……阿基里婭這才發現那不是他的血。

「先喝點東西。」阿基里婭說道。

科林拿了個髒杯子，倒滿甜蘆烈酒交給布蘭頓。嚇人的布蘭頓接過杯子，喝了一大口。他的嘴角歪了一下，顯示出烈酒的味道有多惡劣。

「說吧，發生什麼事了？」阿基里婭以沉穩的聲音問道，「這是誰的血？」

布蘭頓又啜飲一口酒，喝乾陶杯。

「又來了一群難民。」他細聲開口，「這次是然他爾來的。衛君派了戰士……說我們不能接收他們，要他們去比塞特。難民不走。可是里婭，他們看起來好慘。又累、又渴、又餓，還受傷了。他們想闖過我們，想擠進來。有人割傷了維勒。然後，卓斯科就下令……他就下令……」

布蘭頓抬起頭。他的眼中一直有著某種光彩，但現在已經不見了，變得空洞無神，就像惡魔一樣嚇人。

「我們打傷了他們，還有……不只這樣。」最後，他看向里婭，眼眶裡都是淚水。

「我沒想到會是這樣。我沒想到當上戰士要做這種事情。」

少年的身軀往前一垮，額頭靠向阿基里婭的肩膀，沉重的份量使她必須往後撐住腳步才不至於摔倒。她不知道該怎麼辦，只能抱住少年。

「你會撐過去的。」她說

阿基里婭感覺到他在發抖：「不可能，我辦不到。」

她朝布蘭頓的杯子點了點頭，科林立刻幫他又倒了一杯。

「先喝完這杯，布蘭頓。」里婭說，「我不知道發生了什麼事。我只要你知道，那不是你，不是真正的你。」

他坐直身體，用手臂擦過眼眶，接過陶杯一飲而盡，看著空空的杯子。

「我聽說衛君不讓妳去獵惡魔。」他說，「是真的嗎？」

阿基里婭點點頭。

「但你們還是會去。」布蘭頓看向她，發紅的眼珠開始燃燒，「對吧？」

她不知道怎麼回答。因為坐在她面前的人穿著染血的戰士短衫，剛執行完奧洛斯的命令。

「我們哪有要去獵惡魔。」科林嘴裡的字糊成一團，「我跟你縮，我們只會照衛君大人的命令做事。所以你就回去跟他縮，縮我跟阿基里婭都很認真工作，超級認真！工作！」

布蘭頓回過頭看向科林，只見他露出每個醉漢都有的笑容。

「妳說動他了。」布蘭頓點點頭，「他一直都比自己想得還要勇敢。」

科林的笑容消失。他慢慢眨著眼，盯著布蘭頓。布蘭頓把杯子伸向里婭。里婭拿起瓶子，把剩的酒都倒進杯中。布蘭頓又是一口飲盡。

他垂下頭：「我們繼續這樣躲著，只會被惡魔殺光。」

「或是被我們自己人殺光。」

他坐在椅子上，像堆破碎的玻璃，此時里婭也拋下最後的隔閡。

「對，我們要去獵惡魔。」她說，「我們要去測試科林的白膠，殺死一頭惡魔，帶回衛城裡，帶回所有人的面前。我們會要求衛君用這件新武器朝惡魔宣戰。」

布蘭頓繼續安靜了一會。最後他抬起頭來，看向阿基里婭。他的眼中充滿恐懼，還有羞愧，以及白色火焰般的憤怒。

「如果，你們殺了惡魔，」他慢慢地問，「而衛君還是不肯開戰呢？妳要怎麼做？」

西涅什的話閃過她的心中：**想要活下來，我們需要一個真正的領袖**。

奧洛斯的權力很大，卓斯科和其他戰士都是他的手下。但如果他拒絕在衛城的生死關頭採取行動，如果他拒絕在還有機會時放手一搏，那他的統治恐怕不只是勒墨特的末日，也是全人類的末日。

「如果我們抓到惡魔以後，他還是不敢開戰——」阿基里婭的呼吸發出尖銳的咻咻聲，提醒她接下來的話可能會讓她血灑校場：「——那我們就推翻他。」

科林的下巴掉了下來：「等等，我一定似喝多了……妳剛才縮了什麼，我聽錯了嗎？」

布蘭頓站起身，陰影落在阿基里婭和科林的身上。

「你沒聽錯。」他的拳頭重重敲在胸骨上，「如果你們還需要的話，算我一份。」

他在向她，不，向他們兩人致敬。

「布蘭頓，你要想清楚。」阿基里婭擔心地皺著眉，「沒有人會注意我跟科林，但你是戰士，你不見了他們一定會發現。」

他沒有移開拳頭：「我只想為我的衛城而戰。如果戰士不肯作戰，那我就去找願意作戰的人。你們要帶我上戰場嗎？」

解脫感如洪水般淹沒阿基里婭，淚水滲出她的眼角。

「來吧，」她點點頭，「我們一起上。對吧科林？」

科林張著嘴想說點什麼，腰又突然彎了下去。

「來吧。」說罷，他就吐了滿地。

布蘭頓點點頭：「謝謝你，科林，真的。不過里婭，我們現在有個麻煩。衛君下令除了預定上路的信使以外，誰都不准離開衛城。卓斯科派了兩個戰士看守著上去岩台的階梯。我們得先繞過他們，才有辦法出去狩獵。」

阿基里婭露出狡猾的微笑：「這件事我已經想好了。科林，把地上清一清，我們要快點弄完這些。」

33

阿基里婭走在最前面，攀登著漫長的石階。一爬進信令崗，她就看見潘達坐在桌前。潘達朝她比出「安靜」的手勢，指了指在床上睡覺的達耐同．珊得耳。

阿基里婭小心將水倒進牆上的水槽。科林接著出現，同樣安靜地將裝滿麵餅的木桶放在潘達的面前。最後上來的是布蘭頓。他的腳步沉重，因為肩上的背包幾乎跟他整個人一樣大。

潘達一見到布蘭頓就臉色鐵青，飛快往後跳開，撞倒了自己的椅子，整個人跌在冰冷的石頭上。

阿基里婭快步走向他。

「沒事。」她小聲解釋，「布蘭頓是我們的人，跟衛君沒有關係。」

潘達用力搖著頭。「我發誓，我沒跟別人提過！」他的聲音快成了尖叫，「我什麼都沒看到！」

布蘭頓甩下背包，像惡魔一樣衝過房間，一把摀住潘達的嘴，手指用力得把他肥胖的臉頰掐得發白。

潘達僵在地上，鼻孔和瞳孔都被恐懼撐開。

達耐同發出一陣呻吟，開始蠕動。所有人都靜了下來，但老人只是哼了一聲，翻過身繼續打呼。

「潘達，」阿基里婭低聲問道，「你可以安靜了嗎？」

潘達不敢亂動，只是盯著布蘭頓，快速點了幾下頭。布蘭頓也點點頭，鬆開手指，白色的手印仍留在潘達粉色的肌膚上。

「你在玩什麼花招嗎？」潘達看看阿基里婭，又看看布蘭頓，目光再次轉回信使長的身上，「如果是的話，拜託，我發誓我對衛君絕對忠心。」

「我跟阿基里婭一起的，」布蘭頓低聲說，「我們要去宰惡魔。就這樣，沒有任何花招。」

潘達揉著雙頰，依舊用恐懼的眼神緊盯著布蘭頓。

阿基里婭嘆了口氣：「潘達，他知道你會幫我們出衛城。就算有什麼花招，也已經來不及了。不管你幫不幫我們，他都會跟衛君報告說你也在我們的祕密計畫裡。所以你只能放我們出去，希望一切順利，懂嗎？」

潘達的目光沒有離開布蘭頓，但他慢慢點了頭。

「外頭很冷。」他說，「冷得要命。希望你們有做好準備。」

布蘭頓打開鼓脹的背包，拿出藏在裡面的偽裝服和冬衣。

阿基里婭接過長褲在衣襬下套好，脫掉衛城裡穿的罩衫換上長袖，雙腳踩進絨襪和厚靴，身上穿妥禦寒的大衣，矛頭皮鞘繫在腰間，接著披上偽裝服，又確認了矛頭的套管露在外面，隨時可以拔出，矛桿則插在背包的網子上。最後她扛起背包，戴起厚重的帽子，將偽裝服的兜帽拉過頭頂，放下面罩。

科林和布蘭頓也著裝完畢。

三人看起來圓滾滾的，跟潘達有點神似。

潘達握住石板門：「加油吧，希望我看得到你們回來。」

科林突然舉手：「等一下。你剛剛看到布蘭頓的時候，不是說了什麼你發誓『沒跟別人提過』。

到底是什麼事情？」

潘達看著布蘭頓：「你不知道嗎？」

「知道什麼？」布蘭頓看向阿基里婭，說道，「別看我，我也不知道他說什麼。」

阿基里婭看得出潘達很怕布蘭頓，不過那是因為他以為布蘭頓代表了另一個人，一個他真正害怕的人。「快跟我們講。」阿基里婭說，「我們現在要去賭命，所有情報都會派上用場。」

潘達深吸了一口氣，思考著自己該怎麼做。然後他挺直腰桿，似乎找到了內心的勇氣。

「代卡泰拉的信令停了。」他說。

阿基里婭感到心臟一緊。布蘭頓也閉起眼睛靠在牆上。

「我們最後一次通訊是昨天早上。」潘達說，「下午就沒看到信令了，今天早上也沒有。」

又有一個衛城淪陷……

「不一定是被惡魔攻陷了吧，」科林說，「說不定是他們的日訊鏡壞了？」

潘達搖搖頭：「他們有**兩副**日訊鏡，一副平常用，一副備用。我跟他們通訊好幾年了，一直到昨天為止，他們都**不曾**漏掉例行的通訊。」

刻孚蘭、然他爾、代卡泰拉……下一個就是勒墨特了。「我們得向督政官報告。」

科林哼了一聲：「妳沒想過潘達在怕什麼嗎？他已經報告過了。」

「昨天就報告過了，」潘達的聲音低了下去，「我親自下去報告的。」

他閉上嘴巴，有些欲言又止。

阿基里婭扶住他的手臂：「他們怎麼說？」

「波勒說是代卡泰拉邪惡的宗教，引來了天主的怒火。」潘達雙手扶著腦袋兩側，彷彿繼續說下去會讓他的腦袋炸開，「容赫說可能是他們不夠謹慎，沒有準備就去山谷蒐集糧食。」

就跟刻孚蘭滅亡時說的一樣。他們是不敢面對，還是出於阿基里婭無法明白的理由，忽視死亡來臨的腳步？

「衛君呢？」阿基里婭急切地問。她希望那個人還是她曾經以為的好人，希望他會做出對的決定，「衛君怎麼說？」

潘達閉上眼睛，雙手從太陽穴往下滑，摀住自己的耳朵，身軀開始前後搖晃。

「衛君命令我不准告訴任何人，他說會引起恐慌。還說如果我敢告訴任何人一個字，就算是告訴達耐同，他都會把我扔進牢房，甚至……甚至會讓我的下場跟瑪黎一樣。」

督政官們用死刑威脅他。阿基里婭慶幸自己沒有把計畫告訴別人，就連托利奧都不知道。衛城太小了，謠言一瞬間就會傳遍所有人的耳朵。

除了這個房間裡的人，她誰也不能信任。

「衛君要我監視難民的動向，這樣他才能及時派戰士攔截——」潘達終於睜開眼睛，看著布蘭頓：「——就像他那天攔截然他爾人一樣。」

布蘭頓轉過身去，看著地面，看著牆上，就是不看潘達。

「我們得收容難民，」科林說，「不然他們都會死，會被惡魔、寒冬和飢餓殺死。奧洛斯在想什麼？」

潘達終於把視線從布蘭頓身上移開。他看起來還是很害怕，但此時他的話語中卻多了一些憤怒的熱氣和憎惡的味道。

「衛君認為惡魔會跟蹤難民。」潘達說，「他認為我們如果再收容難民，就會跟著遭殃。」

科林轉過去看了看布蘭頓，又看向潘達。

「除了『沒跟別人提過』，」科林說，「你看到布蘭頓的時候，你還說你『什麼都沒看到』。你到底看到了什麼，潘達？」

潘達沒有說話，只是盯著布蘭頓的背影。

阿基里婭想起布蘭頓的無袖衫，白色上面沾滿了紅色的血跡。

「他看到什麼不重要。」她說，「我們該走了。」

科林指著布蘭頓：「可是他——」

「我說了，**不重要**。」阿基里婭打斷他的話，「我們得先證明白膠真的能殺死惡魔，否則衛君就不會放難民進來，然後那些人都會死掉。潘達，開門。」

潘達握住門把往後拉，石門硄硠硄硠地滑開，寒冬憤怒的手掌立刻伸了進來，甩在每個人的臉上。即便穿著厚重的衣服，阿基里婭一想到要在這樣的風中垂降下崖，還是不禁發抖起來。

「科林，帶路。」阿基里婭下令。

矮個子的少年盯著布蘭頓，過了一會才扛起自己的背包，走向眺望台。

「布蘭頓，」阿基里婭喊道，「動起來！」

布蘭頓的目光沒有從地面移開，但還是聽命行動。

阿基里婭也走了出去。

＊＊＊

阿基里婭站在一道裂谷上，下方不遠處就是良田關。她掃視著裂谷兩端，尋找最適合的戰場，思索著什麼戰術能讓他們安然取勝。冬天的寒風切過裂隙，山中的樹林和灌木紛紛側開枝葉迴避。雪還沒開始下，但就快了。

「幹，神經病。」科林吼道，「跟**吃錯蘑菇脫光衣服跑進廣場廳把卵蛋泡進燉鍋裡封自己的老二叫做克勞迪烏斯大帝**一樣神經病！我們真的要這麼做？」

阿基里婭轉過頭，兩個少年都埋在掛滿樹葉的偽裝服下，看不出什麼差別。但抽出矛頭打磨的應該是布蘭頓，坐在一旁發呆的則是科林。

「咳，」阿基里婭揉揉眉心，「首先，我沒有——」

「沒有老二。」科林點點頭，「但妳懂我的意思，神經病才幹這種事。」

布蘭頓用拇指抹著矛刃，檢查武器是否鋒利：「這麼多年來我們都很**理智**，但理智的後果是什麼？」

科林發出笑聲：「蠢布布，你變聰明了欸。」

「我也是會動腦的。」布蘭頓說完又拿出砥石，繼續打磨手裡的矛頭。

阿基里婭看到科林在發抖，她覺得那多半不是因為寒冷。他的嬉笑怒罵只是掩飾，代表他在努力面對恐懼、試著鼓起勇氣。問題是玩笑不能讓人活命。

「科林，你真的可以嗎？」她問，「不行的話，你可以回去，或者躲起來，我們結束再去找你。」

他很明智，沒有馬上回答。布蘭頓放下砥石和矛頭，在一旁耐心等待。

「你們都知道，我一點都不想來。」科林說，「我差點就被惡魔宰了。但如果我什麼都不做，被它們抓到也只是時間早晚的問題。妳問我想不想躲起來？廢話，我當然想。但刻孚蘭的遭遇告訴我，根本就沒有可以躲的地方。所以，對，我要跟你們兩個一起上。」

布蘭頓伸出帶著手套的手掌，用力握了握科林的肩膀。這兩個少年幾乎隨時都在鬥嘴，但今天不會，今天他們會把命交在彼此手中。

「你比所有戰士都還要勇敢，」布蘭頓說，「他們沒有人敢做出跟你一樣的決定。」

科林也伸出手，兩人的手套彼此交疊：「拜託你別射歪，可以嗎？」

布蘭頓點點頭，又拿起砥石打磨矛刃。

阿基里婭繼續研究腳下。裂谷最深的地方只有約莫十五呎，只能希望這樣的深度足夠。可惜已經有一陣子沒下雨了，不然谷中就會有水流洶湧的溪澗。

不算完美。但她也沒有時間等待一**切完美**。

「該準備了。」她說，「去搬些大石頭過來。」

＊＊＊

太陽慢慢爬向地平線，將天空染成橘黃色。阿基里婭仔細計算了時間，和科林、布蘭頓善用午後，安靜打點完設置陷阱所需的一切。此時天光已暗，惡魔開始出沒獵殺，但光亮依然充足，可以及時發現它們的行蹤。

離開勒墨特山不到五哩，她就發現了惡魔的足跡，而且很新，最多不會超過一天。只要那頭凶獸沒有走遠，她的計畫就能成功。

但她做得到嗎？

阿基里婭會是第一個，因為她跑得比科林快。當然，三人之中跑得最快的是布蘭頓，但他的弩箭也最準。

她爬過冰冷的地面，穿過鬆散的碎石和泥土，想在惡魔發現以前找到適合起步的位置。裂谷兩側的地勢陡峻，但她還是發現了一道雨水掘出的平緩溝塹。

接下來的就是豪賭。良田關連接著密泊湖的西北岸和拉涅湖的東北岸。如果惡魔從密泊湖那端過來，計畫也許就能奏效，但要是從拉涅湖那端過來，事情就麻煩了。

阿基里婭抽出她的小兄弟，五指緊緊握住冰涼的木柄。但她沒有把刀尖對著自己，因為她在刀鞘裡裝滿了白膠，此時刀刃上沾滿劇毒，再也不只是自戕的利器。如果惡魔讓她無處可逃，她就會刺出小刀，獻出自己的生命，驗證白膠的毒性，並祈禱自己的犧牲能讓更多人活下去。

她來到雨水掘出的溝塹，時機已到。

阿基里婭深深吸氣，吸進群山的氣味——泥土的氣味、潮濕的岩石、樹木，當然，還有爐火椿的氣味。如果計畫出了差錯，她希望自己會記得這一刻，因為這也許會是她最後的記憶。這裡好美，不知道埃忒癸娜島還有怎樣的景色？除非這一戰勝利，不然她是沒有機會知道了。

她站起身，撿起一塊卵石，然後又深吸一口氣，拒絕了內心的衝動，那衝動要她放棄手中的愚行、逃跑、躲起來。阿基里婭單膝跪下，舉起卵石敲向身旁的巨岩。一下。兩下。三下。

她望向東南方，兩側高聳的山峰夾著關口，看不見什麼動靜。她看著。等待著。

數十年前，西涅什曾在這贏下一場大戰，當時交戰的雙方都是青銅閃耀的方陣，無數的戰士在隆隆殺聲中流血倒下。早在惡魔的洪流漫溢之前，埃忒癸娜島上就已經遍地死亡。

阿基里婭再次敲下卵石。敲到第三下時，卵石從中裂開，一半留在她的手中，另一半從她手中落下。她撿起落地的卵石，起身警戒四周——

——然後她看見了。

黑色的形體朝她奔馳而來，雖然仍在遠處，卻比任何人的腳步還要飛快。

阿基里婭衝下溝塹。碎石和泥土從她腳邊團團揚起，和她一起滾落裂谷。

＊＊＊

她剛降落在裂谷的一處轉角，惡魔狂奔的聲音就來到身後，巨大的足蹠和爪子在碎石與泥土上嘎吱作響，牙齒之間的嘶聲也愈發響亮。她的左右都是嶙峋的石壁，無路可逃，只能繼續奔跑，繼續祈禱，祈禱自己不要誤踩鬆散的碎石，或是未乾的泥地，不要在這裡送命。

前方是一個向右的急彎，那是她活命唯一的機會。但她領先得夠多嗎？阿基里婭加快腳步，將她的性命賭在這一段衝刺——她到了。她跨出腳步，往右傾身，拐過彎道，速度絲毫未減。但嶙峋的石壁擦過她的肩膀，讓她失去重心。她用力揮舞雙臂，想重新控制身體。同時，她看見了五十碼外的科林，站在裂谷的正中央。於是阿基里婭往右一滑，滾進不久前圍好的石圈。她努力蜷起身體，把整個人擠進石圈，直到石頭頂住她的膝蓋、她的腳掌、她的背脊和她的頭。她舉起手，將掛滿樹枝和樹葉的網子用力拉過頭頂，遮住石圈的邊緣。

她閉上眼、屏住呼吸。她聽見惡魔滑過碎石，停了下來。她被看到了嗎？

「喂！老二臉！」科林的聲音在裂谷的石壁間震盪，「來抓我啊！幹！」

阿基里婭聽見惡魔奔向少年，巨大的足蹠挖過地面，滿地的碎石嘎吱作響。儘管早就知道會發生什麼，科林的尖叫還是充滿驚慌。

她數到五，撥開網子看向外面。科林在石壁高聳的裂谷中拔腿奔逃，惡魔愈追愈近，漆黑粗長的尾巴在身後嗖嗖揮舞。阿基里婭揭開網子，爬出石圈，放輕所有動靜，跟在惡魔身後。

科林來到急流掘出的凹處，躍入另一個石圈。那石圈比阿基里婭藏身的地方更高、更寬，但少年纖瘦的身軀依舊只能勉強擠進去——而且，一塊石頭勾住了他的偽裝服。

惡魔逼近，像一團黑色的影子，身後尾隨著一列沙塵。而科林的腳還在石圈外踢著，努力躲進那倉促建成的小堡壘。

就在怪物爪子伸來的那一刻，科林成功了。

里婭抬頭一看，布蘭頓已經從藏身處探出身子。他看起來不像人，倒像棵會走動的灌木，正用簌簌作響的枝葉舉起重弩。

惡魔尖嘯，一塊接著一塊拆下三人合力堆起的岩石，扔向一邊。科林逐漸失去掩蔽，他尖叫哭喊，聲音中都是恐慌。

布蘭頓仍站在原處。他在等什麼？「快放箭。」阿基里婭低念著，「**放箭**。」

惡魔輕鬆扔開人頭大小的岩石，彷彿那只是乾枯的朽木。岩石飛向遠處的谷壁，旋轉著落到泥地上。

「不！不！里婭！救命！救命！」

阿基里婭被洪水般的暴怒吞沒。她拔出小兄弟，正要衝向怪物，突然「錚」地一聲輕響，弩弦鬆開的聲音又讓她停下腳步。

弩矢深深沒入惡魔的背後，釘在尖刺的下方，脊骨的左側。怪物猛然回頭，伸著長長的頭顱搜尋襲擊它的人。

布蘭頓放下弩首，右腳踩住前端的腳鐙，雙手抓著弩弦用背部的力氣往後拉，再次完成上弦。

惡魔抽身離開科林藏身的石堆，用細長的雙腿奔上裂谷，長長的雙手攀上岩壁，帶著它黑沉沉的身軀飛快往上攀爬。

布蘭頓揚起弩首，但惡魔已經爬到他的面前。他匆忙搭上第二支箭矢，手指卻滑了一下，把箭矢撥到地上。

阿基里婭還在攀著溝壑往上爬。但她知道自己太慢了，救不了布蘭頓。她知道自己就要跟少年一起死去。她應該留在衛城的，而不是來這愚蠢地送命。

布蘭頓撲向落地的箭矢；惡魔卻在這時攀上裂谷，死人骨頭般的爪子抓住了他的手腕。

重弩跌出布蘭頓的手掌，滾到一旁；他整個人也被拋向空中，只來得及舉起雙臂護住頭頸，就重重摔入雨水掘成的溝壑。

惡魔從岩壁上一躍而下，膝蓋和手肘在落地時折了起來，吸收掉墜落的力道，尾巴揚成圓弧狀，顯露出殘暴的優雅。

布蘭頓翻過身，仰躺在地，血從額頭汩汩流下，遮住他的整張臉。

科林還在尖叫。

惡魔爬向布蘭頓，弩矢插在它的背脊間，嗡嗡晃動。

阿基里婭將小兄弟換到左手，右手從腰間抽出矛頭。

她發出戰吼，但那不是一般的吼聲，是讓喉骨扭曲、讓肌肉撕裂的**怒號**。

惡魔轉過身，軀體伏向地面，朝她扯開黑色的嘴唇，露出金屬色澤的尖牙，從尖牙之間發出低沉的嘶聲。

「**過來，怪物！**」阿基里婭高聲咆哮，「**你的對手在這裡！**」

惡魔爬向她，長長的尾巴高舉在頭上不停抖動。

阿基里婭蹲低膝蓋，擺出作戰的架式。她暗暗希望自己手裡握著整支長矛，但她沒有時間，惡魔距離她只剩十碼。金屬色的尖牙、漆黑的利爪和帶著長釘的尾巴……不，她贏不了。她會在這裡倒下，屍體會和泥土一起變冷。

死亡從十碼之外朝她匍匐而來。

快跑……**讓它去抓布蘭頓**……

八碼……

科林在尖叫……布蘭頓也在虛弱求救……

六碼……

妳在幹嘛？快跑！

那東西張開嘴巴，伸出牙舌。

一股冰冷的刺痛在阿基里婭的胸口綻放、擴散，川流過她的身體。恐懼開始稀疏，逐漸褪色，留下某種更兇猛、更鮮明的東西。

憎恨。

她輕揮了幾下手中的小兄弟，緊緊握住，只伸出食指，將臉上的網子勾往腦後。惡魔又發出一串嘶聲。阿基里婭又勾起項鍊上的鍊子，從偽裝服中拉出她的牙舌，高高舉起，朝怪物搖晃她的戰利品。

「給我看好。」她拉扯頸鍊，牙舌在空中舞動，「這是你的好兄弟，你馬上就要去陪它了，然後我會親手宰掉你每一個該死的兄弟。」

惡魔伸出爪子，爬得更近，來到離她四碼之處……阿基里婭鬆開項鍊，小刀繼續在身前比畫。她蹲得更低，兩把武器都指向面前的怪物，她感覺得到體內的憎恨**兇猛無比**。她會先揮出矛頭——希望會命中——再刺出小兄弟。也許白膠有用，只是弩箭上塗得不夠多。

她會死。但只要布蘭頓和科林活下來就值得了。「快來啊，」阿基里婭的憤怒從齒縫間迸出，「你怕了嗎？」

惡魔向前撲出，動作迅猛，讓阿基里婭往後一縮，撞上嶙峋的岩壁，卻又在三碼處停下——她失去了退路，只剩左右可以閃躲；不管她怎麼閃，惡魔都會抓住她。

但無所謂。她的時刻到了，她會讓勒墨特為她驕傲。她的膝蓋準備飛撲，她的心臟在準備跳出胸膛。

惡魔繼續進逼，伸出指骨尖長的爪子……它的爪子在**發抖**。

它向後傾倒，身軀的重量壓在折起的腿上，發抖的爪子舉在長長的頭顱前方。它猛烈抽搐了幾下，彷彿被看不見的槍矛貫穿，捲曲的尾巴一陣一陣揮打在地上。它開始痙攣，黑色的嘴一張一合、一張一合，金屬色的牙齒敲著急促的鏗！鏗！鏗！聲音撞上裂谷高聳嶙峋的岩壁。

尖銳、短促的尖嘯。惡魔猛然站起，往後連跌幾步，逐漸遠離她，怪異的形體朝布蘭頓扭去，重重摔落，背上的尖刺和抖動的尾巴刺入泥土和碎石之中，最後側身倒下，細細的手臂朝著空氣亂抓，長長的雙腿踢著沒有意義的方向。

阿基里婭忘了疼痛，也忘了驚恐。她收回矛頭，跑向布蘭頓，扶住他的腋下，帶他遠離惡魔仍在抽動的身軀。

「里婭……發生什麼事了？」

里婭的腳跟踩在落石上，像惡魔一樣往後摔倒在地。她立刻翻身，撿起身旁的小兄弟，縮到布蘭頓身邊，伸直小刀對準惡魔。

科林從傾倒的石堆中探出頭，整張臉還藏在偽裝服下。

「它快死了。」他說，聲音變得不太一樣。那不只是尖叫後的沙啞，而是撐過巨變的人才有的聲音。

惡魔又抖了一下，由左邊滾向右邊，牙舌突然彈出，咬住身旁的空氣。它的背向後弓起，雙臂朝著空中亂抓。

「希望它會痛。」科林低聲罵道，「怎麼樣？血液結塊的感覺爽嗎？不管你心臟裡流的是什麼，都給我好好享受灰燼堵在裡頭的滋味吧。」

惡魔的手臂無力落地，胸腔鼓起又落下。科林站起身，小心翼翼地走出石堆。

「等等。」里婭說，「別靠近。」

科林沒有聽命，走過里婭身邊。剛才還在哭喊求救的少年，現在卻站在怪物面前，準備了結它的性命。科林踢出一腳，正中惡魔細長的右腿。惡魔沒有反應，只是輕輕抽了幾下，距離死亡**只差一點**，但還沒有斷氣。

阿基里婭看見科林在偽裝服下摸索著，但看不見他在做什麼。

「我有東西要給你。」少年大喊，「給我好好含著去死吧！」

尿液像雨一樣落向惡魔，從它長長的弧形頭顱上濺起，灑在泥土和碎石上。

34

黑暗落下。他們沒時間躲藏起來等到早上。無論在夜裡行動有多麼危險，三人都必須盡快回到衛城。

他們只在殺死惡魔的地方停留了一會，讓阿基里婭幫布蘭頓縫合臉上和手上的傷口。她用光了自己的瑙苳線，也把布蘭頓的用去大半。縫合處亂七八糟，但布蘭頓似乎沒有留意，他只是坐在原地，盡可能停止動靜，試著讓腦袋裡的鈍痛退去。

至於科林，里婭一幫他處理好傷口，他就拿起自己的矛頭，小心地在惡魔身上戳出幾個洞，放乾它體內剩餘的毒血。地上的砂土一碰到燒灼的血液，立刻就變作一灘散發濃煙和惡臭的冒泡水窪，然後迅速冷卻，留下滿地的血玻璃。眼見惡魔的毒血流光，科林便舉起融得半毀的矛頭，鋸下惡魔的頭顱，塞進背包。背包裡幾乎是空的，但惡魔死僵的臉孔卻還是從上方探了出來。

三人排成縱隊前進，里婭領隊，科林押後。靠著對地形的熟悉，和充裕的時間，他們已經遠離良田關，開始攀上勒墨特山的山麓。阿基里婭抬頭看向家鄉的山峰，夜幕中沒有雲氣，遍布星辰，山頂上高懸著三姊妹星。

「嗯，科林，」布蘭頓悄聲抱怨，咬字因疼痛而拖慢，「你全身都是尿味。」

阿基里婭聽見科林的憨笑。

「嗯啊，」他說，「我尿之前應該先想清楚的。」

三人都差點死過一次，但他們都活了下來。阿基里婭幾乎克制不住內心的滿足和喜悅，因為此刻他們有了**希望**，人類有了希望。

此時，山坡上傳來一陣微弱的聲響。她舉起拳頭，布蘭頓和科林立刻在她身後停下。

阿基里婭慢慢掃視周圍，尋找聲響的來源。又來了。很遠、很微弱，但很熟悉。是……**人類**？

「他們在往什麼地方前進。」布蘭頓小聲說，「凌亂，但聽起來不少。」

少年的耳朵比阿基里婭還要敏銳。她過了幾秒才聽出來，那是好幾百人在放輕腳步前進的聲音。他們從西北邊來，距離不遠，就在附近的高丘上。

他們的聲音太大了，可能會引來惡魔。

阿基里婭往前揮了揮手，朝聲響處走去，並感覺到她的伙伴們跟了上來。接著她聽見矛頭滑出軟皮鞘的聲音。

她奔上高丘往下看。在三姊妹星的光芒下，有一群人攀登著勒墨特山峻峭的斜坡，距離前往衛城的道路只剩幾百碼的距離。他們穿著紅色和黃色的衣衫。

「是難民，」阿基里婭說道，「代卡泰拉來的。」

布蘭頓也走了過來，和她並肩站著：「我們得幫忙，否則衛君不會放他們進勒墨特。背包會拖慢速度，先丟地上。里婭，把矛接起來。」

她照做，和布蘭頓一起飛快完成準備。

「糟糕，」科林說，「有東西追著他們。」

他指向西南邊。遙遠的拉涅湖畔有東西正在奔馳，阿基里婭看見那是一群惡魔，長長的頭顱上反射著三姊妹星的光芒。

「太遠了，我數不來，」他的聲音在動搖，「但至少有五十頭。」

布蘭頓的長矛接合完畢：「還有多久會追上難民？」

阿基里婭也完成了。她站起來，壓下內心蒸騰的焦躁，強迫自己去看、去思考。

「頂多十五分鐘。」

布蘭頓立刻說：「科林，你爬上城牆放下繩索。別忘了惡魔的腦袋，要讓大家知道你的毒藥真的有用。里婭，我們去幫難民。」

科林從另外兩人的行李中挖出繩索，又從自己的背包取出裝滿白膠的罐子，交給阿基里婭。她將毒藥收進偽裝服裡，罐子上的涼意立刻穿過罩衫，戳進她的肚子。

「如果我們沒有回來，就把那顆腦袋給大家看。」她說，「在你跟**任何督政官**報告以前，先告訴衛城裡的**每一個人**。如果需要，你就用吼的。」

科林從偽裝服裡連刀帶鞘取下自己的小兄弟，放在阿基里婭手中。

「相信我，」他說，「鬼叫是我的專長。你們兩個才是，小心不要死掉。」

說罷，他就衝向前往衛城的通道，里婭也跟著布蘭頓衝向代卡泰拉人。

＊＊＊

代卡泰拉人也注意到他們；五名戰士立刻散開，其中三人右手握著長矛，左手舉著漆成紅色和黃色的破木盾，另外兩人雙手抬起重弩，身上的布甲已經沾滿血跡、破破爛爛。布蘭頓高舉左手，朝他們揮舞示警：

「惡魔快追來了！走快點！快！」

五名戰士向後伸長脖子，小聲催促其他人加速前進。

「它們整路都追在後面，」其中一名戰士說，「我們有好幾個人都被抓到、帶走了。我們需要地方躲。」

有個人從身穿紅色和黃色衣衫的人群中走出來——是洛摩斯衛君。

阿基里婭掀起臉上的網子，快步走向她：「閣下，我們會帶你們前往勒墨特衛城。」

「真的嗎？」老婦搖搖頭，「我們被攻擊以前，你們的**衛君**才傳來信令，說勒墨特衛城不會再收容難民了。我希望妳有什麼辦法，說得動他，不然的話——」她指向自己身後那一長串疲憊、虛弱、全身濕淋淋的代卡泰拉人，「——我們就完了。」

阿基里婭不會讓這種事發生：「放心，我保證會幫你們進去的。」

她牽起洛摩斯的手肘，催促她攀登通道。她身邊的男男女女不斷回頭顧望，腳下也頻頻被沙土碎石阻絆，似乎隨時都會驚惶失措。這些人之中，有人帶著嬰兒，有人拖著筋疲力盡、跌跌撞撞的孩子。但阿基里婭幾乎沒有看見老人——如果他們帶著老人，就不可能走到這裡來。

「讓隊伍走我們後面。」布蘭頓說，「里婭，妳走左邊。」

兩人一左一右，為難民們指出可以行走的範圍，讓腳步蹣跚拖沓、充滿不安和惶恐的隊伍加速了不少。

但惡魔的尖嘯也已經從遠方傳到隊伍附近。

時間就要沒了。

他們來到衛城荒廢的城牆下，牆上已經垂了三條繩索。有些人讓孩子先爬上繩索，有些人則想試著自行攀牆，在月光下摸索穩固的岩點。戰士則留在牆底，幫忙平民們往上爬。

阿基里婭看向城牆下的通道，第一波惡魔已經快要奔到山腳。有些惡魔的動作比同類快得多，奔到了獵群的前方。

「我們沿路奮戰，」洛摩斯衛君說，「但我們每殺一頭，就有十個人被它們殺死。我們已經不行了。」

如果惡魔群聚緊密，他們絕對沒有機會獲勝，但現在惡魔已經分散開來。要殺掉前面幾頭或許要付出一些代價，卻可以爭取到不少時間。

阿基里婭再次感覺到那股冰冷的刺痛在胸口綻放。她眼前的一切都變得……寧靜。她感覺到憎恨正在湧升，而她並沒有去壓抑。

「不，我們還有機會。」她說，「叫妳的人聽我命令。」

代卡泰拉的守護者看著她，疲憊而長滿皺紋的眼瞇成了一條線。

里婭舉起牙舌項鍊：「我知道怎麼殺死惡魔。」

「但願如此。」洛摩斯衛君輕聲說道，招手呼喚手下的勇士，「過來這裡！這女人怎麼說，你們就怎麼做。」牆上這時也落下更多繩索，讓代卡泰拉人可以爬得更快。只是就算有了更多繩索，阿基里婭也知道不可能讓所有人都得救——她需要把戰士帶到高處，因為這些人活得愈久，他們的同胞就有愈多人會活下來。

「上牆。」阿基里婭下令，「快，爬上繩子！」

戰士們轉頭看向不斷逼近的惡魔，再看向他們的同胞。他們跟阿基里婭一樣，都知道不可能讓所有人及時爬上去。他們想站在這裡，像個**真正的**戰士一樣，戰到最後一刻——而不是像勒墨特的士兵，拿著閃亮的盾牌使喚人民。

「快**給我**爬！」阿基里婭抓過一名戰士，把他拖向繩索，「去幫你們的衛君！」

這話讓他們動了起來。五名戰士收起盾牌和重弩，將繩索綁在洛摩斯衛君的腋下，一邊讓其他人拉她上去，一邊陪著她往上爬。

惡魔再次尖嘯。阿基里婭最後一次回頭看向通道，有頭惡魔掛在陷阱上，被無數的枝幹貫穿。但另一頭惡魔立刻就越過了它，衝向隊上最後一個難民。它伸手，它收爪，然後是斷氣的尖叫，惡魔又跳往另外一個方向，用漆黑的手抓住了另一個女人。

阿基里婭抓住城牆上的岩石，讓過去所有攀爬的記憶，指引她的手腳抓上安全的岩點。幾秒之內，她就翻上牆頭，沒入高崖的黑影之中。她立刻將頭探出牆頂，看見一個驚慌的男人落入惡魔之手，但陷阱也同時啟動——巨石滾落，惡魔和男人都被砸碎。燒灼的毒血四處飛灑，濺在一個不知是和父母分開，還是獨自跟著眾人逃亡的男孩身上。他高亢的尖叫深深咬住夜空，倒在地上，四肢朝著夜空亂踢、揮打，臉孔熔化成模糊的血肉，反射著三姊妹星的光芒。

更多惡魔湧上逼近。

阿基里婭看向右邊，看向衛城的山門——通往地下的門戶關著。科林用力拍打巨石，和身邊的難民一起尖叫。

「科林，快把門弄開！」

「**不然我在幹嘛！**」他轉頭大吼，「裡面的人就要來了！」

布蘭頓和身邊的難民也在努力拉扯繩索，把最後一批有機會生還的人帶上來。其他的人不斷慘叫，但他們的叫聲刺不傷阿基里婭的心。

洛摩斯衛君手下的兵漢聚集在里婭身邊。她知道自己只能相信科林會把山門打開。她把手伸進懷裡，掏出科林給她的罐子，舉在戰士們的面前：

「這是誅魔劇毒。拿出你們的弩箭和矛頭來！」

男人們聽命拿出武器。她一邊用手指從罐中挖出白膠，塗在他們青銅閃耀的武器上，一邊快速吩咐：「這可以殺死惡魔，只是需要時間。如果那些東西爬上岩台，就用力捅下去，盡量保持距離，等待毒藥生效。弩手，你先幹掉最前面的怪物。」

接著她看向山門——在一大群穿著黃色和紅色衣衫的人後面，山門終於慢慢開啟。科林、布蘭頓和洛摩斯都站在山門邊，揮著手指揮人們依次進去，以免他們在石階上互相踩踏。

弩矢離弦，發出錚錚聲響，把阿基里婭拉回當下的戰場。第一支弩矢像從前的海船那樣航過夜空，在逼近的惡魔身邊落地。接著第二支弩矢刺入它的肩膀，但惡魔仍在逼近。

在它後面又有好幾個人被惡魔抓走，接著，十幾二十隻漆黑的怪物相繼追來，惡魔獵群的主力已經追到。

阿基里婭看向山門。還有一大半的人正等著進城。

「繼續放箭。」她下令，「矛兵，跟我來。」

她遠離城牆，衝過岩台，大步繞過固定機關的石楔——萬一踏中，頭頂的整片山崖都會落在她的身上。她在山門外的二十碼處停下來，站在一段安有陷阱的牆上。她爬上牆頭，高舉著雙臂揮舞：

「喂！賤畜！這邊！」

中箭的惡魔和另一頭怪物繼續衝向弩手，但後面的三頭注意到阿基里婭，黑夜般的身軀像迅猛的死亡一樣朝她狂奔。

阿基里婭立刻臥倒，在城牆的掩蔽中快步爬回矛兵身邊。這時，山門外只剩下二十多人，他們兩兩並肩，擠往衛城裡面。阿基里婭剛站起身，一頭惡魔就爬上城牆，但兩支長矛立刻貫穿它的身軀。手握矛桿的戰士向前跨步，將垂死的怪物推向夜空，擊中城牆下方的岩石。

「舉起盾牌，」阿基里婭下令，「保護我跟弩手，撤回門裡。」

三名矛兵立刻舉盾，彼此交疊，彷彿是在阿基里婭麾下征戰許久的老兵。他們的長矛高舉在盾牌上方，其中兩把的鋒刃上飄起陣陣輕煙。

一團沙塵從阿基里婭剛才揮手的位置湧出，兜住月亮的光芒。兩頭惡魔鑽出沙塵，爬上城牆——三頭裡只有一隻被陷阱擊中。

「**里婭！**」布蘭頓在她身後大叫，「**撤退！**」

她用力一拉矛兵的紅衣。

「走吧，」她說，「站穩腳步，撤退！」

矛兵們拖著腳步往後退。岩台上的兩頭惡魔衝了過來。其中一頭踩中機關，高懸上方的巨岩墜落，像巨人拍下灰色的手掌，將兩頭怪物打成肉餅。燒灼的毒血到處飛濺，矛兵和阿基里婭立刻低頭——毒血灑在盾牌和他們的頭頂，身後的弩手也被波及，發出痛苦的哀號，將上好弦的重弩摔在地上。阿基里婭想伸手去撿，卻想到她無法一邊拿著白膠，一邊張弩搭箭，只好一腳踢開武器，免得絆倒矛兵。

「不要停！」她下令，「繼續退！」

惡魔一頭接著一頭爬上城牆，落在岩台上，朝著戰士和他們冒煙的木盾匍匐而來。一名矛兵突然大叫，揮出手臂，盾牌砰地一聲撞在岩台上。阿基里婭看向倒在黑暗中的木盾，燒灼的毒血已經啃穿中央的青銅盾碗。另外兩名矛兵只好收窄隊列。

就在他們快退到山門之時，上方忽然伸出一雙漆黑的爪子，抓住那名哀號的弩手。眨眼之間，弩手就被拖出城牆，帶上懸崖，從他們的視線中消失。

黑暗裡突然有隻手抓住她的肩膀，然後她聽見布蘭頓的聲音：「**進來！**」

她立刻退入山門。科林和洛摩斯衛君都在門中，催促著難民走下樓梯，大聲要他們挪出空間讓戰士進門。她也看見幾名勒墨特的男子站在門旁，等待命令一下就將山門關上。

她轉頭往後看，剩下那名弩手跟著她退了進來，三名矛兵也轉身要逃進衛城；這時，一頭惡魔雙爪前伸、雙顎大張、帶著嘶嘶吼聲朝著門口飛撲——布蘭頓投出手中閃亮的銅矛，隔著人群，深深扎進它的喉嚨。燒灼的毒血噴出，落在一名矛兵腿上。他痛得大叫，上半身仆倒在門裡，下半身還露在山門外面。

阿基里婭和科林衝上前把他拖了進來。

布蘭頓抓起男人冒著輕煙的長矛，大吼道：「快關上門！」

石磚慢慢滑向門口。阿基里婭從門縫中看見更多的惡魔爬上岩台，它們為數眾多，像是沸騰的血糊般湧向城牆。

石門轟然關上。

阿基里婭咚地一聲雙膝跪地。她聽見難民沉重的腳步走下石階，聽見代卡泰拉的戰士，還有布蘭頓、科林與海莉俄忒沉重的呼吸，聽見那名矛兵疼痛的呻吟和他的血肉哧哧沸騰。

科林從里婭手中拿走裝白膠的罐子。

「布蘭頓，抓好他。」他一邊說，一邊把兩隻手指伸進罐子裡，布蘭頓立刻直接坐在那名哀號的男人身上。

科林挖出白膠，塗在哧哧冒煙的傷口上，毒血立刻冒出大量白沫、變成灰燼。男人停止尖叫，朝科林不停眨著眼，然後倒了下去。

海莉俄忒從科林手裡抓過罐子。

「這是什麼？」她朝阿基里婭舉起白膠，「這能阻擋燃燒的毒血？勒墨特藏了這種東西？」

「還有它的毒性，」剩的那名弩手喘著粗氣說道，「只用一箭就能放倒惡魔。閣下，我射中那頭惡魔時，它離城牆只剩下二十碼，但是才跑到牆下，它就倒在地上死了。如果不是親眼看到，我絕對不會相信有這種事。」

怒火在代卡泰拉的衛君眼中晃動：「你們有對抗惡魔的**武器**，卻從來沒告訴我們。這東西你們發現多久了？」

阿基里婭數了一下日子，又開始思考說出來是否明智。

「兩週。」科林沒有思考，「我們已經發現兩週了。但不要怪罪里婭，想知道為什麼我們不說，就去問達耳比衛君吧。」

洛摩斯的怒火散去——至少她的臉上已經沒有慍色，只剩眼裡還有火光燃燒。

「哼，我會好好問問那老混蛋的。」她說，「謝了。」

布蘭頓走了過來，小聲罵道：「都給我安靜！你們沒聽到外面的聲音嗎？」

他們乖乖閉上嘴，聽見爪子在石門上刨抓的聲響。

「它們在想辦法進來。」洛摩斯小聲地說，「我的人都受傷了，需要治療。帶路吧，阿基里婭。」

憎恨退去。那股冰冷的刺痛，還有無比的專注也跟著退去。阿基里婭現在只覺得疲累、覺得氣力用盡。但她還是奮力撐起身子，安靜地帶著眾人走下石階。

35

醫院裡忙得嗡嗡作響。阿基里婭才走進門口，洛摩斯衛君就拉住她的手肘，低聲要她留在外頭。

兩名代卡泰拉戰士來到她們身邊，看起來都很疲累，身上布滿毒血燒出的小傷口。他們的頭盔上也有同樣的損傷，而靠在牆邊，漆成紅色與黃色的木盾，也被毒血燒出許多小洞。兩人的長矛已經拆開，手指按在收入皮鞘的矛頭上，緊張地四處張望，似乎在擔心有惡魔會撕開岩壁鑽出來。

兩人不久前都已經私下對阿基里婭致謝，也報上了自己的姓名，他們分別叫做格瑞革·利恩得曼和尼刻拉斯·芒思定，其中尼刻拉斯還是布莉特·芒思定的遠房表親，真巧。

至於那名在岩台上負傷的戰士，阿基里婭還不知道他的姓名。他趴在一張病床上，讓塔耳柏醫生替他包紮恐怖的傷口；即使他嘴裡瘋狂嚼著莉薩醉根，臉部還是因疼痛而扭曲。

但受傷的不只有戰士。勒墨特人攙扶著呻吟啜泣的代卡泰拉人來到醫院，聽從墨尼刻醫生的指揮將他們送上病床。大部分的人都是被毒血燒傷，還有部分難民是被惡魔的尖牙、利爪或尾釘擊中，身上的衣衫殘破、浸滿鮮血。離開代卡泰拉後漫長、嚴寒的旅程，還有拚命攀登勒墨特老舊的城牆，也在這些人身上留下不少傷痕。

「很遺憾妳失去了這麼多人民，」阿基里婭說，「我只希望可以早點趕到。」

海莉俄忒轉過身來，面對阿基里婭，雙眼是威儀懾人的藍色。

「不必道歉。」洛摩斯衛君說，「那些邪惡的禽獸，像**捕獵牲口**一樣捕獵我們。如果不是妳和另一個……那位高大的少年叫做什麼名字？」

「布蘭頓。」

「如果不是妳和布蘭頓，我們一個人都活不下來。我看到妳在岩台上發號施令，妳的腦子很靈活。」

阿基里婭看著受傷的人們，想到那些被惡魔抓走的代卡泰拉人，還有那名被拖出岩台的戰士：「但我還是犧牲了這麼多人。」

「這就是戰爭。」代卡泰拉人的守護者慘笑道，「要率領士兵前往戰場，就不能去想妳失去的那些人。」她指著病床上那些呻吟、疲倦、流血的代卡泰拉人，「要想妳可以拯救哪些人。」

廊道裡傳來叫喊，是達耳比衛君宏亮的嗓音。

海莉俄忒挺起身子，站了起來。阿基里婭看著她的神情，認出了那種她已經熟悉的洶湧情緒，那是充滿憎厭的眼神。

奧洛斯．達耳比像風暴一樣闖進醫院，卓斯科、瑞尼科和沙利姆三人跟在他的身邊。瑞尼科和沙利姆手裡都握著組裝好的信使矛，而卓斯科只帶了他的短棍。

奧洛斯一看見海莉俄忒，便邁步朝她走來。兩名代卡泰拉戰士一見到卓斯科等人也跳了起來，殺氣騰騰地準備擋住三人。但海莉俄忒卻彈了彈手指制止他們。

卓斯科指著代卡泰拉的戰士：「**放下**武器。」

「別聽他們的。」洛摩斯衛君說。

達耳比衛君越過兩名代卡泰拉戰士，彷彿他們根本不值得在意。

「**海莉俄忒**，」他吼道，「我要妳帶著妳的人離開。」

她冷笑一聲：「惡魔攻擊了代卡泰拉，讓我們在外逃竄。這附近也許還有我們的人，他們躲了起來，等待天亮——明天一早，我要你放他們進來，我們的人需要庇護。」

「這裡沒辦法給妳庇護。」奧洛斯說，「勒墨特已經收容了刻孚蘭的難民，我們光是要餵飽那些人都有困難了。等到第一道陽光亮起，妳就帶著妳的人去比塞特。」

剛才，醫院裡還充斥著傷患的呻吟、醫生的呼喊，助手們忙上忙下，其他勒墨特人也來來去去，希望能幫得上忙。但現在，所有人都靜了下來，看著兩名衛君的爭執爆發。「你**非幫我們不可**。」洛摩斯衛君對著比她高上許多的男子悍然而視，「不然你打算怎麼做，奧洛斯？讓你的人民看著你用武力逼我們離開？」

奧洛斯舉起拳頭，用力一拍自己的胸膛：「勒墨特是**我的**衛城，海莉俄忒，而我的人民會**聽從**我的命令。妳要是再敢放肆，就沒有活著離開的運氣了。」

阿基里婭不敢相信自己的耳朵。他真的要驅逐這些重傷、疲憊的人？還威脅另一名衛君的性命？

「運氣？」海莉俄忒指著奧洛斯的臉孔，「要是你早點告訴我們誅魔毒藥的事情，我們根本不需要運氣！自私的雜種，你把人性都藏去哪裡，變成跟惡魔一樣的怪物了？」

奧洛斯的臉漲得通紅：「卓斯科，把這賤人關進牢裡。」

卓斯科走向前，伸手就要去抓洛摩斯衛君。

兩名戰士朝腰間伸手。格瑞革．利恩得曼的矛刃還未離開皮鞘，瑞尼科的長矛就揮了過來，閃亮的鋒刃深深刺進格瑞革的脖子。

鮮血四濺，灑在兩名衛君身上。

人們大聲尖叫。塔耳柏喊著**住手**，但他的聲音很遙遠，彷彿來自另一個地方，來自另一段時間。尼刻拉斯・芒思定的矛頭閃著銅光，在瑞尼科的臉上留下一道長長血痕。瑞尼科大叫一聲，武器落地，雙手摀著血流如注的臉頰。尼刻拉斯立刻衝上前，想將刀刃送入瑞尼科的胸膛，但卓斯科的短棍已經敲在尼刻拉斯的手臂上，讓里婭聽見一陣「喀啦」聲。代卡泰拉人的矛頭脫手，青銅在地上咣啷咣啷搖晃。卓斯科扭動壯碩的肌肉，像揮鞭一樣反手揮出短棍，正中尼刻拉斯的額頭。尼刻拉斯立刻像根石柱一樣往後倒下，躺在地上動也不動。

一陣死寂過後，塔耳柏跑到了格瑞革身邊，想用手指堵住代卡泰拉人頸上湧出的血流。格瑞革的嘴巴一張一閉——阿基里婭看過太多人死去了，她知道塔耳柏不管做什麼，都救不了這名男子。

卓斯科朝瑞尼科怒吼：「白痴啊！你捅他幹什麼！」

瑞尼科繼續用他染滿鮮血的手按著他染滿鮮血的臉。

「他們要動手。」他答道，「我們要保護——」

卓斯科的短棍揮在瑞尼科嘴上，把一顆牙齒打了出來，滾過地面。瑞尼科晃了晃身子，雙膝落在地上。卓斯科再次像揮鞭一樣揮出短棍，擊中瑞尼科的頭。瑞尼科立刻脖子一歪，側身倒在地上。

卓斯科舉起他的短棍，準備揮出第三下——但塔耳柏突然一把推過來，把身形壯碩的男子推得連退好幾步。

「**滾出去**！」醫生尖叫，「你們這些無恥的**禽獸**！滾出我的醫院！」

塔耳柏蹲在瑞尼科身邊，檢查他的傷口，就好像瑞尼科只是另一個病人，好像他剛剛沒有殺人，好像卓斯科沒有站在旁邊。

突然的殺戮震撼了整間醫院，直到有人打破這陣沉默。「下賤的殺人犯。」開口的是洛摩斯衛君，「我的人活過了惡魔的捕獵，一路奮戰保護他的同胞，來到你們的衛城尋求庇護。而你們卻殺了他。」

奧洛斯的神情不再冷靜，怒氣沖過他的臉上，連蒼白的鬍子下都漲得通紅，看上去就要失控。他看向塔耳柏和瑞尼科，看向失去神智的尼刻拉斯，看向已經不再抽動、雙眼死氣沉沉直對著天花板的格瑞革。

「我們得控制住這些代卡泰拉人。」他沉聲下令，「卓斯科……把他們的衛君關起來。」

卓斯科抓住洛摩斯衛君的頭髮，把她拖往醫院的門口。老婦人雙腳在地上一絆，膝蓋重重落地。她大聲慘叫，整個人縮成一顆顫抖的球。

「**放開她！**」阿基里婭衝上前，「你們在發什麼神經？惡魔就在外面，我們還要這樣自相殘殺？」

奧洛斯緩緩轉過頭，看向阿基里婭——他的眼神突然變得充滿力量，變得像是以前那個衛君：「把我們的**信使長**也關起來。是她放這些人進來的。」

卓斯科放開洛摩斯衛君的頭髮，往阿基里婭走了一步。他將短棍舉在身前，讓阿基里婭看到沾滿鮮血的木頭上鑲了一個白點，那是瑞尼科斷掉的牙齒。「里婭，把偽裝服裡的武器都拿出來。」卓斯科說，「慢慢拿出來，我要看到每一個東西。要是妳不小心忘了任何東西，我保證會讓妳後悔。」

阿基里婭才剛見識過這壯碩的男人腳步有多迅速、出手有多兇猛，而且卓斯科的塊頭還是她的兩倍。四周沒有人打算幫她，如果她輕舉妄動，下一顆飛過醫院的牙齒，就會來自**她的嘴巴**。地上倒著三個男人，一個死了，一個全身冰冷，一個血流滿地。她努力撐過惡魔的襲擊，卻要面對這種景象？

這個世界一定瘋了。

她慢慢把手放到腰間，從鞘裡抽出矛頭，扔在地上。接著她把手深入偽裝服的網子下，同樣拿出她的小兄弟，扔在地上。

卓斯科揚起眉毛：「沒有藏其他東西了吧？」

「我只帶了平常傳信的傢伙，」阿基里婭說，「沒有武器。」

卓斯科用沾滿鮮血的短棍指指海莉俄忒：「扶她起來。」

阿基里婭走向洛摩斯衛君，輕輕拉起她的肩膀。老婦人撐起搖搖晃晃的雙腿，重重靠在阿基里婭身上——她從不曾顯得這麼老邁。

「殺人兇手。」老婦人啐了一口，「你們要連我也殺了嗎？」

奧洛斯豎著眉毛，怒答道：「我告訴過你們，不要來勒墨特，但你們不聽，還把邪惡也引到我們的家園。妳竟敢來指責我們殺人？妳差點就殺了這整座衛城的所有人！我會親自看著妳被關進牢裡。還有妳，信使，妳也一樣。」他指著地上昏迷的尼刻拉斯，「沙利姆，把他綁好，丟進牢裡。卓斯科，要是有人敢反抗，就給我宰了。」

卓斯科指指醫院的大門：「走吧，里婭，妳知道路。」

阿基里婭還不了解剛才發生了什麼，也不了解自己該做些什麼，但她了解如果她不走，卓斯科就會執行衛君的命令，一點也不猶豫。

「來吧，閣下，」她說，「靠在我身上。」

阿基里婭扶著老婦走出醫院，走向前往監獄的廊道。

36

「前面的人讓開！」卓斯科高喊，「讓衛君過去！」

勒墨特人紛紛靠向牆壁，遠離廊道的中央。惡魔襲擊的事傳得很快，衛城裡的每個人幾乎都知道了，阿基里婭甚至可以**碰觸到**人們的恐懼。

「別像個蠢蛋一樣，奧洛斯，」海莉俄忒說，「你們還有時間，拿起武器**跟它們拚了**！」

有個東西從背後重重戳了阿基里婭，那是卓斯科的短棍。

「不准停。」他說，「你們兩個都一樣。」

阿基里婭與其說是攙扶，更像是拖著老婦人往前走：

「快到了，軍械庫就在前面，過了以後就是牢房。」

他們頭頂的明光管忽然暗了下來。

「等等。」卓斯科說。

阿基里婭和海莉俄忒都聽命停下腳步。

卓斯科的視線在明光管和阿基里婭之間游移。

他的猶疑讓阿基里婭倍感榮譽，因為她的手裡沒有半吋刀刃，卻還是讓衛城裡最凶狠的男人戒慎恐懼。斬魔者。卓斯科沒有忘記這個頭銜，沒有忘記她是做了什麼才獲得這個頭銜。

「繼續前進，」奧洛斯說，「我要看到這個女人被關在牢裡。」

明光管又恢復閃亮。

不等卓斯科使用他的短棍，阿基里婭就催促海莉俄忒繼續往前。

他們離開居室集中的區域，走向通往軍械庫和監獄的長廊。

明光管又暗了下來。這次幾乎所有光線都徹底消失，只剩管裡僅剩的一點河水還在散發微光。最後，連這點河水也沒了，他們身邊只剩一片漆黑。

「代卡泰拉也是這樣。」海莉俄忒的聲音在沉重的黑暗中變得幽異朦朧，「它們最先破壞的就是管子，因為它們不需要光。」

女人的尖叫像鬼魅的回聲，從他們身後的居住區傳來。阿基里婭渾身泛起寒慄——太黑了，她**什麼都看不到**。

「我有火把，」她說，「等我。」

她開始翻找偽裝服的口袋，暗暗希望卓斯科不會覺得她是想拿出暗藏的武器，用短棍打碎她的頭殼。在這麼狹窄的長廊裡，就算眼前漆黑一片，卓斯科也能輕易抓住、擊中她。

「快點。」奧洛斯催促著。

阿基里婭從他的聲音裡聽見了恐懼，那跟她的恐懼一模一樣：那些黑夜的統治者，它們終於找到辦法進入衛城了嗎？又一道尖叫從遠處迴盪著穿過廊道。這次是男人的聲音，微弱而且帶著呼救的意味。阿基里婭抽出火柴畫過地面，耀眼的火光令她一時睜不開眼。她將火把湊在火焰上，乾燥的木片很快起火，將光明帶回廊道裡。

在閃爍的火光中，海莉俄忒笑了起來。

「睜大眼睛，好好看著吧，奧洛斯。」她說，「你的人民會在你的眼前死去。」

奧洛斯·達耳比推開卓斯科，揪住海莉俄忒，把她摔在廊道的牆上。老婦被撞得悶哼一聲，倒了下去，變成牆角的一團黃布。

「都是妳的錯，愚蠢的賤人！」他彎下腰指著海莉俄忒大罵，火把的光在他長滿皺紋的臉上晃動，照出他充血的鬍根，「它們是追著妳來的！」

他退後一步，用力踹向海莉俄忒的肋骨。老婦人慘叫一聲，整著人縮成一團。

阿基里婭拋下火把，撲向海莉俄忒，用自己的身體保護老婦，等著下一腳踢向她。

但那一腳沒有來——因為每個人聽見惡魔那迴盪的尖嘯，聽得靈魂瑟縮起來，身體也凍結在原地。

尖嘯之後是寂靜，火把輕柔的劈啪聲變成了轟轟燃燒的巨響。

「它們進來了。」奧洛斯喃喃自語，「怎麼會？」

卓斯科抓住他的手：「閣下，我們該走了。」

填滿廊道的黑暗中又傳來一個聲音……那是石頭墜落的聲音？

奧洛斯俯下身，拉扯阿基里婭的偽裝服。

「里婭，妳的衛君需要妳幫忙。」他說話比平常快，「我們可能得前往地表，而妳是衛城裡最熟悉地表的人。」

這下他又需要阿基里婭的幫忙？「你休想從我這裡得到半點協助。」奧洛斯抓住她，強迫她站起身來，「**給我聽清楚**，妳的**衛君**需要妳的**幫忙**！把臭老太婆丟在這裡，她可以幫我們爭取時間！」

阿基里婭用力掙脫他的箝制，往前跨了一步，拳頭用力灌在達耳比的鼻樑上。他被打得腦袋向後一仰，鼻血泉湧，像熔化的青銅一樣反射著火炬的光芒。

阿基里婭感到頭上一陣劇痛，髖骨撞在廊道地上。有隻手抓住她的頭髮，把她往後扯——卓斯科．拉墨克的臉緊緊貼在她的眼前。

「殺了她！」奧洛斯的吼聲帶著鼻音，虛弱不清，「殺了這個小賤人！」

卓斯科放開她，退了一步：「不，您說得對，我們需要她。我已經十年沒上過地表了，而您**從來沒上去**過。」

奧洛斯大吼。他的眼睛睜得太大，搖晃的火光在上頭閃爍；他的鬍子被血液浸濕，火光只能照出少許白色——看起來只是個失去理智的男人。

「**照我說的做**！我是你的衛君！聽我的命令！**她打我**！殺了她！」

換成在其他時候、其他地方，阿基里婭只會大笑。因為卓斯科只要用一隻手，就能把奧洛斯．達耳比折成兩半——可是這高大壯碩的戰士，卻因這個老男人的話語而瑟縮。

她的頭上忽然一陣劇痛，一道血流從脖子滑向背後。阿基里婭這才發現，是卓斯科用短棍打中了她。

她聽見遠處傳來低沉的雜音，在火把的劈啪聲中幾乎細不可聞。那聲音刨著、抓著，一陣一陣，突然爆出，又很快消失。那是她從前聽過的聲音……「我們還可以找其他信使。」奧洛斯指向阿基里婭，「殺了她，卓斯科，**快點**！」

卓斯科瑟縮依舊。他的手指在短棍的握把上動了幾下，雙眼又從眉骨的陰影中看向阿基里婭。阿基里婭知道他就要執行衛君的命令了。

「我很抱歉，里婭。」他說，「我很抱歉。」

她真的要死在這可悲又沒有骨氣的蟲子手下嗎？不，她要讓他付出代價。阿基里婭擺出戰鬥的架式，握起拳頭舉在胸前。

「里婭？不，你這卑鄙的懦夫，叫我**斬魔者**。」突然，奧洛斯痛苦的嚎叫嚇得兩人腳底一抖。

勒墨特的統治者倒在地上，雙手抱著右膝在地上打滾，發出劇痛的哭號。

洛摩斯衛君慢慢爬起身，老皺的臉上掛著瘋狂的微笑。她的長袍破爛、布滿血跡，她的頭髮乾枯、糾纏蓬亂。

她的雙手握著一把小刀，那是信使的小兄弟，刀刃上的血液在火焰中閃閃晃晃。

「你忘了叫打手搜我的身了，奧洛斯。」她在勒墨特衛君的身邊蹲下，看著他，就像一名廚師在看著一條吞吐喘息的魚。「被臭老太婆割斷腳筋的感覺怎麼樣？啊，我當然可以殺了你，但我想要你死在它們的手裡。說不定，你還可以替我們爭取時間，哼？」

勒墨特衛城的統治者縮在地上，雙手沾滿自己的鮮血。

在他們身後不到五碼，廊道的拱頂忽然崩塌，窄廊立刻充塞著滾動的石頭和飛揚的沙塵。阿基里婭瞇起眼睛，看向沙塵翻滾，有東西落在地上，落在滿布碎石的地上。

那東西一**團漆黑**。

阿基里婭看向地上的火把，閃亮的火焰照著飄動的沙塵。她撲上去撈起火把，舉向那黑色的東西。沒錯，是惡魔，但是跟她在地表看見的不太一樣。眼前的怪物也像是一副致命的枯骨，身軀卻**小了許多**，只比她大上一點，長長的頭顱在前端變得又尖又細。它的背上也沒有脊刺，尾巴有如粗短的黑樹椿。

那怪物慢慢站了起來，四隻腳踩在地上，背脊拱得宛如長弓，臀部和髖部又瘦又窄。它的**手掌**比阿基里婭見過的惡魔都要巨大粗壯，前面的爪子不像掠食者的利爪，反而像是由四根長爪併成的**鑵子**。

它的左掌少了一根長爪，毒血從傷口流出，稠稠地滴在地上，除此之外雙掌還有幾十道傷痕，都在滲著燒灼的血液。

「上帝保佑我們。」海莉俄忒輕聲禱告。

阿基里婭突然想通了，他們眼前的是一頭變成惡魔的伏土獸。同時，她也想通這些怪物是怎麼進入刻孚蘭、進入然他爾、進入代卡泰拉，現在又是怎麼進入勒墨特的。

它們是**挖洞**進來的。

背如彎弓的惡魔咧開嘴，露出金屬色澤的牙齒。它探出牙舌，品嘗著空氣，發出阿基里婭從來沒聽過的刺耳叫聲。

「洛摩斯閣下，慢慢過來我這。」里婭悄聲說道，「我們快走。」

奧洛斯被沙塵嗆得咳嗽連連。他倒在地上，落在里婭和長得像伏土獸的惡魔之間。他看見惡魔，翻過身，雙手和膝蓋撐著地板想站起來。但他辦不到。

「里婭，救我。」他的聲音太大了。他又朝卓斯科伸出手，「**救我！**」

卓斯科手裡拿著短棍，腳下動也不動。

洛摩斯衛君慢慢靠近阿基里婭，卓斯科也是一樣。伏土獸惡魔又尖叫一聲，這次聲音更大。從它頭上的洞穴裡，傳來一陣應答的聲音——阿基里婭立刻就認出了那低沉的嘶鳴。

「過來，」她低吼，「快！」

卓斯科跟海莉俄忒都朝她伸出手。她想跑，卻發現自己動不了。不管奧洛斯做過什麼，他真的該落得這種結局嗎？

一個影子從老衛君的上方，從廊道拱頂的破洞落下，那東西是條漆黑的長尾巴，輪廓一節一節有如脊椎，末端尖銳的長釘反射著火把的光芒。

海莉俄忒拉住阿基里婭的手：「孩子，我們**該走了**。」

洞裡又伸出一對漆黑、細長的腿，伴隨那令人發寒的嘶鳴聲，另一頭惡魔落在地上。那是阿基里婭看過許多次的惡魔，是她曾用鋸齒密布的岩石擊碎頭顱、曾在裂谷中設下陷阱捕殺、曾在岩台上拿著武器對抗的惡魔。

伏土獸惡魔抬頭看向它，發出一陣柔軟的尖叫，彷彿帶著某種……愛意。

奧洛斯翻過身。他坐在地上，抬頭看著他的死亡。「別、別殺**我**……」他喃喃說道，聲音微弱得簡直不像是一位人君的遺言。

惡魔伸出強壯的前肢，一把抓住他跳回拱頂的洞中。眨眼之間，那頭惡魔就和勒墨特的衛君一同消失了。

奧洛斯．達耳比連尖叫都來不及。

長得像伏土獸的惡魔轉過身，開始漫無目的地挖掘石牆，整個身軀因為用力而蜷縮抽搐，另一隻像鏟子般的長爪，也在挖開岩壁的同時斷裂，灼燒的血液落在石頭和泥土上哧哧作響。

剛才那股讓阿基里婭呆住的力量消失了。「走，」她說，「我們去軍械庫。」

阿基里婭轉身奔跑，讓怪物繼續在黑暗之中挖掘。但她只跑了二、三十碼，就想起海莉俄忒根本追不上來。於是她停下腳步，從偽裝服裡撈出另一支火把，一邊點亮，一邊等著另外兩人跟上來。

原本跑在前面的卓斯科也回頭走向海莉俄忒，扶起老婦的手臂。即使多出一個人的重量，他的腳步還是輕鬆追上了阿基里婭。

「那東西會**挖洞**。」卓斯科說，「我們應該離開，不是去軍械庫。」

「軍械庫有武器和毒藥。」阿基里婭說，「動作快！」

至少毒藥能讓他們有機會一搏。但拿到以後呢？她不知道，但也許還有別人會知道。

37

許多男人都來到軍械庫。阿基里婭在門口遇見喀勞．溫登，還有他的兩個兒子亞伯然與杜瓦耳。進了門後，她又看見鑄造師傅所羅門．巴羅舉著火把走出來打量前廳。他也看見了阿基里婭，並朝她招手：

「里婭，快過來！」

她衝進軍械庫，卓斯科也背著海莉俄忒跟在她的背後。所羅門又往外探頭，確認沒有人沿著廊道趕來，就關上了沉重的木門。軍械庫裡至少聚集著五十個人，其中一半舉著火把，空氣裡充滿焚煙的味道。不少人已經拿起武器，還有幾人扛著包覆青銅的圓盾，波勒督政官也在其中。列奧尼托斯．拉墨克已經穿上戰士的武裝，胸甲與護脛在他身上閃閃發亮。

許多人顯然都已聽說過科林的白膠，因為距離門口幾碼之處，就有著一隻木桶被打開蓋子，劇毒的黏液在矛頭、獵魔叉、小刀和箭鏃上閃著濕潤的光澤。

只是每個人都神色驚惶，不知所措，就連列奧尼托斯也茫然呆立在原地。

馬爾定．亞忒斯走出人群。里婭上次見到他，是一個月前的方陣團練，那次他的長矛失手落下，擊中了里婭的後腦杓。此時的他面色如土，似乎隨時都會屎滾尿流。

「惡魔跑進衛城了。」馬爾定說，「波勒督政官，我們該怎麼辦？」

所有人都看著波勒，等待他出聲領導——但他沒有回應人民的期待。

「我不知道。」他低下頭，「我不知道。」

喀勞．溫登的胸膛上下起伏，他的喘聲是因為恐慌，而非疲憊：「卓斯科，衛君人呢？我們要離開這裡，我們需要他的帶領！」

海莉俄忒在卓斯科耳邊說了幾句話。壯碩的戰士聽了，就輕輕鬆開攙扶她的手，讓她自行站穩。

「我叫海莉俄忒．洛摩斯，代卡泰拉衛城的守護者。」她的聲音小而清晰，「你們的衛君已經過世了。此時，惡魔正在衛城裡橫行，我們必須集思廣益，救出更多的人，一起逃離這裡。有人反對讓我來帶領你們嗎？」

眾人面面相覷，但沒有人出言反對，就連波勒也沒有。洛摩斯衛君下令般的語氣讓他們沒有選擇，更何況她的右手邊還站著卓斯科．拉墨克。

「很好，」他們的新領袖說，「阿基里婭，從妳開始吧——妳有什麼建議？」

她退了一步。海莉俄忒要**她**來下決定？

「我只是個信使。」阿基里婭說。

「妳是**信使長**，」卓斯科說，「還是斬魔者。」

但這又能代表什麼？她確實曾在地表立過一些功勞，但那是在**開闊的地面**，不是**狹窄的廊道**。

「我們該做什麼不是很清楚嗎？」喀勞說道，「當然是拿著武器守在這裡。」

亞伯然．溫登抓住父親大吼：「爸，你會害我們的同胞**送命**！我們要戰鬥！」

「我們一出去，惡魔就會把我們宰光。」列奧尼托斯說，「它們的動作太快，力氣也太大。」

男人們開始爭論吼叫。洛摩斯衛君舉起手，簡單的動作卻讓所有人都安靜了下來。「里婭，這是妳的家鄉。」她說，「在這些人裡面，妳曾對抗過最多惡魔。所以**快想想**，我相信妳一定有什麼辦法。」

她掃視軍械庫，掃視一架一架的盔甲和武器……長矛、長弓和重……一桶一桶的弓矢和弩箭……獵魔叉和盔甲……胸甲、頭盔與盾牌……三桶白膠尚未開封。那頭伏土獸惡魔是隨便換挖，還是被奧洛斯的叫聲吸引？或許都是——伏土獸在山裡挖洞時，會不時停下聆聽再繼續挖掘，如此重複直到牠聽見什麼東西，才會朝那筆直前進。

「大家保持安靜。」她說，「伏土獸惡魔會挖洞，放其他惡魔進來。我們不能留在這裡，不然最後還是會被它們找到。我們得戰鬥，把惡魔驅逐出去。我們手上有科林的白膠，還有……」

白膠會讓惡魔燃燒的毒血凝結成血栓。

血栓。

阿基里婭看向軍械庫的門口，想像著外面的廊道。狹窄、密閉的廊道就像血管一樣，只要三面盾牌交疊就能封死。她想起之前和西涅什下的戰棋，想起惡魔如何靠著速度夾擊方陣。可是在狹窄的廊道裡，他們卻不會有側翼可以夾擊。

只要像是血栓結塊一樣堵住廊道，他們就只需防守前後。

阿基里婭知道該怎麼做了。

她從偽裝服裡掏出牙舌，讓它垂掛在胸前。

「我們要立起兩面盾牆，保護彼此的背後。」她的話像銅水一般澆灌而出，連她自己也感到陌生，彷彿在聽著另一個不同的阿基里婭說話，「每面盾牆都分成兩列，每列三面盾牌，矛兵從縫隙裡攻擊。不擅長作戰的人躲在牆的後面，幫武器和盾牌塗上科林的白膠。拿盾牌的人，躲在盾牌後面，**不要探頭**——還有小心惡魔尾巴上的長釘。一進入廊道，我們就盡量製造雜音，把惡魔吸引過來。」

「**吸引過來**？」波勒嚇得臉色發白，「妳瘋了嗎？這樣我們怎麼逃跑？」

不久前，阿基里婭還在等待，希望有人想到該怎麼做。但現在她才知道，那個人**就是她**。她的同胞在等著她指揮。

「督政官，我們沒有要**逃跑**——我們要把這些凶獸從我們的家園驅逐出去。」

同胞們站在她的身邊，他們蒼白的臉上掛著懷疑、恐懼與困惑的表情，但也有些人的臉上燃燒著憤怒與決心。

所羅門．巴羅露出笑容，重重點了點頭：「肏他媽的，里婭說得對，宰了那些賤骨頭！」

許多人跟著點頭。里婭無法忽視他們臉上的畏懼——她自己也一樣，但現在他們有了目標，有了機會可以掌握局勢，掌握命運。

「荒唐。」波勒大吼，「我們怎麼能聽從冒瀆天主的代卡泰拉人，還有這個、這個**小妞**的命令！不，我改變心意了，我才是督政官，這裡由我來指揮！所有人給我**留在這**，保護這裡等待救援。」

洛摩斯衛君看向卓斯科，又朝波勒歪了歪頭。

卓斯科輕撫他那根沾滿血跡的短棍：「督政官，我要請你好好閉上嘴，聽從你收到的指示。斬魔者已經決定戰鬥，而我們所有人也會追隨她作戰。你明白了嗎？」

阿基里婭忽然理解，權力轉手多麼快速。奧洛斯一死，卓斯科就立刻向海莉俄忒．洛摩斯投誠，因為他清楚大權會落入誰的手中。

波勒瞪著卓斯科，目光轉向沾血的短棍。接著他又顧盼四周，等待有誰來為他出聲，和不久之前阿基里婭在醫院所做的一樣，而他同樣沒有等到聲援。

「話說得夠多了。」阿基里婭說，「再開一桶白膠，每個人身上都要塗滿，準備戰鬥。」

阿基里婭率先用白膠浸濕頭髮、塗滿皮膚，讓衣服吸飽黏稠的漿液。她小聲交代命令，按照每個人的專長、身材和氣力分配站位；她把波勒放在陣形前側的第一列中央，又把馬爾定放在後側的第一列中央。其他人有的負責舉盾掩護，有的負責執矛引弓。做不了這些事的人就負責攜帶弓矢和備用的長矛，或是搬運承裝白膠的木桶。

眾人紛紛在身上塗抹白膠，披盔戴甲，在軍械庫裡蒐集盾牌和可用的武器。她要他們使用信使矛，因為戰士矛的矛桿太長，在狹窄的廊道中難以施展。

一道惡魔的尖嘯聲傳來，讓所有人都僵了一下——聲音就來自軍械庫的大門之外。接著，木造的大門開始猛烈晃動。

阿基里婭舉起她的長矛，發出號令：「第一盾牆在左！第二盾牆在右！」

人們雖然驚恐，卻立刻奔向各自分配到的位置，發揮出平時團練的成果，兩道盾牆井然有序地成形。每道盾牆分為三層，最前面是三面交疊的盾牌，立在地上遮住跪坐的盾牌手；第二列盾牌手站在後面，將盾牌高舉在第一列盾牌上方；第三列士兵手執浸潤白膠的長矛與獵魔叉，從盾牌間的縫隙貫出。木門再次轟隆震動，聲音有如死亡急促敲打著戰鼓；終於，厚實的木板從中間開始崩裂，阿基里婭從裂縫中看見一團翻騰的漆黑，那東西的牙齒在軍械庫的火炬照耀下閃耀著金屬的色澤。

「盾牆靠緊。」阿基里婭喝道，「從兩翼接近大門，別給它們有空隙進來！弓箭手，搭上箭等我的命令。衛君和其他非作戰人員，留在弓箭手的後面。」

兩道盾牆靠攏成鳥翼形狀，往前包夾，不讓惡魔破門之後有穿越的空間。阿基里婭站在兩道盾牆中央，繃緊的弓弦在她周圍咯吱作響。

扭曲的黑色爪子伸進裂縫，往後一扯，撕下一大塊門板。

「**放箭！**」

錚錚幾聲，兩支羽箭釘在木門上，另外兩支穿過門洞，讓另外一邊傳來痛苦的嘶叫。黑色爪子消失了一會，又伸進門來，憤怒地抓下一塊又一塊木頭。盾牆開始鬆動，本該守在左翼前排的波勒站了起身，他的肌膚慘白，宛如一朵銀碧花。

「**前排！**」里婭高吼，「**守好你們的位置！**」

波勒立刻縮了下去，他的盾牌也落回原地，青銅發出響亮的鏗鏘聲。

黑色的軀體終於撞開破碎的木門——惡魔衝進前廳，爪子瘋狂揮舞，牙齒閃閃發光。它撞向波勒的盾牌，把波勒撞得連連後退，自己也被彈向一邊。督政官恐懼地不停尖叫，但還是奮力挺身，守住自己的位置。

惡魔縮起身軀，向前飛撲；盾牆後的長矛也往前推進，重擊惡魔的身體，捅穿它的腹部、頭顱和肩膀。另一把獵魔叉接著補上，三支叉齒深深陷入惡魔漆黑的胸膛。怪物尖叫扭動，雙手不斷拍打銅叉。矛兵抽出長矛，再度刺出。灼燒的血液到處飛濺，空氣裡充滿刺鼻的惡臭，蓋過了火把焚煙的氣味。

另一頭惡魔衝進門，轉身進攻右翼，撲在盾牆上頭，鋒利的爪子耙過青銅。第三列的長矛推進，刺穿漆黑的甲殼。惡魔抓住中間的盾牌，用力一扯，把沉重的銅盾從馬爾定．亞忒斯的手中抽走，同時漆黑的尾巴如繩鞭掃過，長釘刺穿了馬爾定的胸口。

「補上缺口！」里婭大吼，「快！」

第二列的人立刻往前，接替馬爾定的位置。卓斯科從後列大步向前，刺出長矛。青銅打造的鋒刃滑入惡魔的頭顱左側，從右側對穿而出。惡魔立刻身軀一僵，倒了下去，肢體不停顫抖。

第一頭惡魔踉蹌著往後退，燃燒的毒血在地上留下一道哧哧作響的痕跡。它退向門口，往後倒下，雙臂僵在空中，不停顫抖，隨時會在劇毒和失血的夾攻之下死去。

「留在原位。」阿基里婭下令。

人們照做。她聽著他們沉重的呼吸，有人在哭泣，有人在喃喃禱告，有人說馬爾定死了。阿基里婭這才聞到惡魔的味道，長著苔蘚的溼潤岩石，混合著毒血的刺鼻惡臭。

她等待著，沒有惡魔繼續進門。這時有隻手輕輕扶住她的後背。

「還不夠。」海莉俄忒輕聲說道，「看看他們，里婭，妳需要為他們再做點什麼。」

阿基里婭看了看四周，知道洛摩斯衛君說得對。這支部隊緊密合作，贏下了一場小勝利，但他們更在意馬爾定．亞忒斯的死、在意卓斯科打倒的那頭惡魔，還有門口抽搐的那頭怪物——沒有人敢靠近它。儘管他們贏得勝利，阿基里婭卻知道，這些人還是不會跟著她走進廊道，不會跟隨她一起進攻。

「讓他們看看，」洛摩斯衛君說，「讓他們知道妳會拯救他們。」

阿基里婭撥開盾牆走向前。人們盯著她，像是盯著一個瘋子。她在那頭抽搐的惡魔身前停下腳步。就連在垂死的掙扎中，怪物還是想把爪子伸向她。

她舉起長矛，用沉重的矛尾釘貫穿惡魔弧形的頭顱。一道燃燒的毒血噴出來，落在她塗滿白膠的小腿上，發出哧哧聲響變成灰燼。她扭動矛桿，想要搗碎怪物的腦，雖然她並不知道惡魔有沒有腦子。

那東西僵了一下，終於癱在地上。

她轉過身，背對著門口，面向著她的同胞，讓眾人見證她的怒火。或許這時，有一頭惡魔正在她背後伸出爪子，但她不在意。她要利用這一刻，**鼓舞**她的同胞追隨她，去向惡魔掀起戰火。

阿基里婭．古珀從沒有覺得這麼暢快。

「不要為馬爾定．亞忒斯的死哭泣。」她說，「他是為了守護他的衛城而死，是為了阻止惡魔摧毀我們的世界而死。」

她指著自己剛才解決的惡魔，指著它破碎的漆黑頭顱，指著它傷口裡淺綠色的肉，灼燒的毒血滴在它身軀下的岩石地板上，哧哧作聲。她看見眾人的目光也轉向怪物的屍體，看見他們的神色慢慢改變，出現了勇氣，出現了反擊的熱望。終於。「我們**可以**殺死這些東西。」她說道，「惡魔比我們大、比我們快、比我們壯。但它們沒有我們**聰明**。告訴我，有誰準備和你的同胞合力作戰，一起奪回我們的衛城？」

回答的吼聲奮勇堅決、毫不遲疑。就連波勒也一起咆哮。他們已經不再膽怯衰靡，不再乞求命運的垂憐。

洛摩斯衛君也露出著魔般的微笑。

「波勒，」阿基里婭立刻下令，「你帶人在十碼前方結成盾牆，保護我身邊的弓箭手和非戰鬥人員。另一隊在我們後方組成盾牆，守住另一面。別讓任何一頭惡魔闖過你們的盾牌。我們上！」

人們迅速湧向廊道，平日的團練讓他們得以維持秩序與效率。阿基里婭可以感覺到這些人的變化。他們仍然害怕，但他們已經願意走向危險，不再躲藏。

他們很快以兩面盾牆堵住廊道，將矛兵和弓箭手護在中間。一支支矛桿綁著火把，從盾牌後方森然豎立，放出搖曳的火光，讓戰士們不至於在黑暗中與惡魔廝殺。圓盾的青銅刮著左右的石牆壁，上緣也幾乎觸及廊道的拱頂，上下左右沒有絲毫空隙。

洛摩斯衛君跟在阿基里婭身邊，一手拿著火炬，另一手的箭袋裡裝滿弩矢。

「殺了那些雜種，阿基里婭，」她說，「殺光它們。」

阿基里婭點頭下令：「卓斯科！帶隊前進！」

前任衛君的執法吏如今顯然已經成了海莉俄忒的執法吏，他拉大嗓門，喊起口令：一二、一二、一二。盾牆開始前進，像一枚堅實的青銅栓慢慢滑過長廊。

＊＊＊＊

惡魔撞上前方盾牆，漆黑的利爪在顫動的火光中閃過，噹地一聲揮在圓盾上，刨下一層顏料和青銅。執盾的士兵已經從馬爾定的死亡學到教訓，他們緊靠著身前的青銅圓盾，以全身的力氣緊握，將全身的重量推往盾牌，依靠後方伙伴的體重支撐，抵擋惡魔殘暴的攻勢。長矛接連刺出又收回，穿過盾牌間狹小的縫隙，直擊那些敵人包覆漆黑甲殼的身軀。

燃燒的毒血四處流淌，滑入廊道兩側的排水溝，把岩石燒得冒出濃煙。空氣中滿是惡魔的尖嘯和人類的低吼，在牆壁與拱頂之間來回碰撞。阿基里婭聽見怪物的尖叫聲中夾帶著惱怒，因為它們的利爪、尖牙和尾巴的長釘幾乎找不到目標可以下手。

突然，波勒督政官慘叫著往後踉蹌，血液從他的左肩流下，但他沒有放開盾牌。

阿基里婭把杜瓦耳．溫登往前推：「**補上缺口！**」

少年發出暴怒與恐懼的吼嘯，以圓盾護住身體，補進盾牆中央。阿基里婭又抓住最後一列的羅斯蘭．波耳忒，推往杜瓦耳原本的站位，正好將兩頭衝上來的惡魔重重擊退。

波勒撕開長袍，露出左肩的傷口吼道：「幫我包紮！」

洛摩斯衛君以嬌小的身體擠過眾人，來到波勒身邊。她拔出自己的小兄弟，從長袍上切下布條，咬著短刀空出雙手，牢牢纏緊波勒的傷口。

「**波勒**，」阿基里婭將身體撐過擁擠的人群，「還能戰鬥嗎？」

海莉俄忒又在傷口上打了一個結，痛得波勒皺起眉頭，但他露出酣戰的微笑答道：「皮肉傷而已，將軍！」接著又舉起盾牌往前進，幫盾牆施加更多力量。

惡魔的尖嘯愈來愈稀疏，接著停了下來。

「後方安全。」列奧尼托斯高喊。

「前方安全。」卓斯科答道，「阿基里婭，請下令？」

她伸長手臂，拍了一下卓斯科：「帶隊前進。更換火把！」

中間的人立刻將火把綁上矛桿點燃，遞向前列照亮前進的路。

盾牆在越過惡魔殘破的屍體時鬆動了一會。怪物的身上布滿傷口，但致命的最後一擊，都是被沉重的矛尾釘搗碎漆黑的頭顱。

戰士們丟下熔成銅渣的長矛，高呼需要新的武器。攜帶武器的人立刻將全新的矛刃塗滿白膠，傳到他們手中。弓箭手搭起新的羽箭，弩手也紛紛張弩上弦。

他們殺了多少惡魔？十一頭？還是十二頭？這一路又有兩名勒墨特人陣亡，但銅栓陣確實有效，讓他們**節節勝利**。

「前面有光。」卓斯科大喊，「是廣場廳，惡魔想闖進去！」

阿基里婭擠上前去，站在盾牌手之間。前面的兩頭惡魔正在揮舞利爪，破壞堵住入口的家具。家具之間不斷伸出長矛，刺中惡魔的身軀，卻只能勉強牽制，無法消滅它們。

其中一人探出身子，高呼著無畏的戰吼，手中的長矛接連猛刺，那是高大嚇人的布蘭頓。

「弓箭手，」阿基里婭喝道，「放箭！」

羽箭和弩矢帶著劇毒飛過廊道，有些被堅硬的黑甲彈開，有些深深刺進惡魔體內。兩頭怪物立刻轉身，對新的敵人露出兇殘的面孔。

但阿基里婭不會畏懼，她會救出她的朋友。

「第一盾牆，**前進**，**殺光它們！**」

＊＊＊

廣場廳的路障後躲了兩百多人，布蘭頓和科林也在其中。他們靠著屈指可數的長矛和棍棒，躲在殘破的家具後面奮戰才支撐到現在。地上倒著十幾個人，身體被惡魔的尖牙、利爪和尾巴的長釘撕成碎片。

閃亮的盾牆重擊惡魔，將它們壓向路障，讓兩頭怪物失去騰挪的空間。不出幾秒，沉重的矛尾釘就穿過它們漆黑的頭顱，結束了它們邪惡的生命。

大廳裡倖存的人加入了銅栓陣，多出來的兵力讓阿基里婭得以迅速扭轉戰局。她組織起新的盾牆，派他們和布蘭頓前往軍械庫，搬取更多武器和獵殺惡魔的劇毒。科林則和海莉俄忒一起留在她身邊。

阿基里婭的銅栓陣像野火一樣橫掃勒墨特衛城。一道道盾牆緩緩穿過廊道，從居室裡救出躲在路障後的人們。戰鬥不時發生，伙伴在戰鬥中倒下，但惡魔也在盾牆的另一頭倒下，而且倒下的惡魔遠多於倒下的人類。

不知什麼時候，也不知為什麼，活著的惡魔開始逃出勒墨特衛城。它們爬向最初挖入衛城的洞穴，成群離去，只留下死亡的痕跡。

沒有人歡呼。

「勒墨特已經不安全了。」海莉俄忒說，「它們留下的坑洞太多，明光管也壞了許多，只靠火把撐不下去。如果我們留下，很快就只能在黑暗裡摸索度日。」

「河邊永遠都亮著。」科林說，「我們可以把大家帶下去。」

河邊……**西涅什**。

阿基里婭立刻轉身：「把人都帶去河邊。我現在就過去。」

波勒抓住她：「里婭，我也過去。第一盾牆，前往河邊！」

沉重的盾牌乒啷乒啷聚集在她的面前。這些士兵都已經用盡力氣、全身負傷，卻也準備好繼續前進。

「我跟妳去，里婭。」科林走了過來，「帶路吧。」

她看向海莉俄忒，不知為什麼，她就是覺得需要這個女人的首肯。海莉俄忒點了點頭。

「波勒督政官，」阿基里婭說，「去我們的同胞身邊，救他們出來。」

38

阿基里婭低著頭，看著西涅什．畢舍爾將軍的遺骸。

「我很遺憾，里婭。」科林說。

衛城已經支離破碎，死者與失蹤者的數目還未明朗，但科林卻在這裡陪伴著她。他知道西涅什對里婭有什麼意義。

兩人沉默了一會。

惡魔的牙舌穿過老人的臉，穿出他的後腦杓。若不是他枯萎的身體、缺少的手臂和滿身的傷疤，或許沒有人可以認得出他。

「他沒有被抓走。」阿基里婭說，「為什麼？」

科林轉頭看著織網婦們平常待的地方。她們每天都坐在這裡，嚼著莉薩醉根，回憶她們美好的過去。現在，一半的織網婦都不見了，而另一半死於怪物無情的殘殺。

「惡魔把人類帶回黑煙山，是為了讓惡魔之母把他們變成新的惡魔。」科林說，「也許它們感覺得出哪些人撐不過這段路，或是承受不了轉變的過程。」

阿基里婭的雙眼無法離開西涅什的屍身。他指揮過對抗惡魔的戰爭，付出了慘重的代價。他的一生都被疼痛糾纏，被自己奮戰保衛過的同胞排拒恥笑，所有的勝利和貢獻也蕩然無存。

他倒在一捆繩索旁邊。繩索斷成了許多節，斷口被惡魔的毒血燒得焦黑。難道西涅什在死前都依然奮戰嗎？也許他就算手裡沒有武器，還是想勒死那頭殺了它的凶獸。燒焦的繩子記錄著西涅什的結局：他讓惡魔流了血。

他從未想過自我了結。

科林打斷她的哀悼：「里婭，衛君在叫妳。」

「可是，他的屍首……」

「會有人來處理的。」科林說，「最明智的做法，是把人們的遺體送去鑄造場焚燒。不然等到屍體開始腐爛，重建又會變得更困難。」

阿基里婭抬頭看著洞頂，那裡有個漆黑的大洞。一頭伏土獸惡魔摔死在正下方，漆黑的身軀在河岸的岩石上撞得粉碎。衛城裡至少還有兩處相仿的洞穴，惡魔就是這麼潛進來的。

「我們不重建。」里婭說。

科林困惑地皺起眉頭：「不重建？」

阿基里婭繞過西涅什的屍身，拿起他放兵棋模型的小箱子。她回頭走向便橋，科林似乎問了什麼，但她聽不清楚那些問題。她走過便橋，試著不去回想西涅什說故事給她聽、教她行軍布陣、和她一起推演兵棋的日子。沒有西涅什，她根本不會出生。如今西涅什卻不在了。

都是因為**它們**的緣故。

整個衛城大約只有兩千多人活了下來。男人、女人、老人、年輕人和小孩子都來到河畔的高地，占據了每一塊平地。在場的大多是勒墨特人，但也有許多來自刻孚蘭的難民和代卡泰拉的倖存者。她聽見傷患的呻吟，還有人們失去所愛的哭號。許多男人和女人聚集在階梯附近，照料著身上的傷口，或是從瓶子裡啜飲清水。長矛和圓盾立在他們手邊，隨時準備再次結成盾牆，以防惡魔再次從階梯上奔流而下。

海莉俄忒．洛摩斯朝著她揮手。

阿基里婭走過驚慌疲憊的人群。她一走近，人們就停下交談，停下哭泣。這些她認識了一輩子的人紛紛朝她伸出手，想要碰觸她的衣襬。沒有人說話，但每個人嚴肅的表情都告訴她，他們知道自己是因為阿基里婭才能活命。

十二頭惡魔的屍體擺在走道邊，整齊地排成長長一列。這是阿基里婭的命令，她要讓所有人知道他們可以殺死惡魔。

衛城裡的重要人物都圍在海莉俄忒的身邊，包括石匠、玻璃匠和其他工場的師傅。卡倪阿．波勒督政官依然滿身汗水與血污，全身都是爐火椿的白膠。拉彌洛斯祭司看起來毫髮無傷。潘達站在提納特督政官的身邊，另一位斬魔者頭上的繃帶滲出血水，脖子上又多了一條牙舌。

卓斯科站在海莉俄忒身後，就像他以往站在奧洛斯的身後一樣。或許有些人不滿由她主持局面，但所有人不是疲累，就是畏懼卓斯科的凶狠，沒有出聲反對。

每個人，包括海莉俄忒在內，手裡都握著長矛。

容赫與巴爾登兩位督政官不見人影，也許是死了，也許是被抓走了。

「我們正在決定下一步怎麼做。」海莉俄忒對阿基里婭說，「但里婭妳不在，我們做不了任何決定。」

阿基里婭放下手裡的小箱子：「有人看到布蘭頓嗎？」

沒有人回答。

「開始吧。」衛君說，「玻璃作坊的頭是誰。」

科羅登．波勒走向前：「是我，衛君閣下。」

科羅登是卡倪阿．波勒督政官的堂弟，兩人長得很像——至少在今天的戰鬥以前是如此。卡倪阿和以前一樣肥胖，但現在卻變得挺拔許多，看起來也更……**凶狠**，幾乎變了一個人。

「我們要盡快完成整修，才能應對下一次攻擊。」衛君說道，「但是困在黑暗裡什麼都做不成。修好明光管需要多久？」

科羅登長嘆一口氣，搖頭說道：「我手下有一半的工人不是陣亡，就是失蹤。我會訓練新的幫手，但沒有人能在一夜之間學會燒出玻璃。我會先讓河水流過工場區，理由想必妳也理解。如果要讓其他地方也恢復照明，就還要修好廣場廳、校場和其他廳堂的明光管，單是這些工作，就需要三到四天。」

衛君回應：「我們可以在河邊待到你完工。」

所羅門．巴羅往前走了一步。他手裡拿著鍛造用的鎚子，燃燒的毒血在黑鐵打造的鎚頭上留下許多深刻的傷痕。

「鎔爐也是光源。」他說，「我的人幾乎都還活著，可以日夜趕工，替科羅登和巴爾同．馬松打造維修管路和填補坑洞的工具。」

「巴爾同．馬松？」衛君看了周圍一圈，「他是做什麼的？人在這裡嗎？」

妮刻．馬松走上前，她的雙眼因流淚而漲紅。

「惡魔把他抓走了。」她說，「石匠原本歸他管，但現在這應該是我的工作了。」

海莉俄忒低頭致意：「我對妳的遭遇很遺憾。妳看過軍械庫旁的坑洞了嗎？修不修得好？」

妮刻吸吸鼻子，抹了一下臉：「我檢查過那個，還有塔瑪拉．亞科松那裡的。人力充足的話，我只要兩到三天就可以把洞補起來。惡魔挖穿了岩層，我們得用新的石頭填回去，這不是小工程。」

阿基里婭指著頭頂的坑洞：「把這個補好要多久？」

「這邊要先搭施工架，」妮刻說，「大概得花四到五天，再把石頭吊上去，用灰泥固定。日夜趕工的話需要兩週。」

「沒有那麼多時間。」衛君說，「它們會不停攻過來。一開始就像我們剛剛打退的那些，只有三、四十頭惡魔。代卡泰拉被攻擊時，我們不知道它們是挖洞進來的，那些孽畜就這麼出現在廊道上，敲碎了明光管。於是我們逃到地面上，打算休整一番再殺回去，沒想到才過幾個小時，第二群惡魔就殺來了。我猜第一群惡魔就像是偵查隊，目的是先找出我們的位置，再回黑煙山呼叫主力。」

恐怖的回憶抓住老婦人，讓她打了一下寒噤。

這時，布蘭頓擠過人群，加入他們圍成的圈子。他的雙眼腫脹發紅，閃著淚光，全身因暴怒而顫抖。

阿基里婭走向他，抓住他的手問道：「怎麼了？」

「我找到我媽了。」他說，「她死了。」

今天已經死了這麼多人，再多一道噩耗本不該讓她如此難過，但阿基里婭還是大受打擊。她跟卡丹絲認識太久了，不可能不感到心痛，但更讓她心痛的，是布蘭頓臉上的悲痛。

「抱歉。」阿基里婭說。

布蘭頓吸吸鼻子，走向阿基里婭剛才站的位子。他面向圈子裡的各號人物，為阿基里婭挪出自己左前方的位子。阿基里婭立刻意會過來，他是特地來站在她的身邊，就像卓斯科站在海莉俄忒的身後一樣。

阿基里婭回到她的位子，布蘭頓的存在讓她感到異常安心。

「妳剛才提到第二群惡魔。」提納特開口，「它們數量有多少？」

海莉俄忒聳聳肩：「我不清楚，也許兩百，也許三百。我的人民四處逃竄，我當下也逃了，後來才設法找回這些人，來到你們這裡。」

「還把惡魔帶了過來。」拉彌洛斯祭司出了聲，「這麼多勒墨特人的血，都要算在你們頭上。如果不是**妳**，我們的衛君怎麼會離我們而去？天主啊，求祢將災禍降在這女人的頭上！」

懷疑的目光紛紛指向海莉俄忒。

阿基里婭聽不下去了：「拉彌洛斯，天主才不會降下那種鳥玩意。」

「妳一個小小的信使，」祭司憤怒的目光瞪向她，「憑什麼在這裡說話？」

阿基里婭挑釁地朝祭司勾勾手指：「憑什麼？要不要自己嘗嘗看？你這沒用的渣滓。」

拉彌洛斯朝她衝了一步，但也只有一步。因為同時衝向他的，還有布蘭頓、提納特、波勒和卓斯科。

「你們都很清楚，」布蘭頓說，「我們能活到現在全都是因為她。」

拉彌洛斯看著自己面前的男人們，默默縮回腳步。

「阿基里婭已經**不只是個信使**了。」海莉俄忒說，「這是人類在歷史上初次對抗惡魔，還獲得了勝利。沒有她，今天就會再死一千個人，而剩下的人只能四散逃亡，承受惡魔的獵殺前往比塞特，乞求他們收容。從這一刻開始，我們的軍隊——不管那是怎麼樣的軍隊，都由阿基里婭．古珀來指揮。」

所羅門．巴羅再次走上前：「請等一等，閣下。我們的衛君才剛離我們而去，沒有人推舉妳接替她的位置，更何況，妳這、妳這……」

海莉俄忒雙手抱胸：「說吧，把你想到的說出來。」

「妳這**冒瀆天主的賊人**！」所羅門罵道，「衛君警告過我們，要我們小心妳的人民，還有你們的宗教——看看我們現在怎麼了？妳一出現，邪惡就跟著妳進門，而妳現在竟然還妄想要統治這裡？」

卓斯科朝所羅門跨了一步，然而所羅門並非輕易就會退卻的人。他舉起他的鐵鎚在空中晃動：

「我用這殺了一頭惡魔，卓斯科。別以為我不敢把它用在你身上。」

波勒督政官走到兩人之間，舉起一隻手：「**夠了**。我們正面臨危機，得有人出來做出決定，重要的決定。現在督政官只剩下我和提納特了，我們得再推舉兩個人。而且在正式舉行投票以前，我們仍然需要有人行使衛君的職務。」

提納特拍拍胸膛：「我最有這個資格暫代衛君，因為我不只是督政官，還是個戰士，而我們正面臨戰爭。」

有些人點了點頭。

科林邁步上前，開口提問：「等等，提納特，你成為督政官不是才……三個月嗎？」

提納特漲紅了臉：「誰准許你這**小子**發言的？給我坐下，第納辛，否則——」

「你什麼都**別想做**。」阿基里婭大吼。她沒有想要吼得這麼大聲，但此時所有人的目光都轉向她，沒有人敢插話。

「你們以為是**我**救了大家？」她搖搖頭，「我告訴你們，少了科林的發現，你們**這些人**不是早就沒命，就是準備面臨更慘的下場。所以他要講話的時候，你們最好他媽的給他該有的尊重。」

她停下來，等著有人出聲駁斥，但誰也沒有說話。

科林誇張地向她鞠躬：「感謝妳，古珀**將軍**。正如我要說的，儘管提納特督政官的經歷，對我們的生存至關重要，但他成為督政官的日子實在太短。我們需要他參加即將發生的大戰，但如果他退居後方，像脆弱的銀碧花一樣躲在同胞的保護後面，就無法發揮他的長才。」科林朝提納特揚起眉毛，「我沒說錯吧，督政官？我們需要把你當作銀碧花一樣保護嗎？」

眾人看向提納特，而提納特看著科林，巨大的拳頭氣得發抖。

「我當然不需要保護。」最後，他咬牙切齒地答道。

科林高舉雙手：「我就說吧？我們需要提納特擔任督政官，**也需要**他卓越的作戰身手。因此我們必須找別的人來領導衛城，而在場的人裡頭，只有一個人有這種經驗。」他指向海莉俄忒．洛摩斯，「就是她。」

拉彌洛斯祭司快步上前：「**女人當衛君**？你把法律當成了什麼？況且她根本不是我們的人！」

不少人點頭稱是，所羅門．巴羅也在其中。

「那就讓法律去死吧。」波勒督政官說，「讓一隻駝蜍來統治勒墨特，想必也會牴觸法律，但如果這隻駝蜍的經驗夠格，我也只能推舉牠來領導我們。各位看到了，里婭也是女人，但沒有她的話，我們早就**死了**。我已經不想在乎，一個人的兩腿中間長著什麼鳥東西，我只想找個人帶著我們活下去。既然洛摩斯衛君有這份智慧，願意讓古珀將軍率領軍隊，她就是我心中的好領袖。」

「將軍」。才沒多久，這個字眼就出現了兩次，就連波勒也掛在嘴上。阿基里婭不知如何是好。這不對，配得上這個頭銜的人只有一個，他的名字叫做西涅什．畢舍爾。

「法律就是**法律**，」拉彌洛斯大喊，「你們休想讓我承認這種事情！」

所羅門站到拉彌洛斯身邊：「我也一樣！」

「不，你們會同意的。」波勒說，「因為你們兩個會成為督政官。既然你們不信任她，那正好讓你們來平衡她的權力，如何？你們倆是否願意擔任這個職位，服務勒墨特衛城，直到危機過去，直到我們可以舉行投票？」

阿基里婭也多少聽過一些治國的道理，但波勒這一招著實讓她驚艷。拉彌洛斯當然可以拒絕，但有個晉升督政官的機會放在眼前，他難道會甘心繼續充當顧問嗎？

拉彌洛斯和所羅門交換了一下眼色。

「我願意照波勒說的，」拉彌洛斯說，「在我們可以舉行投票以前，暫時承擔這份責任。所羅門，你願意和我分擔這份榮譽嗎？」

波勒露出奸詐的微笑，他非常清楚自己在做什麼。

所羅門的臉漲得通紅，但那是因為羞赧，而非暴怒：「呃，可是我、我只是一個鑄造匠，怎麼會懂得治理衛城的方法？」

「你不是知道已經質疑過讓我這外人掌權了嗎？」海莉俄忒說，「難道你的質疑是錯的？」

何等輕盈巧妙的技巧。要是所羅門此時出言反對海莉俄忒，就是否定了自己一開始的憤慨。如果換作更機靈的人，當然能夠輕易反駁，但任何人只要跟所羅門說過話，都會知道言詞絕非他的長才，就和他的侄子布蘭頓一樣。

「所羅門的質疑沒錯。」拉彌洛斯說，「但是，科林和波勒說得也對。我們此刻最需要的就是經驗，因此我們也需要為勒墨特著想的人，確保洛摩斯衛君的統治只會持續到危機過去。」

這是何等奇異的光景。在被鮮血染紅的廊道上，在這一片活生生的夢魘之中，拉彌洛斯就這麼讓自己被自己赤裸裸的野心所操縱。但話說回來，阿基里婭的舉止又有什麼不同？只要有人讓她掌權指揮，就能獲得她的支持，因為只有這樣，她才能讓惡魔為它們的惡行付出代價。在這一刻，她說出的話就是權力，而她會用這份權力，去做到她必須做的事。

「拉彌洛斯祭司說得好。」阿基里婭說，「你難道不同意嗎，所羅門？」

所羅門似乎拚了命想逃跑，但他終究留了下來，點頭答應：「嗯，里婭，他說得對，我接受。」

洛摩斯衛君朝眾人深深鞠躬：「那事情就這麼定了，感謝你們的信任。我們先決定一下事情的先後吧，因為惡魔絕對不會就此罷休。如果它們的行為和它們進攻代卡泰拉、進攻刻孚蘭的時候一樣，那我們就會遇到更多惡魔。首先，我們應該修好——」

阿基里婭出言打斷新上任的衛君，「妳任命我指揮軍隊，所以我有些話非說不可。」

海莉俄忒似乎不怎麼介意她的插話，只是眼神有些錯愕。

「說吧，古珀將軍，說說妳的看法。」

將軍。聽起來一點都不像真的。西湼什聽了會怎麼想？算了，他會怎麼想不重要。他已經死了，但阿基里婭會接替他未完成的命運。

「我們不該花時間修理**任何東西**。」她說，「就算我們把洞補好，惡魔也會挖出新的洞。今天是因為有衛城裡的廊道，我才能用盾牆攔住它們，不讓它們有機會夾擊。」她指向開闊的河面和廣大的洞窟，「但這裡沒有廊道。如果惡魔大舉攻進來，我們就得退回廊道裡才能自衛。可是這樣它們也會進入廊道，屆時只要火把燒完，我們就會困在黑暗裡，而它們闖過盾牆，**也只是時間的問題**。」

她深吸了一口氣，這才意識到所有人的目光都指向她。不只是這些大人物，而是河邊的所有人。

五十年以前，西湼什已經昭告過人類該怎麼做。雖然他失敗了，但他的想法並沒有錯。

他會失敗，只是因為那時沒有對的武器。但阿基里婭已經取得了那件武器。

「在這裡等，我們都會死去。」她說，「要活下去，我們**只有一個辦法**，就是進軍黑煙山，消滅惡魔之母！」

「我們才剛經過惡魔的**屠殺**，」拉彌洛斯說道，「妳卻要我們送上去找死？」

阿基里婭一言不發看著拉彌洛斯，直到他自己垂下目光。所有人都知道是她拯救了衛城，不是這沒用的祭司。

「提納特，」她說，「我們失去了多少人，還有多少人能作戰？」

眾人看向督政官，他臉上還留著剛才被科林質問所激起的漲紅。

「還沒算完。」提納特答道，「但目前為止，一共有五百一十六人死去或者失蹤。扣掉老人、小孩跟重傷的人，再算上代卡泰拉和刻孚蘭的難民，我們可能只剩一千人可以作戰。」

才幾十頭惡魔，就奪走了勒墨特五百多人？

「惡魔很快就會回來，」阿基里婭繼續說，「我們早晚會失去所有人，失去所有軍隊。我們只能上去地表，選擇戰場和它們交戰。趁著我們還有人可以作戰，我們**現在**就必須出兵。」

她看向河邊的每一塊高地，許多人都露出堅定的表情，點頭稱是。她的同胞已經嘗過擊退噩夢的滋味，如今勝了還想要再勝。

「里婭，這跟妳剛才說的不一樣，」提納特說，「妳剛剛——」

「古珀將軍。」波勒提醒道。

提納特顯得很不耐煩，但還是點了點頭：「好吧。**將軍**，妳剛才說我們能贏，是因為我們周圍這些高牆。可是地表上沒有高牆，惡魔會包夾我們的兩翼，把我們撕成碎片。」

西涅什就是因此輸了戰爭，阿基里婭也是因此在兵棋推演中不斷挫敗。但從今天在廊道裡的作戰，她已經知道該如何取勝。

「我們不會被夾擊。」她捧起西涅什的小箱子，擺在圈子中央。失去西涅什和卡丹絲的悲傷像洶湧的河水淹過她，但她努力撐住，取出一個個棋子，開始在地上列陣。

「我們需要軍械庫裡的一切。」她說，「所有的武器盔甲，還有每一件東西。我們要盡快行動，因為我們不知道惡魔何時會進攻。大家靠過來，我告訴你們該怎麼贏得勝利——我們會使用新的陣形，我們的側翼不會被包夾，因為我們根本**不會有**側翼。」

＊＊＊

四個小時過去，惡魔沒有出現，或許這就是天主存在的證明。

阿基里婭下了許多命令，不分勒墨特人、刻孚蘭人或是代卡泰拉人，所有人都照著她的命令四處奔走。他們相信她，相信她會帶領所有人驅逐摧殘這個世界的邪惡。她不知道這是不是真的，但她絕不會任由機會溜走。如果人類現在不反抗，就再也不會有機會。

衛君和提納特清點了一千兩百名傷患、老人和小孩，要他們向北出發，逃往比塞特。這一路也許會碰到惡魔襲擊，但除此之外沒有別的辦法，因為阿基里婭需要每一個尚能作戰的兵勇留在這裡。

要保護其他無力反擊的人，最好的辦法就是堅守勒墨特山下的平原，在那片開闊的原野擊退惡魔。他們無法在山坡上作戰，因為崎嶇的巨石和陡峭的岩壁在開戰之前，就會讓阿基里婭的陣形支離破碎。擊退第一批惡魔讓人類有時間選擇戰場，她必須把握這個時機。

波勒督政官則負責監督其他人從軍械庫搬出盔甲和武器。

工匠們全都拿起工具打造推車，以便運送木桶、武器、弓箭、弩矢和其他補給。

科林和托利奧集結了其他工場區的人，蒐集了所有方便運送的桶子，好製造更多白膠。托利奧的雙親都失蹤了，一起失蹤的還有克洛伊．亞刻森、多默．庇凱涅和年幼的戴班妮。阿基里婭想去安慰托利奧，但惡魔就要來襲，她有太多事需要準備，只能讓工作去替她承接托利奧的悲傷。

她帶著其他人來到山下，登上一處峭壁環繞的高丘，將任務吩咐給他們。他們很快清除了高丘上的樹木，填平凹處方便立足，又在頂端圍起一圈石頭。

她派出女信使搜索敵人，包括王娜．布沙爾、索珊娜．奧伯希，以及布勒妲．達斐得——說實話，她們還只是少女，但阿基里婭必須把所有男人都列入戰線，就連少年也不例外。她只希望所有信使都能活著回來，但她懷疑那是她的奢望。惡魔的動作太快，而且為數眾多，她的信使，她的袍澤必定會有人喪命。

太陽剛剛過正午，懸在高丘上方。阿基里婭望向她手下的戰士，尚未逃亡、尚未前往比塞特、尚未出發偵察的人都聚在她的身邊，圍成厚厚的圓圈。雖然只有一千人，但這些人是她的「軍隊」。

就連潘達都在她的計畫裡。她派潘達回到信令崗，向比塞特發出派遣軍隊的要求，並告訴他們製作白膠的方法。但願比塞特會把消息送往塔干塔，塔干塔也會把消息送往芬頓。當然，她還派了一隊盾牌手前往眺望台，以免惡魔從山頂進犯。除了阿基里婭，海莉俄忒也要潘達送出一份信令，以及證明信令由她親口所述的訊號。她的信令很直白：**派出軍隊。這是我們最後的機會，我們唯一的機會，唯一擊敗惡魔的機會。出兵吧，否則就準備迎接永遠的黑夜**。

真的會有衛城派出軍隊嗎？阿基里婭不知道。比塞特、塔干塔和芬頓應該都知道，此刻已經沒有衛城還能苟全。他們唯一活下去的機會，就是答應她的要求。但她也只能祈禱，祈禱那三座衛城會響應她的號召。

如今人類面臨的處境，實在很難稱得上「幸運」，可是除了「幸運」，阿基里婭實在沒有別的字眼，可以感慨惡魔竟會給她這麼多時間挑選戰場、整頓軍備。要是它們在人們進出衛城的時候發動攻擊，她就一點機會也沒有了。

她的同胞集結在高丘之上，所有人都在這裡，就連代卡泰拉和刻孚蘭的人也在這裡。她來到地表這麼多次，每次身邊都只有**兩個**人，此時卻有超過一千人聚在她的身邊。

如果洛摩斯衛君說得對，如果惡魔將會成群攻來，那他們就會在這裡作戰。活過第一波攻擊的勒墨特戰士不到十個，衛城的命運將由剩下的民眾，由眼前的廚師、礦工、金工、農夫和工匠來決定。過去的五十年裡，是這些人在維持衛城的運作，而如今里婭又要他們獻出一切。

提納特和布蘭頓鑽過人群，手上似乎拿著什麼東西。那是工作梯嗎？

兩人走向高丘頂端，在三大桶白膠旁打開那件東西，立在丘頂的正中央。那不是工作梯，而是輕便的瞭望台，頂端的平台大約一碼見方，木頭還是新鋸下來的。

「照妳的要求，」提納特說，「衛城已經淨空，所有人都在這裡，和作戰無關的物資也儲藏在附近。希望惡魔跟妳說的一樣，不會去動我們的東西。」

她知道自己在做什麼。惡魔不會在乎那些推車和木桶中的食物與清水，它們在乎的東西全在這座高丘上。

阿基里婭拍著梯子問道：「這個要幹嘛？」

「妳太矮了，」提納特答道，「我們做了這個方便妳觀察戰況、臨機指揮。本來我要布蘭頓扛著妳，但他堅持要上最前線。」

阿基里婭不希望她的朋友往前站，那是送死的位子。

「布蘭頓，」她說，「我希望你留在後面保護我。」

高大嚇人的少年別過眼：「不行，我得上前線。」

他已經上過一次前線，展現過非凡的英勇。此刻的他似乎失去了什麼，但里婭沒有餘力關心——經歷了衛城裡的戰鬥，每個人都**失去**了一些東西。

「好吧。」她點點頭，「叫科林去信令崗。我要他在那裡幫忙潘達接收其他衛城的訊息。傳完我的命令就立刻回來。」

布蘭頓點點頭，隨即小步跑向推車。

提納特環顧著聚集在高丘頂端的人，最後看向里婭：「說點什麼吧，里婭。」他低聲說道，「他們在害怕接下來的事。」

難道她就不怕嗎？「你來吧。我不擅長講話，而你既是戰士，也是督政官。」

提納特朝她露出溫暖的微笑，熔化她緊繃的內心。

「這樣行不通的。」提納特說，「妳要讓別人為妳作戰，就要**親自告訴**他們。這裡的人有很多都看不到日落，但妳比想像中更懂得讓人鼓起勇氣。所以說點什麼吧。」他看向遠處的地平線，「但別說太多，妳的時間不多了。」

阿基里婭看著科林快步跑過山坡，進入衛城。她知道潘達不需要幫忙，但她有一種可怕的預感，覺得科林活不過這場惡戰。但比起科林的力氣，她更需要科林的腦筋。

布蘭頓跑了回來。他也會是看不見日落的人之一嗎？

阿基里婭爬上梯子，站在木板上，腳下意外地穩固。

「各位，聽好！」提納特壓低聲音大吼，「古珀將軍有話要說！」

上千張臉孔轉向阿基里婭，看著她。他們手裡拿著盾牌、長矛、重弩和獵魔叉，臉上卻掛著恐懼。在廊道裡作戰是一回事，在開闊的地面作戰又是一回事。但他們必須如此，而他們期待阿基里婭的領導，所以她必須站出來。

「惡魔正朝著我們過來。」她的聲音太小了。於是她停了一下，拉開嗓門，「惡魔毀滅了我們的世界，屠殺了我們的同胞。現在，它們又要來屠殺我們。但這一次，我們不會可憐兮兮地躲在泥土裡。它們要來，我們就在這裡等，在這裡痛宰它們。」

她本以為自己在心裡演練過的台詞會像故事書中寫的那樣，得到一陣贊同的歡呼。但是沒有。

「看看你們身邊。」她繼續高喊，所有人跟著她的聲音轉頭，「記住這些臉孔。因為他們會在你的身邊一起作戰。他們需要你堅強、勇敢，他們才能活下去；就像你也需要他們堅強、勇敢，**你**才能活下去！你的人站在我們的戰陣裡，但你會站在這裡，不只是為了**你自己**，更是為了你身邊的人，為了每個一起作戰的人！好好聽從身旁戰士的命令，和他們一起堅守自己的站位。」

他們聽著她的話。恐懼沒有從他們臉上消失，因為只有瘋狂才能讓人停止恐懼。但他們的恐懼變了，而她知道那會成為他們的武器。

「如今，惡魔已經懂得挖洞進入衛城。我們再也沒有地方可以躲藏。如果我們逃跑，它們就會追來。但只要我們守住這裡，我們就會**勝利**——而我向你們保證，這只是勝利的起點。我們會朝著南方進軍，我們會穿過良田關、穿過恆沸原，我們會攻進黑煙山！我們會在它們的家園屠殺它們，如同它們曾經屠殺我們。我們會**殺死**惡魔之母、我們會永遠結束它們的威脅，我們會奪回埃忒癸娜！」

在一片安靜之中，有個聲音從遠方呼蕩而來。阿基里婭看向勒墨特山，她看見一個小小的身影，一個人站在山稜上。那個身影揮舞著長矛，指向南方。阿基里婭只能勉強猜得出她高喊的字眼：

「它們……來了！」

她認出了那個聲音……那是王娜．布沙爾，是她派出去的斥候。

「它們……來——」

黑色的身軀從背後抓住她，拖出阿基里婭的視野，只剩她喊出的最後一個字迴蕩著穿過群山。

「方陣兵，**列隊**。」阿基里婭沉聲大吼，「**擋住它們，消滅它們！**」

39

阿基里婭．古珀將軍站上她的指揮梯子，看著圓盾與長矛組成銅牆。銅牆一共五層，按她的指示繞成圓形，密集有如方陣，卻沒有側翼可供包抄。

在五層方陣兵的身後，兩百名勇士拿著長弓和重弩，又圍成了兩層圓圈，高丘的坡度讓他們可以輕易瞄準矛兵身前的目標。他們的腳邊立著短矛，萬一有惡魔闖過或是越過矛兵森然的陣勢，就能立刻舉起武器擊殺惡魔。

後援部隊藏身在弓兵和弩手背後，他們會在第一時間遞出備用的長矛、弓箭與弩矢，也會將掛彩的士兵拉出隊列；萬一傷亡慘重，他們也會拿起武器遞補上前。洛摩斯衛君負責指揮他們，以便讓每一個拿得動盾牌與長矛的人都站上前線，讓阿基里婭可以專心應付戰局的變化。

「它們來了。」阿基里婭喊道，「擺好架式！」

大約五十頭惡魔從西邊衝過來。它們像死亡瘦削的影子衝過一座座高丘，掠過艷紅的灌木與多刺的蒺草，長長的頭顱在嶙峋的巨石之間竄動。也許它們已經攻進了衛城，卻一無所獲，才朝這裡奔襲而來。

只有五十頭？阿基里婭不相信自己會這麼好運。

這時，她聽見塔官．貝涅斯熟悉的低沉嗓音：「東南方還有更多！」

阿基里婭扭過身子，看向東南方。那裡的惡魔已經黑壓壓地撕開良田關，為數超過一百。才第一戰，她的圓陣就要面臨兩面迎敵的考驗。

「弓箭手，」里婭下令，「隨意放箭！」

阿基里婭看著箭矢從長弓與重弩上颼颼飛出，才意識到自己安排的弓兵和弩手遠遠不夠。箭矢像雨一樣落向來襲的惡魔，但大部分都落得太近，有些又落得太遠，只有寥寥幾支落入竄動的黑影之中。

「它們太多了，」塔官叫道，「我們贏不了的，大家快逃啊！」

他丟下盾牌，轉過身，推擠著站在身後的隊列。他身邊的人也開始離開戰列，四處張望，尋找著逃跑的路線或躲藏的地點。整整一半的弓弩手都看著他，不知道自己應該作戰還是逃跑。

阿基里婭同樣心裡發慌。原本戰士的人數就大大不足，她只能揣測有哪些人適合率領行伍，選中塔官也是指望他能發揮團練時帶隊的經驗。

塔官伸長脖子，看向逐漸逼近的惡魔，又繼續推擠他身後的部隊。恐慌逐漸蔓延，士兵們還沒遭遇惡魔，就開始顯露出潰散的跡象。

一記拳頭揮在塔官臉上。那拳頭大得像阿基里婭的腦袋，力道之重讓塔官全身一垮，單膝跪地，只靠左手撐住自己。

提納特站在他的身前，手裡長矛指向地面，鋒刃距離塔官的喉嚨只有一吋。

「回到你的位子！」提納特的咆哮轟然震耳，聽得連阿基里婭都感到畏懼，「回到你的位子，**不然我立刻殺了你！**」話一說完，提納特的左腳就踹中塔官的肋骨，讓他哀叫倒地，縮起身子，雙手護著臉孔，雙膝蜷在胸口。但督政官沒有放過他，而是再度抬起左腳。

「**起身回到戰列！**」

太多事情在同一時間湧入阿基里婭的眼中：惡魔已經奔到近前，閃亮的尖牙清晰可數；鮮血流下塔官臃腫的臉孔；提納特踢出第二腳，寬闊的背影在人群中格外醒目，那裡的人沒有看向逼近的敵人，而是看著他；喀勞・溫登也慌亂起來，向後推擠著想退往後排；他的兩個兒子，亞伯然和杜瓦耳用力擋住他，試著將他推回戰列；弓箭與弩矢斷斷續續地射出，在空中畫出黑色的線，飛向朝高丘逼近的惡魔。

她反應不過來，戰場上的一切都比推演時快了太多。

提納特又踢了塔官一腳，這次直接踢中腦側，男人臃腫的身軀倒地不起。提納特擠過人群，抓起塔官拋下的盾牌。這名督政官將盾牌舉在身前，登上石圈的頂端，單膝跪地，將長矛高舉在閃亮的盾牌上方。

「來吧！你們這些黑蟲子！」他朝前方大吼，「搭箭！舉盾！**宰光它們！**」

看見敵人以前，是阿基里婭的話帶著埃忒癸娜人走向戰場。但是當惡魔逼近，能鼓舞他們的卻是提納特督政官，是斬魔者提納特。

最前列的盾牌緊緊交錯，青銅與青銅互相敲擊，發出嘈雜的聲響。第二列士兵接著舉起盾牌，在碰撞聲中架起一道銅牆。接著，第三列盾牌從牆頂升起，往後傾斜朝向天空。最後，第四列盾牌高高舉起，平行於地，遮擋著眾人的頭頂。

森長的槍矛密密麻麻，從盾牌之間的孔洞伸出，矛頭上沾著劇毒，圍成一枚死亡的銅環，等待著祭牲送上前來。

第一頭惡魔衝向銅環。它伸長漆黑的爪子，張大烏黑的下顎，直直撲在提納特的長矛上，沉重的力道讓粗長的矛桿不停振動。惡魔發出刺耳的尖嘯，想要往後掙脫矛桿，但另一頭惡魔卻尾隨其後，猛然撞在它的背上，閃亮的矛頭穿透了它的背部。第二頭惡魔立刻退往一旁尋找破綻。

一把獵魔叉立刻扭轉過來，中間的叉齒捅進它的腹部。惡魔伸長雙手，繼續往前推進，但勢頭卻被粗長的叉柄阻擋，只能朝著空氣揮舞爪子。

其餘惡魔像午夜一樣來臨，化作波浪拍擊彩繪青銅所鑄成的海岸。它們揮舞漆黑的鉤爪攀住盾牌，往後拉扯，尾巴上的長釘一下又一下敲打著青銅。長矛往外刺出、收回又往外刺出。

矛桿斷裂。人們尖叫著往後傾倒。

另一波惡魔化成的波浪撞向銅圈的另一側。阿基里婭看見惡魔像西涅什說的一樣往兩邊散開，但她的陣形沒有側翼可以夾擊，也沒有縫隙可以闖入。

一頭惡魔躍入空中，想要跳過前方的槍衾，卻落進了後方高舉向天的閃亮密林。惡魔像是懸在半空中一樣，細長的雙腿亂踢，脊骨般的尾巴橫掃，漆黑的爪子四處揮舞，從粗長的矛桿上刨下許多木屑，直到矛桿一根根從中折斷，惡魔才墜落地上，燃燒的血液從傷口裡噴灑出來。它想要爬起來，但十幾名弓弩手立刻揮出短矛，刺穿它的身軀，將它釘在地上。

這一千人聚在她的身邊，為了生命而奮戰。

於是她朝眾人高呼：「**撐住！毒藥很快就會生效！**」

她轉過身，看向戰場的另一邊，發現圓陣的另一頭開始往內縮，惡魔的爪子不只在揮向青銅，也在揮向血肉。亞伯然．溫登仰面翻倒，摀著肚腹上可怕的傷口，粉紅色的腸子流了出來，堆在他的手中。一頭惡魔踩過亞伯然的身體，兩把長矛立刻捅進它的軀幹；幾個人揮著長矛，想再補上一擊，其他人卻紛紛往兩旁退避，而亞伯然身後的隊列也失去了推進的力道。

圓陣就要破了……

阿基里婭從皮鞘拔出她的矛頭，跳下指揮梯，衝向那頭惡魔。

「**補上戰線！**」惡魔見她飛奔而來，便朝她揮出鉤爪。阿基里婭停下腳步，舉起矛頭攔在空中。惡魔的爪子揮在鋒刃上，腕部從中截斷，旋轉著飛向一旁，斷肢處噴著燃燒的血液，灑在阿基里婭、灑在亞伯然、灑在周圍的人身上。

即使她的身上塗著白膠，仍感到肌膚滋滋作響，在化成灰燼的毒血下灼痛。

惡魔揮出尾巴上的長釘，刺入旁邊一個男人的額頭。

同時，一把長矛也捅穿了惡魔的頸部。黑色的怪物身軀一僵，凝滯在人群裡頭。阿基里婭立刻撲向眼前的噩夢，手中矛頭刺入它張開的嘴巴，看著閃亮的矛尖穿過它漆黑的頭顱。惡魔的身軀垮下，倒在亞伯然身上，往剛滿十五歲的少年臉上澆下燃燒的毒血。

轉眼之間，又有兩頭惡魔像滾下石階的木桶一樣，朝著圓陣的缺口衝來，揮舞著利爪和尾巴的長釘，閃著金屬色澤的尖牙四處撕咬，撂倒了亞伯然身邊的人，讓他們無法填補圓陣的開口。

阿基里婭丟下矛頭，擠向冒煙的亞伯然和抽搐的惡魔，從惡魔的屍體上拔出長矛，一腳踏住矛尾釘，鋒利的矛尖斜斜朝上指著前方。

那瞬間，開口裡就只有她一人，手裡握著長矛，以哧哧冒煙的矛尖指著兩頭奔向她的惡魔。那兩頭怪物張大下顎，來到她的面前，近得她可以在漆黑的口中看見漆黑的牙舌。但下一秒，一片長矛就像河水中搖曳的甜蘆葉一樣，和她的同胞一起聚集到她的身邊——她不是自己一個人，不是獨自奮戰的勇士，而是一根指甲尖利的指頭，長在獠爪鋒長的手上。

前面那頭惡魔高高跳起。

阿基里婭看著它伸長前腳與後腳的爪子，在空中畫出圓弧——然後落進高舉在她身後的長矛之間，漆黑的甲殼被三支鋒利的銅刃貫穿。惡魔掙扎著抽動身軀，高舉的矛桿也晃動起來，其中一支被惡魔揮舞的鉤爪劈成兩段。

燃燒的毒血灑向她，但她正肩並著肩和士兵站在一起，無法躲避。另一頭惡魔衝向他們，阿基里婭雙手握緊粗長的矛桿，高聲吼嘯，嘴唇像惡魔一樣扯向後方。

在最後一瞬間，惡魔突然扭轉身軀，試圖攻擊他們的側面，所幸長矛密集，攔住它的去路。其中一支長矛擊中惡魔的肩膀，撕開漆黑的甲殼和綠色的血肉，讓它失去平衡，倒向阿基里婭的長矛；矛尖捅入惡魔的胸部，直入要害，沉重的勢頭使得矛桿中央往上弓起，箍環也跟著扭曲變形。最後，木造的矛桿碎成兩半，只剩矛尾釘還插在她的腳底。

惡魔倒地，斷裂的矛桿穿出它的胸部，但它仍想繼續攻擊。它拔出胸口的長矛，腳上的爪子掘著鬆軟的泥地，推著自己的身軀滑過在草上哧哧冒煙的毒血，朝她慢慢爬來。

「**盾牌手！**」一個嚴厲的聲音呼吼著——是布蘭頓，「**補上缺口！**」

他來到阿基里婭身邊，大步擋在她的身前，單膝跪地，以布滿凹痕的圓盾堵上缺口。不知是誰抓住阿基里婭用力一推，讓她跌跌撞撞退出前線，看著一面面盾牌圍繞著布蘭頓，在碰撞聲中築起緊密的盾牆。她絆了一跤，跌在亞伯然的屍體，還有殺死他的惡魔身上，身後和手掌上的椿樹葉一沾到土裡的毒血，就開始哧哧冒泡。

時間突然凝滯——她坐在地上，看著同胞們的背影，痛苦、暴怒、憤恨與死亡的呼喊，在這圈冒煙的青銅牆裡來回震盪。尖牙、利爪和尾巴的長釘砸在銅盾上，發出沉重的砰隆，夾雜著惡魔衝撞陣列時發出的尖叫與長嘯。

灼燒的泥土和沸騰的血肉冒出陣陣濃煙，像霧氣一樣瀰漫在圓陣之中，和里婭燒焦的頭髮一起散發著刺鼻的味道。她連忙爬起身，奔向高丘的頂端。她越過哀號的傷患，繞過死在弓弩手短矛之下的惡魔，穿過忙著替傷患塗抹白膠的後援部隊，以及他們往前遞出的長矛與圓盾。

她回到指揮梯，爬上平台，轉身繼續觀察戰局。

圓陣周圍布滿了惡魔顫抖的屍體，還有它們失去動靜的軀殼，就像有圈漆黑的手鐲，圍繞著一枚飽受摧殘的青銅胸針。但眼前的景象令她震驚，大部分的惡魔都已喪命，還活著的也奄奄一息，等著沉重的矛尾釘穿過它們漆黑的頭顱，結束它們的痙攣抽搐。

圓陣撐過了攻勢。

幾頭惡魔尚在搏鬥，但它們的動作已經遲緩笨拙，很快就身中數支長矛，倒了下去。其他惡魔四散在旁，像爛醉的人一樣搖搖晃晃。

阿基里婭將目光投往高丘下方，搜索倒伏的草叢，祈禱著沒有更多惡魔朝這裡攻來。她只看到一頭……那東西距離高丘已有五十碼遠，正踩著凌亂的腳步穿過草叢，離他們遠去。

「布蘭頓！提納特！逮住那個東西！」

她又一次跳下指揮梯，隨手抓起她經過的第一把短矛，奔向圓陣外圍。布蘭頓腳步飛快地來到她面前，伸出一隻手攔下她。

「將軍，這樣太危險了，讓我去處理。」他說道，「奇怪，那東西已經挨了三箭，怎麼還沒像裂谷那頭惡魔一樣死掉？」

阿基里婭搖搖頭：「不知道，之後再問科林。」

惡魔毫無章法地移動，先是往左晃了一段，前進時又漸漸搖向右邊。接著它停了一下，長長的黑色頭顱抬向天空，像是在祈求上天的拯救。

「我還有帳要跟科林算個清楚，」布蘭頓說道，「不過現在我只想好好親他一下。」

「先確認它死了沒有，」阿基里婭看了看四周還有誰站著，「維勒．潘庫爾、羅斯蘭．波耳忒，你們跟布蘭頓一起去，確認完三個人一起回到這裡。」

布蘭頓跑出圓陣，等待著另外兩人跟上，然後走向那頭還在抽搐的惡魔。

阿基里婭慢慢轉過身，不敢相信戰鬥已經結束。惡魔一定不只這些，但若是這樣，它們都到哪去了？太陽高懸在他們頭頂，沒有留下多少影子可以躲藏，但是她放眼望去，從山脈到樹林之間都看不見半點動靜。

提納特走向她，左臉頰上按著一塊沾滿白膠的繃帶，把另一塊相同的繃帶按在她頭上。她一直沒注意到自己的皮膚還在灼痛，直到冰涼的觸感壓在頭上，讓她聽見少許毒血在滋滋聲響中凝結成灰。

「妳成功了，將軍，」提納特說，「我們打敗惡魔了！來，我有東西要給妳。」他從偽裝網裡拉出一條牙舌，一道長長的菱形傷痕撕裂了它堅韌的表皮，「這條屬於臉被妳捅穿那頭。小心點，裡面的血應該還沒流乾。」

她從提納特手中接過戰利品，盯著她的第三條牙舌，不敢置信。

一天以前，整座勒墨特衛城裡只有三條這種戰利品。現在他們卻擁有超過一百條。能在脖子上掛著牙舌的人，再也不只有她和提納特了。

「我、我還沒……」她說，「結束了嗎？」

提納特搖搖頭：「戰鬥結束了，至少暫時可以休息，但我們還有很多事情要做。」

他指著被血染成紅色的地面，許多人躺在地上呻吟、哀號，多得她數不過來。科林還活著嗎？托利奧呢？失去他們的想法沉重得讓她差點倒下，她只能專心聽取提納特的話。

「很多人受傷了，」他說，「還有人現在活著，但在日落以前就會喪命。我已經讓吉索斐瑞德去清點惡魔的屍體了。」眼前豪勇的男子舉起左拳，敲擊自己的胸骨，「將軍，如果妳不介意，我想為之後的反攻做好準備。」

他沒有告訴她該怎麼做，而是在要求她的首肯。

「可以。」她點點頭。

提納特轉身離開，對其他人吼出一道道命令。

疲倦像鐵鎚一樣敲打著她，讓她感到陣陣眩暈，需要調整腳步才不至於跌倒。她開始覺得頭頂抽痛、皮膚發燙。她到底差點死了幾次？她上了前線，站在她的噩夢面前。可是她撐住了，她沒有逃跑。

阿基里婭看向周圍，男人和女人盯看著她。他們都看到了提納特對她的敬意，在這場戰鬥之前，或許有人懷疑過她是否有資格統帥，但此時已經沒有人的臉上還留著疑問。

接著她的目光又落向亞伯然．溫登的屍身。死在他身上的惡魔已經被人帶走，只剩杜瓦耳站在兄弟的身邊，手裡握著長矛，矛頭指著天空，矛尾釘插進土裡。另外一個人跪在亞伯然的身旁，雙肩因啜泣而顫抖，那是他的父親喀勞．溫登。阿基里婭走向他們，在屍體的另一側跪下。

亞伯然的臉孔已經變成了一團熔化的血肉，散發著恐怖的惡臭，還有些粉紅色的內臟纏在破爛的偽裝服外頭。潑在他臉上的毒血太多，即使在身上塗滿白膠、掛滿爐火椿的葉子，依舊無法阻擋。

「很遺憾你失去了兒子。」阿基里婭說，「他為了保護我們的衛城而死。」

她在心裡演練過這些話，說出口後卻覺得十分可笑。

喀勞抬頭看著她，淚水從紅腫的雙眼滾滾而下。「都是我的錯。」他說，「他想阻止我逃跑……因為這樣，他才來不及準備、他才……」

喀勞邊說，邊發出摧心的悲鳴，最後他趴在兒子身上，放聲痛哭。

阿基里婭也感到淚水流下臉頰。是為了亞伯然？還是為了杜瓦耳和喀勞？也許是為了他們三個人。喀勞想要逃跑，亞伯然阻止了他。但死的卻是亞伯然，喀勞身上沒有受半點傷。

這不公平，**一切**都不公平。但她沒有時間去寬恕和諒解。她站起身，按著喀勞的後腦。

「下次再逃跑，」她說，「就是杜瓦耳在旁邊為**你**哭泣。」

她的話讓男人再次放聲大哭。阿基里婭只希望他能學會這次教訓，因為下次他再破壞陣列、試圖逃跑，阿基里婭就會像提納特一樣，親自殺了喀勞。

她不會讓懦夫阻礙她。

沒有人可以阻礙她殺死惡魔之母。

40

「他這麼結實，」洛摩斯衛君說道，「一定會活下來的。」

阿基里婭看她拿起塗滿白膠的布，貼在托利奧胸前可怕的傷口上，中和掉剩下的毒血。托利奧加入了守護衛城的行列，也付出了可觀的代價。有頭惡魔用尾釘或是利爪割斷他右胸的肌腱，讓他再也拿不起長矛，拉不動弓弦。但命運沒有放過他，又將惡魔燒灼的血液灑向他的臉，燒穿了爐火椿的葉子和偽裝服的繩索，就連他臉上的白膠也阻擋不了。他的眼珠爆開，眼眶成了一團燒焦腫脹的爛肉，傷口最深的地方，還能看到一點顱骨和顴骨的顏色。

「抱歉。」托利奧說，「我盡力作戰了。」

阿基里婭吻住他的嘴唇：「我知道。別道歉。衛君閣下，能讓我們獨處一會嗎？」

老婦人看起來和阿基里婭一樣疲倦，但她也和阿基里婭一樣，不會被疲倦阻撓。她站起身，膝蓋發出清晰響亮的嘎吱聲，一言不發離開他們。

阿基里婭輕撫著托利奧的頭髮，將髮絲撥離被汗水浸濕的額頭。

她感到氣力用盡。提納特、布蘭頓和其他戰士給了她這段安靜的時間，分別去命人清理屍體、集結剩下的兵勇、在高丘上組成更緊密的圓陣。有些人躺在地上恢復力氣，有些人在設法控制身體的顫抖，有些人獨自一人，有些人身邊簇擁著朋友和家人。但沒有一個人讓長矛和圓盾遠離手邊。

受傷較輕的人在原地就得到了救護，至於受傷較重的人，在阿基里婭的命令下，被擔架抬回衛城，放在比提干河的岸邊。無論是有機會活下來的人，還是已經看不見日落的人，都不能留在外面，否則人們的鬥志會在他們持續不斷的呻吟中摧折，最後喪失紀律、逃離陣地。

有幾個人已經逃了。他們不是趁著戰鬥過後的混亂溜走，就是藉口運送傷患，逮到機會逃離衛城。阿基里婭詛咒那些人落入惡魔手中，又為這個願望感到羞恥。臨陣脫逃不僅是懦弱，更是偷走了她手下的兵勇，偷走圓陣裡的長矛。

「我還能作戰。」托利奧忍著疼痛擠出話來，「我要作戰，我要為我的父母報仇，還有為了妳，親愛的，我要為了妳死在戰場上。」

那些逃跑的人只想到自己，而托利奧的傷差點就奪走了他的性命，但他卻拒絕離開，準備把一切都奉獻給衛城。她怎麼會一直懷疑自己對這男人的心意？這麼重的傷，就算好了，疤痕也會一輩子糾纏他……阿基里婭的心裡有東西變了，她突然懂了自己想要什麼，而那絕非一時的激情。

「不，你的戰爭結束了。」她說，「你會跟其他傷者一起去比塞特。」

他張口想要抗議，但阿基里婭用手指封住他的嘴唇。

「親愛的，我要你好起來。因為我準備等這一切結束、等我們贏得勝利回來，就要和你成家。」

托利奧睜著剩下那顆眼睛盯著她，身上的疼痛似乎暫時消失了。

「早知道代價只要一顆眼睛的話，我就自己把它挖出來了。」他微笑著說，「里婭，我愛妳。」

這次，她的回答毫不遲疑、毫不費力：「我也愛你，托利奧。」

男人往上伸出手，扶著女人的臉頰：「上吧，去殺死惡魔之母。我會在家裡等妳。」

疼痛又回到他身上，將他的臉揉成一張苦悶的面具。

阿基里婭又吻了他，一下吻在嘴唇，一下吻在額頭，然後起身離開。托利奧能平安抵達比塞特嗎？她不知道。他可能會孤身死去，或是半路被惡魔逮住。但她不能擔心這個，她沒有時間。因為她必須去贏得戰爭。

吉索斐瑞德和提納特朝她快步跑來。阿基里婭試著集中心神，表現得堅強而沒有半點動搖。人們看她的眼神變了，那是看向英雄的眼神。這點不需要旁人解釋，因為她就是這支軍隊，這支軍隊就是她。一旦她顯露軟弱、顯露猶豫，不用等下一場會戰開始，人類就已經輸了。

提納特這次沒有笑：「你跟將軍報告。」

「將軍，」吉索斐瑞德說，「我們殺了一百六十七頭惡魔。」

他又張嘴準備說些什麼，卻又閉上了嘴，不想讓那些話出口。

「你還沒報告完。」提納特說，「說吧，里婭不是什麼凋零的花朵。」

吉索斐瑞德嚥了一口唾液：「我們死了四十七人。一百零八人重傷，無法作戰。還有……二十七個人從戰場失蹤。」

「從戰場失蹤」，也就是陣前逃亡的委婉說法。

「我們贏了，但也付出了代價。」提納特繼續說，「我們還要繼續朝黑煙山前進嗎？」

阿基里婭掃視了一圈。剩的人大多還能作戰，也渴望作戰，但她已經失去了五分之一的兵力，而且這些人裡，真正的戰士不到五人，剩下的都是銅匠、農夫、廚師和工匠——距離他們想起平日的自己，還有多少時間？

「我們殺了每一頭撲過來的惡魔。」吉索斐瑞德說，「也許所有惡魔都死在這了。」

阿基里婭知道自己一直很幸運，彷彿得到天主的祝佑，但她也知道幸運和祝佑都有極限。

「它們攻擊了刻孚蘭、然他爾、代卡泰拉還有勒墨特，」提納特說，「抓走了那麼多人。要是惡魔之母把他們都變成黑色的怪物，等我們穿越恆沸原，就會有好幾千頭惡魔在等著我們。」

如果是那樣，她的同胞很快就會死光。而如果他們在這等待，就會晚一點死光。

「繼續進軍。」她說，「殺死惡魔之母以前，我們不會停下腳步。」

提納特搖搖頭：「妳不能自己下這種決定，特別是現在我們還損失了這麼多人。吉索斐瑞德，去召集督政官，**快**。」

吉索斐瑞德一言不發，離開了阿基里婭的面前。她感到怒火在胸口燃燒：

「提納特，你在做什麼蠢事？拉彌洛斯和所羅門都成了督政官，萬一他們讓衛君改變心意說**不**，那該怎麼辦？」

提納特笑著說道：「妳的好朋友科林玩弄權力遊戲，把妳推上指揮官的位子時，我可沒看到妳有這麼多意見。拉彌洛斯和所羅門成為督政官時，我也沒聽到妳出聲反對。里婭，我尊敬妳，但妳對政治的了解，實在沒有妳對戰場的天賦那樣敏銳。」他看向午後的天空，「今天發生的事情太多了，但是在天光消逝以前，我們還有好幾個小時。將軍，來督政官的面前，說出妳的提議，我們看看會發生些什麼。」

＊＊＊

雖然事情的經過阿基里婭同樣有份，但她至今仍不知道洛摩斯衛君是怎麼掌握大權的。她只知道老婦仍希望保有這份權力。六人來到高丘頂端，洛摩斯衛君坐在一顆惡魔的頭顱上，彷彿這殺死上千同胞的可憎仇敵，對她來說不過是張普通的腳凳。波勒、提納特、拉彌洛斯祭司和所羅門．巴羅圍在她的身邊，坐在石頭上，身上仍穿著偽裝服，兜帽都已拉了下來。卓斯科站在她的身邊，雙手抱著胸口，還有塊石頭上空無一物，顯然是為里婭準備。

波勒手裡拿著砥石，忙著打磨矛頭的鋒刃；里婭坐下時，他甚至沒有抬頭，而是繼續用石頭在青銅上畫出規律的颯颯聲。

「感謝妳的指揮調度，將軍，」衛君說，「現在，我們來決定接下來該怎麼做吧。」

阿基里婭沒有遺漏眼前情景的諷刺——她的衛城不讓女人從政還有參軍，而她卻和這位老婦人一起掌握了為政與用兵大權。只是這又會持續多久？她不知道，也不在乎——她只想殺死惡魔之母，讓邪惡遠離埃忒癸娜島。

「我們都知道接下來該怎麼做。」阿基里婭說道，「我們要穿過良田關，穿過恆沸原，直取黑煙山，在那殺死惡魔之母。」

所羅門．巴羅不安地扭動著身體：「里婭，我們知道大家能活下來都要感謝妳，但我們今天已經失去了這麼多人，活著的人也受了傷。他們很累，驚魂未定，妳還要讓他們奉獻多少？」

阿基里婭看向衛君。她沒有說話，臉上也沒有表情。里婭不知道她是否會支持正確的決定。

「我們應該帶著傷者，往比塞特撤退。」拉彌洛斯祭司說，「我們可以追上那些老人小孩，還有在第一波攻擊中受傷的人，說不定他們路上會碰到惡魔，我們應該去保護他們。等我們到達比塞特，也許還能召集更多人和我們一起作戰。」

阿基里婭很清楚，他說的「召集」不過就是「躲在衛城的石牆裡面」。這傢伙簡直是人類的渣滓，她不該同意讓他成為督政官。

「我們得去黑煙山。」阿基里婭說，「我們得殺了惡魔之母。」

她會繼續重複這句話，直到其他人都聽進去，畏避躲藏和苟求自保的日子已經結束了。無論如何，今後都會有很多人死去，但有沒有人能夠**倖存下來**？如果照著阿基里婭的做法，至少人類還有機會。

「我們需要其他衛城的支援。」提納特說，「我們無法自己打這場戰，但我們的信令崗還未收到回訊。」

波勒停止打磨矛尖回應道：「不如派出信使如何？先前的斥候大都活著回來了。」

這些人對傳信真的一無所知。「把話帶到塔干塔再帶回來，至少需要**五天**時間。」阿基里婭說，「要到芬頓，又要再加上三到四天。我們不能在這裡空等。只有立刻行動，我們才能贏得戰爭。」

卓斯科走上前：「我能說句話嗎？」

衛君點了點頭。

「我年輕的時候曾在平原上，和比塞特與塔干塔的戰士一起對抗北方來的強盜。」他說，「比塞特人根本不會打戰。但塔干塔人的訓練精湛，裝備精良。說實話甚至遠勝我們。他們的弩手上弦比我們更快，弓兵放箭比我們更準，是全世界最優秀的射手。如果塔斯刻將軍還在，他們的紀律也不容輕視。等待他們馳援絕對值得。」

阿基里婭感到一陣羞赧，她竟沒想到要問其他衛城的部隊**是否善戰**。「那芬頓人呢？」

「他們的兵力與我們相當，」提納特說，「如果他們願意派人支援。」

「只要聯絡得上，我相信他們會願意的。」衛君說，「幾十年前，他們也加入過西涅什的遠征。雖然距離我上次拜訪這些衛城，已經過了很多年，但憑我對他們的認識，只要他們學會製造科林的毒藥，就會知道這是我們最後一個驅逐惡魔的機會。」

所羅門歪了歪頭：「閣下，妳曾**親自**拜訪這些衛城？」

「我的身體可不是一直都這副老態。」衛君把左手伸進偽裝服裡，抓住長袍右肩，用力扯開破爛的布料，露出鬆垮的肌膚，還有十六道褪色的斬痕：「年輕的時候，我也曾是地面上最優秀的信使。」

和他們的前一任衛君完全不同。

「但如果在這裡等，惡魔就會再次攻擊。」阿基里婭堅持，「要是我們再損失個兩百人，剩下的兵力就不夠反攻。我們必須**現在**就出發。」

拉彌洛斯用力搖頭：「太瘋狂了。多等幾天，復原的傷兵就能繼續作戰，其他衛城說不定也會加入我們，屆時我們的兵力只會**更強**。」

其他督政官交換了眼色，似乎都同意拉彌洛斯的意見。

阿基里婭努力克制自己的怒火：「你們聽好，惡魔——」

一陣叫聲突然從高丘下方傳來。她轉頭看去，看見潘達和科林正飛快攀上山坡，朝她跑來。等到兩人在她身邊停下腳步，都已經累得氣喘吁吁。

「古珀**將軍**，」科林不等自己緩過呼吸就急著開口，「好消息！潘達……你來說。」

潘達深吸一口氣，表情比高丘上那些扶著傷口的人還要痛苦。

「我們收到……比塞特的聯絡。他們、他們不會派兵，但他們收到塔干塔的回訊。塔干塔的軍隊已經出發！一千五！一千五百名士兵！芬頓也出派了一千人！」

希望和激昂湧上阿基里婭的胸口：「他們有說在哪裡跟我們會師嗎？」

「在恆沸原，」潘達說，「大噴泉的北邊。」

她會帶著三**千人**的軍隊前往黑煙山。

「我們立刻出發，」她站起身，「如果動作夠快，我們可以在晚上擺好圓陣，乘著明天第一道曙光出發，正午以前就能抵達恆沸原。」

拉彌洛斯舉著手跟著站起來：「等等，我們還沒決定，我們——」

「我們的**盟軍**已經出發，前去響應我們的號召。」阿基里婭說，「所以沒什麼好決定的，因為決定早已做下。祭司，如果你害怕，就逃去比塞特吧，但其他的人將會前往戰場。集合戰士，提納特督政官。科林，你跟我來。」這話說罷，她就轉身走下高丘，不等督政官們做出決定，因為他們沒有選擇，阿基里婭已經向惡魔宣戰。

科林快步跟上她。

「有些惡魔被砍中以後撐了比較久。」阿基里婭邊走邊問，「這是為什麼？」

少年看著堆在一旁的屍體，那裡有惡魔也有人類：「這批樹淜是趕工做的，沒辦法像我在工房裡一樣，控制得那麼準確。也許只是毒藥的品質不夠一致，雖然還是能殺死惡魔，但花的時間比較長。」

「但只要活著，它們就能殺人。我們馬上就要出發了，你有辦法解決這問題嗎？」

科林抓抓臉：「里婭，我們是在推車後面邊走邊煮，變數太多了，我不確定有沒有辦法搞定。」

她停下腳步，抓住科林的肩膀。

「那就**想出辦法**。」她說，「受傷的惡魔多掙扎一分鐘，我們的人就要多冒一分鐘的生命危險，而我所有的戰術，都要指望你的毒藥能完美發揮作用。」

他睜著橘黃色的雙眼看向里婭：「在這裡不可能做到完美，但我會盡力。」

她感到一陣挫敗，但她沒有放過科林，而是繼續對他施壓。

「現在開始，你和潘達專門負責煮白膠。」她說，「別讓我失望。」

說完，阿基里婭推開科林，像暴風雨一樣走向準備和她一同進發的軍隊。

41

五十年來，從來沒有這麼多人走過密泊湖的湖岸，也從來沒有這麼多人走過埃忒癸娜島的地表**任何一個地方**。這段歲月裡，人類一直在躲避著比他們更兇殘的掠食者，比他們更敏捷、更強壯、更致命的敵人。

阿基里婭往前邁步，八百名戰勇走在她的身後，形成一排艷紅的行伍。他們大部分是勒墨特人，但也有來自代卡泰拉和刻孚蘭的士兵穿插其中。每個勇士都穿著偽裝服，在網子上掛滿爐火椿的葉子，每個矛兵都在厚實的罩衫外穿著閃亮的胸甲。青銅打造的頭盔與盾牌在他們的身上閃耀，裝備精良可與任何一支曾在島上行走的勁旅比美。每個人都扛著一支戰矛，腰掛兩把矛頭，因為當科林的白膠無法抵擋惡魔的毒血，這些武器都會發出哧哧聲響，熔化消失。

這麼多武器，這麼多盔甲，令阿基里婭不禁好奇，帕烏勒王究竟想見了什麼戰場，才會儲存這麼多軍備。

她的身上也穿著胸甲，這胸甲由金工師傅科拉革．哈爾登一錘一錘替她修改，以吻合她較男人嬌小的身形。胸甲的重量有點超過她的能耐，肩膀上連接前後的皮帶陷進她的肌肉；但一想到他們前進的方向，她就願意挺身扛起這份重量，想不出任何怨言。她仍在猶豫是否要戴上頭盔，因為多年來她都是靠著雙眼觀察周圍，才能在地表生存下來；儘管頭盔能保護她的頭臉，但放棄廣闊的視野還是有點愚昧。

至於盾牌……算了吧，她會站在梯子上指揮，無需在前線緊抓那笨重的銅盤，光是要扛起胸甲就夠累人了。

下一場會戰即將來臨。但那會發生在恆沸原上？還是在黑煙山附近？或是在山底下縱橫的坑道中展開？

她很快就會知道了。

她身後的戰勇分成十隊，每隊八人，由隊伍的第一個人擔任隊長。大部分的隊長都是受訓多年的戰士，可惜活著的戰士已經不多，阿基里婭必須從高丘之戰和衛城廊道裡最英勇奮戰的士兵中選出隊長——於是她選了波勒和巴羅兩位督政官，以及石匠師傅妮刻·馬松。

士兵們輪流拉著三輛推車。第一輛裝著最後一批備用的長矛、盾牌和盔甲，第二輛載著一桶一桶的食物和水，而第三輛上載著幾面翻過來的青銅盾牌，凹處燒著柴火，火焰上沸騰著一隻隻銅壺，由科林和潘達來回照顧，將爐火椿的葉子熬成誅魔的劇毒。

行伍一邊前進，一邊訓練。他們不斷確認戰鬥中的各種信號，討論著隊裡的秩序，以便當陣亡的人數太多時，可以縮小圓陣，並確認每個人該負責的工作。沒有人大喊，沒有人尖叫，沒有人出聲威脅……他們沒有時間，也不需要這麼做。經過高丘之戰，人們對戰場已經不再心存幻想。所有人都知道等待他們的不是勝利，就是滅亡。

人類的軍隊走過密泊湖畔，進入通往恆沸原的道路。阿基里婭不禁感到，這段路和她在傳信時所習慣的跋涉相比，實在容易太多。腳下每一步都是平坦、牢固的地面……即便只是一步步往前行軍，也讓她以為自己正在飛奔。

這支軍隊由麵餅師、釀酒師、工匠、鞋匠和蘑菇農，由少年和老人組成……他們真的能再次獲勝嗎？但他們已經不再是民眾了，不再是一般的民眾。無論他們從前是什麼身分，此刻**每個人**都是卓越的戰勇。

方陣就是矛兵，矛兵就是方陣。

她也派出斥候向前探路。就像高丘之戰時一樣，她知道有些斥候不會再回來，但她努力不去想這件事，專心思考著海莉俄忒告訴她的話：「**不能去想妳失去的那些人，要去想妳能拯救哪些人**。」

她和西涅什推演過的無數場兵棋，或許都是為了這場命運所預定的大戰。有太多人可以統領這場戰爭，他們有太多機會意識到，躲在地底下永遠沒有希望。可是他們沒有，只有阿基里婭，只有她在海莉俄忒．洛摩斯衛君的支持下走向戰場。

而這一切，卻都從一場屠殺開始。

但若有人及早預見這場命運所預定的大戰，她身邊的民眾就會比現在多出上千人，手下的戰士也會比現在多出上百名。

然而這些都不重要了。

她身邊只有這麼多士兵，而她正在率領他們走向戰場。一切都將改變，無論是變好，還是變壞。

42

阿基里婭忍不住感嘆祖先們取名的方法實在相當直白。

遠處的黑煙山像打嗝一樣，朝天空噴出細長的黑煙，恆沸原的泥漿在她身邊冒著泡，冒煙的熱水一陣一陣從地上噴湧而出，有些才噴到膝蓋的高度就衰竭下去，有些卻能撐起足足有三個人高的水柱。

恆沸原的空氣灼熱，這熱不只來自正午的陽光，也來自他們腳下的土地，讓阿基里婭不禁想起勒墨特衛城的深處。她沒有親眼看過大噴泉，因為她只去過一次塔干塔，而那一次她是沿著密泊湖北邊的山脈行走。但其他見過的人，包括洛摩斯衛君在內，都再三保證如果大噴泉噴發，她絕對不可能錯認。

八百人的行伍跟隨著她，走過這片死寂、蠻荒，像惡魔一樣漆黑的土地。不久之前，科林還離開他的推車，來到行伍前面告訴她，地上那些漆黑的皺裂是岩漿的伏流，底下的**烈火會像河川一樣流動**。阿基里婭追問他，抵達黑煙山以前是否能遇見這樣的河川，但科林只說希望不會，就回到推車旁繼續熬煮他的毒藥。

雖然尚未見到大噴泉，但遍布地面的小噴泉就已經令人難忘，令她暗暗感謝自己能在死前目睹這片美景。小噴泉看起來就像泥坑一樣，熱水在坑裡沸騰，就像鍋裡煮開的湯一樣；大一點的噴泉周圍往往有著坑坑窪窪的泥錐，而且噴泉愈大，泥錐也就愈高。但不分泥坑還是泥錐，每一處噴泉都在**閃閃發亮**，有如日夜發光的比提干河，只不過眼前的閃光是來自沉積數百年的礦物，還有落在上面的水珠。她不禁希望自己是在夜裡抵達這片奇境，看看這片閃亮的荒原在黑暗中是什麼景象。

忽然，大地晃動了起來。

阿基里婭立刻喊停部隊，士兵們害怕的呢喃湧進她的耳中。

海莉俄忒匆忙來到行伍前方，卓斯科也像影子一樣片刻不離。她的臉上帶著笑容，皺紋讓阿基里婭想到腳下的火山地。

「不必懼怕。」她舉起雙臂朝將士們揮舞，以洪朗的聲音呼喚眾人的目光，「看著南方，看著黑煙山，你們就會知道，它為什麼叫做**大噴泉**了。」

才過幾秒，阿基里婭就知道了。

就在半哩之外，地面噴出一道沸水，直衝天空，揚起滾燙的蒸氣雲，攪住午後的陽光，從水柱裡透出一股青藍色。那股青藍色轉瞬消逝，一分鐘過後，水柱也嘩然倒地，帶走周圍騰繞的蒸氣雲，在天上留下美麗的彩虹。

「看來我們走對了。」阿基里婭說。

衛君點點頭：「附近好幾哩都是平原，塔干塔人一定能看見我們。」

如果他們有來的話。就算沒有援軍，阿基里婭仍準備繼續作戰。她已經來到這裡，絕不會就此撤兵回返。

她掃視著地平線，尋找其他衛城軍隊的蹤跡。黑煙山距離他們僅剩一個小時的路程，也許遠一點，也許近一點。

提納特和布蘭頓跑向她。

「士兵們需要休息，也需要喝水。」提納特說，「既然要在這裡停留，不如讓他們稍事整補。」

她應該早點想到的，在這片熾熱的泥原上行軍已經讓人們疲憊萬分。

「叫所有人圍成圓陣。」她下令，「長矛和盾牌放在手邊，隨時待命。輪流去補給車領取食物跟飲水，一次一個縱隊。我們已經快到黑煙山了，隨時都可能被惡魔襲擊。」

提納特點點頭：「要不要每個縱隊都派出一人，到圓陣的十五碼外站哨？」

「就這麼辦。」她點頭。

布蘭頓和提納特領命離開，像兩株濃密的爐火椿一樣四處移動，糾集各縱隊的長官傳達命令，隊長又將命令傳給眾人。士兵立刻動身，結成圓陣，動作凌亂但迅速。陣形一完成，士兵們就紛紛脫下頭盔，將盾牌擺在皺裂的地上，坐了下來。

但圓陣還是露出了一些空隙，因為沒人想坐在泥漿裡。

科林走了過來，左手拿著木杯，右手拿著一大塊麵餅。

「吃飯囉，將軍大人。」

阿基里婭咬下一口麵餅，用水把食物沖進肚裡，想著科林是否明白他們會面臨什麼。

「這次我沒辦法把你跟潘達藏起來了。」她說，「你們得上戰場。」

科林看向皺裂的大地：「我說過了，我做不到。」

他的額頭上閃耀著汗水，身上的偽裝服和上面掛的爐火椿葉，都吸收了地上蒸騰的水氣，變得萎軟鬆垮。阿基里婭看著科林。她愛她的朋友，但許多她愛的人都已經不在她身邊了。

「做不到的話，你就會死。」她說。

科林聳聳肩：「我們都會死。」

阿基里婭抓住他的臉，逼他看著自己。

「我都可以了，你也可以。」她說，「別讓我失望。也**別想**逃跑，知道嗎？你要是逃跑，我就親手殺了你。」

科林擠出微笑：「有人說過妳發瘋起來跟神經病沒兩樣嗎？」

「有啊，都是些沒種舉起長矛的廢物。」

科林長嘆一口氣，搖了搖頭。

興奮的呼叫在他們身後響起。

「阿基里婭！」她聽見提納特大喊，「看西邊！」

她看向西邊，心臟開始狂跳。一長排的兵勇出現在漆黑的荒原對面，他們手中的矛桿在蒸騰的熱氣中筆直朝向天空，沒有上漆的盾牌閃閃發亮，頭盔反射著午後的太陽。一名男子走在那群士兵的前方，肩膀上扛著飛揚的旌旗，旗子像爐火椿一樣艷紅，紅色的中央繡著一把綠色的弓。

是塔干塔人。

圓陣裡爆出歡呼。

阿基里婭憤怒地轉向他們：「閉上嘴巴！給我安靜！你們這些白痴！」

縱隊長們了解她的擔憂，立刻下令身後的士兵閉嘴。歡呼瞬間消失，但充滿希望的表情還在。阿基里婭不想責怪他們，畢竟這是一千五百名塔干塔的勇士，不久過後芬頓人的一千大軍也會加入。

他們會獲勝，會殺死惡魔之母。

人類會得到自由。

阿基里婭朝布蘭頓和提納特招手，兩人立刻跑了過來，站在她旁邊。

「布蘭頓，帶幾個人拿著三桶誅魔毒藥去塔干塔那邊，動作快。」她一說完，布蘭頓就立刻跑向行伍後方。

「這樣我們就只剩一桶，」提納特說，「不夠所有人用。」

阿基里婭點頭答應道：「我們的士兵都塗過白膠，科林還在熬煮新的毒藥。現在我們得對盟友大方一點，讓塔干塔人都塗上白膠，準備好抵擋惡魔的攻擊。」

兩人走向塔干塔的軍隊。阿基里婭覺得胸甲愈來愈重。她邊走邊看著黑煙山。在這片蒸氣繚繞的漆黑平原上，一切都像是靜止了一樣。

「這些塔干塔的白痴吵死了，」提納特邊走邊罵，「跟長了一千雙腳的惡魔沒有兩樣。」

那一千五百名士兵踏著整齊而響亮的步伐，每一步都讓阿基里婭心驚膽戰。他們離黑煙山這麼近，如果附近有惡魔，絕不可能忽略他們製造的雜音。

塔干塔的軍隊同樣穿著披掛爐火椿樹葉的偽裝服。但是一走近，阿基里婭就發現他們身上的裝備實在粗糙，有些人穿的甚至不是偽裝服，只是將一般的衣服挖洞，插上椿樹的紅葉便將就充數。剛才看到眾多戰士的振奮，也逐漸消退下去，因為這些人的裝束根本抵擋不了惡魔燃燒的血液，恆沸原上又沒有半株爐火椿。

儘管如此，塔干塔的軍容仍比她的部隊還要威武。幾乎每一個兵勇都身材健碩，青銅打造的盾牌和頭盔閃閃發光，森長的槍矛指著天空，剪影比她同胞手中的戰矛更為高聳。

「那些矛都快二十呎長了。」她忍不住內心疑問，「塔干塔人真的能用這種東西作戰？」

「可以。」提納特說，「我見過塔干塔的方陣，他們知道自己在做什麼。」

阿基里婭和提納特來到塔干塔人面前，一名身材粗壯的戰士走出隊列，高聲下達命令。阿基里婭這才發現那是一個女人。她的命令迅速傳向最後的陣列，一千五百人在三聲踏步之間就停了下來，整齊如一。

踏步的聲響散去，阿基里婭只聽見一陣輕風悄聲吹過荒涼的恆沸原，還有噴泉在遠處湧動的聲音。

「那就是塔斯刻。」提納特小聲說道，「比我印象中還老，雖然我也不年輕了。」

女人大步走向前，身邊沒有任何隨從。一件鎖子甲披在她粗壯的肌肉上，孔洞裡插滿一層層爐火椿的樹葉。她背上扛著長弓，肩上斜背著箭囊，腰間掛著劍鞘，閃亮的頭盔在頂端和兩側綁著插有椿葉的繩網，一條牙舌裹著青銅，矗立在頭盔的護額上。

「我是阿涅忒．塔斯刻，塔干塔軍隊的統帥。」她瞇起淺藍色的雙眼，眼角的紋路深深皺起，「我記得你，你參加過那次擊退北方人的戰役。維諾斯．提納特，對吧？」

提納特露出微笑。「又見面了，將軍。這位——」提納特指著阿基里婭，「——是阿基里婭．古珀將軍，她率領勒墨特的勇士捍衛家園。」

塔斯刻的目光從阿基里婭的雙眼閃向落在她胸甲上的三條牙舌。

「看來信令官沒有讀錯。」塔斯刻說道，「讓**小女孩**來指揮軍隊，難怪你們的衛城會淪陷。」

同樣是女將軍，為什麼塔斯刻對她如此輕視？阿基里婭馬上就想通了，塔斯刻的論斷不是依據性別，而是**年齡**。

於是阿基里婭．古珀反駁道：「就是妳說的**小女孩**，把那些惡魔逐出勒墨特衛城，「又率領軍隊擊敗了**一百五十多頭**惡魔。請問塔斯刻將軍，妳又曾擊敗多少惡魔？」

她擊敗過那麼多惡魔，區區一名高大的女子休想靠眼神就把她嚇倒。

「真不敢相信。」塔斯刻嘆氣，「但海莉俄忒都作證了，我也只好當真。」

阿基里婭看向她的身後，洛摩斯衛君站在民眾之中看著她，卻沒有加入的打算，而卓斯科依然站在她的身後。

她回過頭說道：「妳認識洛摩斯衛君？」

塔斯刻點點頭，表情嚴肅了起來：「四十年前，失神症曾經肆虐塔干塔，奪走上百條人命，讓數千人倒下，甚至沒有足夠的人手照顧農場，整座衛城差點崩潰。當時我的母親正懷著我，但她也病倒了。」

女人脫下頭盔，被汗水浸濕的黑髮中混著一縷縷灰色。她的目光從阿基里婭身上移開，指向洛摩斯衛君。

「那時距離洪流吞沒地表已經過了十年，密泊湖邊到處都是惡魔，斷絕了塔干塔和刻孚蘭之間的聯絡，我們也無法前往代卡泰拉收購泥核果。我們曾派出過許多信使，但全部都在路上失聯。我父親也是其中之一，他為了拯救我和母親而喪命。後來是海莉俄忒發現了這件事，要求他們的衛城派出信使。代卡泰拉的統治者拒絕了她的要求，於是她自行出發，帶著與她體重相仿的泥核果來到塔干塔，前後一共六次。最了不起的是，當時她已經完成了傳信十次的義務。她願意這麼做，只因為她知道自己比任何人都熟悉道路，知道自己可以拯救許多性命。」

代卡泰拉的信使也曾和勒墨特一樣，是每個人的義務？他們又是什麼時候改變的？阿基里婭猜測，或許正是海莉俄忒當上衛君以後的事。海莉俄忒．洛摩斯曾自願在完成義務後繼續傳信，而那也是阿基里婭原本的計畫。那麼她會勸誘阿基里婭離開勒墨特，似乎也不奇怪了。

「塔干塔從不曾忘記這件事。」塔斯刻將軍繼續說，「當今的衛君和每一名督政官，都是因為她才能活到今天，我的生命也是拜她所賜。如今，刻孚蘭、然他爾、代卡泰拉和勒墨特都淪陷了，惡魔很快就會進攻塔干塔。既然海莉俄忒．洛摩斯說妳手上有誅魔的劇毒，現在進攻就是拯救我們衛城最後的機會。我們相信她，因為她的信令，我們才前來此地。」

布蘭頓和幾個勒墨特人走了過來，在塔干塔的行伍前放下三個木桶。

「這些就是誅魔毒藥。」阿基里婭說，「分配下去，命令妳的士兵在每一道鋒刃、每一支箭鏃上都塗抹一層。」

塔斯刻轉過身，指著木桶，手下的隊長立刻高聲下令，士兵也迅速換成三道縱隊，快步走向三個木桶。他們每個人手中都拿著一個小陶杯，在經過木桶時舀出一些白膠，一千五百人只需幾分鐘，就能全部走過這些木桶，縝密的組織令阿基里婭不禁屏息。

塔斯刻看著木桶，露出懷疑的表情：「我曾見過一頭惡魔即使**身中二十箭**也沒有倒下，還能繼續攻擊，而妳卻說這個毒藥一箭就能殺死一頭？」

阿基里婭簡短述說了在裂谷捕殺惡魔的故事，說起布蘭頓的箭矢如何奪走惡魔的性命，又提到那名代卡泰拉弩手在勒墨特岩台上的斬獲，以及她在高丘之戰中安排太少弓弩手的錯誤。「希望妳的士兵都是神準的射手。」阿基里婭說，「妳有多少人可以開弓？」

塔斯刻嗤笑一聲：「塔干塔人從小就拿著弓箭長大。我的手下每個人都有一把弓，他們一分鐘可以射出十二支箭。」

「**真快**。」提納特忍不住讚嘆，「妳帶了一千五百人，這麼說……」

塔斯刻點點頭：「每分鐘一**萬八千**支箭。」

阿基里婭感到希望衝上腦門。她也許不只能獲勝，還能活著講述今天的戰役。塔干塔的兵勇一走過木桶，就在隊長的命令下散開，重新組成六列深的方陣，武器與盔甲在他們的踏步間發出輕柔的碰撞聲。

「叫妳的軍隊換成圓陣。」阿基里婭說，「我剛才說了，毒藥不會馬上生效，勢必會有一些惡魔撲到我們面前。」

塔斯刻斜眼看著她：「年輕人，妳可能沒見過集中打擊的威力。如果我的人排成圓陣，就會有一半的人看不到目標，無法發揮箭雨的優勢。照我們塔干塔的話來說，射不出去的箭矢碰到短兵相接，除了負擔以外什麼也不是。」

阿基里婭感到胸口一沉。她看向提納特，督政官顯然也有一樣的想法。提納特往前跨出半步，吸引塔斯刻的目光。

「對人類的戰爭是這樣，」他說道，「但惡魔的動作更快。你們沒有見過惡魔大舉進攻的樣子，但我們有，而我們就是靠阿基里婭的圓陣贏得勝利。圓形的盾牆可以……」

提納特話未說完，勒墨特人的陣地就高聲示警。士兵迅速起身，舉起長矛和圓盾，轉向南方。

阿基里婭看向黑煙山，一時還不了解她看見的景象——熱氣在烏黑的原野盡頭擺動，似乎在……**擺動**？

擺動的熱氣逐漸凝結，讓她的胸口瞬間結凍。那是**上百頭**惡魔在穿越平原，從遠方疾行而來，遠多過高丘之戰的數量。它們長而彎曲的頭顱和堅甲覆蓋的身軀反射著尖銳的陽光，有如一片黑色的洪水。

阿基里婭抓住塔斯刻的手臂：「換成圓陣，不然就等死。」說罷，她就和提納特衝向勒墨特人。塔斯刻響亮的命令從他們背後傳來。

勒墨特人已經迅速組成圓陣。布蘭頓和其他戰士高聲下達命令，弓兵搭箭，弩手扣弦，站往圓陣的外圍，布滿抓痕的頭盔與盾牌在烈陽之下閃耀。

「弓箭手，等我的命令！」阿基里婭大吼，一邊加快腳步衝刺，一邊看向南方。惡魔已經縮短距離，在不遠處化作湧動的黑色泥海，為數不只上百，而是**數千**。

抵達圓陣前方之際，她也高聲下令放出第一陣箭雨。箭矢稀稀落落畫向空中，朝來犯的凶獸飛去。

阿基里婭聽見塔斯刻低沉的吼聲，她身後的隊長們立刻以更沉重的音調，重複她簡短的命令——

「**放！**」

上千根弓弦在塔干塔的方陣中同時發出巨響，一陣箭矢的狂風奔出狹長的方陣，有如遮蔽藍天的飛雲，準備獵殺敵人。第一陣箭雨尚未落在惡魔的頭上，塔干塔人又朝天空放出第二陣箭雨，凶暴地落向來襲的漆黑大海，放倒了許多惡魔——但願如此，因為阿基里婭看不見惡魔浩瀚的軍勢有所衰頹。

太快了，再過三十秒，它們就會殺到陣前。

「弓弩手！」提納特大喊，「放箭！退回中心！」

勒墨特人放開弓弦，送出一叢箭矢，但氣勢遠比不上塔干塔人遮蔽天空的箭雲。士兵們不等確認戰果，就轉身撤退，密嚴的盾牆立刻讓出空隙，放射手回撤，阿基里婭、提納特和布蘭頓也跟著撤回陣中。

兩名英勇的戰士進入陣中，便立刻轉身加入自己的隊伍。一排長矛躺在士兵身後，以免戰況不利，需要向後退守。她奔向戰陣中央，那裡陳列著運送水糧軍械和熬煮毒藥的推車，科林和潘達正忙著替她架起指揮梯。這次兩人已經無法躲回信令崗，一旦陣形崩潰，他們也會一起喪命。

阿基里婭來到推車旁，看見索珊娜．奧伯希身上穿著和其他士兵一樣的偽裝服，手裡正將箭矢搭上長弓的弓弦。「跟我過來，索珊娜！」阿基里婭一邊喊，一邊匆忙翻過推車，爬上指揮梯，站上梯頂的平台，開始尋找脆弱的縫隙，卻發現跟上一場會戰相比，勒墨特的陣容已經小了這麼多。

「將軍，什麼事？」索珊娜抬頭看著阿基里婭，臉上掛著恐懼的慘白。

阿基里婭對著她跪下：「妳往西北邊跑，逃出戰場，然後一路向西，找到芬頓人，要他們加快腳步。」

索珊娜轉頭看向北邊：「我、我一個人？可是將軍，惡魔就要來了。」

「妳可以的。」阿基里婭說，「妳跑得很快，不是嗎？」

索珊娜的表情鎮定了一點：「全衛城最快的。」

阿基里婭拍拍她的肩膀：「很好，快去！」

少女丟下長弓和箭囊，化身飛馳的箭矢穿過戰陣，縱身朝著西北邊跑去。

阿基里婭站起身，看著惡魔從東南方朝人類狂奔而來。

「**它們來了**。」她高聲一呼，「**舉盾！**」

勒墨特、代卡泰拉和刻孚蘭的兵勇帶著恐懼與決心，舉起武器鞏固圓陣。青銅與青銅互相碰撞，發出轟然巨響，夾雜著縱隊長官命令士兵蹲低的高吼。頭兩列的長矛伸向前方，平直地懸在破碎的黑色大地上，第三列的長矛稍稍揚起，第四列的長矛斜指天空，八百人在頃刻之間就化為堅韌的銅環，豎起劇毒的矛頭對準四面八方。

惡魔也在這時衝到近前。

塔干塔人的箭雨再次傾注而下。阿基里婭終於看見惡魔中箭倒下，數百頭惡魔脫離了漆黑的海浪，在後方踉蹌曳行、蹣跚匍匐，又有數百頭平癱在炙熱的原野上痛苦掙扎。

阿基里婭想起自己忘記了頭盔，但時機已晚。她望向東方，希望能望見飛揚的煙塵，又望向她看不見的遠方，希望能看見一千名芬頓的戰勇揮舞旗幟，及時趕到戰場。

但她什麼都沒看見。即使芬頓人正迅步趕來，抵達戰場之時會戰也已經結束。

惡魔的波濤一分為二，一半湧向勒墨特人的圓陣，一半湧向塔干塔人的方陣。惡戰將從密集狹長的方陣開始，但如今阿基里婭只能守住她的圓陣。

「里婭！」她往下看，潘達睜著害怕的雙眼，遞來一把組裝完畢的長矛；科林站在潘達前面，用比自己還大的盾牌充當掩護。里婭鬆開準備矛頭的手掌，接過潘達遞來的矛桿。身形肥胖的少年立刻躲進科林的盾牌後面，顫抖著雙手開始組裝另一把長矛。

阿基里婭將長矛拄在指揮梯的平台上，再次看向塔干塔人。

塔干塔的戰士同時拋下長弓，動作整齊如同一頭野獸的鬃毛；一千五百人彎下腰，抓起地上的長矛與盾牌，整齊得像是排練精熟的舞蹈。二十呎的長矛直指向天，青銅打造的盾牌連結成牆。阿基里婭聽見響亮悠長的口令，整道戰列也隨著轉向，將矛尖指向洶湧來襲的惡魔。

接著，她看見在無聲的號令下，塔干塔的第一隊列壓低了矛尖，第二隊列的長矛平舉向前，第三、第四和第五隊列依序抬高——也許塔斯刻真的知道自己在做什麼，也許他們的戰術真的有用。

黑色的海浪重擊塔干塔的方陣，為首的惡魔撞在伸長的矛尖上。幾根矛桿斷裂，但大部分都撐住了衝擊。後方的惡魔繼續衝撞，有些試圖闖過它們的同類，有些試圖爬過它們，有些拔地躍起，畫出一道弧線，從高空中墜落，而大多數則沿著方陣的戰列散開，以利爪、尖牙和尾巴上的長釘重擊青銅打造的盾牌，塔干塔人森長的槍矛也從第二與第三隊列穿過盾牆，捅在惡魔身上。

「**準備接戰！**」布蘭頓的大喊將阿基里婭的心思拉回朝陣前奔來的另外一半惡魔，她看見一支支箭桿插在湧動的烏黑洪流上，尾梢顫動著挺立的箭羽。黑色的波浪打在青銅的圓陣上，浪花**飛向**斜指天空的盾牌，四散開來，**團團圍住**勒墨特人。

它們的數目……至少是高丘之戰時的三倍。

在衝擊的起點，陣列已經開始退縮。

阿基里婭舉起長矛指向那裡：「射手，**加入**一到四隊！」

不知是她的同胞已經在兩場衝突中熟悉了戰場，還是他們已經知道任何破綻都有可能害死所有人——或許兩者都是原因——八十名射手立刻衝向被圍攻的前線，緊靠戰友後背抵擋黑色洪流的衝擊。

他們的力量立刻改變了戰局，將戰列推回原位，變回堅固的銅環。

阿基里婭轉過身，發現圓陣已經被徹底包圍。惡魔沒有集中力量突破盾牆，而是分散開來，從四面八方攻擊銅環。一股異常的興奮讓她忍不住握緊拳頭。

長矛刺出，利爪揮下，矛頭命中敵人的身軀，尾巴尖端的長釘掃落，沉重的銅盾揮出重擊，金屬色的尖牙咬下。四周迴盪著人類暴怒的吼聲、痛苦與恐慌的尖叫、惡魔的尖嘯與嘶吼、青銅響亮的碰撞。明亮的紅色鮮血與燃燒的綠色毒血四處飛舞，到處都是繩索和皮肉燒焦的惡臭。人類與惡魔相繼喪命。

圓陣一點一點變得稀薄，但剩下的弓弩手正從手中射出狂怒，殲滅躍過盾牆的惡魔，無暇補上空缺的位置。

阿基里婭深吸一口氣，用全身的力氣大喊：「**聽我號令！殺退它們，退回中心！**」

所有戰士和隊長相繼高呼重複她的命令，手裡繼續揮舞著兵器，為自己的生命、家人和朋友的生命以及衛城的命運奮戰。

「一、二、三、**殺！**」

上百名人類同聲咆哮，上百面冒煙變形的重盾同時推出，將惡魔推離圓陣。矛兵在隊長們的高呼中後撤，一面放開手中斷折熔化的長矛、拾起排在地面的武器，一面重新鞏固銅環。阿基里婭趁這機會觀察了戰場，數十人、上百人倒在原地，有些還在抽搐顫抖或是呻吟啜泣。接著，惡魔就衝了上來，但巨大的盾牌已經交錯，森長的矛桿已經放下，在青銅敲擊的鳴響中擊破黑色的浪潮。

無法後撤的人從此離開了同胞，但他們的尖叫沒有延續太久。

陰影在阿基里婭的右邊晃動。她及時轉身，一頭惡魔踩著另一頭的背脊，躍入空中，兩支長矛捅穿了下方那頭的胸腔。惡魔在空中畫出弧線，朝她撲來，尖牙閃著灼熱的金屬光芒，雙臂伸長森冷的利爪。突然，一把長矛竄入空中，扎進惡魔胸口。惡魔發出一聲尖嘯，連連顫抖，繃緊在半空，又猛然抽動起來，折斷了粗長的矛桿，漆黑的身軀砸在推車上，把指揮梯震得吱吱亂搖。

負傷的惡魔連滾帶爬想要起身，但潘達已經舉起一把短矛，朝怪物的頭顱揮出沉重的矛尾釘，燦爛的青銅擊碎了漆黑的甲殼。惡魔渾身一僵，尾巴上的長釘掃過空中，割斷了潘達的喉嚨。

潘達雙手痙攣，鬆開了他的武器；短矛倒向一邊，鮮血湧出他的傷口。阿基里婭聽著科林哭喊，看著潘達倒下，逼著自己把目光投向戰場。

死亡與混沌到處奔走，但圓陣依然堅固。惡魔逐漸倒地，屍體高高堆在哧哧熔化的盾牆之前。她揮去所有關於朋友和未來的心思，盯著眼前所見，盯著勝利與敗亡的瞬間。

站在高處，她看向塔干塔人的方陣。他們的陣勢已見稀疏，破碎的軀體不分人類和惡魔，沿著戰線堆疊而起，但他們依然堅守著腳下，以堅韌的盾牌掩護彼此，不顧一切地鏖戰拚殺。然而那些重擊他們盾牌的，並不是真正凶險的敵人。

她看著數十頭惡魔脫離了包圍圓陣的行列，胸口感到一陣寒悸，卻什麼也做不了。那群惡魔衝向方陣右翼，轉眼間就只剩下二十五碼的距離。塔干塔軍隊的統帥看見惡魔來襲，立刻下達命令，戰列末端開始斜向後撤，變成鉤形，準備抵禦惡魔的衝擊。如此變陣可以應付人類，但來襲的惡魔只有十幾頭撞上新建成的盾牆，其餘都轉身繞過矛尖，一半奔襲鉤子內側，一半繼續前行，從後方攻擊逐漸稀疏的中軍戰列。

眨眼之間，塔干塔的右翼就潰不成軍，原本緊密有序的軍容像泥牆一樣垮下。他們的長矛能拒敵於遠處，此刻卻難以掉頭；等他們將長矛轉向，惡魔已經越過了矛尖。凶殘的惡獸成群衝殺，揮舞著爪子和尾釘從人的骨頭上撕下血肉。在絕望之中，塔干塔人支撐了最後一瞬間便全線崩潰，拋下長矛遑遑奔逃。在撒腿逃跑的士兵之中，阿基里婭看見了塔斯刻，她戴著戰士狂怒的面甲，英勇地昂然而立，呼喚著手下兵勇聚集到她身邊。

直到一頭惡魔撲降在她身上。

一些惡魔追向逃跑的戰勇，抓傷他們的腿與背，撲在他們身上奪去他們的性命。但大部分的惡魔沒有理會塔干塔人，反而結成緊密的隊伍，奔向勒墨特人的圓陣。有幾頭怪物的動作慢了下來、東倒西歪，科林的毒藥終於生效。

幾頭怪物倒下，但還是太少。

里婭環視她的軍隊一圈，知道此戰大勢已去，開始尋思如何挽救她的同胞。她的陣形已經鬆散破碎，惡魔正從好幾個方向試著突破。推車旁滿是折斷的矛桿，死去的弓弩手倒在惡魔的屍體旁，鮮紅與暗紅的血液逐漸被灼燒的毒血吞沒，在哧哧聲中冒著泡沫。僅存的射手們絕望地揮舞短矛，和掙扎受傷的惡魔搏鬥。無數的**慘叫**、**哭號**、**喘哮和乞求**在她的身邊迴響。

還有三百人依舊在她的身旁死戰。她得下令退守。她得下令用青銅的盾牌築起半圓的穹頂，努力阻擋這一切，直到受傷的惡魔死盡，再殺死剩下的怪物。這樣也許有用，一定有用。

「**聽我號令！**」呼吼聲和毒血的濃煙撕裂她的喉嚨，「**殺退它們，後退五步！**」

阿基里婭等著戰士與隊長重複她的命令，但沒有人回應。她看見提納特揮舞沉重的銅盾，盾緣劈入一頭惡魔的腦袋。布蘭頓高舉孔洞斑斑的圓盾負在左肩，擋住一頭撲落的凶獸。維勒·潘庫爾躺在地面，死靜的雙眼看著上空。

阿基里婭必須讓他們聽見，讓他們結成圓陣。她再次高聲下令，卻看見那群殘殺塔干塔人的惡魔衝進她枯朽的戰線，最後幾支高舉的長矛也無力地左右搖晃。她看著惡魔一頭接著一頭躍入空中，眼裡只剩驚恐和無助，如今已沒有長矛能夠阻擋這些怪物。它們落在地面，殺死了尖叫的弓弩手，又轉身將尖牙、利爪和尾巴的長釘揮向支撐戰線的矛兵。圖馬羅·拉彌洛斯第一個倒地。

皮匠若爾內．巴羅向後傾倒，鮮血從他重傷的腿上噴出，圓陣露出了第一道裂縫，第一頭惡魔也同時闖進來，撂倒了高挑的勇士伽倫．亞忒斯。裂縫繼續擴大。

阿基里婭抓起長矛，跳下指揮梯，落在支撐的推車上。身材矮小的科林已經躲進了梯子下，像發狂一樣全身顫抖。她跳下推車，衝向裂縫。一頭惡魔撲在沙利姆．安尼刻托斯的背上，撕下戰士金髮飄揚的頭顱。阿基里婭揮出長矛，捅進那頭惡獸的背脊——惡魔發出尖嘯，朝她轉身。

「**堵住戰列！**」她尖叫，「**堵住**——」

一頭惡魔撲向阿基里婭，將她撞進逐漸潰散的戰列。她落在一具屍體上，不知那是人還是惡魔。她翻過身，站起身子，正好看見圓陣被攻破的瞬間。安忒瑞伊．貝涅斯倒向大地，截斷的雙腿飛離他的身軀。班吉．若恩松抛下手中長矛，和成群的兵勇一起拔腿竄逃。阿基里婭尋找著武器，瞥見一把獵魔叉浮在黑紅的血液裡，便朝那支折斷的木桿伸出手——這時，一件東西從背後擊中她，將她揮向堅硬的黑色地面，把她摔得頭昏眼花。阿基里婭翻過身，卻見到一頭惡魔落在她的胸前，她知道自己的死期已至。

一道尖銳的吼叫傳來，聽起來不像戰吼，更像是恐慌的尖叫，尖銳得讓阿基里婭分不清楚是男是女。獵魔叉的尖刺捅入惡魔的軀幹，不斷深入，但還是捅得太淺，沒有造成致命傷。灼燒的血液從傷口湧出，在青銅上哧哧作響，還有一些飛沫噴在阿基里婭身上。惡魔轉過長長的頭顱，朝獵魔叉刺來的方向揮出手臂。阿基里婭抬起頭，正好看見漆黑的爪子掃過科林的臉。

少年又一次尖聲吼叫，這次的聲音裡只剩下恐慌。他鬆開獵魔叉，雙手摀著臉倒在地上。

一個自私的想法閃過阿基里婭心裡：**去抓他，不要抓我**。但這想法轉瞬即逝，她扭動著身軀想要逃開。惡魔立刻轉身，爪子猛力擊中她的肩膀，她的頭重重撞在堅硬的地上。

死亡露出喜悅的笑容。她看著惡魔扯開大口，張開雙顎，嘶聲從它的口中洩出，金屬色澤的牙齒在烈陽下閃閃發光。

突然，一面盾牌閃爍著太陽的光芒，厚實的盾緣砸中惡魔腦側，放倒它的同時還灑出一道餤黃的血液，落在阿基里婭身上。她的偽裝服冒出哧哧濃煙，有些毒血滲了進來，和臉上殘留的白膠一起化成灰燼，有些沾到了已經失去保護的肌膚。那人收回盾牌，命中惡魔的盾緣也冒著濃煙，滴下熔化的青銅。阿基里婭抬起頭，看見布蘭頓站在她身邊，臉上有好幾處皮肉都在沸騰，齜牙咧嘴的神情比惡魔的臉還要猙獰。他才十五歲，卻已經不是少年，他會在今天像個男人一樣戰死。

布蘭頓握著邊緣燒熔的盾牌，伸出右手抓住阿基里婭胸前還在燃燒的布料，一把將她拉起。接著他轉過身，高大的身影背對著她，舉起盾牌保護兩人；阿基里婭也轉過身，和他背靠著背。科林仍在地上打滾，臉上沾著一層毒血。她抓住科林的腳，把少年拉到身邊。科林掙扎著爬起身，半跪在地上。

布蘭頓從尚在抽搐的惡魔身上拔出獵魔叉，跟阿基里婭和科林站在一起。他們的身上都在冒煙，都滴著燃燒的毒血。三人一同掀起了這場戰爭，此刻也一同看著戰爭的潰敗。

圓陣已經瓦解。阿基里婭看著人們戰死和逃命，昏迷和重傷的人紛紛被惡魔帶走。每一頭惡魔都受了傷，有些身上布滿長矛捅穿的洞口，有些身上插滿一支支羽箭。有的惡魔轉身想追逐逃亡的人類，但中毒後遲鈍的動作，已經追不上獵物奔逃的腳步。

她看見不遠處的卓斯科背對著他們，懷中抱著洛摩斯衛君。她希望兩人都能逃離這裡。

一頭身上插滿箭矢的惡魔爬向他們。布蘭頓轉過身面對它，但另一頭惡魔又推開瑞尼科．玻瑞諾斯猶在抽動的屍身，伏著身軀爬了過來。

死亡將他們團團包圍，在無數慘遭蹂躪、哧哧冒煙的人類屍體之間，扔下一堆堆甲殼破碎、肌肉抽搐的黑色身軀。約有十頭惡魔依然站著，每一頭都將臉轉向了阿基里婭、布蘭頓和科林。

「差一點。」布蘭頓咬牙切齒地低語，「明明就只差一點。」

阿基里婭感覺到她的腰間還有一件東西——她的小兄弟依舊安然插在刀鞘裡。

「它們傷得很重，但還是太多了。」她說，「我們只能殺死自己，免得——」

尖嘯、嘶吼，惡魔湧了上來。阿基里婭伸手拔刀。科林尖聲叫喊。布蘭頓怒聲咆哮。有東西把她往後一撞。她重重倒地，翻身想爬起來，但又有東西擊中她的側胸，把空氣都撞出她的身體。

她失敗了。她辜負了朋友，辜負了同胞，辜負了西涅什。

阿基里婭張開眼睛，一道牙舌的影子衝向她。她沒有感覺，只聽見撞擊的聲音。

成群的漆黑湧向她，**一切只剩**漆黑，拖著她沉入漆黑的深淵。

43

她在墜落。落在粗糙的地面。不對……她是滑行在那片粗糙的地面。

阿基里婭慢慢醒過來，醒來時渾身疼痛，眼前一片漆黑。有東西抓著她的左腕，她不是在滑行，而是被拖過那片粗糙的地面。

每個地方都在痛。她的皮膚擦傷撕裂，處處灼熱，彷彿有人用燒紅的煤炭壓在上面。她的肌肉抽痛，每一塊瘀血和挫傷都在哀號。岩石刺進她的腿、她的腳、她的右肩。土石磨在青銅胸甲上沙沙作響。她感到自己身軀**軟弱**，動也動不了，什麼事都做不了。

阿基里婭試著睜開眼，但右眼拒絕照做，只用腫脹的抽痛回應。她的左眼張開了一半，另一半眼瞼又乾又脹，黏在一起不肯分離。從那半開的細縫中，她看見一片厚重的陰影，幾點陌生的暗藍光輝點綴在其中。

入夜了。聽著身體在地上拖磨的聲音，她知道自己人在某條廊道裡，而那些藍色的光是……明光壺？還是破裂的明光管？勒墨特衛城的水光是紅色的……這是哪裡？空氣又濕又熱，熱得像是科林的工房。

她身體下的地面有些變了。有的地方變得平滑，讓她滑得更快，金屬摩擦的聲音也輕了許多。但她的肩膀仍在哀號，手臂似乎隨時都會鬆脫，手腕上的鉗握也太用力了。是布蘭頓嗎？他的手好硬，像是穿著金屬打造的手套一樣。

一股惡臭襲向她。糞尿的味道。潮濕的岩石與苔蘚。還有其他的東西，濃烈、厚重，死亡的惡臭，和她在刻乎蘭衛城聞到的一樣。

呻吟和痛苦的哀泣。愈來愈近。她受傷了，布蘭頓要把她拖去其他傷患身邊。藍色的光暈變多。但還不夠亮。呻吟愈來愈靠近，死亡的氣味愈來愈濃，又漸漸遠去，布蘭頓似乎帶她經過了那些傷患，將他們留在後面。

耳邊傳來男人低沉的咕噥，就在她的身邊。昏暗的藍光讓她看不清楚，只約略望見一個男人的身體。是所羅門．巴羅？他垮著身體，和她一樣，在地板上滑行。

一雙腳走在所羅門和她之間，是拖著他們的人。不，那不是腳……不是人類的腳……漆黑、骨節突出、趾尖長著利爪……她記起戰場上的事，記起圓陣崩潰，想起惡魔成群湧入。

她的身體倒向左邊。惡臭又出現了，還有痛苦的呻吟，和她一樣破碎的人在呻吟。昏暗的藍光愈來愈多。有些來自她滑過的地面，有些漂浮在她上方的空氣之中，像霧氣一樣旋轉舞動。

這是某種房間。黑色的牆崎嶇不平，有些地方亮著柔和的暗藍。在一片漆黑裡，她看見微光勾勒出倚靠在牆上的人形。不，不是倚在牆上，是**鑲**在牆上。蔓延的漆黑裹著他們的手，他們的腳，他們的胸膛，將他們糊進牆中，動彈不得。

惡魔拖著她走向某個黏在地上的東西，那東西的形狀……**像卵**，像黯淡的明光壺一樣照著周圍的霧氣，比潮濕的牆或布滿水坑的地面明亮一些。卵的外表像皮革一樣，看不清裡面，但是很薄，藍光從**內部**透出來。經過時，阿基里婭還看見裡頭有陰影正在**活動**。

那雙手抓起她，堅硬而有力，讓她感覺自己像一隻殘缺的布偶。阿基里婭掙扎了一下，發現力氣已經回到她的身體。她試著轉身，想舉腳踢開——結果她的頭被重重摔在牆上，眼前的漆黑變成了一團團旋轉的灰黑色。

惡魔高高舉起她的右手，壓在牆上。牆面布滿異樣的突起和**惡臭**……比她對刻孚蘭那些破碎的記憶還要刺鼻。

「葉子。」黑暗裡冒出一個聲音，虛弱卻熟悉——**是科林**，「里婭、布蘭頓……吃葉子。」

她眨眨眼，試著讓自己清醒過來。聲音來自右邊。她撐起抽痛的腦袋，轉頭看去。一雙死靜的眼睛從一張憔悴的臉上瞪向她，那人留著發白的鬍鬚，鬍鬚上的水珠散發著微弱的藍光。

那是奧洛斯．達耳比衛君。

他的胸口……裂開了，就像是有東西從裡面**跳出來**一樣，堅硬斷裂的白骨上還垂著腐爛的肉塊。

「葉子。」科林從微光之中虛弱地說，「吃……葉子。」

冰冷濕滑的東西落在她靠牆的右手臂上。

阿基里婭推開頭殼裡的抽痛，看向那一片漆黑。在奧洛斯的屍體後面，盤據著兩頭惡魔，高大危險的身影潛藏在黑暗——不，是融合在黑暗裡。它們的爪中還抓著某樣東西。

那是科林。微弱的藍光照在他蒼白的小臉上。他在……吃東西嗎？

一頭惡魔壓著科林，逼他彎下腰，對少年的腳做了些什麼。科林沒有掙扎，沒有反抗……他只是轉過頭，抬起肩膀，咬住插在偽裝服上的爐火椿枝葉，扭頭扯下一口，邊嚼邊吞下更多葉子。他瘋了。

阿基里婭希望自己也瘋了、死了，這一切才不會發生在她身上。所羅門去哪了？布蘭頓死了嗎？

阿基里婭感到左臂被扯了起來。隔著偽裝服，她感覺到一股濕涼，就像是惡魔正在上面塗抹陶土或是泥巴一樣。怪物站在她的身前，臉向著她的頭頂，近得她幾乎忘記了死亡和腐敗的惡臭，只聞到苔蘚與岩石的氣息。她不敢看著那東西，只好轉過頭，看向左邊。

那裡有另一個人也裹在牆上。是個塔干塔人。他的胸甲已經被敲成一團變形的青銅，落在濕膩的地面上。奇怪的是他仍穿著布滿汗漬和血跡的衣衫。有個東西包著他的臉，遮著他的眼睛和嘴巴。那東西令阿基里婭想起了西涅什變形、枯朽的身軀……

蜘蛛。那東西的身軀兩側各長著四條腿，八隻腳緊緊抓住男人的後腦杓，抱著他的臉，長長的尾巴纏在男人脖子的周圍，垂在身後的兩個囊袋一下鼓起，一下消退。

吃葉子。蜘蛛。奧洛斯的胸口。科林，全世界最聰明的人。爐火椿的毒。**吃葉子**。

阿基里婭伸長脖子，忍耐著肩頸的疼痛，偽裝服上的枝葉刮著她的臉。她張大嘴巴，用嘴唇和舌頭尋找葉子，咬了一口，邊嚼邊感受著苦味。爐火椿的味道讓她想起家園，想起勒墨特衛城，想起茶杯裡的煙氣，想起托利奧。濕冷的觸感黏著她的大腿，讓她提不起勇氣看向面前的夢魘。她做了現在唯一能做的事：咬下葉子、咀嚼、吞下去。

黑暗。它們成群湧向她，吞噬她，拉扯她。阿基里婭掙扎抵抗，想像著奧洛斯胸口迸裂的感受。堅硬的爪子在她的腳踝上收緊，令她控制不住恐懼的哀鳴和膀胱的鬆緊。淚水湧出眼眶，無法抑止。啜泣從肺中湧上，抽動著她的軀體。她低下頭，繼續咬，繼續嚼，繼續吞。

她聽見布料撕開，感覺到長長的爪子滑過胸甲和她的身體。一陣接著一陣拉扯，皮帶斷裂的聲音，接著陰涼的空氣就吹在她汗溼的罩衫上。她聽見金屬鏗鏘，等待著利爪割過她的身體。

但她沒有受傷。

阿基里婭睜開眼睛，惡魔已經離去。就算它們還在房裡，她也無法隔著黑暗與懸浮的霧氣看見它們。她的雙手仍黏在頭頂。她試著掙扎，卻幾乎動不了，那些陶土或是泥巴在一點一點變硬，硬得像是厚重的皮革。阿基里婭繼續用力，左腕上的東西似乎有些伸展變形，但她的肌肉很快又失去了力氣。

她聽見男人的聲音，低喃著祈求天主拯救。那是拉彌洛斯的聲音，來自房間的另一邊，和她中間隔著許多蜘蛛卵。

阿基里婭的腳底下傳來一陣動靜，來自包圍她的牆壁，像是某種生物的震顫。那感覺漸漸變淡，最後消失，為她留下漂浮著藍光的黑暗。

疲憊掛在她的肩上，拉著她往下沉，但她已經沒有力氣掙扎。她會死在這裡，死在黑暗與惡臭裡。微弱的藍光愈來愈淡，最後沉入黑暗之中。

＊＊＊

阿基里婭猛然醒來，動彈不得。她暈了一瞬間，接著劇痛就擊向她的腦門。束縛纏著她的手腳，恐懼抓著她的心智。她用力掙扎，**繼續用力**，纏著她左腕的泥狀物漸漸裂開。她試著調整身姿、改變重心，好更用力掙扎脫離黑泥。但這時，一個古怪的聲音又把她凍在原處。

那是一個短促、空洞、低沉的刮動聲，像是有東西在鼓裡面移動。

聲音來自一顆發光的卵，距離她只有幾碼遠。卵的頂端有兩道交叉的裂縫，像切成四塊的派餅一樣湊在尖端，卵殼向上隆起，彷彿噘起的嘴唇。卵中的藍光照著周圍的霧氣，讓她看見一些樹根般的東西從卵的底部蔓延出來，爬過平坦的地面。那些樹根彼此交錯，伸向她左邊的另一顆卵，卵的前方站著著一個男人，他的臉曾被蜘蛛緊緊抱住。那顆卵頂端的四片派餅翻了開來，裡面空無一物，只有水積在底部發著藍光。

蜘蛛已經放開男人的臉，躺在地上，落在男人被泥巴纏住的腳邊。蜘蛛沒有動靜，像是死了一樣。空洞的鼓聲再次響起，來自她的面前；在卵的光芒裡，有東西不停抽動。派餅張開，黏液附在邊緣拉成細絲。在藍色的微光裡，張開的卵殼背面彷彿剛切下的伏土獸肉，表面還連著白色的軟骨。一陣哽噎從右邊傳來，科林靠在牆上，不停扭動身體，揮著脖頸；一頭蜘蛛趴在他的臉上，八隻腳緊緊抱住他的頭。科林的手指一張一握，左右揮舞著唯一沒被纏住的左腳，豎起腳趾往下亂踩。

在他的面前，有一枚張開的空卵。

阿基里婭害怕得發抖。她看著眼前那顆張開的卵，無助地等待。

裡面那東西伸出一條濕漉漉、細得像是骨頭的肢體，顫抖著尖端碰觸肉質的卵殼內側，像是在檢查摸索著周圍，又縮了回去，離開阿基里婭的視線。接著，更多瘦細的腳探了出來，帶著發藍光的汁液，像一隻邪惡的手伸出以人肉裁成的袖子。

「主啊，**求求祢**。」她聽見有人低聲祈禱，是她自己的聲音。

剛出生的蜘蛛抽動著八條腿，爬出卵頂的開口，蒼白的外皮泛著濕黏的藍色。

蜘蛛猛然跳起，八隻腳向外張開，拉扯著薄弱的外皮。冰涼的肉質啪地蓋住她的臉，一切都陷入黑暗。八隻腳緊緊抱著她的頭，濕黏的妖物緊貼著她的眼瞼、她的臉頰、她的額頭和她的**嘴巴**。

奧洛斯的胸口……蜘蛛想把惡魔**放進**她體內。阿基里婭緊咬著牙齒。有個東西撥開她的嘴唇，將冰冷的皮肉貼向她的牙齦。她奮力掙扎，拉扯纏在手腕上的黑泥，感覺到黑泥再次皸裂，慢慢拉長。

蜘蛛冷冷的尾巴纏住她的頸子。

黑暗、拘束和恐慌壓過了所有理智。阿基里婭想要尖叫，又克制住自己，緊緊咬住牙關。尾巴又纏得更緊。她更用力掙扎，更用力**拉扯**，用力到她覺得肌肉開始斷裂。沒有空氣。她的肺逐漸滾燙。遮住的眼睛開始看見黑點，顱骨裡開始響起她自己的吼聲。

她差點暈厥過去，又努力拉回意識。

阿基里婭再次壓下想要呼吸的衝動，試圖掙脫手腳。脖子上冰冷的套索收得更緊。她的嘴背叛了她，自己張了開來想吸入氣息。有東西頂住她上排的牙齒、壓住她下排的牙齒，撐開她的嘴，撐得她以為顎骨就要斷裂。一個又冷又硬的東西擠開她的舌頭，來到口腔深處，繼續插入喉嚨，深得讓阿基里婭陣陣作嘔。

套索再次收緊。

黑暗終於將她攫住。那股冰冷繼續滑進阿基里婭·古珀的胸腔……

44

她的胸口在燃燒。

阿基里婭醒了過來。她感覺雙眼又乾，又黏。她抬起頭，試著眨眼。她的右眼只能張開一半，痛得像是挨了一拳。疲倦和睡意緊緊纏著她，遮蔽著她的心思。但她知道自己在哪，她知道自己完蛋了。

她的喉嚨抽痛，連唾液也無法吞嚥，口中瀰漫著腐臭的味道。

短促的哀鳴從深沉的恐慌裡冒出來，斷斷續續地穿過房間。

她往哀鳴的方向看去，赫然發現自己的雙眼已經完全適應黑暗，藍色霧氣的另一端清晰可見，男男女女被惡魔半透明的黑泥纏在牆上，就和她一樣。

一個男人抬起頭。那是拉彌洛斯祭司，他在哭泣，眼淚反射著從上下四周透出的藍色微光。他的一隻手纏在腰側，另一隻手吊在頭頂，彷彿在向人**揮手招呼**，全身被乾燥的黑泥困住，只**剩下**頭還能移動。跟阿基里婭一樣，他的胸甲也被扯爛，落在地上成為一團無用的金屬，一頭蜘蛛癱軟在黯淡的青銅上，動也不動。

阿基里婭往下看，另一頭蜘蛛蜷著八隻腳，躺在地上。牠氣數已盡，但出生的目的已經完成。

劈啪。一陣巨響讓她又把目光轉向拉彌洛斯。勒墨特人的祭司渾身抽動，朝束縛他的黑泥弓起脖子。他的頭左右甩動，又猛然僵住，雙眼圓睜著瞪向上方，身體開始發顫。又一聲**劈啪**，厚實的罩衫在胸骨前方一陣隆起、一陣塌陷，像是有人以長矛捅入他的背脊，就要穿胸而過。

在胸骨起伏的地方，黑色的血漬開始擴散。

阿基里婭立刻告訴自己，這不是真的，是她的幻想，是她的噩夢，她人在衛城的居室裡，這種事不會發生在她身上，**不可能**發生在她身上。

祭司的胸膛再次鼓起，伴隨樹枝斷裂的聲音。染血的罩衫破裂，一條白色的蟲子穿出他的身體，畫破濡濕的黑暗。圖馬羅·拉彌洛斯祭司發出一道微弱、短促的嗆咳，那是他最後的聲音，末尾不帶半點餘音。

蟲子探著令人反胃作嘔，和惡魔一樣平滑的頭顱，鑽出染血的洞口，落到地上，消失在發光的卵之間。

祭司的左眼轉了幾下，頭垂了下來，整個人動也不動。

地面傳來某種小東西穿越泥漿的聲響，房間裡又陷入寂靜。

阿基里婭渾身發冷。她逃不了，惡魔在她體內長大。蜘蛛，蟲子……她要死了，像拉彌洛斯和奧洛斯一樣悽慘地死去。

她再也見不到托利奧了。

天主怎麼會允許這種事？祂為何讓成千上萬的人死去，讓活著的人每天受飢餓與疾病所苦？為何讓她的同胞像蟲子一樣住在土裡，看著最後的文明逝去？難道世界上的苦難還不夠多嗎？阿基里婭為她的衛城獻出過一切，一次一次踏入危險想改變命運，而這就是她的回報——什麼都沒有。她所做的一切都做不得數。

也許她還可以禱告，祈求拯救。但如果天主連祭司都不理會，又怎麼會答覆她的祈禱？不，她不會去乞求一個什麼都不在乎的神祇。

她想起了她的老朋友──憎恨在她的胸口鼓動，抵抗著吞噬她的恐懼。她憎恨惡魔，憎恨讓這一切發生的天神。

「主啊，如果祢在聽的話……我幹祢媽的。」

一個聲音從她右邊傳來，微弱但熟悉。

「沒……沒有用。」是科林。

想到科林還在，想到他也跟自己一樣被蜘蛛侵犯，想到他很快就會像拉彌洛斯一樣、像自己一樣**死去**……阿基里婭最後的勇毅也摧折了。眼淚滑下她的臉頰，哭聲湧出她的喉嚨。

「里婭，對不起。」他的聲音失去了一直以來的輕慢與驕橫，「我以為葉子……我不知道。我不知道。」

「不是你的錯。」她的聲音很小，儘管繼續安靜已經毫無意義，「不是──」

有東西堵住她的呼吸，在她胸口裡發燙。好燙。不只是胸口，還有肚子，燙得像是有一團悶燒的灰燼要燒穿她的身體。

「里婭？**里婭**？」

她的胃連連收縮，下巴不由自主地張開，痰涎懸在唇上不住搖晃。膽汁湧入她飽受折磨的喉嚨，裡頭又苦又緊，彷彿蜘蛛的尾巴還絞在脖子上。

胃裡的東西陣陣上逆，頂著她的身體往後抽動，朝束縛她的黑泥弓起身體。右腕處又傳來一陣皸裂的振動……她的手臂鬆動了一點，但還是沒有脫困。

阿基里婭乾嘔一聲，終於吸到一點空氣，但喉嚨底下的動靜立刻堵上來，繼續往上鑽，像緊握的拳頭一樣阻擋她的呼吸。

接著，那股動靜在她的脖子裡，在她的胸膛裡**扭動**起來。她用力吞嚥，用力得淚水頻頻擠出雙眼，想把那股動靜吞下去，但她辦不到。她聽見心臟狂跳，血液呼咚呼咚湧過頸側，衝向臉頰和腦門。她的胃又縮了一下，推著她體內的東西往上鑽，鑽過她的喉嚨，壓著舌根繼續鑽向上顎。好燙主啊**好燙**我的呼吸……

「拳頭」穿過牙齒，探出她的嘴，但後面的東西仍塞在喉嚨裡。她又乾嘔一聲，這次那股恐怖的動靜沒有繼續堵塞，而是長驅而出，離開她的身體。

阿基里婭立刻往肺裡吸了一大口氣，又被嗆得大聲咳嗽。世界在轉動。她繼續吸氣，又咳嗽連連。她眨著眼擠出淚水，想吐出嘴裡發苦的膽汁，卻只有幾道黏稠的唾液和灼熱的液體掛在發抖的嘴唇上。

她低下頭，看見自己劇烈起伏的胸脯、她被緊緊束縛的腳，還有一條白色的蟲子，長得和殺死拉彌洛斯的東西一模一樣。蟲子看起來很畸形……**融爛**的表皮像是隻燒了半邊的蠟燭一樣。那東西抽動了幾下，就癱在地上失去動靜。

這座恐怖的巢穴……正朝她逼近。她是不是早就死了？也許她已經死在戰場上，來到了地獄，將在這裡和腐爛的死人永遠困在一起。

「科林，」喉嚨的痛楚讓她不敢大聲，「這是怎麼回事？」

他沒有回答。

阿基里婭往前探頭，越過奧洛斯的屍體看向科林。他在掙扎抽動，沒有黑泥纏住的腳四處亂踢。他的嘴張著，張得**異常**地開——然後，一個白色的東西滑了出來……

……然後停住，堵在他的口中。他快窒息了。

憎恨與暴怒再次湧上來——她不會看著朋友死去。

她用力拉扯著雙手，拉扯著胸膛，拉扯著腹肌，用力抬起她的大腿，抵抗著壓制她手腕的黑泥。她要去科林身邊。她用力，她放鬆，她再次用力，一次又一次，用奮戰的蠻力掙扎，用撕斷肌肉的蠻力掙扎，用隨時會折斷骨頭的蠻力掙扎。

纏住她右手的黑泥又發出皸裂的振動，開始鬆脫。她一推、一拉、一扭、一扯、一鬆、一緊，一下比一下用力。

科林發出嗆咳的聲音，而那東西仍毫無動靜地塞在他的嘴裡。

阿基里婭每次停止拉扯，肌肉都會發出尖叫。但她還是一次比一次用力，直到她聽見黑泥碎裂——她的右手終於掙脫了束縛。

她的小兄弟……

阿基里婭往腰間伸手。她覺得刀不會在那，覺得自己會來不及拯救科林——但她摸到了刀柄。

她拔出刀刃，刺向糾纏她左腕的黑色物體。她毫無顧忌地猛刺，每次落刀都用力扭轉，鑿開一塊乾硬的黑泥，同時用力拉扯自己的左腕。她刺偏了一下，刀尖滑過拇指丘的皮肉，但她沒有放慢動作。

她的左手也鬆開了。

科林的哽咽聲催促著她。她揮刀刺向雙腿，雙腳猛踢亂扯——首先鬆開的是左腳，接著是右腳。最後一點滲入偽裝服的黑泥，則在她猛力逃脫牆面時被拉成碎片。

她奔過奧洛斯被裹在牆上的屍體，跑向科林，蟲子白色的身軀探出他布滿傷口的嘴巴。科林的臉上滿是傷口，遍布血污。阿基里婭撥開科林的嘴角，一刀刺進蟲子身軀，扭轉刀刃拖了一截出來，左手立刻**用力掐住**，往後猛拉——那讓人作嘔的物體似乎掙扎了一會，但很快就滑出科林的嘴巴。那東西跟她的手臂一樣長，而且還在蠕動。

她用力甩手，丟開蟲子。那東西落在一條從卵底伸出的黑色樹根上，被阿基里婭用力一踩，斷成兩截，噴出一團黏稠的液體。

科林的胸膛隆起，吸進一口氣息，發出疲弱的嘆息：「布蘭頓，那邊！」

阿基里婭順著他揚起的下巴看去，在黑暗中找到了布蘭頓高大的身影，和科林一樣裹在牆上，無力掙扎。他低垂著頭，似乎沒有意識，但一陣反胃又讓他醒了過來。他的身體扭動，喉嚨發出陣陣嘔聲，白蟲像條被嚼爛一半的蛭螈，抽搐著滑出他的口腔。

他眨著眼，吸了一口氣想要尖叫。阿基里婭立刻跑到他身邊，張開手掌壓住他的嘴，用全身的力氣堵住他的聲音。布蘭頓沒有叫出聲。阿基里婭聽得到他的心臟隔著胸骨，拍擊著自己的胸膛，也聽得到他逐漸放慢氣息，控制了恐懼。

阿基里婭掃視黑暗，尋找惡魔的蹤影，一確認沒有怪物，她又繼續用小刀挖開束縛布蘭頓和科林的黑泥。脫困的三人瑟縮在牆邊，抱在一起，安撫著彼此的驚恐。

布蘭頓看見阿基里婭的小刀，露出訝異的神色，伸手去確認自己的腰間。他的大腿上有道駭人的傷口，穿在偽裝服下的長褲都被血跡染成黑色。科林的臉上也有兩道爪痕，從他的右耳延伸到左頷，畫破了他的嘴唇和臉頰，也讓他的鼻子少了一塊，少年的臉上到處都是乾的和濕的血跡。

「科林，」阿基里婭說，「你的刀還在嗎？」

他在腰間摸索了一會，搖了搖頭，臉上滴下些許鮮血。

阿基里婭掃視著這間布滿霧氣的黑暗廳堂。地上散布著幾件胸甲，到處都是發光的卵，其中有些已經打開，卵中空無一物。也有一些還閉著，藍光裡有東西陣陣抽動——那是準備跳出來尋找獵物的蜘蛛。

「我們先離開這裡。」她小聲地說。

沒人知道外面還有什麼，但這裡只有死亡。
「扶我一下，」科林說，「拜託。」
布蘭頓朝他伸手，但立刻被阿基里婭推開，他腿上的傷已經支撐不了其他人的重量。
阿基里婭扶起科林的肩膀，幫他站起身來。
她環視著黑暗的巢穴，看見了斯特芬．安德松、科羅登．波勒、喀勞．溫登、緹奧拉．戴尼桑德、所羅門．巴羅……他們都被詭異的牆纏住，胸口變成一個個染血的坑洞。看著牆上的黑泥溼潤地隱隱流動，阿基里婭心裡又燃起一股嫌憎。
「大家都死了。」布蘭頓說，「只剩我們還活著。科林，你怎麼知道要吃葉子？」
「惡魔拖著我們經過了好幾個房間，」他的聲音和他的傷勢一樣悽慘，有好幾個音都發不清楚，「那邊也跟這裡一樣關著人。我看到蜘蛛跳到列奧尼托斯臉上，又看到這裡的蛋，還有奧洛斯的胸口，就猜蜘蛛會把東西放進人的身體，在裡面長大，然後破胸而出。我猜如果我們先吃下葉子，或許就能搞亂它們放進來的東西。」
他猜對了。他靠著聰明才智解救了他的朋友，至少讓他們能再活幾分鐘。
阿基里婭握著她的小兄弟。惡魔沒有拿走它，是因為它們沒注意，還是不在意？它們會不會還留下了其他東西？
她摸摸胸口，發現厚實的罩衫下還有一個東西，那是她的牙舌項鍊。她收回小刀，拔下項鍊裡的軟木塞——裡面的白膠在藍光中微微閃爍。
布蘭頓靠了過來：「是那個東西嗎？」
阿基里婭點點頭。
「太少了。」科林說，「只能殺一頭，頂多兩頭。」

阿基里婭知道她要把這些用在誰的身上：「看看其他人身上還有沒有武器，或是多的白膠。」

科林沒有多話，開始翻找第一具屍體。阿基里婭也往另一邊開始搜索。

這裡的牆壁讓她感到怪異。起縐的黑泥在牆上形成固定的紋路，但沒有黑泥覆蓋的地方卻顯得非常平滑。她本以為這裡是座山洞，但或許不是。

她把心思移回屍體上，摸索著每一具屍體的手腳，在死去的同胞和牆壁之間尋找遺留的物品。當她找到第二具屍體時，她摸到了一個東西，冰冷、柔軟、腐臭。她意識到那是另一具屍體。那人死得太久，已經開始腐爛——牆上布滿了惡魔一層一層纏在這裡的死屍。

她忽然有點慶幸自己的胃裡已經沒有東西可吐。

她繼續搜索，試著不去凝視死去同胞的臉孔，但她沒有辦法。這些人是她的朋友、她的族人，而她辜負了他們。

布蘭頓瘸著腿走向她，臉色像死灰一樣慘白：「沒有，我什麼都沒找到。」

科林拖著腳步加入他們，臉上可怕的傷口滲著血。他手裡提著一副裝矛桿的皮套，上面沾滿黑泥。

「這邊有兩截木棒和一個箍環，」他說，「沒有尾釘。」科林的聲音充滿痛楚，還有抵抗痛楚的鬥志。重傷毀了他的容貌……里婭知道那一定很痛，**非常**痛，但科林沒有屈服。只是她不知道少年還能抵抗多久。

科林從皮套裡抽出矛桿：「你們聽。」他蹲下身子，用木桿輕敲平坦的地面——那聲音毫無疑問，是木頭敲在金屬上的聲音。

「我不懂。」布蘭頓說，「惡魔在洞裡鋪了銅地磚？」

科林指指牆壁和天花板：「我不認為這是洞穴，最起碼以前不是。要不是惡魔比我們想的還聰明，就是這裡很久以前也是座衛城。或許是跟其他衛城一樣荒廢了，或許是惡魔殺了所有人，占為己有。」

帕烏勒王的戰爭王冠曾經荒廢過數十年，從未有人修理。塔干塔曾一度從歷史上消失，直到惡魔像洪流一樣淹沒埃忒癸娜島，人們逃入山中尋找藏身之處，才終於發現失落的衛城。這裡也是一樣嗎？只是更古老，甚至比帕烏勒王的時代更久遠？

「這不重要。」阿基里婭說，「我們得先離開這個房間。」

「等等。」布蘭頓走向他剛才被纏住的位置，撿起了一個東西，又抓著他沉重的胸甲走了回來，「我知道皮帶被惡魔扯斷了，但說不定可以用綁的。」

但一副胸甲在此刻能派上什麼用場？

「這都變形了。」阿基里婭敲敲胸甲肩膀處向外反捲的青銅。

布蘭頓抓住壞掉的地方，想把盔甲扳回原形。青銅在他手中晃了幾下，但毫無動靜。他的胸甲比其他戰士的都還要厚——這點重量對他全不成問題，但如果沒有鍛爐和其他工具，也不可能修好他的裝備。他又試了一次，用力得喉嚨呵呵作響，但青銅依然不為所動，最後他只好放棄。

「算了吧，」阿基里婭說，「或是換一副。」

「幹，」科林說道，「你真的想**敲下去**？要不要直接找找這裡有沒有晚餐鈴？」

「不行，這副是特別幫我打造的，其他人的我穿不下。我再找個錘子之類的。」

「好了，你們兩個都閉嘴。」阿基里婭下令，「你要是堅持就帶著吧，但別發出聲音。我們走。」

現在重要的，只剩下找出惡魔之母，殺了它，徹底消滅它們。

於是，阿基里婭帶著她的伙伴，走向房間的入口。

45

他們走出堆滿人類屍體的房間，來到堆滿惡魔屍體的走道。

走道很窄，只夠阿基里婭和布蘭頓並肩通過，沿途躺著十幾具惡魔的屍體。牆上的濕氣和地上的積水散發著些許藍光，讓黑色的甲殼和金屬色的牙齒微微閃爍。大部分怪物都死了，身軀和他們身處的這座怪異建築一樣僵硬，而剩下的怪物雖然尚未死去，但也不剩多少餘命。它們的四肢抽搐，長著利爪的手抓向空氣，嘴巴緩慢地一張一闔。

有些惡魔身上看得見明顯的重傷，矛尖在它們長長的頭顱上留下孔洞和傷痕，折斷的箭矢插進它們的手臂、胸口、腹部和雙腿。不少惡魔身上只見巨大的孔洞，像是它們用自己的爪子挖出了箭鏃。有些惡魔完全看不見傷口，或許是被它們的姿勢藏在身體下，或許是因為光線微弱，無法從漆黑的身軀上看見。

「它們都是勉強撐著把我們帶回來的。」布蘭頓悄聲地說，「然後就沒命了。如果我們再撐久一點，說不定就贏了。」

阿基里婭不願去回想那場會戰。她失敗了。無數的人流血喪命。難道拉彌洛斯才是對的嗎？她應該帶著眾人逃往比塞特嗎？

不。逃跑只是在拖延這必然的命運。他們選擇了**作戰**，殺死了上百頭，甚至**上千頭**惡魔，而在他們戰敗後的每一分鐘，都有更多惡魔死去。這也許是人類最後的喘息，但就算是這樣，她和她的同胞也沒有束手待斃。

只是，如果芬頓人及時趕到，為他們再多帶來一千名戰勇，是否就能包夾殲滅這些惡魔了？芬頓人是否會聽從她的建議，改用圓陣，引開更多惡魔，讓勒墨特人可以堅守到最後？她再也沒有機會知道了。也許芬頓人都死了，也許他們最後決定不派出任何部隊。

地面在她腳下輕輕顫動，而且動得愈加頻繁。她蹲低身軀，努力保持平衡，並試著避免碰到漆黑的牆面。接著，振動又慢慢減弱，最後消失。

「可能是噴泉。」科林的聲音像是乾枯的駝蜍，「我記得剛剛在……牆壁上的時候也有感覺到兩次。每次的間隔都很固定。」

阿基里婭回想著地表上那些水柱：「所以才有這些霧氣嗎？」

「八成是這樣，」科林說，「我想這裡應該是黑煙山下面。」

黑煙山的下面——惡魔之母的王位。她一直渴望來到這裡，身後跟隨著上千名英武的戰士；但現在，她的身邊只有布蘭頓和科林。

「如果這是衛城，」布蘭頓說，「當初開鑿的人一定不懂怎麼挖隧道。」

走道很工整，地板和天花板、牆壁和牆壁之間的距離都近乎一致，卻總是以怪異的角度上下起伏、左右拐彎，像是被人隨意彎折的箭桿。

「我不記得它們是從哪把我拖過來的，」阿基里婭站在岔路上，「你們呢？」

科林搖搖頭。布蘭頓從偽裝服上掏出麻繩，想用來修補胸甲斷掉的皮肩帶。

「幹你快點放棄啦。」科林忍不住大罵。

布蘭頓沒有理他，只是抬頭看著前方：「右邊的盡頭比較亮。」

他說得對，但只是亮了一點。也許那是通往地表的出口，也許是有更多的水在那流動，就像比提干河流過他們的家鄉一樣。無論如何，留在原地都不明智，於是阿基里婭帶著兩名伙伴走向右邊的光源。

他們走得很小心，在溼潤的金屬地面上緩緩移動腳步，跨過斷氣和垂死的惡魔，穿越上下起伏的走道。就在他們走到一半時，腳下的地面變了，變成了他們在恆沸原見到的黑色岩石。

「岩漿流，」科林說，「看不出來有多久了，感覺是從牆上流下來的。」

如果不是科林，她大概不會注意到這件事。左側牆面的裂縫中填滿了粗糙的黑色岩石，在黯淡的光線下，幾乎跟那些彎曲、溼潤，由惡魔留在古老衛城牆上的詭異紋路沒有區別。阿基里婭想像著傳說中**如河川一樣流動的烈火**滲出裂縫，散發著紅澄澄的光芒滴落下來，在地面冒著泡泡，最後徹底冷卻。

「流進來的應該不多。」布蘭頓指著走道的地面，「那邊還有平路。」

他們繼續往前，走往光線較亮的地方。惡魔的屍體愈來愈少，似乎沒有幾頭怪物在那場會戰過後還能回到這裡。

光的顏色逐漸改變，牆上和地面上的藍色光暈逐漸摻入微弱的黃色和綠光。他們每走一段路，那些色彩就更明亮一點，和藍光混合在一起，直到他們身邊的光點都變成近乎一致的白色微光，就像比提干河的光一樣。走道裡仍然很暗，連月光的照耀都不如，但已經遠比他們出發的地方明亮許多。就連霧氣都彷彿在發著光。

「變熱了。」科林低聲說道，「這裡的環境大概適合不同的細菌生長。」

阿基里婭擦了擦額頭，潮濕的空氣讓她不斷冒汗。

一團明亮的光線從走道的右邊流洩出來，那裡似乎有個門。阿基里婭放輕腳步靠近，她的伙伴也安靜跟在後面。沒錯，是門，金屬的門框上積著一層黑泥。她慢慢傾身探頭進去——看見一道沾滿黑泥的護欄，從左延伸向右，距離門口大概三碼。護欄的另一頭似乎是個被霧氣填滿的開闊空間。

阿基里婭蹲下身，布蘭頓和科林也照做。她打出手勢，要他們保持安靜跟著她，時刻注意四周。

阿基里婭鑽過門口。地板和走道一樣，彎曲的角度怪異，但看上去非常平整。只不過這裡的地面不太一樣，像是……**編織出來的**，像是一張布滿黑泥和沉積礦物的金屬網。

空間的上方大半隱沒在黑暗之中，阿基里婭只能勉強看見平行的梁柱，還有一根根閃著礦物光芒的鐘乳石穿過梁柱垂掛下來。左方還有一簇鐘乳石比其他都還要長，彷彿一根咬進霧氣中的獠牙。

她爬向護欄往外看。腳下的懸廊離地大約十五呎，下方是一片凹凸不平、霧氣繚繞的金屬地面，蒼白的光芒從每一個積水的地方，從大處的水窪、小處的坑洞，甚至從牆上濕氣匯聚而成的涓流冒出來。地上遍布許多形狀奇異的巨大方塊，像是埋在黑泥裡的推車。生鏽、破損的物件四處散落，地面的金屬撕裂，竄出了幾叢巨石。

阿基里婭還看見可怕的蜘蛛卵，那些東西或稀疏、或密集地散布在整個地上，卵裡散發著和積水、黑色牆面上一樣的白光。而在卵之間，又躺著許多頭惡魔。它們大部分不是死了，就是即將死去，死在科林的毒藥下。但還有兩頭黑色的怪物高高站立，四處走動，看起來沒有受過一點傷——那是她所見過最大的惡魔。

地上有個地方比周圍都還要明亮。那是一個小水池，周圍積著一圈厚厚的礦物，上方懸著一支巨大的鐘乳石。池裡發光的水很清澈，可以看見裡面有個礦物積成的坑洞，中間的孔洞像漏斗一樣往下延伸。

科林推了她一下，指著房間的牆壁，細聲說道：「這房間是六角形的。」她花了一點時間才看清楚，但是一看見，她就轉不開眼睛。她腳下的懸廊圍繞著整個房間的六面——而不是四面牆。牆壁有許多地方歪曲變形，但不至於讓她聽不懂科林的話。整個房間，還有他們一路經過的走道，都像是被……**砸歪**了，就像一面擋下無數重擊的盾牌。

阿基里婭再次看向地面。在右邊懸廊的迴彎下，有東西正發出動靜。那東西的身影**巨大**，在她胸中喚起同樣巨大的驚慌，但阿基里婭忍住了逃跑的衝動。

那是惡魔。**巨大**得超出人類的想像。它背上粗長的脊刺有如樹幹，身軀沉重**龐大**，甲殼上布滿起伏的稜突，像是無數人類的骨骼排列整齊。而那形狀廣長的骨板，是它的……**頭顱**？骨板的側面排列著深刻的凹陷，兩個弧狀的缺口在頂端的中央和兩側畫出尖角，令人想起巨大沉重、裝飾華麗的盾牌。碩長的雙腿膝蓋彎曲，縮在身體下方，幾乎看不見。

「就是**她**。」阿基里婭小聲地說。

這就是惡魔之母。她和其他惡魔一樣漆黑，但她的黑裡透著光澤，堅硬的甲殼上有稀微的虹彩閃爍，彷彿吞食過世上所有的顏色，令阿基里婭想起了恆沸原，那些噴泉周圍的泥錐也有同樣的閃光。

「妳看她的脊刺。」布蘭頓的聲音和霧氣一樣微弱，「上面好像連著一些……**繩子**？是用來綁住她的嗎？」

順著他的話，阿基里婭看向霧氣遮蔽的地方，但她卻不知道如何理解看到的景象。一條條粗長的帶子從天花板的陰影中垂下來，像是動物發黃的皮膜或是肌腱，只是長得不可思議。它們纏在惡魔之母的脊刺上，或者只是纏在背脊上的**某些地方**，但霧氣實在太濃，人的眼睛無法分辨。而且，那些脊刺也不是長在她的**背上**，而是更接近她狹窄的髖部……阿基里婭又注意到，有東西從惡魔之母的髖部延伸出來，那東西又粗又長，像是巨大的蛆蟲，又像是痴肥的毒蛇，裡頭似乎灌滿了水或是黏液，在黑暗中發出微光。蛇的體內有著圓形的物體，但隔著霧氣和半透明的外皮，她看不出那是……

不對，她知道那是什麼。冰冷的嫌惡流過她的身體。

「是卵。都是她的卵。」

科林瞄向那頭恐怖的怪物：「你們看，懸廊下面也掛著那些東西。」

那些顏色發黃的帶子不僅支撐著惡魔之母，也穿過她的卵囊下方。有些帶子一路延伸到上方的梁柱，有些掛在懸廊下方，托著一部分的卵囊。

恐懼。挫敗。憤怒。**憎恨**。那麼多死亡、離別與痛苦，那麼多勒墨特人所遭遇的不幸，都是因為眼前這個東西。

阿基里婭輕拉科林和布蘭頓身上殘破的偽裝服，帶著他們退回走道。一回到門後，布蘭頓就開始修補他的胸甲。

「我們要殺了惡魔之母。」阿基里婭說道，「這是我們來的目的。」

科林想要開口，卻又閉上嘴巴，摸著臉上的傷口，似乎想確認傷勢有多嚴重。阿基里婭不敢想像那有多痛。

「我想回家。」他說，「我們輸了，都結束了。」

他們已經沒有家可以回去了。

布蘭頓將一條繩子打結，開始纏第二條：「里婭說得對。我們什麼都沒有了。我媽也死了。我們能做的只剩下殺死惡魔之母，讓大家得到自由。」

科林頹坐在地上，似乎已經沒有力氣邁出腳步。

「她太大隻了。」他說，「我不知道里婭那點藥有沒有用。」

布蘭頓試了試胸甲，肩膀處的變形讓它歪成奇怪的角度。

「毒藥可以再做。」他說，「我們的衣服上還有葉子，其他人的衣服上也還有。這樣夠嗎？」

科林搖頭：「我需要鍋子、爐火，還有**時間**。我們沒有殺光惡魔，它們早晚會找到我們。」

這時，三人的腳底下突然顫動起來，六角型的房間裡傳來惡魔刺耳的尖嘯，惡魔之母的聲音也夾在其中，比阿基里婭聽過的所有惡魔叫聲都還要兇暴低沉。搖晃愈發猛烈，阿基里婭忍不住爬回懸廊；房間裡的晃動比走道裡還要劇烈，被困在牆上時的晃動更是遠遠無法相比。她得抓住埋在黑泥中的護欄，才不會失去平衡摔倒。布蘭頓和科林也爬了進來，分別伏臥在她的左右兩邊。

地面上的水池冒出一陣氣泡，池水湧向周圍的那圈礦物沉積，景象和恆沸原上的泥坑一模一樣。

那個水池……是一座噴泉。

熱水和蒸汽一同咆哮著衝出水池，放出太陽般的光芒。在開闊的黑色平原上，這幅景象已是奇觀；而在這封閉的六角房間裡，簡直就是天神降臨。水柱衝擊著懸在上方的鐘乳石，噴向偌大房間的每一個角落。

發光的水珠如雨一般落下，灑在阿基里婭的頭上、臉上、手上，還有她每一吋露出的肌膚上。左邊的科林發出一陣哀鳴，但阿基里婭不在意這點疼痛。她伸出手臂繞過護欄，遮住照向眼睛的白光，盯著懸廊下方的敵人。

盤旋的霧氣幾乎遮蔽視線，但阿基里婭還是看見那頭大的凶獸揮舞著四條手臂，廣長的頭顱向後仰起。此時她終於看見惡魔之母的嘴巴，那雙巨顎輕易就能將人咬成兩半。惡魔之母發出震耳欲聾的尖嘯，不是因為痛苦，也不是因為害怕，而是因為……**喜悅**。

晃動逐漸緩和、平息，水柱逐漸下降、消退，就像有隻隱形的巨手偷偷關掉了看不見的水閥。發光的水珠從天花板流下，從鐘乳石的尖端滴落。地上的水窪閃著明亮的波光，將惡魔產下的卵襯得更加黑暗。

水光從地上映照著惡魔之母，把她的輪廓照得像某種虛幻的凶兆。水光緩緩消逝，六角形的房間又變回明暗交錯的陰府。阿基里婭舉起手，看著發紅的皮膚在遺留的光亮下腫脹起來。

「她喜歡這個。」布蘭頓悄聲說著，他的聲音充滿憎恨和殺戮的欲望，「喜歡潮濕悶熱，所以她才住在這裡。」

阿基里婭鬆開護欄，再度退了幾呎撤回走道，撤出惡魔之母和另外兩頭大惡魔的視線。那是她的護衛嗎？

「科林，」阿基里婭說，「噴泉的水有**沸騰**嗎？」

少年吸吸鼻子，看著手背上的紅腫：「它都先噴到天花板了才淋下來，但我還是差點被燙死。所以地底下的水一定比開水還燙，這樣水壓才夠。」

阿基里婭沒有問他在說什麼，自從吃了椿樹葉撿回一命，她就決定把科林說的每一句話都當成真理。

「要不要把她引到噴泉上？」她說，「說不定能把她煮熟。」

科林瞇起還能動的那隻眼睛：「把惡魔之母、引到噴泉上、**煮熟**她。」

布蘭頓點點頭：「像煮毛蚶一樣。」

科林癱坐在地上，發出無聲的抽泣。

忽然，陰暗的走道裡傳來一個低語：「**別出聲**。」

阿基里婭和布蘭頓立刻跳起身來，朝說話的男人舉起小刀。那男人趴在地上，雙手撐著地板，雙腿拖在身後，像是剛做完伏地挺身一樣。他身上的衣著很奇特，既不是盔甲，也不是偽裝服。

「它們要來了，」他說，「快跟我來。」

男人用雙手轉過身，拖著無力的雙腿，沿著走道往前爬。

布蘭頓一臉茫然看著阿基里婭，不確定該怎麼做。阿基里婭也一樣茫然，但既然這座衛城的主人是嗜殺的惡魔，她也不用問，就知道男人說的「它們」是誰。

阿基里婭扶起科林，拉著他跟上用雙手爬行的男人。布蘭頓走在最後面，手上舉著護甲，不斷回頭顧盼。

一個低沉的嘶聲穿過漫長的走道，從他們後方傳來。

爬行的男人停下來，轉過身，用一隻手撐住身體，另一隻手伸進惡魔留下的黑泥，摸索著某個看不見的洞。阿基里婭聽到「咔」的一聲，就看見一扇高度及腰的門彈進牆內，在細細的金屬摩擦聲中，顯露出後面黑暗的空間。

「進來，」他說，「快。」

阿基里婭猶豫了。這男的是誰？門後的黑暗裡有什麼在等著他們？

「里婭，」布蘭頓低聲警告，「我看到兩頭惡魔往這裡過來。」

科林擠過里婭，消失在門後的黑暗之中。這下就算後面有什麼壞事等著他們，也來不及擔心了。她跟著科林鑽進門裡。裡面沒有照明，只有藍色的幽光。她摸著地面，朝裡頭的空間前進，突然，她的身後傳來一陣悶響，讓她的心臟差點跳出喉嚨。

「沒事。」布蘭頓說，「妳快進去！」

阿基里婭繼續往前爬，等著惡魔伸出骷髏般的手抓住她，或是露出金屬般的牙齒咬斷她摸索的手指。

金屬摩擦的聲音再次傳來，接著又是金屬碰撞的聲響。

男人在黑暗中低語：「安靜。」

阿基里婭沒有動。她聽不見任何雜音，只有她自己的呼吸聲，還有布蘭頓和科林的呼吸聲。她轉過頭，想要看清楚自己來的路。

男人已經關好牆上古怪的暗門。走道上傳來那頭，或是那兩頭惡魔長著利爪的腳趾敲在金屬上的聲音。

她在靜默中等待著，手慢慢伸向小兄弟的握柄。

接著，她聽見一陣輕細、熟悉的嘰嘰聲——是水閥。

柔和的白光推開黑暗，和水一起流入男子手中的透明玻璃壺中，照亮布蘭頓驚恐的雙眼和科林嚴重的傷勢。男人關上水閥，提起玻璃壺。

「我叫做撒迦利亞。」男人說，「你們是誰？」

46

阿基里婭的眼睛很快就適應了光亮。男人斜坐在地上，左手撐著地，右手提著明光壺。他藍色的上衣和長褲都有不少磨損，卻還是比她看過的布料都還細緻。他的鬍子刮得很乾淨，紅色的短髮最近才剛修剪。

阿基里婭快速掃視了一遍這個小房間。牆上貼滿了畫，有些畫的是惡魔，有些畫的是她不認識的人，那些人的身上同樣穿著奇異的服裝。陌生的金屬物件隨處可見。牆邊有張小桌，桌底下塞著椅子，用的都是她不曾見過的材料。房間裡到處散落著像是金屬製的箱子，有些打開了，有的還關著。不知道為什麼，這裡讓她想起了勒墨特下層的工場。

「不要懼怕，」男子說道，「我不會傷害你們。你們的船停靠在附近嗎？」男人等了一會，沒有人回答。他看了看布蘭頓的胸甲，又看了看科林的臉，最後將目光轉回阿基里婭身上，「你們聽得懂英文嗎？Tu loquerisne Latine？こんにちは？」

「第一句。」科林說。「那個『你們聽得懂』的地方，其他都聽不懂。」

男子點點頭。他把明光壺放在地上，又撿起旁邊的空玻璃壺，拿到一個伸出金屬牆的水閥下，開始裝水。

「你們看起來都受傷了。」他把第二個明光壺放在中間的地上，「能允許我幫你們處理傷口嗎？」在新添的水光下，阿基里婭注意到撒迦利亞說話時，嘴巴的右邊完全沒動，但他的聲音卻毫不含糊。

布蘭頓握住大腿上血肉糢糊的傷口：「你是醫生？」

「我知道一些醫療知識。」男人雙手並用，滑向一個方形的箱子，「這是少數我還能掌握的知識領域。如果能知道你們的名字，或許能多幫上我一點忙。」

「我叫布蘭頓．巴羅。這個是科林．第納辛，這是阿基里婭．古珀。」

「**古珀**。」撒迦利亞盯著阿基里婭，「你是山繆．古珀的後人嗎？」

阿基里婭沒有說話。

「她爸叫萬斯。」布蘭頓說，「我們不認識什麼山繆．古珀。」

撒迦利亞看看科林，再看看布蘭頓：「巴羅、古珀、第納辛。不可思議。我再確認一次，三位真的**不是**乘船過來的？」

阿基里婭終於找到了她的舌頭：「離這最近的海岸要走五哩遠。」

撒迦利亞沉默著坐了一會，表情沒有變化。每次眨眼都只有左眼會閉上，整張右臉都詭異地動也不動，好像……死人一樣。

他拉著身邊的箱子，滑到布蘭頓身邊。

布蘭頓把手伸向小兄弟的刀柄。

男人停下動作：「我可以幫你。」

布蘭頓看向阿基里婭。她不知道該怎麼回答，這裡的一切都太詭異了。

「讓他幫忙吧。」科林說，「他要是想讓我們受傷，剛才就不會救我們了。」

布蘭頓想了一下，不安地看著男人，然後點了點頭。

「我會輕一點。」撒迦利亞撕開幾包東西，拿出裡面細薄的白色布料，「傷口應該很痛。一到十分的話，你會給這個痛幾分？」

布蘭頓眨眨眼：「呃……五分？」

撒迦利亞從箱子裡拿出一個像是玻璃瓶的東西。「這些藥品都很舊了，」他說，「我不確定效果如何。會有些刺痛，但應該可以改善疼痛。」

撒迦利亞將玻璃瓶壓在布蘭頓的腿上。阿基里婭聽見一聲小小的「鏘」，接著布蘭頓忍痛的嘶聲就變成低吼，一拳朝撒迦利亞揮去。男人舉起手，抓住了布蘭頓的手腕。

「抱歉。」撒迦利亞說，「應該再幾秒就會生效。」

布蘭頓呆呆看著男人，又看向自己的腿，鬆開了拳頭。

「感覺……好多了。你用了什麼魔法？」

撒迦利亞放開布蘭頓：「只是藥物而已。我來幫你包紮。」

男人從箱中拿出另一個瓶子，伸向布蘭頓的腿。瓶子裡噴出一陣煙霧，蓋在傷口上。撒迦利亞開始用白色的布料纏住傷口。

布蘭頓盯著自己的手腕，盯著撒迦利亞剛才抓的地方，接著看向阿基里婭。

「他力氣好大。」布蘭頓說，「比……比所有人都還大。」

撒迦利亞包紮完布蘭頓的腿，又拉著金屬箱子滑向科林。

「換你了，第納辛先生。一到十分——」

「幹他媽**十二分**啦。」科林罵道，全身痛得發抖，「快點。」

撒迦利亞又從箱子裡掏出一個東西：「我很高興能遇見各位。三百一十九年的等待實在太漫長了，即便對於仿生人來說也是如此。」

這人救了他們，但他顯然已經瘋了。但阿基里婭和她的伙伴只能和這發瘋的瘸子一起困在這怪異的房間裡。

「三百一十九年。」科林慢慢地說，「你等了那麼久。換句話說，你也活了那麼久嗎？」

撒迦利亞用小玻璃瓶在科林的傷口旁碰了好幾下。每一次，阿基里婭都會聽見那個「鏘」聲，科林也會跟著皺眉。

「嚴格來說，我不算**活著**。」撒迦利亞邊忙邊回答，「我對於啟動和操縱讓這艘船著陸以前的事，並沒有什麼記憶，但我知道我是在三百三十四年之前組裝完成的。我是撒迦利亞型仿生人助手，編號為**WY2100023**，由韋蘭湯谷集團在東京工廠製造。」他把玻璃瓶放回箱子裡，「有感覺好一點嗎？」

科林舉起手，輕輕碰觸臉上的傷口：「太……**神奇了**。」

「真是太好了。」撒迦利亞說，「我來幫你縫合撕裂傷吧？只要幾分鐘而已。」

科林的顫抖停了。他又摸了一次自己的臉，臉上充滿驚奇。

「當然。」他說，「對了，那個**東京工場**。東京是哪個衛城？」

撒迦利亞又從箱子裡拿出其他工具。阿基里婭看著他捏住科林臉上的割傷，將工具抵在傷口上。工具發出「啪」的一聲，一條細細的金屬絲就封住了那裡的傷口。

「我不知道東京在哪。」撒迦利亞緩慢、仔細的用金屬絲縫起科林的傷。「南山號外面的攝影機很久以前就遺失了，但內部的還剩三台。我看到異形發生騷動，不得不出來檢查發生了什麼事。」

胡言亂語。

「異……」阿基里婭瞇起眼睛，「什麼形？」

「異形。」撒迦利亞說，「不知道為什麼，但我的記憶中有關這個物種的資訊並不多。其學名為 Internecivus raptus，又叫做 Linguafoeda acheronsis。你們知道這些名詞嗎？」

沒有人回答。

「那也許你們聽過 Plagiarus praepotens，」他繼續問，「或是**襲劫者**？」

阿基里婭繼續困惑地盯著撒迦利亞。

「我想他說的是惡魔。」布蘭頓說。

撒迦利亞停下手中啪啪作響的工具：「惡魔，我就用這說法吧。」

他終於縫完科林臉上的兩道傷口，開始試著修補科林慘遭蹂躪的鼻子。無論這奇怪的男子能做些什麼，科林臉上都會留下恐怖的疤痕——如果他還能活過今天的話。阿基里婭已經不相信這個世界上最聰明的人，或是他們之中的誰還有機會活下去了。

「你剛剛說**這艘船**。」科林說，「你認為我們是在一艘船裡嗎？」

「沒錯，我們都在南山號裡。」

「我們腳下的地面很穩。」科林躲過撒迦利亞摸向他鼻子的手，「里婭剛才也說了，我們離海岸很遠，最近的海邊要往南走五哩。」

「南山號是星際殖民船。」

科林抓住撒迦利亞的手，看著這個奇怪男子的眼睛。

「**星際**。」科林問，「你是說在**星星之間**航行嗎？」

撒迦利亞點點頭：「我想這就是殖民船設計的目的。」

阿基里婭聽不懂他們說的話。她看了布蘭頓一眼，他顯然也是一樣。

「其他星星。」科林忽然像是忘了疼痛一樣，「那麼……還有其他行星嗎？還有像埃忒癸娜這樣的地方嗎？」

撒迦利亞用輕柔的動作扶正科林的頭，繼續處理他鼻子上的傷。

「我想是有的，但我無法保證。我被重新啟動以後，船上大部分的資料都被刪除了。等我重新開機，南山號已經陷入軌道衰減，輸入給我的只有醫療知識和駕駛這艘船的技術，其他的知識並不多。」

奇怪的男人又從箱子裡拿出一個小壺，從裡面掏出像是黏土的東西，抹在科林的鼻子上，又繼續說道：

「船長將我重新啟動後，先指示我讓這艘船著陸，再盡可能疏散所有人。當時南山號遭遇了一些破壞行為，所有十一歲以上的人都在低溫睡眠中死去。除了船長以外的船員也都死了。可能是船員之間發生了內訌，造成一些死傷，還有至少四名船員被惡魔殺死。」

船員。阿基里婭知道北方人會這樣稱呼自己的**伙伴**，但「伙伴」這個字眼對她仍有非凡的意義。想到伙伴之間竟會發生爭鬥、**互相殘殺**……這比惡魔的所作所為更令她恐懼。

「他們打鬥時在船艙裡使用了槍械，導致一連串的系統故障，飛行變得很難控制。」撒迦利亞說，「著陸時的撞擊又對船身造成許多傷害。我只來得及喚醒一百一十九名兒童，他們的年紀都在十歲以下。我立刻送他們下船，但我知道惡魔也在衝擊中活了下來。那些兒童離開時什麼都沒帶，只有背包裡的衣物和我交給他們的種子。沒有工具，沒有武器，沒有參考資料，沒有電腦。當時的情況非常緊急，非常混亂。我只能告訴他們盡量遠離這艘船，而且要快，不要再回來。」

撒迦利亞蓋上小壺，拿起白色的布料包在科林頭上。

「我對啟動之前的自己毫無記憶，但對於那之後發生的事情，我記得很清楚。逃離這艘船的兒童裡，有三個叫做凱爾．巴羅、山繆．古珀和艾美．第納辛，他們應該就是你們的祖先。」

「我就說那個火山的故事都是放屁吧。」科林說。

「不要褻瀆天主。」布蘭頓調整姿勢，變形的胸甲讓他顯得笨拙，「現在不要。」

撒迦利亞包紮完畢，又從箱子裡拿出一捲白色的東西，纏在布料上。「那些兒童完全不知道發生了什麼事，也不了解惡魔的每個生命階段各有什麼危險。但我還是想保護他們，所以編了一些故事。除了無論發生什麼事都不要回來，我最後又告訴他們，如果遇到一種又高又瘦、沒有眼睛的黑色生物，就立刻躲起來，還有遠離長得像蛋的大型物體。當然，他們也不知道抱臉體長什麼樣子，所以我告訴他們如果看見長著尾巴的大蜘蛛，就立刻逃跑，跑到再也跑不動為止。」

他垂下目光安靜了一會，又說道：「我少提了一些其他動物的形象，除了蜘蛛，還有大象跟鰻魚。」他繼續幫科林的頭包紮。

就算這名殘廢男子說的有半點真相，阿基里婭也不確定她該相信哪些。然而他提到了**蜘蛛**，這個字眼觸動了她。儘管她仍不知道撒迦利亞的話是真是假，但她了解這男人確實相信自己所說的一切。

撒迦利亞撕開白色的布料，將末端按在科林的頭上。

「我只能做到這樣了，第納辛先生。」

科林摸了幾下纏在頭上的布料，指尖按過的地方立刻滲出點點血色。

「你看起來**很像**人類，」他說，「但其實不是，對吧？」

撒迦利亞點點頭：「我是仿生人助手，殖民地開拓者的財產。既然你們是開拓者的後代，此刻我就是你們的財產了。我會盡可能協助各位。」

財產？人類怎麼會是**財產**。

「我不懂你的意思。」阿基里婭開口。

「我的意思是，除了傷害其他人類，我會服從你們的所有指令。」

科林和布蘭頓看起來都好多了，那小瓶子裡的東西確實有用。他們需要一個計畫，去殺死惡魔之母，但這個男人……實在太奇怪，也太有趣了。

「我有好多東西想問。」科林說，「你真的在這裡活了三百年嗎？這段時間你都在做什麼？」

「恐怕不多。阿基里婭？妳有哪裡受傷嗎？」

她的頭在抽痛，喉嚨像喝了鍋沸水，肌肉和骨頭在尖叫發燙。但她沒有流血，至少現在已經沒有了。而且她不想讓這男人碰她。

「還好。繼續說你的事吧。」

「前面幾年，我一直在試著修復船上的裝置。」撒迦利亞開口，「特別是通訊設備。但這些東西就算在我重新啟動之前還沒壞，著陸時也全部撞壞了。之後，我就一直設法維持自己的功能，還有研究這星球上特有的發光嗜極性微生物——順便說一下，它們真的很迷人。再來就是研究惡魔了，船上實在沒多少事可以做。」

他說的話實在離奇。同樣都是「英語」，但每一個字都荒誕至極。

阿基里婭看向牆上的畫：「所以你很了解惡魔囉？」

「說實話，我不確定。」撒迦利亞說，「我可以畫下它們身軀的細節、記錄他們的生命週期和習性。但我很難說是很了解它們，因為我沒有其他資料庫可以比對。」

布蘭頓站起身，試著用受傷的腿支撐身體的重量。「這座衛城到處都是惡魔，你是怎麼活到現在的？」他試著衝刺半步，固定胸甲的繩索立刻斷裂——幸好他在胸甲落地前就伸手接住。

「你有需要的話，我可以幫你修好它。」撒迦利亞伸出手。

布蘭頓小心地遞過那堆沉重的金屬：「你怎麼還留在**這裡**？」

撒迦利亞接過胸甲，拿在手中端詳：「船長重新啟動我的時候，也在我的程式裡下了不准離開這艘船的指令。我猜是因為我也有捲入破壞行動。」

科林環視著小房間，他整個頭和半張臉都纏著白色的布料：「這也不能解釋你為什麼還活著，還有你到底是什麼鬼東西。為什麼這幾百年惡魔都沒有逮到你？你難道不用離開這裡去吃飯、拉屎跟撒尿嗎？」

「我是仿生人，不用做這些事。」撒迦利亞把胸甲放到地上，「不過我確實經常在南山號的各處活動。除了漫長的壽命以外，我想身為仿生人的另一個好處，就是惡魔對我完全沒有興趣。只要我沒有造成威脅，它們就不會攻擊我。因此我可以仔細觀察它們在巢穴中的行為。我甚至曾進入過女王的宮殿，但我也不敢太靠近她。」他摸摸自己的腳，「我試過一次，而她的護衛對我並不友善。」

他把膝蓋放在胸甲上，握住彎曲的部位，整個人靠在上面。青銅發出吱吱聲，慢慢被他扳回原位，看得三人說不出話。

最後，科林才忍不住說道：「好吧，他力氣真的很大。」

撒迦利亞將胸甲推過地面，還給目瞪口呆的布蘭頓。

「應該好多了。」他說，「我可以問個問題嗎？」

他需要准許才能發問？簡直就像阿基里婭三個才是這裡的主人一樣。但如果他真的是一份**財產**，也許他們就該把自己當成主人。

「問吧。」阿基里婭說。

「之前的騷動讓我在五十年以後第一次走出這裡，巡遍了整座船。我看到所有惡魔都離開了，只剩下女王和她的兩頭護衛。就連蟄伏的惡魔也醒了過來，超過一千頭惡魔離開船艙，但最後只有大約百分之二十四回到這裡。其他的都死了嗎？」

阿基里婭點頭。

「而回來的惡魔，幾乎全都受了重傷。」撒迦利亞說，「我在許多惡魔身上看到箭桿和弩矢，其他則是受了撕裂傷。我猜這些傷勢是由刀劍一類的冷兵器造成的，對嗎？」

「是長矛。」布蘭頓說，「我們打得很辛苦。」

「當然。」撒迦利亞說，「就我所知，你們不太可能用原始的武器殺死這麼多惡魔。你們有使用什麼火器嗎？比如說滑膛槍？」

火器？**滑膛槍**？他又在胡言亂語了。

「我們的槍矛沒有火焰。」布蘭頓說，「我們只有盾牌和長矛，還有科林的毒藥。」

撒迦利亞滑向牆角，靠著牆面而坐：「毒藥？我可以請問是怎麼做的嗎？」

科林看向阿基里婭，等待她的判斷。阿基里婭遲疑著是否該向這個生活在惡魔之間的**男人**托出一切——畢竟他或許連人都不是。但如果撒迦利亞沒有來到懸廊，她、布蘭頓和科林可能都已經死了，或是又一次被埋在堆滿腐屍的牆上，等著蜘蛛抱住他們的臉。

於是她對科林點了頭。

「是用爐火椿的葉子。」他說，「葉子裡面有東西能把惡魔燃燒的毒血變成無害的灰燼，做成浸膏就能保護皮膚，也可以抹在武器上。只要刺穿惡魔的甲殼，浸膏就會在惡魔的身體裡形成血栓，殺死那些賤畜。我猜應該是這樣。」

撒迦利亞陷入漫長的思索。

「用天然植物中和強酸。」他終於開口，「了不起。你們偽裝服上那些紅色葉子就是爐火椿嗎？」

科林點點頭：「沒錯。我們被抓來以後就立刻吃下葉子，把蜘蛛塞進我們身體的蟲子幹歪。我們幾個將蟲吐出來，但其他人都死了。」

「很遺憾聽到這件事。」撒迦利亞說，「但這讓我想到，那些幼體，也就是你說的蟲子只需要幾個小時，就會完全成熟變成惡魔。趁它們還沒開始獵殺，我可以盡快帶你們撤離船艙。」

阿基里婭的頭痛愈發嚴重。她從來沒有覺得這麼累、這麼痛、這麼害怕。這一切都讓她難以專心。

「我一定聽錯了。」她說，「只需要**幾個小時**就會完全成熟？」

撒迦利亞點點頭：「確實不可思議。它們的成長速率是人類的數倍。可惜我不知道有哪些物種可以進一步能分析，不然——」

「**你安靜！**」戰場上的畏怖和卵房裡的恐懼同時伸手，掐住里婭的肝膽，「那個房間裡總共有二**十個人**，每個人胸口都破了洞。扣掉我們還有……十七條蟲。如果我們再不殺了惡魔之母，不久過後就要再對付**十七頭惡魔**。」

「不只。」撒迦利亞說。「我能看到的攝影機不多，但我記得總共有一百三十七個人類被帶回這艘船。扣掉逃跑的你們三個，我想船艙裡至少還有一百三十四條惡魔的幼體在遊蕩，而第一批破胸而出的應該會在接下來兩個小時內進入掠食性的成體階段。」

阿基里婭感到一陣頭昏目眩。只有她、布蘭頓和科林三個人，要對抗超過一百頭惡魔？再加上宮殿裡的兩頭護衛？還有惡魔之母的本尊？

「我們得殺了她。」阿基里婭說，「趁現在還有時間。」

科林搖頭：「別傻了。我們**回去**，帶更多人殺回這裡。」

「不行，我們**現在**就上。」布蘭頓說，「不然她只會抓更多人，生出更多惡魔。我們**看過**惡魔之母。她就在這裡，我們要在這裡就宰了她。」

撒迦利亞舉起食指：「恕我失禮，但你們在說的『她』到底是誰？」

「當然是惡魔之母。」阿基里婭說。

他揚起左邊的眉毛：「啊，我懂了。」

「等等。」布蘭頓說，「你一直住在這裡，看著它們，難道**你**從來沒想過要殺光它們嗎？」

撒迦利亞眨眨他完好的左眼：「因為沒有人要求我這麼做。」

「那如果我現在要求你。」阿基里婭說，「你會幫我們嗎？」

「當然了，阿基里婭。我說過，我是你們的財產。」

「那就開始吧。」她說，「你還有紙嗎？幫我畫一下她宮殿裡的構造。」

「我有一份更詳細的。」撒迦利亞趴下身，從牆角抽出一大張紙鋪在房間中央，又拿過明光壺將紙壓平。紙上畫著六角房間的俯視圖。

「我花了不少時間計算修改，」他說，「所以不用擔心比例問題。」他指著一個地方，「剛才你們三個就是在這，從檢修通道俯看著她。」

阿基里婭盯著地圖問道：「要怎麼去她身邊？」

撒迦利亞指著另一個地方：「從這個下層的入口。你們之前進去的地方看不到這裡，但我會告訴你們出去之後怎麼走。」

「我們需要武器。」布蘭頓說，「你這邊有嗎？」

撒迦利亞搖搖頭：「沒有，不管是槍枝、短刀還是炸藥都沒有。就連消防斧也不見了。我猜經過那場內訌以後，所有武器都被沒收丟棄了。船上也沒有燃料，無法縱火或是製造爆炸。相信我，我每個地方都找過了，真的沒有武器可以用。」

撒迦利亞又從牆裡抽出另一張紙，放在房間的畫旁邊。紙上畫著惡魔之母，旁邊還註記著一些文字，讓阿基里婭想起科林在白石板上畫的椿葉，精緻細膩，一望即知是天才的手筆。她想繼續留在這裡，和撒迦利亞深談，可惜時間不允許她這麼做。

「我們只剩這一點毒藥。」她從胸前掏出牙舌項鍊，擺在地圖旁邊。「科林，你還有辦法做更多嗎？」

他搖搖頭：「兩個小時做不出來。而且她的**體型太大**，我根本不知道這點毒藥夠不夠用。」

非夠用不可。阿基里婭沒有別的選擇。

「我們需要矛頭。」布蘭頓說。

阿基里婭抽出自己的小兄弟：「用這個呢？」

「太小了，」撒迦利亞說，「刺不穿她的甲殼。」

阿基里婭收回小刀，指指地圖：「她的卵囊呢？那邊只有皮，沒有殼。」

「對，但那些皮也很厚，」撒迦利亞說，「裡面都是液體，太薄的話會撐不住壓力。我沒有仔細檢查過，但我猜卵囊會像皮革一樣韌。妳也許可以刺穿，但裡面的液體會沖散毒藥。而且我也不知道她的循環系統會不會把毒藥送進體內。」

阿基里婭不解地看向科林。

「他的意思是血栓不會流到惡魔之母的心臟。」科林說，「只有刺中她的身體才有機會贏。」

布蘭頓看了房間一圈：「這邊到處都是金屬，可以用來做矛頭嗎？」

「我沒有切割金屬的工具。」撒迦利亞說，「我的力氣可以撕開金屬，但我沒有辦法在一小時內磨出尖銳的刀鋒。」

剛才看他把布蘭頓的胸甲扳回原狀，阿基里婭就知道撒迦利亞的力氣很大，就算他能徒手撕開金屬，也不是什麼奇怪的事。但撕下來的金屬應該會有一些銳角，難道不夠捅穿惡魔之母的甲殼嗎？

科林轉了一下地圖，手指在惡魔之母的周圍畫了一圈：

「撒迦利亞，惡魔會彼此攻擊嗎？」

「很少。」撒迦利亞回答，「九十二年前曾有另外一個女王。我不確定她是怎麼出現的，但她讓整個巢穴分成兩邊，互相廝殺，死了非常多惡魔。」

「所以它們會自相殘殺。」科林指向惡魔之母的尾巴，「那它們會用尾巴攻擊同類嗎？」

撒迦利亞點頭答道：「啊，我懂你的意思了。它們尾巴的尖刺確實可以當成武器，只要力氣夠大，應該就能刺穿女王的甲殼。」

「這樣滿地都有矛頭可以撿了，」科林說，「如果我們的小刀可以割下那些玩意的話。但我們的毒藥還是只夠用一次，一定要靠近她才行。」

「我去。」布蘭頓說，「我是戰士，我去最有機會成功。」

「跟三**頭**惡魔打？」科林搖頭，「不可能。」

「再不快點就不只三頭了。」撒迦利亞說。「我估計再不到六十分鐘，第一批出生的惡魔就會成熟。」

輪到阿基里婭下決定了，她該怎麼做，才最有機會獲勝？科林說得對，有那兩頭護衛在，布蘭頓就不可能靠近惡魔之母。

「布蘭頓，」她說，「你有辦法在上面的走道擲矛嗎？」

他抓抓頭：「用惡魔的尾釘做矛頭會不平衡，而我們只有一次機會。里婭，我不能冒險，一定要從下面進去。」

「別鬧了，」科林罵道，「你這白痴就這麼想**去死**？讓這個仿生人去！他都說他進去過了，一定可以比你靠得更近！」

撒迦利亞指著自己的腳：「我力氣雖然大，但動作恐怕不夠快。當然，我可以進去那個房間，但那是在你們殺光所有惡魔之前的事了。我不知道現在的女王有多激動。況且，根據我付出許多代價所得到的經驗，就算我能像從前一樣進去，也無法靠近她，沒有機會投出那把平衡不良的長矛。」

「我們可以引開護衛。」阿基里婭說，「我和科林跑給它們追，讓布蘭頓有機會溜過去。」

「**又一個人**只想找死。」科林說，「我長這麼大可不是為了當惡魔的飼料。」

布蘭頓轉頭向他低吼：「沒有時間了！我們只能犧牲自己，才有機會殺了她！」

「不可能引開它們。」撒迦利亞說，「我在這觀察它們好幾百年了，護衛從來不曾離開女王身邊。想殺她就一定要闖過它們那關。」

阿基里婭希望她頭殼裡的跳動可以停下來，只停一下也好。他們的時間不多，除了形同自殺的作戰以外沒有其他選擇，但如果這是唯一的機會，她就必須這麼行動。

她需要思考。阿基里婭閉上雙眼。她在黑暗中聽見了西涅什的聲音。

死亡來臨時，要看著生命的美好。

她放慢呼吸，用吸進的氣息推開壓力與恐慌。美好。這裡沒有群山可以眺望，而她再也看不見群山了。思考。每一秒都很重要。美好。惡魔之母的宮殿。空中盤旋的霧氣很美。她想像霧氣流進她的身體，撫平她的靈魂，鎮靜她的心靈。惡魔之母。仔細想想，她也算得上美麗。如果她死掉就更美了。噴泉，那壯觀的水柱……

「噴泉，」她睜開眼睛，「能不能把惡魔之母引到上面？這樣能殺死她嗎？」

科林大翻白眼：「又來了。」

不像科林，撒迦利亞沒有立刻否定她的問題：「我不知道這樣能不能殺死她。我從來沒有煮過惡魔。但我認為可以。至於引誘的部分，她被固定在空中。但如果切開她的卵囊，還有固定她的分泌物，我想她應該就可以動了。即使這樣，她還是沒有理由被你們引誘，因為她的護衛可以解決任何威脅。」

阿基里婭盯著地圖，而布蘭頓和科林盯著她，兩人想不出任何主意。

但阿基里婭有了主意。「固定，」她指出，「也就是說惡魔之母無法離開那裡。撒迦利亞，你之前說過你可以進入她的宮殿，對嗎？」

「是，但我也說過，我沒辦法靠近她。她的護衛會把我撕成碎片。」

阿基里婭看著布蘭頓的胸甲。撒迦利亞把它扳回了原狀，或許也可以把它扳成別的形狀。比如說，扳成一片銅板。

她指著地圖上的一處：「你走能到這裡嗎？」

撒迦利亞湊近一看：「我想我可以。」

行得通，她的計畫行得通，她不必讓任何人淪為惡魔的餐食。布蘭頓不用死，科林不用死，她自己也不用死。

「科林，泉水下次噴發還要多久？」

「再過十七到十九分鐘。」撒迦利亞說，「這些年來，我已經很熟悉它的間隔了。」

撒迦利亞的小房間和惡魔之母的宮殿距離很近。

時間很充足。

「大家仔細聽好。」阿基里婭下令，「我的計畫是這樣……」

47

阿基里婭、布蘭頓和科林蹲低身姿，爬向懸廊的邊緣——啊，不是**懸廊**，撒迦利亞說那叫**檢修通道**。

阿基里婭放慢腳步，帶領她的伙伴從護欄後方探出頭。她的視線穿過黑暗與霧氣，落向撒迦利亞提到的下層入口。在昏暗的房間裡，所謂的入口只不過是一團更深沉的黑暗，這也難怪她會錯過。但很快地，她就看見撒迦利亞慢慢出現在那團黑暗之中。他用右手支撐著身體，左手和左肩高舉著布蘭頓的胸甲。

撒迦利亞的動作慢得令人難受。他拖著無用的雙腿滑過粗糙、潮濕的地面，穿越水窪和發光的卵，朝噴泉口的水池前進。

其中一頭擔任護衛的惡魔注意到他，就抬起瘦長的雙腿，靜止的黑影變成狂奔的黑影，令阿基里婭為之震撼。那速度比她在傳信途中見過的惡魔、比她在恆沸原上對陣過的惡魔都要迅速。

「他完了。」科林悄聲說道。

阿基里婭以為撒迦利亞會落荒而逃，但他只是停在原處不動。

惡魔在他身邊慢下腳步，長長的頭顱歪向左側，又歪向右側。撒迦利亞繼續往前爬，動作比之前更慢。惡魔在他身邊走了幾步，就轉身回到巨大的惡魔之母身邊。

「真看不出來他腿腳不行，」科林喃喃說道，「人倒是滿有種。」

布蘭頓探頭問道：「我以為他死定了。科林，他到底是**什麼**？」

「不知道。」世界上最聰明的人回答，「但他跟我們不一樣。」

撒迦利亞來到噴泉口的水池，在泉口的邊緣安靜放下胸甲拗成的銅板，又將固定皮帶的突起往後扳成一個握把。接著他在淺水處趴下，調整著自己的姿勢，以身體的重量吊住胸甲，另一隻手則在霧氣蒸騰的池畔摸索，尋找方便抓握的突起。

懸廊開始搖動。

「成功了。」科林說，「一定要把那個賤貨煮成毛蛄湯。」

阿基里婭看向惡魔女王。她的頭歪向一邊，輕輕抬起……似乎在看著撒迦利亞。不對，她是在看著胸甲。

「她發現了。」阿基里婭說。

懸廊上的搖晃愈發劇烈。阿基里婭緊緊握著護欄。水池的表面浮出一個碩大的氣泡。

「她怎麼會知道？」科林說，「不可——」

惡魔之母發出一聲尖嘯，兩頭護衛立刻奔向撒迦利亞。

發光的氣泡破裂，閃爍的水珠潑濺在撒迦利亞身上。

兩頭護衛來到仿生人的身前。同時，世界也迸然炸開。

發光的水柱和滾燙的蒸氣衝出池面，將扳平的胸甲彈向撒迦利亞。灼燙的泉水淋在仿生人的身上，但他只是用力推著寬闊的青銅板，壓在噴發的水柱上方。沸騰的水柱被他壓得彎曲，四散開來噴向來襲的護衛。其中一頭惡魔被水柱擊中，兇猛的水勢將它撞離地面，拋向後方的一面金屬牆。

蒸騰的水霧滾動著，像雲一樣吞沒撒迦利亞的身影。泉水發瘋似地到處噴濺，擊中另一頭護衛。惡魔似乎因此混淆了方向，逐漸遠離撒迦利亞。

科林嚇得低頭躲藏，但布蘭頓和阿基里婭只是瞇起雙眼，伸手抓住一旁的伙伴。布蘭頓一隻手緊握護欄，另一隻手伸過阿基里婭的背後，抓住科林的衣角。阿基里婭靠著布蘭頓，慶幸在慌忙之中身邊還有個高大壯實的伙伴。她一手抓著護欄，另一隻手伸向科林，像條離水的魚上下揮舞，直到扣住他的手指。

三人抱成一團，在熱雨滂沱的晃蕩中站穩腳跟。

直到蒸氣雲淡去些許，阿基里婭隔著朦朧的空氣，看見撒迦利亞放低身軀，將盾牌靠在噴泉口旁，像是以鍋蓋半掩住鍋口，擋住噴湧滾燙的沸水。噴濺的水柱被他壓得愈來愈低，挾著蒸氣噴向惡魔之母的臉面與胸口。

發光的水柱擊中那巨大的凶獸，拍打著她的手臂、胸骨和巨大的頭顱，讓她開始扭動身軀、揮打四周。阿基里婭知道那賤貨在尖嘯，但她的尖嘯再怎麼摧裂心魂，也穿不過噴泉的咆吼。懸廊猛力搖晃著，每一下都幾乎把他們三人甩到空中；但她仍站穩腳跟，朝著搖蕩的轟響高聲吼嘯：

「去死吧，賤人——**去死**！」

在這七十年的地獄裡，成千上萬的人死去，數百年的文明崩潰，幾乎就要徹底終結。滾燙的蒸氣圍繞著阿基里婭，炊煮她的肌膚，但她靈魂裡的憎恨依然冰冷，和勝利的狂歡同樣冰冷。西涅什為她指出了勝利的方向，如今她終於能以此祭奠她記憶中的老師、母親和朋友的母親……還有每一個死於這些污穢毒蟲之手的人。

這頭怪物殺了她無數的同胞，幾乎消滅了所有人類。

但她再也生不出任何邪惡，因為她會死在這裡，接著是她的子女，最後是她遺留的卵——未來還有許多艱難的戰役，許多不可能獲勝的戰役，但阿基里婭會贏得勝利，**人類**會贏得勝利。惡魔之母的尖嘯逐漸低去，過了一會，房間的搖晃也漸漸變小。

沸水的激流衰頹下來，發出無力的嘩嘩聲，接著歸於平靜，剩下的蒸氣雲翻湧著，遮住惡魔之母的身影。

撒迦利亞伏在噴泉口邊，從頭到腳都浸在熱水裡，全身和池水一樣冒著滾燙的蒸氣。但他一點也不見喘氣，半邊臉上仍掛著微笑。他手中的胸甲閃閃發亮，彷彿剛剛才進了工場，在所羅門·巴羅的手中以細沙仔細拋光。

房間裡的水光逐漸暗淡下來。

阿基里婭看見一頭護衛慢慢站起身，朝著撒迦利亞移動。

她感覺到科林吸了一口氣，知道少年想要出聲警告。她立刻抓過科林的頭，摀住他的嘴。已經來不及了。

撒迦利亞看見惡魔朝他衝來，鬆開手中的胸甲。閃亮的青銅板翻了過來，沉入池中，成為泉水光亮中的一道陰影。

他沒有試圖逃跑。或許他也知道來不及了。護衛揮出尾巴，末梢的長釘捅穿了撒迦利亞的上腹部。阿基里婭以為會看見紅色的鮮血四濺，但從傷口噴出的卻是白色的液體。但她沒有時間多想，護衛的惡魔就抓著肩膀，拎起撒迦利亞，長長的頭顱湊向仿生人。下一瞬間，牙舌就擊碎了撒迦利亞的頭顱，白色的液體四處亂噴。

撒迦利亞的手抽了幾下，無力地掛在身邊。護衛鬆開攫抓他的爪子，讓他的屍體頭下腳上，落入蒸氣瀰漫的噴泉口中。

「沒關係，」科林悄聲說，「我們宰掉她了。」

阿基里婭不確定自己是否該對撒迦利亞感到抱歉。他英勇地給了惡魔之母最後一擊，這確實令她感激；但如果沒有他，埃忒癸娜島上也不會遍布黑色的夢魘。況且，他也已經活了三百年，儘管是困在這裡的三百年，卻也比這片土地上每一個因他而慘死的人都來得幸運。

阿基里婭緊握著科林的手，靠在布蘭頓的背上，感受著他結實的體格。他們成功了，但他們還得撤出這裡，而且如果撒迦利亞說得沒錯，他們沒有時間可以拖延——但就算他們在幾分鐘過後送了性命，也知道自己完成了比生命更偉大的壯舉。

「走吧。」科林說。

「還不行，」布蘭頓伸長脖子，「我要**親眼看見**她的屍體。這是為了我媽媽。」

蒸氣終於慢慢遠離惡魔之母所在的角落。

在濃霧之中，阿基里婭看見……有東西在動？

「不，不，」她瞪大雙眼，「她一定**死了**。」

一陣空氣的擾動撥開蒸氣的帷幕，時間雖然短暫，但已足夠讓阿基里婭看見幕中的景象。她的心因為那景象而墜落，艱辛贏得的勝利，也在口中化為苦澀的膽汁。

惡魔之母沒有死，她身上披著一層虹彩閃耀的礦物，斑斕的顏色在漆黑的甲殼上翩翩起舞，把她點綴成一件活生生的珠寶，一件巨大且邪惡的珠寶。

「不，」科林也低聲說道，「這不可能。」

巨大的身影舉起一隻扭曲的手臂，一片片乾燥的礦物裂成碎片，從她的身上剝落。她試圖伸直那隻手臂，整個身軀因此而顫動，彷彿用上了全身的力量。啪嚓一聲，她的手臂伸展開來，更多彩光繽紛的碎片落在潮濕發光的地面，落入滿地的卵之間。

「這怎麼可能？」科林喃喃自語，「我們做的，只是在拖慢她的動作而已……**這怎麼可能？**」

布蘭頓的手伸向背後，抓起組裝完畢的矛桿。他站起身，挺起高大嚇人的身影，不再試圖躲藏。

他轉了一圈手裡的長矛，粗長的木桿兩端綁著從惡魔尾梢切下的長釘，長釘彎曲而尖銳，在蒼白的明光下閃閃發亮。

「里姬，」他伸出手，「東西給我。」

阿基里姬拉他的手腕，想把他拉回護欄後方。

無奈布蘭頓實在太壯：「里姬，**快！**」

他的聲音低沉，那是他在戰場上轉達命令的聲調。阿基里姬還沒有細想，就從胸口掏出牙舌。

布蘭頓將其中一支尾釘平舉在她面前：「全部塗上來。」

她倒出誅魔的毒藥，抹遍漆黑的矛頭。

「我們還來得及跑。」科林說，「三個人一起。只要跑進山裡，就還能活下來。」

布蘭頓低頭，微笑著看向他的伙伴：「里姬，妳讓我學會了成為戰士的意義。」他看起來好高。

布蘭頓又轉向科林：「你是我的英雄，科林，一直都是。我愛你們兩個。」

說罷，這名戰士就往右邁出瘸拐的腳步，用盡全力奔過變形的懸廊，快步衝向惡魔之母。

「叫他停下來。」科林說，「里姬，**下令**叫他停下來！」

就算她這麼做，也只會拖慢布蘭頓的腳步。上吧——這是他們最後的機會了。

「你想逃，就快逃吧。」說罷，阿基里姬也站起身，舉起雙手兜在嘴邊，「**欸！噁心的賤貨！我在這！有種過來啊！**」

護衛朝她抬起長長的頭顱，黑色的雙唇往後扯開。

科林站到她的旁邊：「里姬，有人說過妳發瘋起來跟神經病沒兩樣嗎？」

「有啊，都是我的朋友。」她說。

科林用力一拍護欄，扯開疼痛的喉嚨放聲高吼：「吃妳的惡魔屌啦！」他用力一蹬腳下的懸廊，「喔嘿，我都忘了你們這些惡魔**沒有屌**！」

護衛的惡魔拔腿奔向他們，尾巴在身後晃動，黑色的臉上還沾著撒迦利亞白色的血液。

「喔幹。」科林哀號。里婭拔出她的小兄弟。

護衛跳上一塊突出地面的岩石，正要跳向懸廊，惡魔之母突然發出一道刺耳的尖嘯，護衛立刻掉頭。

布蘭頓奔過懸廊的轉彎處，來到卵囊上方。他右手提著長矛，左手抓住護欄，翻身跳入空中，腳步絲毫沒有放緩。他高大嚇人的身影畫過空中，落在卵囊黃色的外皮上。卵囊在他的腳下凹陷，落地的勢頭在囊中的液體上激起一陣發光的漣漪，但透光的外皮並未破裂。

護衛匆忙爬下岩石。

布蘭頓的腳滑了一下，單膝跪在卵囊上，另一隻腳也開始往下滑，看得阿基里婭忘了呼吸——但布蘭頓抓住了一條懸掛惡魔之母的皮膜，左手用力一扯，重新站起身來。

「臭小子，差點把我嚇死。」科林用讚嘆的口氣罵了一聲。

阿基里婭張著眼睛和嘴巴，看著布蘭頓·巴羅提著長矛往前奔。那是由她親手訓練成信使的少年，是跨越心結和嫌隙支持她的男子，是和她一起作戰、流血，差點一起死去的伙伴。她看著他走過惡魔之母的卵囊，爬過她閃爍虹光的身軀，衝向她的頭顱。

惡魔之母尖嘯連連，不停扭動著身軀，但散發著彩虹光芒的礦物拖慢了她的動作。她無法轉頭對付敵人，只能遲緩地揮舞兩條巨大的手臂，笨拙地抓向自己背後。

終於，護衛趕到了她的面前。惡魔之母低下巨大的頭顱。護衛立刻跳起，抓住頭冠上的裂縫，在惡魔之母抬頭的同時，揮舞著四肢爬過堅硬平坦的頭冠，前去保護女王的子嗣。它躍下頭冠頂端，繞過架住女王髖部的黑色樹幹，抓著垂下的透黃皮膜，奔向一步步跨過卵囊而來的布蘭頓。

布蘭頓右手提著矛，左手抓著垂下的皮膜，蹲低身子等待機會。

「上啊，布蘭頓。」科林嘶嘶低語，「**捅穿它**。」

護衛縮短了距離。

布蘭頓倒轉矛桿，將沒有抹毒的尾釘指向敵人。護衛向他探出爪子，布蘭頓立刻後退，漆黑的矛頭用力刺向鼓脹的卵囊，一股濃稠的發光液體湧了出來。

護衛的腳爪落在切口，穿了過去，漆黑瘦長的腿陷入卵囊之中，卡在人骨般枯槁的髖部。它左右扭動巨大的身軀，繼續撕裂皮膜上的裂口——一團黏膠般的液體噴出破洞，落在地面和卵的上頭。

護衛也跟著往一旁滾落，但它急忙伸出爪子，抓住垂下的皮膜，往上攀爬，掙脫出一乾一濕的漆黑雙腿。

布蘭頓一手緊握皮膜，一手揮出鋒利的長矛，刺向還沒穩住腳步的護衛。這一擊巧妙得手，矛桿越過肩膀，將尾釘深深送入惡魔沒有眼睛的臉孔。燃燒的血液噴向空中，往後畫出弧形，落向下方的地面。惡魔抽搐了幾下，鬆手掉了下去。它重重落在地上，漆黑的甲殼扭曲變形，瘦長的四肢不停顫抖，周圍的水窪冒出陣陣的濃煙和水霧。

布蘭頓爬回卵囊頂端，往前伸手拉住一條從上方垂下的皮膜，將膝蓋縮在胸口，盪過仍在湧出黏液的破洞。然後他雙腳一踢，鬆開左手，落地之處距離惡魔之母髖部的巨刺只有幾碼。布蘭頓又掉轉矛頭，將塗抹劇毒的尾釘朝向前方，踩著柔軟的皮膜繼續前進。洩出黏液的卵囊變得有些乾癟，拖慢著他的腳步。

他的輕巧和**力量**依然讓里婭打起寒噤。

惡魔之母又繼續尖叫扭動，試圖甩下布蘭頓。粗暴的動作搖晃著卵囊，逼得布蘭頓緊緊抓住垂下的皮膜才不至於摔落。女王揮舞著兩條長手臂，敲打懸掛她的皮膜。皮膜沒有斷裂，只是在她的擊打下發出低沉的聲響，宛如某種樂器。

突然，一個新的聲音加了進來。

那個拉扯的聲音令人噁心，聽起來彷彿有頭動物的身軀正被撕成兩半。

那是惡魔之母的身體正在……離開她的卵囊。透黃的皮膜被她愈拉愈緊、愈拉愈薄，隨時準備破裂。

布蘭頓挺起身形拔腿狂奔，前一步的腳印還未消失，下一步就已經踏出。惡魔之母又往前跨了一步，離開架住她髖部的黑色樹幹及尚未產下的卵，發光的液體從她的腿間噴出，大片礦物從她的關節剝落，撒下一陣閃爍的彩光。

然後她轉過了身。

布蘭頓反手舉起長矛，右手抓在箍環前方，左手緊握著黑色的尾釘。他發出戰吼，吼聲中有著五十萬人死在惡魔手裡留下的憎恨。他同時跨出右腳，踩住黑色樹幹上的一處缺口，躍入空中。

惡魔之母巨大的爪子迎向他。

布蘭頓投出鋒刃黑亮的長矛。閃亮的爪子張開在半空，攫住他的軀體，長矛上的尾釘也在這時刺穿惡魔之母胸口的甲殼，扎入體下柔軟的肌肉。

惡魔之母發出尖銳的嘯聲。

她用兩隻巨大漆黑的爪子握住布蘭頓的胸膛與腰腿，高高舉起。布蘭頓揮著手，想要拔回他的長矛，但矛桿已經離他太遠。他尖叫、嘶吼，朝著緊抓自己的爪子揮下拳頭。

突然，他的頭往後一仰，雙腳一蹬，雙手一伸，手指也張了開來。

深色的血液噴出他的口鼻。

惡魔之母的爪子顫抖了一會，布蘭頓的胸骨和髖骨都在她的手中變形凹陷。

阿基里婭搖著頭，不敢相信自己的眼睛．．布蘭頓死了，像蘑菇一樣在惡魔之母的爪中被捏成碎片。

兇殘的惡獸丟開布蘭頓的屍身。粉碎的軀體飛向一座穿破地面的巨石，像塊濕抹布一樣黏在上面，慢慢滑落，在地上癱成一團，幾乎看不出人類的輪廓。

惡魔之母用另外兩條短小的手臂握住胸前的長矛，用力一拔。只是她拔出了矛桿，黑色的尾釘卻沒有連在上面。

然後她的身軀僵了一下。

「開始了，」哽咽沾濕了科林的話，「毒藥開始生效了。」

惡魔之母揚起三角形的頭冠，張開巨大的嘴朝上方的黑暗尖叫，刺耳的哀號比先前更為淒厲，讓阿基里婭不禁舉起雙手摀住耳朵。

怪物伸直碩長的雙腿，站了起來，頭頂離地超過十五呎高。她揮舞著四條手臂，碎裂的礦物四處飛散，有如七彩繽紛的大雨。她的頭在彩光之中來回甩動，直到臉孔甩向阿基里婭，才突然停了下來。

惡魔之母發出疼痛與憤怒的吼嘯，跨著超過五碼的巨大步伐衝向這裡。

阿基里婭和科林立刻掉頭奔向出口。沉重的腳步聲追在他們背後，像噴泉湧出前的搖蕩一樣駭人。里婭把科林推到身前，懸廊在她的腳底下抖動，金屬變形扭曲的咿咿聲刺進她的耳朵。阿基里婭大步跳入走道，重重落地，猛烈的振動傳向她的腳底，一股巨大的衝擊將她撞倒在地，看不見惡魔之母的宮殿。

宮殿主人的頭冠卡在出口，周圍卡著撞毀的懸廊和扭曲的護欄，而她的嘴巴張成了巨大的深淵。

阿基里婭往後一滾。惡魔之母射出牙舌，咬住阿基里婭的左腳，刺穿她的肌肉，折斷她的骨頭。阿基里婭慘叫著撐起右腳，想要掙脫，滾燙的劇痛在她的小腿中扭動。

她在地面上匍匐著，爬向眾多惡魔的母親。

科林邁出步伐，跳上惡魔之母的頭顱，拳頭打在她的頭冠上。牙舌張開利齒，鬆開了阿基里婭，凶獸的頭顱揮向一旁，將科林砸往牆壁。她張著雙顎，試圖咬住科林，但少年緊緊抓著女王的頭冠，不肯放手。於是她抖動頭顱，想要甩下科林，雙顎又一次張開，咬在空中，發出劈啪巨響。

突然，惡魔之母一陣痙攣，巨大的頭顱顫動，緊咬的牙齒咯咯作響，像是將要凍死的人。她連連後退，帶著科林離開門口，而少年的頭歪在一邊，不知道發生在自己身上的命運。

阿基里婭跌坐在地，就像撒迦利亞一樣，只剩左手撐在地上。她的右手奮力伸出，向前一抓——指尖鉤住了科林腳上的偽裝網。

惡魔之母巨大的頭顱慢慢滑出走道。

阿基里婭眼中含著淚水，全身流竄著灼熱的劇痛，耳中聽見轟然一聲，怪物墜落在十五呎下的地面。

她把伙伴拉到身前：「科林？你還好嗎？」

他的眼瞼抖了幾下，緩緩張開：「我們宰掉那個賤人了嗎？」

阿基里婭聽著，微弱的呻吟從宮殿裡傳來，夾帶著幾聲牙齒的顫響。

「應該吧。」她答道，「扶我起來，我們下去看看。」

48

再過不久，惡魔的幼崽就會長大，阿基里婭已經沒有辦法阻止。即使有科林攙扶，她也幾乎不能前行。而到了此時，她才想起自己沒有問撒迦利亞該如何逃離這座衛城，或是這座船艦。新生的惡魔正在趕往這裡，而在它們抵達以前，阿基里婭只想看著她的仇敵死去。

惡魔之母倒在地上，瀕死的抽搐在噴泉口的池水上送出一陣陣漣漪。她的身軀一半橫跨水池，另一半倒在滿地的卵上，把自己的子嗣砸得粉碎，破洞裡鑽出許多蜘蛛扭曲的腳。

怪物的母親終於死去，這為禍人間的凶神再也不會產下邪惡的卵。

阿基里婭看著布蘭頓粉碎的屍身。他的身上沾滿鮮血，沒有一處完整的骨頭。手臂、肩膀和腦袋還能勉強相連，但其他地方已經變成模糊的血肉。不過他的雙眼卻安然緊閉。

「他一直夢想有人為他寫詩。」科林說，「可惜我們都會死在這裡，不然我一定要寫一大堆，讓他永遠不會被人忘記。」

但是……真有詩句可以描述布蘭頓所做的一切，記下他的英勇、他的戰功、他的神力與**他的智慧**嗎？像他這樣的戰士，從前不曾有過，以後也不會再有。他一直渴望成為英雄，而如今他真的成了英雄。

阿基里婭重重靠在科林身上。她的左腳肌腱斷裂，流滿鮮血，需要立刻包紮。但包紮又有什麼意義？就這樣吧。讓血就這麼流乾，讓她在新生的惡魔出現以前死去。

就像她的願望成真了一樣，惡魔的嘶吼從遠方傳入黑暗的宮殿入口。

「啊，幹。」科林嘆息。

阿基里婭失笑，笑聲幽暗而陰沉：「跟我想的一樣。」

科林伸出右手環抱阿基里婭的腰，左手伸到她的面前，掌心朝上。

「我們無路可逃。」他說，「里婭，我曾說過我做不到，但那是以前的事了。我不會讓它們抓到我。如果妳願意，讓我來結束一切吧。」

她感覺到淚水湧出眼眶，而那並非痛苦帶來的淚水。

「嗯。」她說，「我累了。用你的手也許會比較痛快吧。」

她拔出小兄弟，將刀柄放在科林掌心。

伙伴抓住了刀柄。

又一聲惡魔的尖嘯，來自另一個方向，比前一聲更響亮。此時反抗已經沒有意義，而她也已經沒有力氣。她很清楚，科林也是。

「我要先放手了。」科林的聲音被哽咽擠出裂痕。他輕輕鬆開左手。阿基里婭決定跪下，方便科林割開她的喉嚨。至少仇敵已經在她面前倒下，而且她也出了一份力。

「我們成功了，」她說，「我們幫布蘭頓殺了她。」

科林握住她的肩膀：「是我們三個一起殺了她。」

淚水湧出眼眶，停止不了。她想要再見一次托利奧，為他生養兒女，在沒有惡魔的地表上生活。

雖然惡魔尚未滅絕，外面還有上百頭幼體正在成長，但它們的女王已經倒下。也許人類很快又會糾集軍隊，將它們全數殺死。

但那已經不是她的戰爭了。

她、布蘭頓還有科林已經完成了不可能的功績，剩下的功勞應該留給其他人。

「阿基里婭，我是妳的伙伴。」科林說道，「謝謝妳成為我的伙伴。妳準備好了嗎？」

她舉起左手，握住科林放在她肩上的左手，因為他的右手還有任務需要完成。

「快好了。」她回答。

阿基里婭瞇上眼睛，只留下一點縫隙，看著面前巨大的死屍。她要讓惡魔之母的屍體，成為她見到的最後一個景象。

此時，她終於感覺到內心冰冷的憎恨逐漸消融。

「好了，」她說，「動手吧。」

她感覺到科林的手捏著她的肩膀，她知道一切都會在幾秒內結束。

但他突然鬆了手：「里婭……妳有聽到嗎？」

她豎起耳朵，聽見惡魔的尖嘯……交雜著其他聲音。是男人的呼叫？

「也許妳該起來看看。」科林說。

她抬起手：「扶我起來。」

科林伸手一拉，另一隻手立刻攬住阿基里婭的腰，被她靠上來的重量壓得一陣呻吟。

尖叫和呼喊一起從宮殿下層的入口傳來。

科林笑了起來，陰沉的笑聲充滿痛苦、失落和苦澀，卻也充滿了**生機**。

「唉，」他說，「芬頓人終於趕到了。」

一頭惡魔跌進門口，長長的頭顱上帶著兩道深長的傷口。它倒在地上，身軀抽搐。另一頭惡魔也跑進門內，轉過蹲低的身軀，又衝向黑暗的門口。然而在它拔足的瞬間，一道盾牆就堵住了宮殿的門，三面圓盾立在地上，三面圓盾擋住上方，冒煙的青銅上布滿凹陷和刮傷。變形的鋒刃從圓盾間的空隙竄出，冒著濃煙組成一面棘籬。牆後的兵勇身上披著層層艷紅的樹葉，宛如行走的樹叢。

飽經摧殘的圓盾上仍可看見青綠的山谷，阿基里婭認得出來，那是芬頓衛城的徽記。

惡魔高高跳起，在空中發出暴怒的尖叫，而那暴怒在三支長矛穿胸而過以後，就變成了痛苦的哀鳴。它身軀急扯，雙足猛踢，尾巴揮打著盾牆。矛兵壓低銅盾與矛桿，以眾人的力量將這凶獸釘在地面。一名男子走上前來，粗壯的肩膀幾乎和身高等寬。即便從頭到腳披著爐火椿的樹葉，阿基里婭也能認出這個身影。

「卓斯科．拉墨克。」她說，「真想不到。」

卓斯科高舉矛桿，沉重的矛尾釘捅入惡魔的頭顱。接連三下，怪物癱倒在地。

「哇。」科林讚嘆，「幸好我還沒殺了妳。」

阿基里婭點點頭：「幸好。」

又一群戰士湧出門口，以銅盾在身前展開盾牆。受傷的士兵留在後排，彼此倚靠。執矛的戰勇們看見惡魔之母，立刻組成一支小方陣，壓低架式朝她前進。

卓斯科拉下偽裝服的兜帽，露出頭盔與汗濕的臉孔。即便他人在二十碼外，阿基里婭也看得見他臉上的燒傷。

他看見阿基里婭和科林，目光從他們身上望向死去的惡魔之母，又望了回來，闔不上震驚的嘴。

科林舉手高喊：「嘿，卓斯科，那賤人已經被我們宰了。你可以把里婭帶過去那邊嗎？我有點小事要忙。」

卓斯科立刻跑來，沉重的靴子踩在水窪裡，濺起發光的水花。芬頓人也跟著他快步走近。卓斯科一到，就把里婭抱了起來。

「希望你還有帶更多人。」她說，「這裡還有很多惡魔沒死。」

「其他盾牌隊還在隧道裡忙。」他回答，「我們有一千個士兵可以殺光這裡的每一頭惡魔。」

阿基里婭緩緩點頭。她好累。

「很好。」她說，「我應該需要醫生。」

卓斯科大笑：「將軍，衛君跟我保證，說妳一定還活著。我本來以為她瘋了！結果妳真的活著，而且還殺了惡魔之母。」

洛摩斯衛君活下來了？太好了。

「砸碎地上的蛋。」阿基里婭下令，「提醒士兵小心，裡面有蜘蛛。」

「是的，將軍。但我要先帶妳離開這裡。衛君駐紮在恆沸原，芬頓的醫生跟我們在一起，他們會幫妳處理傷口。」

她把頭靠著卓斯科的胸膛，閉上眼睛。戰爭下的同盟真是不可思議。

「嘿，里婭！」

她撐開雙眼看向科林。少年頭上紮著染血的白布，胸口掛著殘破的偽裝服，腳下踩著惡魔之母的頭顱，雙眼盯著自己的褲襠。

「下地獄吧，你們這些賤貨。」

科林．第納辛解開褲帶，在惡魔之母巨大的頭顱上灑下一泡熱尿，而往後的人們將會記得，是他誅殺了所有惡魔。

後日談

「方陣就是矛兵。」阿基里婭的高喊傳遍平坦的原野。

「**矛兵就是方陣**。」她手下的兵勇高聲回應。

「再來一次，」她喊道，「聽我口令。」

阿基里婭．古珀的右手握著長矛，沉重的矛尾釘插入地面，閃亮的鋒刃指著清澈的藍天。她的左手抱著年幼的孩子。

她看著過去只能在夢裡眺望的景色。遠方的男人和女人在廣袤的農地裡勞作，田裡搖曳著各種顏色的穀物——小麥、大麥和玉米輝煌的穗毛，都已經低垂著等待收割。

在她面前，男人們舉著盾牌與六尺的長矛，和裝束相同的女人並肩站立，十六個人站成一列，組成縱深三列的陣式。炎熱的天氣和鎮日的操練，讓戰士的身上都閃著汗水的光澤。他們的胸甲反射著陽光，大部分都是青銅的色澤，但有些人已經換上了硬鐵打造的新甲冑。

然而他們每一面盾牌都是新的，由芬頓、然他爾、刻孚蘭與勒墨特四座衛城的鍛工場，以堅韌的硬鐵打造。只是上面畫的不再是衛城各自的徽記，而是升上同一道山脈的太陽，代表著統一以後的埃忒癸娜。

阿基里婭深吸一口氣，高聲下令：「第一列，**預備！**」

戰士放低長矛，平懸在陣列前方。

「第二列，**預備！**」

戰士聞聲，立刻持平手中的矛桿。

「第三列，**預備！**」

戰士放低手中武器，矛尖微微上揚。

四十八人在她的三聲口令下，化為致命的銅牆鐵壁。同樣的隊伍還有三組，可以結成更長的戰列；但縮短的矛身和新的硬鐵盾牌，讓阿基里婭可以改用不同戰術。她下令一組前往左翼，一組前往右翼，另外一組留在中軍。

在她的軍隊裡，有誅魔之戰倖存的勇士，有後來增援的芬頓戰勇，也有塔干塔和勒墨特的逃兵——但如今已經沒有人追究他們的作為。這些人活了下來，而他們的經驗寶貴無比。在活著走出地獄的人眼中，那是可以理解和寬恕的膽怯。

但其他年輕的戰士從未披甲上陣。他們來自芬頓、塔干塔和比塞特，仰慕古珀將軍的名聲而加入她的麾下，因為正是她將巨大的邪惡逐出世間。

「踏步——**前進！**」阿基里婭高喊。

四組部隊向前跨步，朗聲數著腳下步伐，一百九十二雙腿整齊畫一，組成一道行進的棘籬。他們準備好了嗎？阿基里婭只能懷抱希望，繼續操練，直到這些人能夠上陣作戰。

不知道西涅什會不會為她所建立的一切感到驕傲？她覺得會。想起她的老師，她也開始想念起潘達、布蘭頓的母親，還有他們之外的許多人。

這時，一群人沿著勒墨特山門下的長徑前來——索珊娜飛奔在前，偽裝服上的紅葉陣陣飛揚；落在後面的是托利奧，還有兩名年輕的學徒，手中各搬著一隻大木箱。

「方陣兵，**立定**！」阿基里婭高呼。

部隊立刻停立。

「**稍息**！」長矛指向天空，盾牌倚放在地。

經過一哩多的疾行，索珊娜的呼吸也不見凌亂。她揭開臉上的網子，露出金色的長髮和曬黑的肌膚。

「古珀將軍，」她說，「有人在岸邊看見北方人的海船。」

這話聽得阿基里婭血管發涼：「來的船有多少？」

「三艘，」索珊娜答道，「但斥候說他們離得很遠，也許還有更多。」

索珊娜穿著偽裝服，但她不是信使，而是斥候。埃忒癸娜島上已經不再需要信使，於是阿基里婭改變了軍隊的編制，訓練各種新的戰士，斥候就是其中之一。索珊娜永遠不會長出方陣兵的體魄，但她的腳步就像山風那樣輕盈，永遠不知道疲累；一穿上偽裝服，她又能輕易藏起身影，連站在幾碼外的人也不會發現。

「海船有登陸的跡象嗎？」

「沒有，但比塞特的駐軍已經開始戒備。小蜘蛛正帶著他的新玩具趕過去。他說他有辦法從山上看見整個海岸，還有好幾哩外的海面。」

阿基里婭沒有明言，而是用目光傳達她的不悅。

索珊娜的笑容立刻消失：「抱歉，將軍……我不該叫那個外號。」

「沒錯，」阿基里婭說，「對一個拯救世界的人，妳起碼應該禮貌地稱呼**他的名字**，懂嗎？」

索珊娜連連點頭。

「很好。」阿基里婭說，「他的新發明叫什麼？」

「他說叫做**遠望鏡**。」

科林又發明了新東西。惡魔之母已經死去兩年，科林也已經不是少年，長成了一個**男人**。在這段日子裡，石匠藉著他發明的灰泥，迅速修復了山中的衛城；金工用了他發現的配方，打造出堅韌遠勝青銅的硬鐵，以及鋒刃經久不衰的矛頭。他設計的新海蘭城狀如棋盤，不像蜿蜒蔓生的古城一樣令人迷惑；他改造的耕犁則讓田裡的勞作便利許多。現在他又找到了辦法從遠方看見敵軍。

兩年前，阿基里婭率領軍隊抵抗惡魔，布蘭頓親手投出長矛，殺死惡魔的女王。他們兩人一起將未來帶給埃忒癸娜。至於科林，這個身負恐怖傷疤的男人**就是**未來。他一直在探索南山號的殘骸，把新的知識帶給所有埃忒癸娜島的居民。

「把我的指令帶給刻孚蘭。」阿基里婭下令，「讓他們發信令給代卡泰拉、然他爾、希珀尼亞和彭塔蘭。我還要塔干塔的軍團即刻整裝，準備出發。」

「是，將軍，」索珊娜答道，眼睛看向阿基里婭懷裡的孩子，「我可以抱抱他嗎？」

「別拖太久。」阿基里婭調整姿勢，小心不往左腳施加太多力氣。她的腳已經復原許久，變成一支長著扭曲肌肉的棍子，她手裡的長矛比起武器，更像是一支拐杖。

索珊娜接過孩子，臉上散發著光芒。阿基里婭又一次注意到，她已經長成一個美麗的少女——不，是女人才對。

或許再過不久，索珊娜也會生下自己的孩子，阿基里婭也會失去一名能幹的斥候。但幾個月的日子不算很久，到時埃忒癸娜又會新添一個居民，而他們的島上最需要的正是新的居民，急切更勝科林的硬鐵。

托利奧終於走到她們旁邊。他歪斜的笑容一如往常掛在臉上，熠熠發光，淺藍色的眼罩正如夏日午後的天空。他與科林不同，從不介懷戰場上贏來的傷疤。他放下手中裝食物的袋子，朝索珊娜伸出雙手。

「午安，索珊娜。」他說，「我來抱小布蘭頓吧。」

索珊娜把孩子交給托利奧。

「快把我的命令帶去給刻孚蘭，索珊娜。」阿基里婭催促，「還有，謝謝妳帶來的消息。」

女子舉起拳頭抵住胸骨：「謝謝將軍。」說罷，她就轉身離開，奔過勒墨特山下的低地。

托利奧把孩子放進搖籃：「將軍午安。這裡是士兵的午餐，妳最愛的云蝍蝍炸南瓜餅。」

阿基里婭給了他一個吻，立刻彎腰打開皮袋，深吸了一口氣。幾週前，島上收穫的第一批南瓜才送進勒墨特，她只嘗了一口就愛上這種滋味。

她轉過身朝士兵喊道：「休息用餐！依序過來領餐，後列先動，領餐後回到原位用餐。所有人，長矛盾牌，**放下**。」

士兵們小心卸下裝備，放在地上，接著各組的後列迅速整隊，走向托利奧的學徒們領取食物。

「看起來不錯。」托利奧說，「為什麼不讓他們排成一整列？」

「我最近在研究新戰術。」阿基里婭從滿嘴的炸餅中擠出話來，「分成小組會更容易調度，而且如果有一組人在前線太久，我還可以派另一組把他們撤換下來。我把這個新的編制取名叫**分隊**。」

「分隊啊。」托利奧重複了一次，「他們準備好上戰場了嗎？」

「我想應該快了。」

「希望夠快。」

他說得對。北方人已經來了，如果雙方沒能締結和平，阿基里婭的部隊很快就會像古時候一樣，拿起武器和人類作戰。她痛恨惡魔，但至少人類和惡魔彼此殺戮，從來不是為了腳下的土地。

「我很高興能站在妳身邊，將軍。」托利奧說，「妳今晚會回家嗎？」

每一天，他都會這麼告訴她，而且每一次，他都用「將軍」來稱呼她。而她從沒有厭倦聽到他說出這些話。

「沒辦法。」她回答，「有人在北方平原的岸邊看見海船。」

托利奧的笑容消失了：「如果我們當初送兩頭惡魔去北方，他們就沒空過來了。」

「就算可以，我也絕不會把惡魔當成武器。」她說，「只有喪失理智的人才做得出這種事情。」

托利奧靠向她，吻了她的臉頰：「如果妳今晚回來，我會在家裡等妳。如果沒有，我明天就帶著小鬆糕過來。」

他轉身離開，手中抱著小布蘭頓輕輕搖晃。阿基里婭看著他們，感覺著愛的沉重。為了保護他們，還有其他許多人的性命，她需要軍隊做好準備。如果北方人眼中只看見一列橫陣，或是一道盾牆，阿基里婭就能調動分隊將他們擊潰。但在那之前，她麾下的兵勇必須兼備訓練、紀律、士氣和覺悟。

她看著部隊回到原位，用餐完畢，又等了一會，讓他們互相談笑或是抱怨，享受士兵獨有的時刻。

因為接著就是她身為將軍獨有的時刻。

「嘴巴都動夠了吧！」她站起身高呼，「敵人已經出現在我們的海岸，而我們還有工作需要準備。方陣兵，**舉盾！**」

國家圖書館出版品預行編目 (CIP) 資料

異形 : 誅魔方陣 / 史考特 . 席格勒 (Scott Sigler) 著 ; 盧靜譯 . -- 初版 . -- 新北市 : 木馬文化事業股份有限公司出版 : 遠足文化事業股份有限公司發行 , 2023.09

432 面 ; 14.8×21 公分

譯自 : Aliens : phalanx

ISBN 978-626-314-489-7 (平裝)

874.57 112011385

異形：誅魔方陣

作　　者——史考特·席格勒（Scott Sigler）
譯　　者——盧靜
選書企劃——超粒方

社　　長——陳蕙慧
總 編 輯——戴偉傑
主　　編——何冠龍
行　　銷——陳雅雯、趙鴻祐
封面設計——兒日
內頁排版——簡單瑛設
校　　對——魏秋綢

出　　版——木馬文化事業股份有限公司
發　　行——遠足文化事業股份有限公司（讀書共和國出版集團）
地　　址——231 新北市新店區民權路 108-4 號 8 樓
郵撥帳號——19588272 木馬文化事業股份有限公司
客服專線——0800-221-029
客服信箱——service@bookrep.com.tw
法律顧問——華洋法律事務所 蘇文生律師
印　　製——呈靖彩藝有限公司

初版一刷——2023 年 09 月
定　　價——550 元
I S B N——978-626-314-489-7 (紙本)
978-626-314-507-8 (PDF)
978-626-314-508-5 (EPUB)

Printed in Taiwan

This translation of ALIENS: PHALANX, first published in 2023, is published by arrangement with Titan Publishing Group Ltd, through The Grayhawk Agency Ltd.